LES DISCIPLES DU FEU

DU MÊME AUTEUR

L'Élixir des Templiers, L'Archipel, 2012 ; Archipoche, 2013.

ALFREDO COLITTO

LES DISCIPLES DU FEU

traduit de l'italien
par Laura Brignon

ARCHIPOCHE

Ce livre a été publié sous le titre
I discepoli del fuoco
par Edizioni Piemme, 2011.

Notre catalogue est consultable à l'adresse suivante :
www.archipoche.com

Éditions Archipoche
34, rue des Bourdonnais
75001 Paris

ISBN 978-2-37735-060-5

À Carlo, le meilleur des frères

Prologue

Bologne, 10 décembre 1311

Bien qu'elle fût réveillée, elle garda les yeux fermés. Elle était couchée sur une surface dure, froide. Elle ne se souvenait pas de ce qui s'était passé, seulement d'un son dans la nuit. La faible lumière de l'aube perçait derrière ses paupières, il devait faire jour, maintenant.

En bougeant la main, elle identifia le sol. Un plancher usé par les pas. Elle le connaissait bien, c'était elle qui le lavait tous les jours. Elle avait dû s'évanouir.

Elle remua les pieds, les jambes, toucha son visage, reprenant possession de son corps. Elle repoussait le moment d'ouvrir les yeux. Son instinct le lui interdisait. Tant que ses paupières restaient closes, elle se sentait à l'abri.

Ayant retrouvé toute sa lucidité, elle se tourna sur le côté et s'assit lentement. Se sentant idiote de garder les yeux fermés, elle les ouvrit. Elle n'était plus une fillette.

Devant elle s'imposa à nouveau la scène affreuse, comme sortie de l'enfer, qu'elle avait vue en entrant dans la pièce. Cette fois, elle ne s'évanouit pas. Elle ne détourna pas son regard. L'eût-elle voulu, elle en aurait été incapable.

Le spectacle était atroce, au-delà du concevable. Son esprit vacilla et elle se serait peut-être encore évanouie si, en fixant le corps méconnaissable assis sur le fauteuil de bois et de cuir, elle n'avait pas soudain compris de qui il s'agissait.

Elle ouvrit grand les yeux et la bouche, inspira une bouffée d'air et libéra toute sa peur dans un hurlement aigu qui fit trembler les murs et sembla durer à l'infini, jusqu'à ce que quelqu'un s'approchât et la prît par les épaules. Elle entendit une voix sans comprendre ce qu'elle disait, une autre personne approcher, puis des cris.

Elle se sentit replonger dans l'obscurité et en remercia le Seigneur.

I

Debout sur l'estrade, Mondino de Liuzzi sentait le froid de décembre grimper sous sa longue robe rouge de médecin, remontant le long de son corps jusqu'à sa tête. Le charbon dans le brasier placé au milieu de la pièce s'était réduit en cendres puis éteint, mais Mondino préférait ne pas distraire ses étudiants en demandant à son appariteur de le renouveler. De toute façon, la leçon était presque finie.

Les étudiants assis sur les bancs avaient la tête penchée sur leurs notes. Les plus pauvres, ou ceux qui avaient dépensé en femmes et en vin l'argent versé par leur famille, écrivaient au stylet sur des tablettes en cire. De retour chez eux, ils recopieraient la leçon sur des morceaux irréguliers de papier d'Amalfi ou de parchemin. Les autres faisaient crisser sur du papier brouillon toute une variété de plumes trempées dans des encres dont la qualité variait selon les ressources de chacun.

Cette vision lui donnait chaud au cœur. Moins de six mois auparavant, il s'en était fallu de peu pour qu'il ne revît jamais son école de médecine. Finalement, l'histoire s'était bien terminée. Il était revenu enseigner à l'université de Bologne avec une notoriété accrue qui lui avait amené un plus grand nombre d'étudiants, si bien qu'avec son oncle Liuzzo il avait acheté la maison attenante à l'école pour agrandir l'espace consacré aux leçons. Mondino ne désirait rien d'autre, à part, peut-être, avoir à ses côtés une femme qui pût être une mère pour ses fils. Mais, pour le moment, il n'avait pas trouvé chaussure à son pied.

« Sur la base de ce que je vous ai expliqué aujourd'hui, qui d'entre vous saurait me dire pourquoi les mamelles de la femme sont rondes et oblongues ? », demanda-t-il quand il vit que la plupart avaient fini d'écrire.

Il suffisait d'habitude à cet homme grand et maigre aux épaules larges et au front dégagé encadré de boucles châtaines de scruter son auditoire de ses yeux verts pour intimider jusqu'à l'étudiant le plus indiscipliné. Mais cette fois, cela ne servirait à rien, et il le savait. L'anatomie féminine était toujours le sujet le plus délicat à enseigner.

Il vit un étudiant gribouiller quelques mots à la hâte et, au rire étouffé de son voisin, il supposa qu'il s'agissait d'une réponse obscène à sa question. Il fit mine de rien. Un autre étudiant leva la main. Voyant de qui il s'agissait, Mondino crispa légèrement les épaules, se disposant à affronter la polémique.

« Je t'écoute, Andolfo. »

Le jeune homme se leva. C'était un Irlandais au visage parsemé de taches de rousseur et à la tonsure entourée de cheveux roux flamboyant.

« Elles ont cette forme, répondit-il dans un latin mal assuré en évitant soigneusement de prononcer le mot "mamelles", parce que Dieu les a faites ainsi. Et l'homme n'a pas à enquêter sur les motivations du Tout-Puissant.

— Très juste, répliqua Mondino sans se démonter. En effet, la médecine ne cherche pas à questionner les motivations de Dieu, mais à mettre en relation les organes qu'Il nous a donnés avec la fonction qu'ils accomplissent. La connaissance de cette relation est nécessaire pour soigner les organes quand ils tombent malades. »

D'un geste, il empêcha Andolfo de réagir et demanda : « Quelqu'un d'autre ? »

Un éphèbe blond à la bouche sensuelle intervint, assis, avant que Mondino lui eût donné la parole : « Les mamelles des femmes sont arrondies pour contenir le sang qui doit se transformer en lait. En outre, comme l'affirme Galien dans son *De juvamentis membrorum*, elles sont le bouclier du cœur. Ainsi, leur forme doit protéger leur cœur des coups, et la forme ronde est la plus adaptée. Enfin…

— Merci, Odofredo, le coupa Mondino pour mettre fin à ce flot de paroles. Ta réponse est correcte, mais je te rappelle que tu dois attendre mon autorisation avant de prendre la parole et que tu dois parler debout. Tu paieras un sou d'amende à l'appariteur en sortant. »

Ce très jeune Allemand était son élève préféré. Lui aussi portait la tenue des clercs, comme nombre d'étudiants. Odofredo était doué, curieux et dénué de préjugés, trois qualités fondamentales pour tout véritable homme de science. Mais il était parfaitement dépourvu de la quatrième : la discipline.

Un autre affirma que les mamelles de la femme étaient plus grandes que celles de l'homme afin de renvoyer vers le cœur la chaleur qu'elles recevaient du cœur lui-même. Et que c'était nécessaire, puisque la région du cœur était plus froide chez les femmes que chez les hommes.

À cette réponse, par ailleurs correcte, car il était connu que, à la différence des hommes, les femmes tendaient à avoir une *complexio* froide, murmures et chuchotements remplirent la salle. Chaque étudiant semblait connaître une femme au cœur de glace qu'il voulait donner en exemple. Il était incroyable de constater que même les plus âgés, des hommes mûrs de trente ou trente-cinq ans, se comportaient comme des gamins dès qu'ils mettaient les pieds dans l'école.

Mondino se montra tolérant, sans perdre de son autorité. Puis il demanda le silence et s'apprêtait à conclure la leçon quand la porte s'ouvrit brusquement et que son appariteur fit irruption, l'air bouleversé. Il fut poussé sur le côté avant de pouvoir prononcer un mot et, sur le seuil, se dessina la silhouette trapue de Taverna Tolomei, le nouveau podestat, affublé d'un couvre-chef octogonal trop grand pour lui, le bâton doré symbole de sa charge dans la main droite. Derrière lui, on apercevait le capitaine du peuple et les sbires de son escorte.

« Êtes-vous Mondino de Liuzzi ? », demanda-t-il sans ambages.

Mondino serra le rebord de son pupitre de bois pour contenir sa colère.

« Je ne permets à personne d'entrer dans mon école avant la fin de la leçon. Par respect, je ferai une exception pour vous. Par respect également, je vous saurai gré d'utiliser quant à vous mon titre quand vous vous adressez à moi.

— C'est-à-dire ?

— Magister. Que puis-je pour vous ?

— Suivez-moi. Sur-le-champ. »

Voyant que Mondino ne bougeait pas d'un millimètre, il ajouta de mauvaise grâce :

« Magister.

— Pourquoi ?

— Une personne est morte de façon atroce et mystérieuse. Nous avons besoin de vos compétences. »

Ces deux adjectifs bouleversèrent le médecin. En un éclair, Mondino revit ses vicissitudes du printemps précédent. Il avait risqué de tout perdre, sa qualité de professeur, sa famille et sa vie, parce qu'il s'était intéressé à une mort atroce et mystérieuse. Il n'avait nullement l'intention de répéter son erreur.

« Je suis désolé, répondit-il sur un ton sans réplique. Je suis médecin, je soigne les vivants. Un mort n'a pas besoin de mes compétences. »

Le podestat perdit patience.

« Refuser de se mettre à disposition de la Commune quand la Commune le demande constitue un acte de trahison. »

Il s'écarta du seuil et fit signe aux sbires, sans quitter Mondino des yeux.

« Si vous ne me suivez pas immédiatement, je vous fais arrêter. »

À la fin de l'office, Samuele da Roccastrada fut le premier arrivé au réfectoire du couvent pour la collation du milieu de la matinée. Il attendit sur le seuil tandis que les moines entraient en silence, le saluant d'un signe de tête. Samuele n'avait pas besoin de scruter sous les capuchons de leurs frocs franciscains pour les reconnaître. Il était bon observateur, capable d'identifier une personne à la forme de ses épaules, au bruit de son pas ou à sa façon de tenir ses mains sur son ventre. Peut-être n'était-ce pas l'expression d'un don inné, avait-il pensé à maintes reprises, mais de son instinct d'animal traqué, développé au cours d'années de faux-semblants. Les gens comme lui apprenaient bien vite à garder tout et tout le monde à l'œil pour ne pas être découverts.

Il était entré au couvent pour combattre son anormalité et, pendant trois années, il était sorti vainqueur de cette lutte faite de discipline et de pénitence. Puis il avait rencontré Venanzio, et tous ses efforts avaient été réduits à néant.

Il ne manquait désormais plus que lui dans le réfectoire. Samuele tendit le cou dans le couloir, mais ce dernier était désert. Pendant la messe, Venanzio s'était montré nerveux, regardant plusieurs fois en direction du portail de la basilique puis levant les yeux vers la lumière laiteuse qui traversait les vitraux, comme s'il s'inquiétait de l'avancée du jour.

L'attitude de quelqu'un qui a un rendez-vous auquel il ne veut pas arriver en retard.

Pris d'une anxiété proche de la furie, Samuele courut vers la sortie du couvent. Le frère portier était lui aussi au réfectoire à cette heure, et Venanzio devait le savoir.

Samuele le vit se faufiler à l'extérieur et accéléra le pas, faisant claquer ses sandales sur le sol de briques en terre cuite.

« Venanzio ! », appela-t-il, essoufflé, sans se soucier qu'on pût l'entendre.

Bien que le soleil se cachât derrière une épaisse couche de nuages, la lumière grisâtre du dehors lui fit plisser les yeux, comme chaque fois qu'il quittait la semi-obscurité du couvent.

Il regarda autour de lui. De l'autre côté de la place pavée, piétons et charrettes allaient et venaient comme d'habitude sous l'arche de la Porta Nova, mais Venanzio n'avait pas eu le temps de pousser jusque-là. Samuele se tourna vers la gauche, vers le muret du cimetière de la basilique San Francesco, et le vit. Il s'était arrêté pour l'attendre dans un recoin à l'abri des regards indiscrets. Il était beau comme toujours, fort, avec sa barbe brune et sa tête de légionnaire romain que rien, pas même sa tonsure, ne réussissait à rendre moins masculine. Mais dans ses yeux aucune trace du sourire et de l'indulgence auxquels Samuele était habitué.

« Tu dois m'appeler *père* Venanzio, lui signifia-t-il d'un ton glacial dès qu'il se fut approché.

— Pourquoi es-tu sorti en cachette ? », demanda Samuele sans relever. Son souffle se condensait en de petits nuages et le temps était à la neige, mais une chaleur brûlante lui dévorait la poitrine.

« Je n'ai pas à te rendre compte de ce que je fais.

— Si tu ne me le dis pas, j'irai dire au père portier que je t'ai vu sortir. Qui est-ce que tu vas voir ? »

Venanzio soupira, irrité. « Fais taire ta jalousie, *frère* Samuele. Tu ne devrais pas te soucier de ce genre de chose. Nous commettons un péché mortel, est-ce que tu t'en rends compte ? »

Samuele acquiesça sans baisser les yeux. « Pour toi, ça vaut la peine de risquer l'enfer. »

À ces mots, le regard de Venanzio s'adoucit, mais son visage resta sombre. « Pour toi aussi, admit-il. Mais il ne s'agit pas que de nous. Nous avons choisi librement de prononcer nos vœux. Si nous ne réussissons pas à dominer nos passions, comment pouvons-nous aider les autres à ne pas succomber aux leurs ? »

Ce n'était pas la première fois qu'il tenait ce type de discours, et d'habitude il suffisait que Samuele se serrât contre sa poitrine pour que les défenses de Venanzio fondissent comme neige au soleil. Il fit un pas vers lui, mais le prêtre recula. Samuele éprouva une douleur et une inquiétude si intenses qu'elles le firent vaciller. Bien que Venanzio eût les yeux remplis de larmes, il ne céda pas.

« Écoute-moi, Samuele, reprit-il d'une voix apaisée. Nous en parlerons tranquillement à mon retour. Maintenant, il faut que j'y aille.

— Dis-moi au moins où tu vas, je t'en prie. »

La supplique réussit là où la menace avait échoué. C'était d'ailleurs notamment pour cette douceur que Samuele aimait Venanzio. Celui-ci détourna le regard, comme s'il cherchait les mots justes sur le mur du couvent.

« Hier j'ai appris des choses effroyables au confessionnal. Quelqu'un veut brûler la ville pendant la nuit de Noël. Cette folie pourrait coûter la vie à des milliers d'innocents. Je n'en ai pas dormi de la nuit. J'ai demandé au Seigneur s'il était juste de violer le secret de la confession dans un cas comme celui-là. Ce matin, en réponse à mes prières, j'ai reçu un message.

— Un message ? De la part de qui ? »

Venanzio haussa les épaules: «Il n'y avait pas de nom. Il disait seulement que la personne que j'ai confessée hier lui a parlé de moi comme d'un prêtre digne d'une confiance absolue, et l'auteur du message désire lui aussi décharger sa conscience.

— Pourquoi ne vient-il pas ici, alors?

— Il ne vient pas parce qu'il est en danger, répondit Venanzio. Le message me donnait rendez-vous au Pratello, via Pietralata, où il se cache depuis des jours.

— Via Pietralata! Chez les prostituées...»

Un sourire amer se dessina sur le visage de Venanzio: «Ne t'inquiète pas pour ça, je ne risque pas de céder à la tentation. De toute façon, j'y suis déjà allé plusieurs fois pour confesser ces femmes. Ces pauvres âmes me font confiance parce que je n'ai jamais essayé d'abuser d'elles, à la différence d'autres religieux, paraît-il.

— Elles doivent te prendre pour un saint», sourit Samuele pour alléger la tension. L'expression de Venanzio le lui fit regretter aussitôt.

«Ne plaisante pas avec ça, dit le prêtre. Je suis condamné pour l'éternité parce que je n'ai jamais trouvé le courage de parler de notre péché en confession. Apporter la parole de Dieu dans ces lieux de perdition est une façon d'expier un peu ma faute.»

Il n'échappa pas à Samuele que Venanzio avait dit «notre» péché. Il savait que la force d'affronter ses propres fautes ne manquait pas à Venanzio. Si ce dernier ne s'était pas encore confessé, c'était par crainte de lui causer des ennuis. Il se haïssait d'être le responsable de ses tourments.

«Excuse-moi, dit-il en baissant la tête. Je sais combien tu souffres par ma faute.»

À sa grande surprise, le prêtre lui caressa la joue et lui redressa le menton: «Je ne regrette rien. Maintenant, je dois y aller.

— Non ! cria Samuele. N'y va pas, je t'en supplie. J'ai un mauvais pressentiment. »

Le visage de Venanzio se referma. Son expression était dure à présent, presque hostile : « Ça suffit, Samuele.

— Alors laisse-moi venir avec toi. Je te suivrai de loin, sans me faire remarquer. Je veux juste m'assurer qu'il ne t'arrive rien de mal.

— Non. Des rumeurs circulent déjà à notre sujet. Sais-tu ce qui se passerait si on découvrait que nous sommes sortis tous les deux sans permission du couvent à la même heure ? De toute façon, je dois y aller seul. La personne qui m'attend pourrait avoir des soupçons et ne pas se montrer. »

Il le fixa droit dans les yeux : « Ne te hasarde pas à me suivre. »

Il pivota sur ses talons pour se diriger vers le quartier du Pratello, que seule une rangée de maisons séparait de la basilique San Francesco. Samuele s'attarda à le regarder jusqu'à ce qu'il disparût au coin, et il lui resta à l'esprit l'image du bas de l'habit et d'un pied nerveux dans une sandale usée.

Puis il revint au couvent, essayant en vain de chasser de son esprit l'idée que ce pied était la dernière chose qu'il verrait de Venanzio.

Il était anormal que le podestat se rendît sur le lieu d'un homicide. Cette initiative aurait dû revenir au capitaine du peuple ou, mieux, à n'importe quel juge chargé de la justice en ville. Mais Taverna Tolomei était connu pour sa tendance à se faire remarquer en toutes circonstances. Agacé, Mondino se dit que ce trait de caractère était sans doute responsable de son irruption théâtrale durant la leçon. Le mort devait être quelqu'un d'important, et se présenter en grande pompe accompagné par un médecin célèbre pour examiner le cadavre permettrait au podestat de se faire bien voir par la famille.

Sous un ciel gris chargé de pluie, ils se dirigèrent vers la Porta Stiera, obligeant piétons et charrettes à leur céder le passage. Taverna Tolomei était au centre du petit cortège, se pavanant dans sa tunique bleue, serrée à la taille par une ceinture rouge et couverte d'un manteau fourré qui le faisait paraître plus corpulent. Le capitaine du peuple marchait à son côté. Deux sbires les précédaient et deux autres fermaient la marche.

Mondino suivait les deux notables sur la boue, dure comme pierre à cause du froid. Sa place était enviable, pourtant il se sentait prisonnier et bouillait de colère en repensant à la façon dont on était venu le chercher.

Le podestat avait seulement parlé d'un mort, mais il était certain qu'il s'agissait d'un homicide. Et Mondino ne voulait pas y être mêlé. Il aurait aimé demander conseil à son oncle Liuzzo. Ce dernier aurait su trouver la manière de décliner sans offenser personne, ou bien de se prêter à la tâche moyennant quelque faveur et de s'esquiver ensuite avec élégance.

Mais Liuzzo réglait actuellement des affaires familiales chez leurs parents en Toscane. Et Mondino était incapable de dire autre chose que ce qu'il pensait, sans trop de détours. C'est pourquoi il s'était enfermé dans un silence hostile depuis leur départ de l'école de médecine.

« Nous y sommes », dit soudain le podestat en lui jetant un coup d'œil par-dessus son épaule.

Perdu dans ses pensées, Mondino n'avait guère prêté attention au trajet. Il leva les yeux et resta bouche bée. Un coup de tonnerre retentit dans le lointain. Ils arrivaient devant la maison d'Azzone Lamberti.

« Ne me dites pas que c'est Azzone qui est mort, dit-il, la voix teintée d'espoir.

— Non, c'est son père, Bertrando», intervint messire Visdomini, le capitaine du peuple. C'était un homme à la peau très claire, aux cheveux courts, au menton carré et aux bras longs. Il allait sans manteau malgré le froid, ne portant qu'un court pourpoint militaire de cuir bouilli et un couvre-chef de velours noir.

«Azzone n'est pas à Bologne, il n'a pas encore été informé, reprit-il.

— Je m'en vais, déclara Mondino d'un ton décidé. Si vous voulez m'arrêter, allez-y.»

Ses deux interlocuteurs interrompirent leur marche et se tournèrent pour le regarder. Les sbires qui les précédaient ne s'en étaient pas aperçus et continuèrent tout seuls, mais un sifflement de leurs collègues les fit rebrousser chemin au pas de course.

«Azzone Lamberti me tuerait s'il savait que je me suis rendu chez lui, expliqua Mondino. Du moins, il essaierait, précisa-t-il, les bras croisés.

— Comment se fait-il qu'il vous déteste tant? demanda le capitaine du peuple en se tâtant le menton.

— Il m'accuse d'avoir tué son fils», répondit Mondino.

Il vit une ombre traverser le visage du podestat et décida de tout lui raconter. Pour une fois, la haine qu'Azzone lui portait pourrait peut-être lui être utile.

Mondino se lança dans son récit en plein milieu de la rue, avec les sbires qui faisaient mine de ne pas entendre et tenaient à distance les curieux rassemblés sous les arcades d'en face. Deux ans auparavant, Azzone avait mis son aîné âgé de neuf ans en selle sur un destrier et l'avait fait se lancer au galop. L'enfant était tombé et sa tête avait heurté le sol. Le père avait envoyé chercher Mondino qui, selon lui, n'était pas arrivé assez vite, et l'enfant était mort. Azzone l'estimait responsable. Depuis lors, il ne perdait jamais une occasion de le diffamer.

« Mais enfin, comment lui est-il venu à l'idée de faire galoper un enfant de neuf ans sur un destrier? demanda le podestat.

— Eleonora, qui est sa femme et la belle-mère de l'enfant, lui a posé la même question, soupira Mondino. Pour toute réponse, Azzone lui a envoyé un coup de poing en plein visage. Et quand je me suis interposé, il a dégainé son épée.

— Je vois le genre de personnage, dit Visdomini. Je suis à Bologne depuis peu, mais on trouve partout des gens de cet acabit. En effet, il est peut-être plus raisonnable que vous ne veniez pas. »

À ces mots, depuis l'ombre de son gros couvre-chef octogonal, le regard du podestat balaya les sbires et le public qui se tenait derrière eux. On pouvait lire ses pensées sur son visage. Il regrettait d'avoir fait venir Mondino mais, s'il le laissait partir maintenant après le désordre qu'il avait créé, l'événement ferait le tour de la ville en un éclair et il passerait pour un poltron et pour un idiot.

« Azzone Lamberti ferait mieux de ne pas s'opposer à un ordre du podestat, affirma Taverna assez fort pour que tout le monde l'entendît. Magister, vous êtes sous ma responsabilité. Entrons. »

Un domestique leur ouvrit la porte et les conduisit à travers un petit jardin intérieur cerné de buis. Une gamine d'une douzaine d'années qui allait pieds nus courut avertir la patronne et, quand ils entrèrent dans la grande salle, Eleonora, la seconde femme d'Azzone, était là pour les accueillir. Debout au milieu de la pièce, ses cheveux cuivrés rassemblés sous un modeste voile noir, les bras le long du corps, elle portait une robe de soie noire qui descendait jusqu'à ses pantoufles, elles aussi en soie noire brodée. Elle ressemblait à une reine endeuillée.

Âgée de trente ans au moins, elle n'était plus toute jeune mais sa beauté mûre rivalisait aisément avec celle de nombreuses jeunes filles. Mondino se souvenait parfaitement du moment où il l'avait prise par les épaules pour l'empêcher de tomber après le coup de poing d'Azzone. Deux ans avaient passé, mais la sensation provoquée par ce contact spontané lui revint à l'esprit, si vivace qu'il dut détourner les yeux, de crainte qu'elle ne la devinât sur son visage.

« Madame, commença le podestat. Étant donné la gravité des faits, je me suis déplacé en personne, et il m'a paru opportun de me faire accompagner par Mondino de Liuzzi. J'ignorais l'inimitié que vous lui portiez, je ne l'ai apprise qu'à l'instant. Toutefois…

— Ne vous donnez pas de peine, messire Tolomei, l'interrompit-elle avec grâce. Comme vous le savez, mon mari est parti ce matin à l'aube faire le tour de nos plantations de mûriers à San Giovanni in Persiceto. J'ai envoyé un messager le prévenir de la mort de son père, mais il ne sera pas de retour avant la nuit. En attendant, je suis la maîtresse de maison, et il n'est pas dans mon intention de m'opposer à la volonté du podestat de Bologne. »

Ayant établi par ce bref discours que la responsabilité de la visite incombait tout entière à Taverna Tolomei, elle ordonna au serviteur d'accompagner les gardes à la cuisine afin qu'ils se restaurent et fit signe aux autres de la suivre. « Venez, je vous accompagne dans l'étude de Bertrando, dit-elle. C'est là que se trouve le corps. » Elle se tourna un instant. « Enfin, ce qu'il en reste. »

Elle les précéda dans l'escalier menant au premier étage, où elle emprunta un long couloir jusqu'à une arche qui donnait sur une grande pièce. « Il est ici, annonça-t-elle d'une voix altérée. Veuillez m'excuser si je n'entre pas avec vous. Ni moi ni la servante qui l'a trouvé à l'aube ne sommes encore remises de notre effroi. »

Elle s'écarta, mais ni le podestat ni le capitaine du peuple ne bougèrent. Mondino entra le premier.

La scène qu'il découvrit était si inattendue qu'il en resta pétrifié. Il ne cria pas, ne recula pas, ne porta pas ses mains à son visage. Il n'arriva qu'à ouvrir la bouche sans émettre un son et sentit ses genoux céder. Il vacilla comme sous l'effet d'un coup de poing, puis fit un pas de côté pour laisser les autres passer.

Alors que les deux notables poussaient à l'unisson un cri étouffé, Mondino jeta un regard furtif à Eleonora, restée dans le couloir, puis il s'efforça de reporter son regard sur le cadavre.

Dans un silence brisé seulement par le croassement d'une corneille dans le jardin, ils contemplèrent les restes de Bertrando Lamberti. L'homme était assis entre la cheminée et la fenêtre sur un grand fauteuil au dossier de cuir. Son bras droit, entier jusqu'à l'épaule, mais carbonisé comme un rôti oublié sur la braise, reposait sur l'accoudoir. Ses pieds chaussés de bottes basses semblaient intacts, mais au niveau des genoux ses jambes pâles et flasques de vieillard avaient été transformées en pointes calcinées collées au cuir, lequel n'avait fondu qu'aux endroits où il était en contact avec le cadavre. Un grand trou s'ouvrait là où les fémurs, le bassin, la cavité abdominale et le thorax auraient dû se trouver. Les côtes, réduites en cendres, avaient disparu, de même que les clavicules et les os qui unissaient les bras aux épaules. La colonne vertébrale était soudée au cuir du dossier, et la tête n'était plus qu'un crâne grimaçant, où seul un œil avait résisté. Rien dans cette vision n'évoquait Bertrando Lamberti, mais le corps se trouvait dans son bureau, assis sur son fauteuil. Ce devait être lui.

Le capitaine du peuple renifla l'air.

« Que faites-vous ? lui demanda Mondino, tournant à peine la tête.

— J'essaie de voir si ça sent encore le soufre. Ceci est l'œuvre du démon.

— Je le crois moi aussi », acquiesça Taverna Tolomei d'une voix rauque. Il se racla la gorge et répéta plus fort : « Je le crois moi aussi. »

Il se tut, les yeux écarquillés, manifestement incapable de parler davantage. Puis ses lèvres se mirent à bouger sans émettre un son. À leur mouvement, Mondino comprit qu'il murmurait une prière.

« Le plus étrange, dit-il en s'approchant du fauteuil, c'est que le bois n'ait pas brûlé alors que le corps, lui, est réduit en cendres. » Il leva les yeux pour examiner l'étagère appuyée au mur, la table recouverte d'un drap de soie et le coffre long et étroit. Tout était intact, dépourvu de toute trace de brûlure. « Et l'incendie ne s'est pas propagé à la maison », ajouta-t-il d'un ton pensif.

Le capitaine haussa les épaules. « C'est l'œuvre du démon, vous dis-je. Regardez ses os. Même les condamnés au bûcher ne brûlent pas de la sorte. »

Mondino acquiesça. Il avait disséqué plusieurs personnes mortes sur le bûcher pour étudier l'effet du feu sur leurs tissus. Les cadavres carbonisés étaient durs comme du bois. Souvent, pendant le supplice, l'estomac se fendait et les viscères débordaient, brûlant avec la peau. Mais, quoique secs et jaunis, les squelettes restaient à peu près intacts. Mondino avait essayé de brûler des os, les laissant pendant des jours dans sa cheminée, mais ils n'avaient jamais été réduits en cendres. Il en avait conclu que les os contenaient une maigre quantité de matériau inflammable, ce qui expliquait qu'ils ne brûlent pas, même soumis à une chaleur intense. À présent, confronté à ces os devenus de petits tas de cendre blanchâtre, il devait revoir ses positions. Pourtant, à ce qu'il sût, les êtres humains étaient incapables de produire la chaleur nécessaire pour obtenir ce résultat.

« Oui, on dirait vraiment l'œuvre du diable, marmonna-t-il. Toutefois...

— Toutefois quoi ?», demanda le podestat.

Mondino préféra répondre par une autre question : « Qu'attendez-vous de moi ? »

Taverna Tolomei avait retrouvé la voix assurée qu'il avait lorsqu'il s'adressait au Conseil des Anciens de Bologne.

« Avant tout, vous devez prouver de façon irréfutable que cet homme est bien Bertrando Lamberti, dit-il. Après quoi, il faudra que vous me disiez s'il est mort à cause d'un accident, de l'intervention de puissances surnaturelles ou d'un homicide. Dans les deux premiers cas, la Commune s'estimera exemptée de toute enquête plus approfondie. Dans le troisième et dernier, en revanche, il sera en mon devoir de livrer le responsable de ce crime atroce à la justice. » Il le regarda droit dans les yeux. « Mais je suis certain que votre analyse scientifique confirmera ce que vient de dire messire Visdomini.

— Excellence... », commença Mondino, au bord de l'implosion. Peu de choses l'irritaient autant que de manipuler la science au service de la politique.

« Bien entendu, vous serez rétribué pour votre travail, l'interrompit le podestat. La Commune de Bologne vous fait confiance. Je sais combien votre contribution auprès de mon prédécesseur Enrico Bernadazzi a été précieuse au printemps dernier. »

En un éclair, Mondino revit les trois cadavres au cœur transformé en bloc de fer[1]. Là aussi, on aurait cru à l'œuvre du diable, et cependant le coupable était un être humain. Mais, pour le découvrir, il avait exposé sa famille et lui-même à un grand péril.

Il s'apprêtait à formuler un franc refus lorsque le froufrou d'une robe de femme le fit se retourner. Eleonora Lamberti s'était avancée jusqu'au seuil, droite dans sa robe

1. Voir, du même auteur, *L'Élixir des Templiers*, L'Archipel, 2012.

noire. « Messire Mondino, dit-elle d'une voix incertaine. Permettez-vous que je vous dise un mot avant de prendre votre décision ?

— Certainement, madame », répondit Mondino en la suivant hors de la pièce.

Elle fit quelques pas dans le couloir et s'arrêta près d'une fenêtre en encorbellement qui donnait sur les cuisines au rez-de-chaussée. Elle le fixa longuement avant de prendre la parole, et Mondino se surprit à frotter nerveusement son pied sur le plancher, aussi embarrassé qu'un adolescent.

« Avant tout, je tiens à vous dire que je ne partage pas le jugement de mon mari à votre égard, commença-t-elle à voix basse. J'ai vu tout ce que vous avez fait pour sauver le petit Francesco, et si vous n'avez pas réussi c'est que Dieu avait décidé de le rappeler à Lui.

— Je vous remercie », dit Mondino, méfiant.

Cette manifestation d'estime tardive ne constituait sûrement pas le motif de cet aparté.

Elle le regarda à nouveau. « Azzone m'a épousée pour que je sois une mère pour Francesco et que je lui donne des petits frères, continua-t-elle, levant deux doigts vers son visage pour maintenir son voile en place. Nous avons découvert que je ne peux pas avoir d'enfants, puis Francesco est mort. Azzone n'a pas d'héritier. Pouvez-vous imaginer le choc que cela représente pour un homme ?

— Pourquoi me racontez-vous cela, madame ? »

Elle secoua la tête. « J'avais beaucoup d'affection pour mon beau-père, dit-elle. C'était un homme bon, le seul de la famille qui ne me traitait pas comme un objet inutile parce que je ne pouvais pas avoir d'enfants. » Elle fit une nouvelle pause. « Il ne méritait pas une mort aussi horrible. Vous êtes le seul qui puisse lui rendre justice en découvrant ce qui s'est passé et qui lui a fait ça.

— Moi, madame ? Mais je suis médecin, pas magistrat.

— Le podestat est un incapable, vous le savez aussi bien que moi. Il n'est bon qu'à parader devant la foule. Et messire Visdomini a déjà décidé que la mort de mon beau-père est l'œuvre du diable.

— Ne le croyez-vous pas?

— Le Malin choisit d'autres moyens pour se manifester dans la vie des gens, soupira Eleonora d'un ton chagrin. Je vous en prie, acceptez cette mission.»

Mondino se perdit dans la contemplation de ce visage parfait à la bouche sensuelle et aux joues lisses, encadré par des boucles souples de cheveux cuivrés qui s'échappaient du voile noir. Elle avait les yeux verts, comme lui.

À ce moment-là, le capitaine du peuple sortit de l'étude.

«Dame Eleonora, pouvez-vous faire venir la personne qui a découvert le cadavre de votre beau-père? demanda-t-il. Je voudrais l'interroger.

— Elle est encore sous le choc, je ne sais pas si…

— Priez-la de puiser dans son courage. Il est important qu'elle me dise exactement ce qu'elle a vu quand elle est entrée dans la pièce. Elle pourrait avoir aperçu des marques de Satan qui ont disparu depuis.

— Bien.» Eleonora se dirigea vers l'escalier, non sans avoir adressé un regard éloquent à Mondino.

Les deux hommes revinrent ensemble dans l'étude. Le capitaine du peuple alla droit vers la cheminée pour en inspecter le foyer, peut-être encore à la recherche de traces de soufre.

Mondino s'approcha du podestat qui regardait par la fenêtre, apparemment plongé dans des pensées déplaisantes.

«J'accepte la mission d'examiner le cadavre, lui annonça-t-il d'un ton brusque.

— Vous m'en voyez ravi, répondit le podestat, tournant la tête pour lui faire face.

— Mais je ne peux vous promettre que je découvrirai pourquoi un homme a pu brûler de la sorte, au point que ses os soient calcinés sans que le feu se soit communiqué à ce qui l'entourait.

— Je ne doute pas que vous ferez de votre mieux, répliqua Taverna d'un ton hâtif. Et si vous, qui êtes *magister medicinae*, ne le découvrez pas, il ne nous restera qu'à constater l'intervention du démon. Ce qui relève de l'Église, et non pas de la Commune.

— Un instant, intervint le médecin. Je ne vous apporterai mon aide qu'à deux conditions.

— Lesquelles ? »

Avant que Mondino pût parler, ils entendirent des pas rapides approcher. Un instant après, la silhouette élancée d'Eleonora se découpait sur le seuil : « Courage, Maria, entre, dit-elle à la femme qui la suivait. Je resterai près de toi. »

Elle s'avança dans l'étude, accompagnée par une femme de petite taille qui portait une robe marron et un surcot gris. Toutes deux passèrent à côté du fauteuil sans le regarder et s'arrêtèrent près de Mondino et du podestat. La servante était encore jeune, mais son visage encadré par une coiffe grise était sillonné de fines rides et elle avait les mains rouges et crevassées.

Mondino voulait appeler le capitaine du peuple, qui, ayant ôté son pourpoint, s'était accroupi pour fouiller la cendre du foyer, mais il s'aperçut que la femme avait pâli et vacillait. Il fallait la faire parler pour l'empêcher de s'évanouir à nouveau. Il lui demanda à la hâte si elle s'était remise de sa frayeur et elle le regarda d'un air surpris avant de répondre par l'affirmative. Elle ne devait pas être habituée à ce que l'on s'intéresse à son état de santé.

« Tu t'appelles Maria, n'est-ce pas ?

— Oui.

— Maria, nous avons besoin de savoir, continua Mondino d'une voix douce, si, quand tu as découvert le corps de Bertrando dans cet état... » Il s'interrompit car la femme secouait déjà la tête avec un regard effaré.

« J'imagine ce que tu as éprouvé. Mais il ne faut plus y penser. Nous savons que tu as perdu connaissance et nous ne voulons pas te faire peur de nouveau. »

Maria acquiesça prudemment, attendant la suite. Entretemps, le capitaine s'était relevé, un morceau de bougie plein de cendres à la main, et l'avait déposé sur la table.

« Messire Visdomini va te poser quelques questions, continua Mondino, puis tu pourras partir. Il est important que tu répondes de la façon la plus précise possible. »

Il recula d'un pas pour faire place au capitaine du peuple, qui adressa une série de questions rapides à la femme, sans lui laisser le temps de réfléchir à ses réponses. Il était déterminé mais courtois, bien que la femme fût une servante, et Mondino pensa qu'il faisait bien son travail. Mais il risquait d'être fourvoyé par sa conviction obstinée que la mort du chef de famille était due à des forces surnaturelles.

« Maintenant, essaie de te souvenir si avant de tomber à terre ou après avoir repris connaissance tu as remarqué un détail anormal, dit Visdomini. Quelque chose qui n'aurait pas dû être là.

— Non... non, j'crois pas, répliqua-t-elle d'une voix mal assurée. La seule chose d'bizarre, elle s'passée avant, p'dant la nuit. C'tait un son. C'tait pas un cri, c'tait un chant.

— C'est vrai, je l'ai entendu moi aussi, confirma Eleonora, étonnée. Un son très long, modulé, aigu. Ce n'est que quand il s'est arrêté que j'ai pensé qu'il pouvait s'agir d'une voix humaine.

— Et vous n'êtes pas allée voir d'où il venait? »

Eleonora haussa les épaules. «J'ai cru que je l'avais rêvé. Je le croirais encore si Maria ne venait pas de dire qu'elle l'a entendu elle aussi.

— Bien. Mais vous avez entendu le son avant, reprit le capitaine du peuple. Peut-être que c'était le diable qui s'approchait. Ce qui nous intéresse pour l'heure, c'est le moment où le corps a été retrouvé.» Il s'adressa à la servante: «Maria, ne pense pas au pauvre Bertrando. Pense à la pièce, et c'est tout. À la cheminée, à la table, au sol. Tu y arrives?»

Hochement de tête affirmatif.

«Bien. Maintenant, dis-moi: y avait-il une bougie quelque part dans la pièce?

— Une bougie?»

Visdomini fit une pause et ramassa le morceau de bougie sur la table pour le montrer à la femme. «J'ai trouvé ceci dans les cendres de la cheminée. Je me demandais qui pouvait l'avoir jeté.»

Maria tendit la main, comme si elle voulait toucher la bougie, puis la retira sans achever son geste.

«C'te bougie, l'est pas à nous», murmura-t-elle.

À ces mots, ils la fixèrent tous. Eleonora sembla s'apprêter à dire quelque chose, mais elle se mordit la lèvre et resta muette. Sur les visages du capitaine et du podestat se lisaient des émotions variées, où dominait la surprise.

«Comment fais-tu pour en être certaine? demanda Visdomini. Tu ne l'as même pas touchée.

— J'pas b'soin. J'ai pas besoin d'la toucher, reprit Maria d'une voix plus ferme. Nous aut', on utilise des bougies en suif. Celle-là, l'est en cire, comme dans les églises.»

Ce nouvel élément pouvait avoir de multiples implications. Visdomini exprima celle qui, malgré tout, semblait la plus probable: «C'était peut-être une bougie bénite, dit-il lentement. Et l'être qui a commis cette atrocité l'a jetée dans la cheminée parce qu'il ne pouvait pas en supporter la vue. »

Maria poussa un cri et se précipita hors de la pièce, suivie par Eleonora qui essayait en vain de la calmer. Les trois hommes échangèrent un regard en silence.

« Je dirais que nous en avons terminé, dit le capitaine du peuple au podestat. Il ne reste qu'à décider ce que nous allons faire du corps. »

Taverna Tolomei semblait avoir retrouvé toute son assurance. « Messire de Liuzzi, vous parliez de deux conditions pour examiner le cadavre de cet homme. Pourrais-je savoir lesquelles ?

— Naturellement, répondit Mondino. La première est que lorsque je ferai part des résultats de mon examen devant vous et les juges, je ne manipulerai d'aucune manière ces résultats pour les faire correspondre à une thèse préétablie. »

Le visage du podestat s'assombrit. « Il ne s'agit pas d'une thèse préétablie. La bougie bénite parle clairement : Satan est venu dans cette pièce.

— Si c'est ce que vous pensez, prenez votre décision sans m'y mêler. Pour ma part, je ne puis qu'exécuter un examen physique des restes.

— Qui confirmera sans aucun doute l'hypothèse avancée par messire Visdomini.

— Peut-être bien. Ou peut-être pas, insista Mondino. Je ne peux pas le dire en avance. »

Taverna Tolomei lui adressa un regard calculateur. « Et la seconde condition ?

— J'effectuerai l'examen dans mon école, pas ici. J'ai besoin de ma table de dissection, de mes instruments et d'une tranquillité absolue. Par ailleurs, j'estime plus prudent pour tout le monde d'éviter à Azzone ce qu'il pourrait interpréter comme une provocation supplémentaire, à savoir me trouver chez lui à son retour, mon couteau chirurgical plongé dans le cadavre de son père.

— L'autorité communale ne craint la colère d'aucun simple citoyen, rétorqua le podestat. Toutefois, votre demande est raisonnable, vous pouvez la considérer comme acceptée. »

Mondino allait lui répliquer qu'il désirait également obtenir un assentiment formel à sa première requête, mais il fut précédé par une exclamation consternée du capitaine du peuple : « Mais comment allons-nous faire pour transporter le cadavre ? Ce qu'il reste de Bertrando Lamberti se résume à un peu de cendre et quelques os collés au fauteuil. Si on essayait de le détacher, le cadavre partirait en lambeaux ! »

De toute évidence, le podestat n'avait pas anticipé cet aspect du problème. Son expression disait mieux qu'un long discours combien il regrettait l'erreur de jugement qui l'avait induit à se mêler à ce sac de nœuds.

Mondino et le capitaine restèrent cois, attendant qu'il endossât les responsabilités qui lui revenaient. Finalement, le podestat clama d'un ton martial qui sonnait aussi faux qu'une pièce en étain : « Faites appeler les sbires et prévenez dame Eleonora. Nous emporterons le cadavre avec le fauteuil. »

Le capitaine du peuple était fatigué, très fatigué. Il n'avait pas coutume de dormir pendant l'après-midi, mais la vision du cadavre calciné de Bertrando Lamberti l'avait vidé de toute son énergie.

À peine rentré, il s'était retiré dans les pièces privées de la bâtisse qu'il pouvait encore appeler sa « maison » jusqu'à la fin de l'année et celle de son mandat. C'était un édifice austère, accolé au palais du podestat et au nouveau palais de la Commune, surnommé « palais du roi Enzo » parce que le fils de Frédéric II y avait séjourné plus de vingt ans dans des conditions de réclusion enviables.

Les événements s'accéléraient. La veille au soir encore, durant leur dernière réunion dans le mithréum, il s'était entretenu avec Bertrando, et rien ne laissait présager cette fin horrible dont jusque-là il avait seulement entendu parler, la considérant comme une éventualité plus mythologique que réelle.

Était-il possible que Mithra punît véritablement de la sorte ceux qui l'offensaient? Le Christ n'était pas aussi sévère. Durant sa vie de soldat, Visdomini avait assisté à de sanglantes offenses à la croix, aux prêtres, à Dieu lui-même, et les auteurs de ces offenses étaient encore, pour la plupart, en excellente santé.

La prise de conscience que le libre arbitre dont parlaient les prêtres n'était peut-être qu'un subterfuge pour cacher l'impuissance de celui qu'ils appelaient le Tout-Puissant l'avait jeté dans les bras de l'homme surnommé Pater, mais qui n'avait pas grand-chose de paternel.

Il se dévêtit, ne gardant sur lui que sa chemise de lin. Il jeta son pourpoint et ses chausses semelées sur un tabouret, se glissa derrière les courtines cramoisies de son lit à baldaquin et s'apprêta à s'étendre sur le matelas de laine.

À ce moment précis, il entendit quelque chose. Un pas sur le plancher, puis un autre. Loin d'être furtifs, c'étaient des mouvements déterminés, paisibles, les mouvements de quelqu'un qui est chez lui. Visdomini bondit vers les rideaux, mais suspendit son geste.

«Tu n'as pas besoin de me voir pour savoir qui je suis, chuchota une voix qu'il connaissait bien.

— Vous? dit Visdomini, au comble de la stupeur. Comment…

— Comment je suis entré? répondit le Pater, parlant comme toujours à mi-voix. De la façon la plus simple. Il y a de fidèles serviteurs de notre Dieu dans ce palais aussi, prêts à obéir à mes ordres sans discuter. »

Sur son îlot délimité par les courtines, le capitaine du peuple se sentit aussi vulnérable qu'un enfant. Il glissa sa main sous l'oreiller pour s'emparer de la miséricorde qu'il y cachait, et retrouva une certaine assurance au contact du poignard.

« Que voulez-vous? demanda-t-il d'un ton respectueux mais ferme. Quoi que ce soit, cela pouvait attendre demain.

— Non, se contenta de répondre le Pater. Cela ne pouvait pas attendre.

— Parlez donc », répliqua Visdomini, légèrement agacé.

Il l'imaginait au milieu de la chambre, avec son capuchon de toile grise percé de deux trous pour les yeux. Il s'était souvent demandé quelle était la véritable identité de cet homme. Il soupçonnait qu'il s'agissait d'un personnage assez connu en ville, sans quoi il n'aurait pas eu besoin de cacher son visage et de contrefaire sa voix. Mais la taille moyenne et les yeux noisette étaient des traits très communs, et le Pater ne se laissait jamais approcher de près par ses fidèles.

« Bertrando Lamberti était sur le point de nous trahir, mais la justice de Mithra ne lui en a pas laissé le temps, dit le Pater dans un souffle. Le secret est préservé pour le moment.

— Vous… vous étiez présent? balbutia Visdomini.

— Cela ne te regarde pas, l'admonesta le Pater. Il a été tué par la colère du Dieu, pas par moi.

— On a parlé d'un son dans la nuit. Un chant qui ressemblait à un cri.

— Je ne suis pas venu pour satisfaire ta curiosité, mais parce que je suis soucieux : il n'est pas bon pour nous que le cadavre ait été confié à ce médecin.

— Je n'ai pu l'empêcher, se justifia Visdomini.

— Je sais. J'ai appris que tu as fait de ton mieux pour que l'on pense à Satan, afin que personne ne soupçonne notre existence. C'est bien. Mais nous devons affronter un nouveau danger, à présent.

— Un autre traître?», s'enquit le capitaine du peuple. Ce disant, il fut parcouru par un frisson de terreur, comme s'il pouvait s'agir de lui-même. Peut-être était-ce pour cela que le Pater était secrètement venu lui rendre visite? Sans bruit, il tira son poignard de sous l'oreiller.

«Bertrando m'a dérobé un objet précieux, un papyrus ancien qu'il comptait utiliser comme preuve dans ses accusations. Mais il ne l'avait pas sur lui. Avant de mourir, il m'a avoué qu'il l'avait confié à son confesseur et qu'il lui avait révélé tous nos plans.

— Mon Dieu, fit le capitaine du peuple et, pendant un instant, il ne sut plus à quel Dieu il en appelait, à celui auquel il croyait autrefois ou à l'autre, peut-être plus puissant mais sans aucun doute plus implacable.

— J'ai dû intervenir en personne, reprit le Pater. Sans perdre de temps. J'ai tué le confesseur, mais je n'ai pas récupéré la lettre. Je lui avais dit de la prendre avec lui, mais ce misérable n'a pas eu confiance.

— La lettre?

— Le papyrus dont je parlais est une lettre rédigée par un légionnaire romain il y a de nombreux siècles. C'est mon investiture, le fondement sur lequel repose la renaissance du culte de Mithra. Tu dois la récupérer.

— Moi? Mais je ne sais même pas...

— Je n'ai pas fini, murmura le Pater. Dans ma hâte, j'ai perdu mon pendentif en or à l'image de Zurvan. Je ne m'en suis aperçu qu'après et, lorsque j'ai pris le risque de revenir sur place, il n'y était plus. Quelqu'un l'a pris. Tu dois découvrir qui. Et vite. Je n'ai pas besoin de te dire combien il est important de préserver le secret, surtout en ces dernières semaines avant la purification finale. Personne ne doit soupçonner quoi que ce soit. »

La purification finale était programmée pour la nuit du 24 au 25 décembre, date à laquelle on plaçait la naissance de Mithra surgi d'une roche, ensuite usurpée par les chrétiens, qui l'avaient appelée Noël. La date fatidique était dans deux semaines à peine.

« *Cathrâyâim âthraiam*, chuchota le capitaine du peuple.

— La manifestation de la vérité par la preuve du feu, dit le Pater de l'autre côté de la courtine. Je vois que tu te so viens des mots importants. Très bien. »

Visdomini pensa à toutes les morts que l'incendie de la ville causerait et sentit ses mains trembler. Mais il ne pouvait pas permettre à sa foi de vaciller maintenant. Il avait suivi le Pater de son propre chef, il avait bu le jus sacré de l'*haoma* et avait entendu la voix du Dieu de ses propres oreilles. Ce qui pouvait apparaître comme un massacre d'innocents représentait en réalité la salvation de centaines, peut-être de milliers d'âmes.

Il desserra le poing qui tenait la miséricorde. Il n'était pas en péril. Le monde avait perdu la guerre contre le mal, et la voie indiquée par le Pater était la seule issue : embarquer le plus grand nombre d'âmes possible sur le grand navire de feu qui les emmènerait au véritable paradis, dont le paradis chrétien n'était qu'une fumeuse imitation. Le mot « paradis » lui-même, il le savait à présent, venait de *pairi-daeza*, qui dans la langue antique de l'*Avesta*, le livre sacré de Zoroastre, indiquait un jardin clos. Le Pater disait souvent que Zoroastre avait eu tort d'interdire l'*haoma*, mais qu'il n'en était pas moins un grand prophète.

« Que dois-je faire ? demanda-t-il sans plus hésiter. Je suis à vos ordres. »

II

Il faisait encore nuit quand Mondino se leva, après un sommeil entrecoupé de visions de Bertrando Lamberti carbonisé sur son fauteuil. Dans sa somnolence, il avait eu à plusieurs reprises l'impression qu'un élément évident lui avait échappé dans la maison d'Azzone, mais chaque fois il s'était rendormi avant de pouvoir cerner de quoi il s'agissait.

La description que les deux femmes avaient donnée du son entendu en pleine nuit le perturbait. Un chant qui ressemblait à un cri, une voix pas tout à fait humaine. Peut-être était-ce véritablement le diable qui arrivait. Vu l'état dans lequel se trouvait le cadavre, on était tenté de le penser.

La veille, après avoir fait emmener ce dernier à l'école de médecine, Mondino avait dû passer l'après-midi à surveiller les travaux dans la maison où la nouvelle salle de l'école allait être aménagée, et le corps martyrisé de Bertrando était resté abandonné sur son fauteuil, recouvert par le drap qui avait servi à le cacher à la vue du peuple pendant le transport.

Quand Mondino était finalement rentré chez lui, il s'était retiré dans son étude et avait consulté pendant des heures tous les textes dont il disposait, se replongeant même dans les notes qu'il rassemblait depuis des années en vue de rédiger un grand traité d'anatomie.

Cependant, il n'avait pas réussi à trouver la moindre explication scientifique à ce qu'il avait vu.

Cette chaleur si intense qu'elle avait réduit les os de Bertrando Lamberti en cendres aurait dû également brûler la maison comme un tas de paille. Pourtant, le feu n'avait consumé que le corps, sans même attaquer le bois du fauteuil sur lequel la victime était assise. Et il avait inexplicablement épargné les pieds, la partie inférieure des jambes et presque l'intégralité du bras droit, lequel montrait toutefois des signes de brûlures. Comment était-ce possible?

Mondino était fermement convaincu de l'existence du Malin, tout comme il croyait en la sainte Trinité et en l'intercession des saints pour les péchés des hommes. Mais il se refusait par principe à expliquer tout fait sortant de l'ordinaire par l'intervention de puissances surnaturelles, bonnes ou maléfiques. Avant de qualifier un événement d'inexplicable, il fallait épuiser toutes les possibilités offertes par la science.

Et là, il les avait épuisées. Les possibilités théoriques, du moins. Il restait encore l'examen pratique, quoiqu'il n'en attendît pas de grands résultats.

Il s'habilla à la hâte, enfilant ses chausses de laine les plus épaisses pour se protéger de la gelée matinale, et descendit à la cuisine. Lorenza, la femme qui s'occupait de la maison avec son mari Pietro, était déjà en train de raviver les braises dans la grande cheminée au centre de la pièce, soufflant dans un roseau aux extrémités noircies. Pietro était dans la cour à nettoyer les latrines, lui chuchota-t-elle pour ne pas réveiller leur fille qui somnolait dans une corbeille accrochée à une poutre, pas trop près du feu.

Mondino s'assit pour boire une tasse de lait tiède, réfléchissant à ce qu'il avait à faire dans la journée. Dès que Pietro fut rentré, il l'envoya réveiller Gabardino et le prier de se présenter en bas au plus vite. Désormais, il ne donnait plus d'ordres à son fils aîné et, quand il voulait quelque chose de lui, il le lui demandait avec gentillesse. Gabardino avait hérité du caractère difficile des Liuzzi, et réagissait par la colère à tout ce qui pouvait vaguement s'apparenter à un manque de respect. Par chance, ses deux fils les plus jeunes, Ludovico et Leone, tenaient de leur mère, sans quoi le foyer familial aurait ressemblé à un champ de bataille.

Il manquait ici une maîtresse de maison. Sa femme, Giovanna, lui avait fait promettre sur son lit de mort de se remarier au plus vite. Mais le temps avait passé et Mondino, quoique peu enclin à la solitude, avait fini par s'y habituer.

Il y avait eu Adia Bintaba, une alchimiste arabe pour qui son cœur avait vibré. Mais la magnifique Adia était comme lui, versée dans les langues et les sciences, incapable de prendre soin d'une famille. Elle devait être à Venise à présent, affairée à satisfaire sa soif de connaissance en compagnie de médecins, de sages et d'alchimistes.

Il se tourna à nouveau vers la cheminée et, à peine ses yeux s'étaient-ils posés sur le noyau de tisons ardents rougeoyant sous d'autres tisons encore éteints, que l'image d'Adia s'évanouit de son esprit, chassée par une idée qui le laissa la bouche ouverte.

Voilà ce qui lui échappait durant son demi-sommeil. Une seule hypothèse pouvait expliquer la combustion du corps de Bertrando Lamberti et la préservation des meubles alentour, y compris le fauteuil sur lequel il était assis. Cette idée était inacceptable car contre nature, mais évidente. Emporté par son excitation, il bondit sur ses pieds et se mit à sillonner l'espace entre la table et la cheminée.

« Bonjour, père. Vous souhaitiez me voir? »

Gabardino se tenait sur le seuil de la cuisine, grand et maigre comme lui, mais les yeux débordant de l'orgueil d'un jeune homme de vingt ans. Mondino se figea dans ses allées et venues.

« Excuse-moi de t'avoir fait réveiller si tôt, dit-il, remisant son enthousiasme dans un coin de son esprit. J'ai beaucoup à faire ce matin, et j'ai une tâche à te confier.

— J'ai beaucoup à faire moi aussi, rétorqua son fils. La boutique ne va certainement pas s'ouvrir toute seule. »

Depuis quelques mois, Gabardino avait pris en main la boutique d'apothicaire de la famille, près de l'église Santa Maria dell'Aurora. Et il ne permettait à personne de l'oublier, ne serait-ce qu'un instant.

Toutefois, ce n'était pas une manière de s'adresser à son père.

« Tu dois aller chez le menuisier et lui apporter les dessins des meubles pour la nouvelle salle, répondit Mondino d'un ton sec. Si tu y vas sans tarder, tu seras à l'heure à la boutique. »

Le jeune homme le toisa avec agacement mais ne dit mot.

« Je m'y serais rendu moi-même, mais je dois m'occuper de quelque chose d'important », expliqua Mondino pour apaiser son fils. Il s'aperçut aussitôt qu'il s'y était mal pris.

« Je ferai comme vous demandez, père, riposta Gabardino d'un ton froid. Contrairement aux vôtres, mes affaires ne sont pas importantes. Où se trouvent les dessins ?

— À l'étage, sur la table de mon étude », soupira Mondino. Inutile d'ajouter quoi que ce soit, ça n'aurait fait qu'empirer la situation.

Peut-être la fille de Lorenza sentit-elle la tension qui alourdissait l'atmosphère, car elle se réveilla et se mit à pleurer, imprimant un balancement à sa corbeille. Sa mère s'empara d'un morceau de lin propre, le trempa dans du lait tiède et le lui donna à téter. Entre-temps, Gabardino s'était éclipsé.

Mondino écouta ses pas rapides monter l'escalier et secoua la tête. Voilà la vie réelle, se dit-il. Elle ne laisse pas de place aux rêves, seulement aux actions et aux choix, qui conduisent à des résultats précis. Pour lui, le plus urgent consistait à se libérer au plus vite du problème que représentait la présence de ce cadavre dans son école.

Il demanda à Pietro de préparer le cheval bai qu'il avait acquis récemment. Dès que son domestique l'eut sellé et sorti de l'écurie, il partit à la hâte.

Le cheval lui évita de salir ses chaussures mais, en fin de compte, avec tous les obstacles qui entravèrent son passage dans la via San Vitale – piétons, artisans transportant des meubles sur leur dos ou sur des charrettes à deux ou quatre roues –, il mit presque autant de temps pour atteindre l'école de médecine, sise dans la paroisse de Sant'Antonino, entre la Piazza Maggiore et la Porta Nova, que s'il avait été à pied.

Il attacha sa monture à un anneau de fer scellé au mur, entra, referma la porte et traversa la salle déserte d'un pas vif. Arrivé au centre, entre la première rangée de bureaux et la table de dissection en marbre blanc, il eut un moment d'hésitation devant le fauteuil dissimulé sous un drap blanc. Il finit par le découvrir d'un geste résolu. La perspective de vérifier sa théorie sur la façon dont Bertrando Lamberti avait brûlé l'électrisait.

Il lui suffit d'un bref regard pour s'assurer qu'il avait vu juste. Les organes internes et quelques os étaient réduits en cendres, alors que la peau était restée presque intacte en plusieurs endroits.

« Il a brûlé de l'intérieur ! », s'exclama-t-il.

Il reprit les allées et venues interrompues chez lui par l'irruption de Gabardino, oubliant les bureaux en bois, l'estrade et la table de dissection. Il ne voyait même plus le cadavre, trop concentré sur ses pensées.

Oui, ce ne pouvait être que cela. Le feu s'était propagé à une intensité maximale à l'intérieur du corps, et seules quelques flammèches avaient atteint les couches superficielles de l'épithélium, dépourvues de la force nécessaire pour communiquer le feu à l'épiderme durci.

En effet, pensa-t-il en jetant un bref regard au fauteuil, les pieds étaient intacts parce qu'ils étaient éloignés de la chaleur centrale. En revanche, quoique sans brûler entièrement, la tête avait grillé parce qu'une flamme tend par nature à aller vers le haut.

Cela n'expliquait pas comment un corps humain pouvait s'être enflammé de l'intérieur, mais c'était toujours un début. La cuirasse qui entourait ce mystère avait été ébréchée et, en insistant, peut-être pourrait-on arriver à une explication complète de…

Non.

Mondino abandonna cette pensée, s'immobilisant tout net, comme s'il venait de rentrer dans un mur. Ce n'était pas sa tâche. On lui avait demandé un examen médical, il allait l'accomplir au mieux, puis il oublierait cette affaire.

La promesse qu'il avait faite à Liuzzo, il se l'était aussi faite à lui-même : il ne mettrait plus jamais sa vie et l'avenir de sa famille en danger à cause de sa curiosité en matière de science.

Ayant recouvré son calme, il se tourna vers l'armoire fermée à clé où il rangeait ses instruments et, à sa place, il ne vit qu'un trou noir dans le mur, assez grand pour laisser passer deux hommes côte à côte.

La force de l'habitude le fit sourire. L'armoire avait été déplacée parce que ce mur devait être abattu et remplacé par une grande entrée en arc, mais ses yeux continuaient à la chercher là où elle s'était toujours trouvée.

Il alla l'ouvrir et en sortit un petit couteau chirurgical à la lame courte et une lentille de verre d'une forme particulière, qui agrandissait les objets. Il l'avait obtenue d'un augustin et ne l'avait encore jamais utilisée.

Avant toute chose, il lui fallait repérer une preuve de l'identité du mort. Eleonora l'avait informé que Bertrando avait une envie ovale sur le poignet droit. La peau du bras n'était plus qu'un amas de tissus noircis, mais d'habitude les envies étaient perceptibles au-delà des couches superficielles de l'épithélium. Mondino incisa délicatement la chair dure et brûlée au-dessus du poignet, souleva un lambeau de peau et s'accorda un bref sourire. L'envie était là, une tache marron visible en profondeur. À présent, on pouvait affirmer sans l'ombre d'un doute que le défunt était bien Bertrando Lamberti. Au moins cette partie de l'examen avait-elle été facile.

Essayant de réfléchir à une méthode d'anatomie pouvant expliquer comment ce corps avait pu prendre feu, Mondino commença à scruter ce qu'il en restait pouce après pouce à l'aide de la lentille de verre.

Il examina l'une après l'autre les vertèbres soudées au cuir du fauteuil. La colonne vertébrale semblait avoir été sculptée dans la pierre. Les disques intervertébraux avaient presque disparu, réduits à une couche très fine et dure, et les vertèbres avaient la même couleur jaunâtre que le marbre vieilli. Au niveau du bassin, les cartilages avaient disparu, et les os pelviens étaient à demi enterrés sous un petit tas de cendres. Tout avait brûlé : cœur, côtes, foie, rate, estomac, un œil. Le crâne de Bertrando était tourné vers les bureaux des étudiants, la bouche grande ouverte et les dents en évidence.

La tension des muscles faciaux, comme bloqués en plein milieu d'un cri, témoignait que l'homme n'avait pas été tué avant d'être soumis à l'action du feu, mais bel et bien brûlé vif.

Un frisson parcourut Mondino. La souffrance endurée par ce pauvre homme était inimaginable. Il dut faire un effort pour retrouver le sang-froid nécessaire à la poursuite de son examen.

Il s'agenouilla pour examiner les pieds, froids, livides et intacts comme ceux d'un homme mort dans son lit. Avec sa lentille, il remonta le long des tibias et des mollets, jusqu'à ce que les jambes finissent soudain en deux morceaux de chair carbonisée et fondue, dont la peau recouvrait le siège. Au-dessus des genoux, il n'y avait rien.

Mondino se leva. Inutile de continuer. Même s'il examinait le cadavre jusqu'au soir, il ne réussirait pas à déterminer s'il s'agissait d'un homicide ou d'un acte surnaturel. Le son dans la nuit et la bougie en cire vierge dans la cheminée de Bertrando semblaient plutôt aller dans le sens de la dernière hypothèse, mais sans constituer une preuve irréfutable.

De toute façon, c'était à la justice de déterminer cela. Le podestat et le capitaine du peuple avaient habilement tenté de lui faire endosser cette responsabilité, mais il n'avait pas l'intention de la porter.

Il allait imaginer une excuse quelconque à servir au podestat, agrémentée de quelques citations de Galien, Avicenne et Averroès. Il ne lui dirait pas qu'il avait été incapable de concevoir une explication, mais que c'était la science qui ne l'avait pas trouvée. Ainsi, sa réputation en sortirait intacte.

Ce qui le préoccupait surtout, c'était la perspective de décevoir Eleonora. Il repensa au regard intense de ses yeux verts, à sa conviction qu'il était le seul capable de jeter la lumière sur la mort de son beau-père.

Mû par cette pensée, il se repenchait sur le corps martyrisé lorsqu'on frappa à la porte. Il était trop tôt pour que ce fût un étudiant, la cloche de l'église Sant'Antonino n'avait pas encore sonné tierce. L'ombre d'un instant, Mondino envisagea de ne pas ouvrir. Puis il pensa que ce pouvait être le capitaine du peuple qui venait s'informer de ses progrès. Il glissa la lentille dans une poche de sa robe écarlate et s'approcha de la porte, demandant qui était là.

« Magister, c'est moi », répondit une voix bien connue.

Mondino ouvrit et il se sentit transporté vers le passé, vers cette nuit d'avril où ce jeune homme avait frappé à sa porte avec sur les bras un cadavre aux mains tranchées et au cœur transformé en un bloc de fer, l'entraînant dans le pire cauchemar de sa vie. Mais aujourd'hui, Gerardo da Castelbretone souriait, aucune lueur de folie ne scintillait dans ses yeux bleus, et ses cheveux noirs qui lui arrivaient sous les oreilles étaient bien coiffés. Son habit de laine marron lui tombant jusqu'au genou et ses chausses semelées noires étaient parfaitement propres et dépourvus de toute tache de sang.

« Gerardo. Comme il est étrange de recevoir ta visite aujourd'hui, et à cette heure, dit-il, exprimant par son ton et sa posture ce qu'il aurait été offensant de dire clairement, à savoir que sa présence à ce moment précis ne lui semblait pas de bon augure.

— Vous ne me faites pas entrer, magister? », s'étonna Gerardo, et Mondino s'écarta du seuil pour le laisser passer. Il remarqua alors que Gerardo ne portait ni manteau ni houppelande.

« Tu n'as pas froid? s'enquit-il.

— Pas trop. » Le jeune homme s'avança sur la paille qui recouvrait le sol, mais il s'arrêta presque aussitôt, s'appuyant à l'un des bureaux du premier rang. « Ce que j'ai entendu dire est donc vrai, murmura-t-il, les yeux rivés sur le cadavre de Bertrando. Je croyais que ces racontars étaient exagérés.

— Racontars? fit Mondino en refermant la porte. Tu veux dire qu'on parle de cette histoire en ville?

— Vous plaisantez, magister? Depuis hier, on n'entend parler que de ça. Croyiez-vous qu'un cortège dirigé par le podestat en personne avec en son centre un grand siège recouvert d'un suaire en lin passerait inaperçu?

— Que raconte-t-on d'autre? le pressa Mondino, soucieux.

— Que le suaire cache une atrocité qui empêcherait de dormir quiconque s'aventurerait à le soulever, répondit Gerardo. Si ce n'est que le suaire en question ressemble plutôt à un banal drap, je dois reconnaître que pour une fois l'imagination populaire a été en deçà de la réalité.

— Cette réalité, dit doucement Mondino, j'aimerais vraiment ne l'avoir jamais vue.

— Avez-vous découvert comment il est mort? Je veux dire, on voit bien qu'il a brûlé, mais... »

Mondino secoua la tête. « Je n'ai rien découvert du tout, affirma-t-il sans entrer dans des détails inutiles. Je m'apprêtais justement à déclarer l'examen terminé. Tiens, puisque tu es là, aide-moi à transporter le cadavre dans l'autre pièce, s'il te plaît. Je ne veux pas que mes étudiants le voient.

— Pourquoi? Ce serait un cas d'étude intéressant.

— Peut-être. Mais le corps de ce pauvre homme a déjà trop été outragé, avec mon examen pour finir. Maintenant, il ne mérite que de reposer en paix. »

Gerardo acquiesça et fit basculer le dossier du fauteuil, afin que Mondino pût s'emparer de ses pieds. Ils le soulevèrent aisément, les pauvres restes accrochés au cuir ne pesant guère, et franchirent le trou dans le mur pour atteindre la pièce en construction. Ils l'installèrent sur le sol irrégulier de terre battue, à côté d'un tas de briques. « Que pensez-vous faire, à présent? demanda Gerardo.

— Comment ça?

— Avez-vous déjà une théorie?

— Aucune. Je ne puis que confirmer qu'il s'agit bien de Bertrando Lamberti, et qu'il a brûlé encore vif. Que fais-tu ?

— Rien », répondit Gerardo en essayant de masquer son dégoût. Il avait tendu la main comme pour retirer quelque chose du bras intact du cadavre, puis l'avait retirée, sans oser le toucher. « Il y a un bout de fil collé à la peau, mais je suppose que l'enlever ou le laisser là ne fait pas une grande différence.

— Un fil ? » Mondino s'approcha.

En effet, sur un lambeau de peau moins atteint que les autres apparaissait un fil noir entortillé de façon étrange. Mondino essaya de gratter avec son ongle, sans résultat. Il tira la lentille de sa poche et se pencha pour mieux regarder.

« Ce n'est pas un fil », conclut-il, soudainement excité. Il alla chercher le couteau chirurgical dans la pièce principale et entreprit d'inciser la peau avec soin.

« C'est ce qui reste d'un tatouage, dit-il, plus pour lui-même que pour Gerardo. S'il n'est pas trop ancien, il se peut qu'une partie du dessin soit conservée sous la peau. »

À l'aide de son petit couteau, il souleva délicatement la couche supérieure de l'épithélium, procédant comme il l'avait fait sur le poignet pour révéler l'envie, et il se retrouva à contempler l'image la plus étrange qu'il eût jamais vue.

Un monstre ailé, avec une tête de lion et le corps pris dans les anneaux d'un serpent. La tête du serpent était posée sur celle du lion. On devinait l'existence d'autres détails, mais le feu les avait effacés.

« Cela vous évoque-t-il quelque chose ? demanda Gerardo.

— Il s'agit peut-être d'un signe de reconnaissance », hasarda Mondino, peu convaincu. Les tatouages étaient monnaie courante chez les soldats et les marins, mais sûrement pas chez les notables d'une corporation importante comme celle de la soie, dont les membres étaient surtout des nobles.

«Je ne crois pas, fit Gerardo, qui devait avoir suivi le même raisonnement. Il est étrange que la famille ne vous en ait pas parlé.

— En effet», acquiesça Mondino en se redressant.

Il n'ajouta rien, mais son esprit était en ébullition. Pourquoi donc Eleonora n'avait-elle pas mentionné un détail de ce genre, qui aurait permis d'identifier son beau-père plus aisément qu'une simple envie sur le poignet? Il était vrai que le tatouage se trouvait plus haut sur le bras, au niveau du muscle deltoïde, et pour en connaître l'existence Eleonora aurait dû voir son beau-père sans chemise, une pensée indigne que Mondino se hâta de chasser de son esprit. La seule personne qui pouvait être en connaissance de ce tatouage était l'épouse de Bertrando, décédée dix ans auparavant.

Il fixa Gerardo: «Tu ne m'as pas encore fait part du motif de ta visite.

— Je suis venu me mettre à votre disposition, si vous le voulez.

— À ma disposition pour quoi?»

Gerardo lui adressa un regard étonné tout en montrant le squelette carbonisé du doigt. «Mais... Pour ça, magister. Je sais que vous seriez capable d'élucider tout seul ce mystère...

— Le mystère, l'interrompit Mondino, irrité. Voilà ce qui t'attire. Eh bien, moi, j'en ai eu mon compte. On m'a demandé un examen médical, je l'ai accompli et ma tâche s'arrête ici. Je n'ai pas besoin de ton aide.

— Oubliez ce que j'ai dit, répondit Gerardo d'un ton dur. Je suis venu parce que j'avais l'intention de vous payer ma dette en vous proposant mon aide dans une situation ardue, comme vous-même l'avez fait avec moi. Mais puisque vous n'en avez pas besoin, je ne vous ferai pas perdre plus de temps.»

Il s'inclina brièvement et se dirigea vers la sortie.

«Attends!»

L'offre de Gerardo était sincère, et Mondino se dit qu'il n'avait pas le droit de la mépriser seulement parce qu'il était en colère contre lui-même.

«Tu peux faire quelque chose pour moi, si tu y tiens vraiment.

— Vous n'avez qu'à demander.

— Là, je vais donner mon cours, et ensuite je dois rentrer chez moi pour m'entretenir d'un sujet important avec mon fils. Je voudrais éviter de perdre du temps à aller chercher le capitaine du peuple pour lui dire de venir reprendre le corps de Bertrando Lamberti et de le rendre à sa famille. Pourrais-tu y aller à ma place? Je te laisse la clé de l'école, tu me la rapporteras demain.

— Alors, vous renoncez vraiment, dit Gerardo, sans réussir à masquer la déception dans sa voix.

— Oui, répliqua Mondino en le regardant droit dans les yeux. Je mettrai le podestat au courant de ma découverte et puis je ne veux plus entendre parler de cette histoire.»

Il savait que c'était ce qu'il fallait faire, et il le ferait.

Gerardo hocha la tête. «J'ai une petite tâche à accomplir, puis je me rendrai chez le capitaine du peuple.

— Fort bien, dit Mondino. Je tiens à ce que le corps de Bertrando soit restitué au plus tôt à sa famille afin qu'il puisse reposer en paix dans une terre consacrée.»

Ils revinrent dans la salle principale, Mondino sortit de l'armoire la clé que Liuzzo lui avait laissée avant de partir et la tendit à Gerardo. Celui-ci la prit, salua et sortit.

Mondino soupira, soulagé. Cette sale histoire s'achevait.

Il ramassa le drap prêté par Eleonora pour recouvrir le cadavre et le fauteuil. Ce petit signe de respect ne faisait aucune différence pour Bertrando, mais pour lui, si. Un scientifique, peut-être plus encore qu'un soldat en guerre, courait le risque d'oublier que le corps humain est sacré, un don de Dieu aux hommes.

Celui qui avait assassiné Bertrando Lamberti d'une aussi horrible manière devait être capable d'une cruauté sans limites.

Qui que ce fût, surtout si c'était vraiment le diable, comme le soutenait le capitaine du peuple, mieux valait n'avoir affaire à lui pour rien au monde.

En attendant l'arrivée de l'appariteur particulier et des étudiants, Mondino referma l'armoire, alla ouvrir la porte d'entrée puis disposa sur l'estrade le *Canon* d'Avicenne, ouvert au chapitre qu'il lirait le jour même. Cependant, ces gestes quotidiens ne l'apaisèrent en rien.

***

Gerardo était de mauvaise humeur. Le ciel couvert et le vent qui balayait les rues s'accordaient parfaitement à son état d'esprit. Il avait perdu presque deux heures à se rendre à la seconde enceinte de remparts, à proximité du Serraglio di Saragozza, et le tonnelier lui avait refusé la réduction escomptée par le père prieur pour l'achat de trois barriques, cinq seaux et un baquet. Finalement, il avait conclu l'achat en payant la différence de sa poche.

Maintenant, il s'interrogeait sur le sens de sa vie.

Des années auparavant, il s'était fait Templier afin de combattre pour défendre la foi. Mais à peine avait-il prononcé ses vœux qu'il avait dû s'enfuir, car Philippe le Bel s'était lancé dans une guerre contre les Chevaliers du Temple, les accusant d'actes infâmes et dissolvant leur ordre avec la complicité forcée du pape Clément V. Aussi Gerardo s'était-il retrouvé à se faire passer pour un étudiant en médecine à l'université pour échapper à l'arrestation. Puis, en juin de la même année, il avait été absous, de même que tous les Templiers de Bologne, grâce à l'archevêque de Ravenne, qui s'était opposé à l'usage de la torture pour obtenir des confessions.

Toutefois, il avait découvert le côté obscur de cet ordre qu'il croyait exempt de toute tache et avait refusé d'entrer dans l'ordre des Hospitaliers de Saint-Jean de Jérusalem, l'autre ordre combattant sur lequel beaucoup de Templiers s'étaient rabattus, et de renouveler ses vœux.

Il s'était octroyé quelques mois pour réfléchir à la direction à donner à sa vie et avait choisi de les passer à l'hospice bénédictin de San Procolo pour s'occuper de Masino, l'enfant que Mondino et lui avaient amené là après l'avoir arraché des mains de la vieille qui en vendait les faveurs à des hommes sans scrupules. Masino était muet, peut-être en raison des sévices endurés, et Gerardo semblait être la seule personne à qui il accordait sa confiance, le seul qui comprenait son langage tout de gestes et de grimaces.

Gerardo payait une pension pour loger à l'hospice et donnait un coup de main pour la gestion, mais il était resté laïc et ne pensait pas se faire bénédictin.

Une fois, Mondino lui avait dit qu'il était un jeune homme plein de capacités mais que son esprit demeurait embué par les rêves. Gerardo s'était vexé et il ne serait peut-être pas revenu le voir si la mort de Bertrando Lamberti et le désir de s'acquitter de sa dette envers lui ne l'y avaient pas incité.

Mais à présent, alors qu'il quittait la via di Barberia en direction du quartier du Pratello, il pensait que Mondino n'avait pas tout à fait tort. Cette situation ne pouvait durer. Il devait décider une bonne fois pour toutes de la direction qu'il donnerait à sa vie.

De l'autre côté de la place pavée qui s'étendait derrière la basilique San Francesco, il aperçut le capitaine du peuple au centre d'un groupe de sbires armés de bâtons, une dague glissée à la ceinture. Il le reconnut de loin à ses longs bras, ses cheveux courts et au pourpoint de cuir qu'il portait sous son manteau ouvert. Comme lui, Visdomini était tête nue et se tenait légèrement courbé pour marcher contre le vent, qui absorbait tout bruit. Deux sbires montèrent sur une charrette sans rebords où était étendu un corps dénudé, firent un signe à l'homme qui chevauchait le mulet attelé à la charrette et partirent en direction du Mercato di Mezzo, emmitouflés dans leurs capes de grosse laine. Ils emmenaient probablement un cadavre au palais communal. Suivi par trois hommes, le capitaine se dirigea vers la basilique San Francesco. Gerardo hâta le pas pour aller à sa rencontre.

« Messire Visdomini ? dit-il, accompagnant ses mots d'une inclinaison de tête. On m'avait dit que je vous trouverais ici. Je m'appelle Gerardo da Castelbretone, et…

— Je sais qui vous êtes, l'interrompit le capitaine. Quand j'ai pris mon mandat, il y a six mois de cela, on ne parlait que de vous et de messire de Liuzzi. Je suppose que c'est lui qui vous envoie.

— Tout juste, répondit Gerardo, mécontent que la notoriété embarrassante due aux homicides du cœur de fer, comme les appelait le peuple, fût encore d'actualité. Il souhaiterait que le cadavre de Bertrando Lamberti soit retiré de son école et ramené à sa famille aujourd'hui même.

— A-t-il découvert quelque chose d'utile ?

— Il a seulement confirmé l'identité du défunt grâce à une envie sur le bras et il a trouvé un tatouage qu'il voudrait vous montrer. Concernant la façon dont l'homme est mort, il m'a dit de vous informer qu'il s'agit d'un phénomène inexplicable pour la science.

— Un tatouage? se récria le capitaine d'une voix alarmée. Comment diable a-t-il pu trouver un tatouage sur un corps carbonisé?

— Demandez-le-lui, rétorqua Gerardo sans se compromettre. Je ne fais que vous rapporter ce qu'il m'a dit.»

Autour d'eux, le va-et-vient était étonnamment silencieux. Les gens, à pied, à cheval ou à dos d'âne, semblaient n'avoir d'autre objectif que de traverser le plus rapidement possible la place balayée par le vent.

L'un des sbires fit un pas en avant et demanda au capitaine s'il devait commencer à interroger les personnes habitant à proximité de l'endroit où le cadavre avait été retrouvé.

«J'ai une sale affaire sur les bras, dit Visdomini en se dirigeant vers la porte du couvent. On a trouvé un frère mineur assassiné et dénudé au Pratello, au coin avec la Pietralata, et tant qu'on ignorera son identité tous les franciscains de la ville seront sens dessus dessous.»

Gerardo n'avait pas de mal à le croire. La mort d'un prêtre dans le quartier des prostituées constituait un scandale que n'importe quel couvent aurait volontiers collé à d'autres.

«Je suis au courant, répondit-il, marchant à ses côtés, lui aussi courbé en avant. On me l'a dit quand je suis passé chez vous et qu'on m'a indiqué où je pourrais vous trouver. Cependant, faire enlever le corps de Bertrando Lamberti ne vous prendra que très peu de temps. Si vous voulez bien me suivre…

— C'est moi qui décide de mes priorités, si vous n'y voyez pas d'inconvénients, répliqua Visdomini d'un ton sec. Je me rendrai chez messire de Liuzzi quand j'aurai parlé avec le prieur de San Francesco. J'ai de bonnes raisons de penser que le mort vient de ce couvent.

— Alors je vous attends, fit Gerardo. J'ai la clé de l'école de médecine et je serai ravi de vous y accompagner dès que vous serez disponible.»

Il vit un éclair d'agacement traverser le visage pâle et carré du capitaine, mais ce dernier acquiesça. « Très bien, dit-il. Restez dehors. Nous irons ensemble chercher le corps à mon retour. Il me tarde à moi aussi de le rendre à sa famille et de ne plus en entendre parler. »

Frère Samuele ne parvenait pas à recouvrer la sérénité. Il avait attendu toute la matinée, puis tout l'après-midi, et lorsque l'absence de Venanzio avait enfin été remarquée, il s'en était trouvé soulagé. À son retour, le prêtre serait durement puni, mais au moins, pensait Samuele, on enverrait quelqu'un le chercher et son incertitude prendrait fin. Cependant, le prieur n'avait rien fait, et Samuele avait passé une nuit blanche à se tourner sur son grabat.

À un moment, il lui avait semblé que quelqu'un se déplaçait dans l'obscurité, dans le secteur où se trouvait la couche de Venanzio. Il s'était levé et approché sur la pointe des pieds mais il n'avait vu personne. La caisse des effets personnels du prêtre semblait en désordre, mais peut-être était-ce lui qui l'avait laissée ainsi lorsqu'il l'avait fouillée quelques heures auparavant.

Il conservait à présent les objets qu'il y avait trouvés dans une poche de sa chemise, sous son froc. Il redressait la caisse avec le pied lorsque la cloche de l'appel à la prière avait sonné, et il avait quitté le dortoir à la hâte pour éviter que quelqu'un le trouvât à côté du lit de Venanzio.

Il avait chanté les matines puis les laudes, un œil toujours rivé à la porte, avec l'espoir d'apercevoir la grande silhouette de Venanzio entrer et prendre sa place dans le chœur. Les cloches de l'église avaient sonné prime et tierce, et Samuele était désormais certain que quelque chose de terrible était advenu.

Il avait inventé tous les prétextes possibles et imaginables pour passer aussi souvent que possible à côté de la grande porte du couvent. C'est ainsi qu'il vit arriver un homme d'une quarantaine d'années, aux cheveux gris et courts et au menton carré, accompagné par deux sbires et par un jeune homme dont le visage lui était vaguement familier. Il l'observa échanger quelques mots avec le frère portier, puis se tourner et ordonner aux autres de l'attendre dehors. Samuele s'approcha pour mieux voir. Il reconnut le capitaine du peuple et son cœur se brisa.

Il ne put s'empêcher de le suivre discrètement et de coller son oreille à la porte close de l'étude du prieur.

« Révérend père, commença le capitaine après les formules rituelles. Manque-t-il un moine à l'appel dans ce couvent ?

— Qu'est-ce qui vous le fait penser ? demanda le prieur au lieu de répondre par l'affirmative.

— Le fait est qu'un moine a été retrouvé assassiné non loin d'ici. Il était nu, le crâne brisé, et ceux qui l'ont découvert n'ont compris qu'il s'agissait d'un moine qu'à sa tonsure. Ensuite, mes hommes ont repéré un froc franciscain dans le canal en contrebas de la rue, accroché à un tronc.

— Les franciscains ne manquent pas dans cette ville, observa le prieur. Pourquoi le cherchez-vous donc ici ? » Samuele ne prenait même pas soin de regarder de temps à autre par-dessus son épaule pour éviter d'être pris sur le fait. Venanzio était mort. Il était sûr qu'il s'agissait de lui.

Plutôt que de perdre patience, le capitaine répliqua courtoisement. De toute évidence, il savait comment s'y prendre avec les religieux. « Une femme l'a reconnu. Elle dit qu'il s'appelait père Venanzio. » Le cœur de Samuele s'arrêta de battre un instant, et le jeune homme vacilla comme s'il avait reçu un coup de massue. « Elle ignorait de quel couvent il venait. Aussi ai-je commencé par le vôtre, étant donné que c'est le plus proche de l'endroit où le corps a été retrouvé et le plus grand de la ville. À présent, auriez-vous la gentillesse de me dire si l'absence d'un moine a été remarquée, de grâce?»

Cette fois, le prieur ne réagit pas immédiatement. Bien que sournois, le vieil homme n'était pas dépourvu de sensibilité. La mort de Venanzio devait l'affecter lui aussi. «Oui, finit-il par chuchoter. Père Venanzio était de ce couvent. Il est absent depuis hier. Que la paix soit avec lui.»

Le capitaine expliqua que l'homicide ne pouvait être lié à une rapine, car tout un chacun savait que les frères mineurs ne possédaient rien d'intéressant à dérober. Il demanda au prieur si le moine avait des ennemis, s'il avait exprimé des craintes. Le prieur répondit non sans même lui laisser le temps de terminer ses questions. Manifestement, il ne lui importait guère de savoir qui avait tué Venanzio. Il voulait seulement étouffer le scandale au plus tôt. Samuele comprenait qu'il agissait ainsi dans l'intérêt du couvent, mais des larmes de rage et de douleur lui brûlaient les yeux.

Lorsque le capitaine demanda à examiner les effets personnels du défunt et que le prieur lui rétorqua que les moines n'en possédaient pas, Samuele fut sur le point de faire irruption dans la pièce. Il se retint, car cela aurait constitué un acte de désobéissance grave. Cependant, il prit sa décision. Il écarta son oreille de la porte et s'éloigna dans le long couloir. Bien que quitter le couvent sans permission fût formellement interdit, tout le monde savait comment s'y prendre sans se faire pincer. Il sortit dans le jardin, traversa le champ planté de choux et atteignit rapidement le petit cimetière derrière l'église, à côté des tombes monumentales des glossateurs. Frissonnant de froid, il se cacha derrière celle d'Accursius et fixa la porte du couvent, de l'autre côté du mur d'enceinte.

Au bout d'un temps très bref, il vit le capitaine du peuple sortir, s'arrêter un instant, repérer les deux sbires et l'autre homme qui attendaient sous une arcade pour se protéger du vent et se diriger vers eux. Samuele quitta sa cachette, enjamba le muret et émit un sifflement bref pour l'interpeller. Visdomini se tourna.

« Par ici », chuchota le frère.

Le capitaine réagit avec naturel, en homme accoutumé aux subterfuges. Il pivota sur lui-même et marcha dans sa direction comme si telle était son intention depuis le début. Il passa l'angle du mur et rejoignit Samuele.

« Eh bien ? »

Le frère le noya sous un flot de paroles. Il lui fit part du secret que le père Venanzio avait entendu en confession, du message qui l'invitait à un rendez-vous au Pratello, de l'allusion à un incendie au cours duquel des milliers de personnes devaient mourir.

« Où est ce message ? demanda aussitôt Visdomini. Le détenez-vous ? »

Samuele secoua la tête, chagrin. « Non. Je l'ai cherché dans ses affaires, mais il n'y était pas. Peut-être qu'il l'a pris avec lui ou qu'il l'a détruit.

— Dans ses affaires ? Le prieur m'a dit que vous n'aviez pas d'effets personnels.

— C'est vrai, mais pas tout à fait, expliqua Samuele. D'habitude, nous ne possédons rien qui vaille la peine d'être signalé, mais nous avons toutefois quelques objets. Une lanière de rechange pour nos sandales, un petit bout de corde, parfois des chausses propres… Enfin, reprit-il après une pause, la plupart d'entre nous gardent leurs affaires dans une petite caisse à côté de leur paillasse, dans le dortoir commun. J'ai fouillé celle de Venanzio, mais je n'ai rien trouvé. »

Ce n'était pas vrai mais, avant de lui remettre l'étrange lettre qu'il avait découverte, il voulait avoir la certitude qu'il pouvait se fier à lui.

«Je comprends, acquiesça le capitaine, l'air déçu. Merci de m'avoir confié ces éléments, mon frère.»

Samuele le retint par la manche lorsqu'il fit mine de repartir. «Un instant. Où est le corps de Venanzio?

— Je l'ai fait emmener chez moi, en attendant de l'identifier.

— Je veux le voir, dit Samuele d'un ton décidé.

— Pourquoi?

— Pour être sûr qu'il s'agit de lui.»

Le capitaine secoua la tête. «Le prieur a dit qu'il enverrait quelqu'un dès que possible.

— Il ne le fera pas, et vous le savez. Croyez-vous vraiment qu'il souhaite exposer le couvent à la risée en envoyant l'un de ses moines déclarer publiquement que le frère trouvé nu à proximité d'un bordel appartenait à l'église San Francesco? Il attendra que vous vous soyez lassé de patienter et que vous lui rapportiez le corps en toute discrétion.»

Visdomini lui adressa un regard pénétrant. «Et vous, ne craignez-vous pas le scandale?

— Si, reconnut Samuele. C'est pourquoi je ne ferai pas une reconnaissance publique, devant les magistrats. Je veux seulement voir le cadavre. S'il s'agit vraiment de Venanzio, je vous le dirai, et vous pourrez le faire emmener aussitôt au couvent, évitant ainsi une attente inutile.»

Le capitaine du peuple n'eut pas besoin de réfléchir trop longtemps. «Bien, dit-il. Allons-y.»

Ils se dirigèrent ensemble vers l'arcade où attendaient les deux sbires et le jeune homme aux yeux bleus que Samuele avait l'impression de connaître. En d'autres circonstances, il l'aurait observé plus attentivement. Mais, dans l'état dans lequel il se trouvait, c'était déjà un miracle qu'il pût mettre un pied devant l'autre et se retenir de pleurer en se répétant qu'il s'agissait peut-être d'une erreur, que le corps découvert au Pratello pouvait tout aussi bien être celui de quelqu'un d'autre.

Le capitaine informa le jeune homme qu'il devait passer au palais pour une affaire importante, puis qu'il irait avec lui. Son interlocuteur acquiesça et ils prirent la direction de la Piazza Maggiore, sous un ciel bas couleur de plomb fondu.

En voyant les épais manteaux et les houppelandes, ou les sacs de chanvre dont les plus pauvres couvraient leurs vêtements pour lutter contre le froid, Samuele redressa les épaules. Un moine était vêtu de la même façon été comme hiver et ne craignait ni la chaleur, ni le froid, ni les privations. Quand il était entré dans les ordres mineurs, on lui avait dit qu'un moine est comme un soldat, et que la foi est une guerre. Cette phrase lui paraissait chaque jour un peu plus vraie. Mais sa guerre à lui, celle qu'il menait contre lui-même, n'était pas précisément celle dont parlaient ses supérieurs.

Quand ils arrivèrent sur la place, une fille vêtue d'une robe usée et d'une cape en grosse laine déboucha d'une ruelle latérale et fonça droit sur eux. Son air irrité n'amenuisait pas son charme. Samuele crut qu'elle souhaitait parler au capitaine du peuple jusqu'à ce que, sans trop s'approcher, elle fît signe au jeune homme qui les accompagnait : « Messire Gerardo, je vous cherchais. » À ce nom, Samuele se rappela enfin qui était cet homme et pourquoi il lui semblait l'avoir déjà vu. Il se tourna brusquement pour le regarder, mais ce dernier ne s'en aperçut pas. Son attention était absorbée par les grands yeux marron de la fille. C'était sans doute une servante, mais elle se comportait sans révérence aucune.

« Prenez de l'avance, je vous rejoins tout de suite », fit Gerardo au capitaine, s'arrêtant entre deux marchands de fromage.

Samuele se détourna et le laissa en arrière. S'il lui avait consacré tant d'attention, c'est que l'observation était pour lui une seconde nature mais, à l'heure présente, reclus dans sa cage de douleur où l'espérance l'étreignait encore, il n'avait qu'une hâte : voir le corps du moine décédé. Priant pour la énième fois pour que ce ne fût pas Venanzio, il suivit le capitaine.

Visdomini passa sans s'arrêter devant l'entrée du palais que la Commune lui avait concédé.

« Par ici », dit-il en tournant au coin.

Samuele ouvrit la bouche pour dire quelque chose, puis renonça. À quoi s'attendait-il, au juste ? Qu'on mît Venanzio dans la salle d'honneur ?

Ils gagnèrent une grande porte qui donnait sur les écuries, ouverte à cette heure pour ne pas ralentir les allées et venues des palefreniers. Visdomini la franchit, lui faisant signe de le suivre. Les sbires restèrent sur le seuil.

Samuele lui emboîta le pas, foulant de ses sandales usées la paille couvrant le sol, de plus en plus sale et humide au fur et à mesure de leur progression. Deux palefreniers étrillaient un des cinq chevaux, un grand frison de guerre à la robe couleur aile de corbeau, et un gamin de huit ans environ traînait un sac d'avoine vers la mangeoire. Visdomini s'approcha du cheval et lui flatta les naseaux en lui murmurant quelques mots. Il contrôla le travail des palefreniers puis continua, comme s'il effectuait une de ses inspections coutumières des écuries.

L'odeur pénétrante du purin envahissait leurs narines, sans pourtant réussir à masquer une autre odeur, vaguement douceâtre et bien plus désagréable.

Malgré la porte grande ouverte, la lumière ne parvenait pas jusqu'à la partie la plus reculée de l'écurie, où l'usage des torches était interdit par crainte des incendies. Une fois passé le dernier cheval, Samuele le vit enfin.

Il était étendu entre des flaques de purin sur une mangeoire retournée qui lui tenait lieu de catafalque. C'était lui. C'était Venanzio.

Samuele dut faire un effort surhumain pour ravaler ses larmes. Son obsession de dissimuler sa véritable nature jusque dans cet instant le dégoûtait de lui-même. Il n'était qu'un hypocrite. Qu'on le découvre donc, qu'on le torture, qu'on le mette au bûcher comme sodomite. Au fond, il le méritait.

Mais pas Venanzio. Il ne méritait pas cette mort. Il ne méritait pas l'indignité d'être exposé dans une écurie, sans même un sac pour cacher sa nudité. Samuele mobilisa toutes ses forces pour ne pas se jeter sur lui et l'embrasser. Il regarda une dernière fois ce corps sculptural, beau jusque dans la mort. Son visage masculin, sa barbe noire et son crâne fissuré comme une coquille d'œuf juste au niveau de la tonsure. Puis il se tourna vers le capitaine, resté un pas en arrière.

« C'est lui », dit-il.

Visdomini hocha la tête. S'il soupçonnait le type de relation qui unissait Samuele et le mort, il n'en laissa rien paraître.

« Je le ferai ramener au couvent aussitôt que possible. Je dirai au prieur que quelqu'un qui le connaissait est passé par ici et qu'il a reconnu le corps. »

Son intonation débordante de compassion incita Samuele à lui faire confiance. Il glissa une main sous son froc et tira des plis de sa chemise la lettre qu'il avait trouvée dans la caisse de Venanzio. Elle était écrite sur un support inconnu, qui n'était ni du parchemin ni du papier. « Comme je vous l'ai dit, je n'ai pas trouvé le message envoyé à Venanzio. Mais il y avait ceci parmi ses objets. »

Le capitaine s'empara du rouleau avant même qu'il le lui tendît, avec un regard étrange, à mi-chemin entre le triomphe et le soulagement. Il le déroula, y jeta un bref regard en fronçant les sourcils, puis demanda : « Savez-vous ce que signifie cette lettre ? »

Samuele haussa les épaules. « Je l'ai lue, bien entendu, et j'ai compris qu'elle parle d'une ancienne religion hérétique, importée d'Orient par un légionnaire romain. Mais c'est tout. J'espère de tout cœur qu'elle aidera à trouver l'assassin de père Venanzio.

— Bien sûr», répondit Visdomini en glissant la lettre dans la bourse qu'il portait à la ceinture. Il semblait soudain avoir hâte de le renvoyer. «Bien sûr, c'est évident. Je la garde, je suis certain qu'elle nous servira.»

Samuele comprit à ce geste trop hâtif que le capitaine ne ferait rien. Le prieur lui avait déjà laissé entendre qu'il valait mieux rester discret, et Visdomini n'avait aucun intérêt à perdre du temps à enquêter sur une mort dont personne ne se souciait.

L'affaire était réglée.

Pour tout le monde, peut-être, mais pas pour lui.

Dans un élan d'émotion aussitôt réprimée, il jura en silence à Dieu qu'il ferait n'importe quoi pour que cet homicide ne reste pas impuni.

«Merci», dit-il sombrement à Visdomini.

Il salua d'un signe de tête et se dirigea à grandes enjambées vers la lumière grisâtre de la sortie. De retour dans la rue, l'odeur douceâtre lui resta dans les narines.

Malgré le froid, le corps parfait de Venanzio puait déjà.

«C'est une chance que je vous aie vu, fit Clara. Le frère portier m'a dit que vous alliez bientôt revenir mais j'étais pressée. Je dois rentrer à la maison.»

Elle s'écarta pour laisser passer une autre servante, une femme âgée qui se mit à invectiver un des marchands de fromage à cause de ses prix trop élevés. Après la disette de l'été précédent, les conflits sur les prix se faisaient de plus en plus fréquents. Et les marchés étaient de moins en moins fréquentés.

«Vous êtes passée voir votre frère? demanda Gerardo.

— Oui. Je n'ai pu lui parler que brièvement et il n'a pas arrêté de pleurer. Je ne sais pas pourquoi.

— Il craint que vous ne l'aimiez pas. L'autre jour, quand vous n'êtes pas venue, il avait peur que vous l'ayez abandonné pour toujours. »

Clara et Masino s'étaient revus par hasard au marché, par une matinée de fin novembre. Gerardo marchait en tenant l'enfant par la main parmi les échoppes d'ustensiles de cuisine entre le Mercato di Mezzo et le Palazzo della Biada, que les citoyens s'obstinaient à appeler Palazzo degli Accorsi malgré son statut de propriété de la Commune, laquelle en avait fait un entrepôt de blé.

Tout à coup, Masino avait lâché sa main et était parti en courant dans la foule. Gerardo l'avait suivi et, quand il l'avait retrouvé, Masino pleurait les yeux fermés dans les bras de Clara. Elle pleurait elle aussi, et il avait fallu un peu de temps à Gerardo pour comprendre que c'étaient là des larmes de joie.

Malheureusement, la jeune femme avait dû rentrer en hâte à la maison où elle était servante, dans le quartier de la Porta San Pietro, disant que ses patrons étaient très sévères et qu'elle serait durement réprimandée si elle tardait trop. Depuis ce jour, elle avait rendu quelques visites à son petit frère, toujours en coup de vent.

« Comment faites-vous pour savoir ce que pense mon frère ? demanda Clara. Quand je lui parle, il ne répond que oui ou non avec la tête et, au bout d'un moment, je ne sais plus quoi lui dire. »

La vieille servante s'éloigna, un petit morceau de fromage à la main et l'air mécontent. Gerardo s'aperçut que le marchand écoutait la conversation, faisant mine d'être concentré sur la découpe d'une grosse tomme. Il l'indiqua d'un mouvement de tête à Clara et ils s'écartèrent un peu, presque sous la croix. Gerardo leva les yeux pour regarder le crucifix de pierre qui s'élevait au sommet de la colonne de marbre comme pour lui demander une inspiration.

«Souvent, je ne comprends pas moi non plus ce qu'il veut dire, répondit-il enfin. Alors, j'essaie d'imaginer, et je lui pose des questions. À force de oui et de non, je finis par arriver à la bonne réponse.

— Je n'ai pas cette patience, déclara Clara d'un ton sec. De toute façon, je lui ai expliqué aujourd'hui que je ne suis pas libre de sortir quand ça me chante, et je crois qu'il a compris.»

C'était une jolie fille, à la beauté discrète. De petite taille, elle avait de grands yeux châtains et des cheveux de la même couleur s'échappaient de son bonnet blanc. Robe grise usée, qui ne réussissait pas à cacher sa poitrine généreuse. Aux pieds, elle portait des sabots de bois. Elle ne devait pas avoir plus de dix-sept ans, une dizaine d'années de plus que son frère.

«Masino est un enfant très sensible, il suffit d'un rien pour le blesser, reprit Gerardo. Mais il possède également une grande force d'esprit et il est intelligent. C'est franchement dommage qu'il ne parle plus.

— Pensez-vous qu'il reparlera un jour?

— Qui peut le dire? Ça se pourrait. Après tout, il n'est pas muet de naissance, et peut-être que lorsque le souvenir de ce qu'il a enduré disparaîtra...»

La jeune fille haussa les épaules d'un air presque indifférent. «Il a un lit et à manger tous les jours. Il pourrait devenir prêtre, qu'en dites-vous?»

C'était en effet l'hypothèse la plus probable. De nombreux enfants ayant grandi à l'hospice prononçaient leurs vœux. Certains par vocation, la plupart pour les raisons à peine énoncées par Clara. Toutefois, Gerardo avait espéré que la jeune fille proposerait autre chose. En la regardant attentivement, il lui sembla déceler une authentique inquiétude sous son masque d'indifférence, et il décida de se montrer sincère avec elle.

«Je ne vous comprends pas, madame. Vous portez une grande affection à Masino, c'est évident. Pourtant, vous avez l'air de vous efforcer de rester froide avec lui. Pourquoi donc?

— Je ne veux pas qu'il s'attache trop.»

Gerardo ne s'attendait pas à cette réponse.

«Mais c'est votre frère! s'exclama-t-il. À ce que j'ai compris, vous êtes les seuls survivants de votre famille. Pourquoi ne l'emmenez-vous pas vivre avec vous? Masino a terriblement souffert, il a subi des choses atroces. Il ne mérite pas de grandir à l'hospice comme un orphelin.»

Clara redressa brusquement la tête et une autre boucle s'échappa de son bonnet. «Messire, fit-elle, les yeux étincelants. Vous avez arraché mon frère des griffes de cette vieille et je vous en remercie. Mais ne me jugez pas. Vous, vous n'avez pas à travailler pour vivre. C'est pour cela que vous pouvez vous permettre le luxe de vous montrer bon.»

Ces mots frappèrent Gerardo comme une gifle.

«Je n'ai pas besoin de travailler, c'est vrai, répliqua-t-il. Cependant, aider son prochain n'est pas une question d'argent, mais de volonté.» Il regretta sur-le-champ son ton doctrinal, et essaya de se rattraper. «Excusez-moi, je ne voulais pas dire que vous…

— Que je n'ai pas la volonté d'aider mon frère? C'est donc cela que vous pensez?», siffla Clara. L'éclat de ses yeux se fit plus intense. Ce n'était pas que de la fierté. C'étaient des larmes qui refusaient de sortir. «Je ne peux pas emmener Masino avec moi parce que je n'ai pas de maison! Celle où je vis est celle de mes patrons, et si j'y amène une autre bouche à nourrir, ils me congédieront. Voilà ce que signifie être pauvre, mais vous ne pouvez pas le comprendre!»

Avant de pouvoir articuler une réponse, Gerardo vit le visage au menton carré du capitaine du peuple fendre la foule. Les deux sbires le suivaient à un pas de distance.

« J'ai fini, annonça Visdomini quand il fut tout proche, adressant à Clara un bref mouvement de tête, davantage une invitation à partir qu'un salut. On peut y aller.

— Un instant, je vous prie, objecta Gerardo. Je m'entretenais de quelque chose d'important.

— Il n'y a rien à ajouter, intervint Clara. Messire Gerardo, je vous remercie de ce que vous faites pour mon frère mais, je vous prie, laissez-moi tranquille. »

Elle pivota sur ses talons et prit la direction d'où venait le capitaine, suivie des yeux par les deux sbires.

« Beau brin de fille, commenta Visdomini d'une voix complice. Mais si j'étais vous, je lui accorderais moins d'importance. Après, ça leur monte à la tête.

— Laissez, fit Gerardo à contrecœur. Dites-moi plutôt : avez-vous pu confirmer l'identité du moine assassiné ?

— Oui, un problème en moins.

— En moins ? Certes, vous savez à présent de qui il s'agit, mais il faut encore découvrir qui l'a tué. »

Le capitaine haussa les épaules. Peu auparavant, son visage était marqué par la fatigue et la tension. À présent, il semblait détendu, presque content.

« Au moins deux personnes meurent chaque semaine dans ce quartier. On retrouve des corps, souvent dans le canal de Reno, mais on ne réussit presque jamais à mettre la main sur les assassins. Tout le monde a quelque chose à cacher, ici, et ils se couvrent les uns les autres. »

Gerardo était sur le point de répliquer que le moine n'était pas un malfaiteur tué par d'autres malfaiteurs mais un prêtre de l'Église du Christ, et que découvrir qui l'avait assassiné était un devoir, aussi difficile qu'il fût. Mais sa voix fut noyée dans les échos d'une dispute à proximité.

Sans plus lui prêter attention, Visdomini envoya les sbires régler l'affaire. Les deux hommes se frayèrent un chemin dans la foule de marchands et d'acheteurs de denrées variées et, sans perdre de temps à chercher les raisons du conflit, ils distribuèrent des coups de bâton, mettant aussitôt fin à l'incident. Le capitaine, qui les avait suivis des yeux, acquiesça d'un hochement de tête.

«C'est le meilleur moyen pour étouffer les rixes naissantes», fit-il en reprenant son chemin sans plus faire allusion au moine mort.

Ils traversèrent à nouveau la Piazza Maggiore dans l'autre sens et revinrent dans la rue de la Porta Nova. Au niveau de l'église Sant'Antonino, ils tournèrent à gauche, s'arrêtant devant l'école de médecine. Ils remarquèrent tous deux la porte entrouverte.

«Mondino doit encore être dedans, supposa Gerardo. Très bien, ainsi vous pourrez parler directement avec lui.»

Cependant, à peine fut-il devant la porte qu'il remarqua que la serrure avait été forcée. Il entra en courant, suivi par le capitaine et les sbires. Il appela, sans réponse. Il jeta un coup d'œil dans la petite pièce attenante à la salle des leçons, puis passa la tête par le trou dans le mur qui donnait sur la pièce en construction, craignant le pire.

Tout était parfaitement en ordre. Seuls manquaient le fauteuil et les restes de Bertrando Lamberti.

«Peut-être qu'il s'est lassé d'attendre et a payé quelqu'un pour faire amener le corps à la famille, avança Visdomini.

— En forçant la serrure de sa propre école?», demanda Gerardo en le fixant droit dans les yeux. Le capitaine n'avait pas l'air stupide mais sa superficialité présente frôlait la bêtise.

«Ce n'est pas ce que je voulais dire, réagit promptement Visdomini. Mais je ne vois vraiment pas qui pourrait avoir envie de dérober un cadavre carbonisé. Selon moi, la porte a été forcée par un voleur après que messire de Liuzzi a pris des dispositions pour la restitution du corps. »

Gerardo secoua la tête. « Je ne crois vraiment pas. Un voleur aurait également forcé l'armoire, et elle est intacte. »

Le capitaine eut un soupir impatient. « Si messire de Liuzzi porte plainte, j'ouvrirai une enquête. Pour l'heure, je ne peux rien faire et j'ai des choses plus urgentes à régler. »

Ils sortirent ensemble dans la rue. Alors que Gerardo cherchait un gamin disponible pour monter la garde devant l'école en échange d'une piécette, le capitaine du peuple s'éloigna, accompagné des deux hommes qui le suivaient partout.

III

Quand Gerardo était venu le chercher, Mondino s'apprêtait à s'attabler avec ses trois fils, un événement qui se faisait rare, et il l'avait accueilli froidement. Le jeune homme l'avait informé de la porte forcée de l'école et, même alors, Mondino avait hésité à s'y rendre. Il pouvait s'accorder le luxe de constater les dégâts après le déjeuner moyennant une piécette supplémentaire au gamin que Gerardo avait laissé à monter la garde.

Mais lorsque le jeune homme lui avait demandé si, par hasard, c'était lui qui avait fait ramener le corps de Bertrando à sa famille, Mondino avait compris à quel point, deux jours auparavant, il aurait mieux fait de s'opposer à la demande du podestat, quitte à être arrêté.

Il avait suffi de deux phrases pour reconstituer les faits, et le médecin était sorti au pas de course, blessé par les regards assassins de ses fils, qu'il s'était bien gardé d'informer de son implication dans l'enquête sur la mort de Bertrando Lamberti.

Gerardo avait dû retourner à l'hospice, et Mondino avait continué tout seul. En passant devant l'auberge de son ami Andrea da Viterbo, par ailleurs recteur des étudiants d'art, il avait entendu des cris et des insultes. Il s'était approché et avait vu Andrea agressé par cinq ou six étudiants. Sans y réfléchir à deux fois, il s'était jeté dans la mêlée avec d'autres passants pour défendre son ami et, ensemble, ils avaient découragé les agresseurs. Le chef de ces derniers, un certain Guglielmo da Gubbio, s'était éloigné en proférant des menaces.

En sueur et le visage égratigné, il avait fini par atteindre l'école. Ayant constaté les faits, il avait envoyé le gamin appeler un maître serrurier dans la via delle Clavature, et il attendait en trépignant quand on l'avait interpellé dans son dos :

« Que la paix soit avec vous, magister.

— Avec vous aussi, père prieur », répondit-il en reconnaissant le père Benedetto, prieur de l'église Sant'Antonino. Il était rare de croiser cet homme frileux et souffreteux hors de son église.

« Que vous est-il arrivé ? », s'enquit le prieur en indiquant le visage de Mondino d'un geste de sa main potelée. C'était un homme entre deux âges, aux cheveux poivre et sel coupés court et aux joues un peu tombantes. À l'épaisseur de sa soutane, Mondino supposa qu'il portait au moins deux chemises de laine en dessous.

« Oh, rien d'important, fit-il en humectant sa griffure. Je vous présente mes excuses, mon oncle m'avait demandé de passer vous ausculter en son absence, mais j'ai malheureusement été trop pris ces derniers jours.

— C'est justement pour cela que je venais, répliqua le prieur d'un ton timide. J'ai toussé toute la nuit, je suis un peu inquiet. »

Le père Benedetto souffrait d'une irritation chronique des bronches, une affection pénible mais moins grave que ce qu'il croyait. Mondino n'appréciait guère les personnes trop centrées sur leurs maladies, et il était bien content que Liuzzo s'occupât du père prieur.

« Présentement, je n'ai que trop peu de temps à vous consacrer, mon père, fit-il, s'efforçant de se montrer compréhensif. Votre situation mérite une plus grande attention. Je vous rendrai visite dès que je pourrai pour vous ausculter comme il se doit. »

Le prieur le remercia et s'en alla, un peu mécontent de ne pas avoir obtenu son auscultation, mais satisfait de la promesse que l'on s'occuperait bientôt de lui comme il se devait. Mondino sourit. Pour une fois, il avait su se débarrasser d'un fâcheux avec délicatesse, sans se laisser aller à la colère ou à l'impatience.

Quand le serrurier arriva, Mondino lui expliqua les faits puis se dirigea en toute hâte vers le palais du podestat, le laissant seul réparer la serrure.

Il était l'heure de parler sans ambages à Taverna Tolomei. C'était lui qui l'avait presque forcé à examiner le corps de Bertrando, c'était donc à lui de se débrouiller avec Azzone au sujet du cadavre disparu.

Quand il arriva au niveau du mur où étaient peints tous les types d'armes interdites dans la ville, des couteaux effilés aux javelots et aux massues cloutées, il vit Azzone Lamberti en personne, le visage fermé et les dents serrées, se faufiler entre les trois sbires de garde.

Mondino ne l'avait pas recroisé depuis le jour fatidique où, deux ans auparavant, le marchand de soierie l'avait chassé de chez lui en lui jetant une poignée de pièces pour rétribution de ses honoraires. Avec ses cheveux blonds qui tombaient sur ses épaules, il ne semblait pas du tout avoir vieilli. Il portait un manteau de velours noir orné de garnitures en fourrure de loup sous lequel apparaissait une tunique de soie vert et jaune qui lui arrivait à peine jusqu'aux cuisses. Ses jambes étaient couvertes de bas-de-chausses noirs en laine fine et de bottes basses.

Azzone était un homme de grande taille et élégant. Son corps nerveux faisait indubitablement de lui un adversaire redoutable dans les combats et sa bouche avait un pli cruel qui ne la quittait jamais, même quand il souriait. Il se tourna, le reconnut aussitôt et, d'un mouvement fluide, changea de direction, venant droit sur lui comme s'il voulait lui rentrer dedans. Mondino réprima un mouvement de recul et l'attendit de pied ferme. Si Azzone l'agressait en premier, il saurait de quel bois Mondino se chauffait, comme les étudiants survoltés de tout à l'heure.

Le marchand de soierie fit le geste de le saisir à la gorge, puis il baissa les mains, dans un effort manifeste pour se contrôler. « Vous avez fait disparaître le cadavre de mon père, affirma-t-il dans une sorte d'aboiement.

— Ce n'est pas moi, répliqua Mondino. Le podestat vous a sans doute dit que…

— Il m'a dit que vous avez trahi sa confiance, tout comme vous avez autrefois trahi la mienne, l'interrompit Azzone. C'est d'ailleurs lui qui m'a suggéré de porter plainte contre vous, ce que j'ai fait sur-le-champ. »

Mondino ne fut pas étonné par ces nouvelles. Le podestat était tout à fait capable d'une manœuvre de cet acabit. Il regarda Azzone droit dans les yeux. « Je ne suis pas responsable du vol du cadavre de Bertrando dans mon école, fit-il, les dents serrées. La porte était fermée à clé, on ne peut m'accuser de négligence. Soyez donc prudent avant de proférer de vaines menaces. »

À ces mots, la paupière droite d'Azzone tressauta. « De vaines menaces ? fit-il d'une voix plus basse pour que seul son interlocuteur l'entende. J'ai dû partir en plein milieu d'une négociation importante pour courir à Bologne dire adieu à mon père et, quand j'arrive, voilà que j'apprends que vous êtes venu chez moi nonobstant mon interdiction expresse, que vous avez enlevé son corps pour le couper en morceaux comme un veau sur l'étal du boucher et que, pour couronner le tout, vous l'avez fait disparaître, sûrement pour cacher les outrages que vous lui avez infligés.

— Absolument pas ! s'exclama Mondino, sentant le rouge lui monter au visage. Ce n'est pas ce qui s'est passé et vous ne pouvez m'accuser de rien !

— Je ne vous dirai que la chose suivante, fit Azzone, toujours à voix basse. Si le corps de mon père ne réapparaît pas au plus vite afin que je puisse au moins lui donner une sépulture chrétienne, vous paierez bien plus qu'une simple amende. Je vous le garantis. »

Sur ces mots, il pivota sur lui-même, faisant voleter son manteau et ses cheveux blonds, et gagna la place. Mondino s'aperçut que le silence était tombé sous les arcades et que tout le monde le regardait. Sans perdre plus de temps, il entra dans le palais et monta l'escalier quatre à quatre. Il traversa la salle des juges, bondée de monde bien que ce fût presque l'heure de la fermeture, se glissa entre deux sbires qui, voyant sa robe écarlate, le laissèrent passer sans rien lui demander, s'engagea dans le couloir et entra sans frapper dans la grande étude du podestat.

Taverna Tolomei était assis à un bureau long et étroit en bois sombre, et il était évident qu'il n'attendait pas de visite. C'était la première fois que Mondino le voyait sans la tenue et les insignes de sa charge. Il portait une tunique couleur crème qui, allez savoir pourquoi, lui donnait l'air encore plus petit et grassouillet, une soubreveste de laine et des chaussures d'intérieur. Ses cheveux rares formaient une sorte de tonsure au sommet de sa tête nue. Cet aspect vaguement comique était atténué par sa mâchoire carrée et par une barbe mal rasée.

« Vous aussi ! s'exclama-t-il. Qui vous a donc autorisé à entrer ? Je ne reçois pas, aujourd'hui.

— Vous avez pourtant reçu Azzone.

— Uniquement parce qu'il a fait irruption ici, comme vous. Et puis dans cette affaire il est la victime, il fallait bien que je le rassure.

— Et vous l'avez rassuré en l'incitant à porter plainte contre moi. Vous savez très bien que je ne suis pas responsable de la disparition du cadavre!

— Ah bon? Tout ce que je sais, c'est qu'une forte inimitié vous oppose. Qui me dit que votre insistance pour examiner le corps de Bertrando dans votre école n'était pas un subterfuge pour vous venger d'Azzone? Ou bien que, comme il le dit lui-même, le corps était dans un tel état après votre examen que vous avez pensé plus sage de le faire disparaître?»

Mondino avait du mal à en croire ses oreilles. Le podestat l'accusait non seulement de négligence, mais aussi d'avoir fait disparaître le corps de Bertrando.

«Avez-vous réellement l'audace de penser quelque chose de ce genre?», demanda-t-il d'un ton menaçant, s'avançant d'un pas vers la table.

Taverna Tolomei se leva. Il faisait une tête de moins que lui mais n'avait pas l'air intimidé pour autant.

«Qu'est-il arrivé à votre visage? interrogea-t-il. Une maîtresse rétive?

— Des étudiants ont agressé Andrea da Viterbo, tout à l'heure. Je l'ai aidé à les mettre en fuite.

— Toutes les occasions sont bonnes pour vous fourrer dans le pétrin, n'est-ce pas?»

Mondino réprima son envie de le gifler. Il n'espérait certes pas des remerciements pour avoir tiré un honnête citoyen d'une fâcheuse situation, mais le commentaire de Taverna était offensant.

«Répondez à ma question. Pensez-vous sérieusement ce que vous avancez?

— Ce que je pense n'importe pas, magister, répliqua le podestat sans se démonter. Ce qui importe, c'est ce que penseront les juges. Azzone vous accuse de vous être vengé de lui en faisant disparaître le corps de son père alors qu'il était confié à vos soins… » Il s'interrompit un instant, songeant peut-être que « soins » n'était pas le mot approprié pour parler d'un mort, puis il reprit en le regardant de bas en haut : « Pour l'empêcher de l'enterrer de façon chrétienne. Êtes-vous en mesure de prouver que ce n'est pas le cas ? »

Avec effroi, Mondino se rendit compte qu'il ne pouvait pas. Tout jouait contre lui. Son inimitié envers Azzone, son insistance pour faire transporter le corps dans l'école de médecine et, surtout, le fait que personne d'autre n'aurait eu intérêt à faire disparaître un cadavre à demi calciné.

Taverna Tolomei ne ressemblait plus à un bouffon désordonné prêt à tout pour se gagner les applaudissements de la foule. Peut-être n'était-il pas très intelligent, mais il était malin et opportuniste. Il avait déjà établi sa ligne de conduite pour se sortir d'affaire : décharger toute la responsabilité sur lui, fournissant à Azzone un coupable parfait pour passer sa colère. Ainsi, il ne perdrait pas les bonnes grâces d'un citoyen important qui aurait pu lui mettre toute la corporation de la soie à dos.

« Je ne suis pas en mesure de prouver quoi que ce soit, admit Mondino. Mais il existe peut-être un moyen de se sortir de cette histoire qui conviendra à tout le monde.

— Lequel ? », s'enquit le podestat, une vague lueur d'intérêt dans les yeux.

Mondino avait parlé en suivant une inspiration soudaine, mais il devait y réfléchir sérieusement avant de continuer. Il s'approcha de la grande fenêtre qui donnait sur la Piazza Maggiore, ouvrit le châssis et regarda en bas. Malgré le ciel obscur, le va-et-vient coutumier avait quelque chose de rassurant. Les paysans traînaient leurs charrettes à bras débordantes de légumes. Un vendeur de fruits se déplaçait avec des besaces remplies de poires et de pommes à l'épaule et un ingénieux petit étal mobile accroché à la ceinture, où il exposait un échantillon bien nettoyé de sa marchandise. De la rue sous les voûtes, un grand nombre de citoyens d'extractions sociales variées se déversaient sur la place comme un fleuve dans la mer. On entendait des cris, des appels, des échos d'altercations et de marchandages. Malgré la forte augmentation des prix du blé et du vin, la ville semblait désireuse de poursuivre sa vie habituelle. Et cette dernière ne laissait pas de place pour des morts brûlés de façon mystérieuse et des cadavres disparus. Ce monde demandait seulement à ce qu'on le laisse prospérer, dans le bien comme dans le mal. Le spectacle eut le don de le calmer.

« Laissez-moi le temps de retrouver le corps de Bertrando Lamberti. Je le rendrai à sa famille, et la plainte d'Azzone n'aura plus lieu d'être.

— Vous avez parlé d'une solution qui pourrait convenir à toutes les parties, répondit le podestat d'un ton pensif. J'entends bien que retrouver le cadavre vous conviendrait, ainsi qu'à Azzone, même si j'ai eu l'impression qu'il se priverait volontiers de la possibilité d'enterrer son père pour peu que cela vous porte tort. Mais je ne vois pas en quoi je tirerais avantage à accepter votre requête.

— Mes étudiants vous ont entendu quand j'ai dit que je ne voulais pas venir examiner le cadavre, répliqua Mondino. Et le capitaine du peuple et les sbires aussi, quand j'ai découvert que le mort était le père d'Azzone et que j'ai affirmé que je refusais de monter. » Il arrêta l'objection du podestat d'un geste et poursuivit : « Je sais que cela ne suffit pas à m'innocenter, mais un récit fidèle et confirmé par des témoins de vos actions d'hier pourrait vous donner mauvaise presse auprès des citoyens et du Conseil des Anciens. En convenez-vous ? »

Le podestat lui adressa un regard où la haine affleurait, mais plutôt que de lui répondre il se contenta de marmonner : « Continuez.

— Votre prédécesseur vous a parlé des homicides du cœur de fer. Vous l'avez vous-même reconnu. C'est d'ailleurs pour cela que vous vous êtes adressé à moi lorsque vous avez su qu'un homme était mort de façon mystérieuse.»

Mondino fit une pause pour lui laisser le temps d'intervenir. Le podestat resta coi et il reprit: «J'ai transformé ce qui aurait pu être une tache dans la carrière d'Enrico Bernadazzi en son plus grand succès.»

En réalité, une bonne partie du mérite revenait à Gerardo, mais il n'était pas utile de le préciser. Mondino avait besoin de toute la confiance du podestat.

«Cette affaire n'a rien à voir, fit remarquer Taverna. Retrouver un cadavre volé ne fera pas une grande différence dans ma carrière.

— Seulement le retrouver, non, insista Mondino d'un ton ferme qui était loin de refléter son état d'esprit. Mais Bertrando Lamberti a été tué d'une façon dont personne dans toute la chrétienté n'avait jamais entendu parler jusque-là. Brûlé de l'intérieur, dirait-on, sans même que le feu se soit propagé au fauteuil sur lequel il était assis. Ne croyez-vous pas que résoudre semblable mystère pourrait accroître votre gloire?»

Taverna Tolomei était intéressé, il le voyait à ses yeux. Mais il ne savait pas s'il était digne de confiance. Mondino ne pouvait l'en blâmer. Si cette affaire faisait du bruit et restait ensuite irrésolue, la réputation du podestat y perdrait beaucoup. «J'ai déjà une théorie sur la façon dont l'homicide a pu se dérouler, mentit-il. Et j'ai trouvé un étrange tatouage sur le cadavre, qui me conduira sans aucun doute à l'assassin.

— Messire Visdomini m'a informé de cette histoire de tatouage que, par ailleurs, il n'a pas eu l'occasion de voir par lui-même. Mais au sujet des circonstances de la mort, il m'a dit que vous n'en aviez pas la moindre idée.

— C'était vrai jusqu'à ce matin, mentit encore Mondino. Mais sur le trajet pour venir chez vous, il m'est venu à l'esprit une théorie qui me semble très probable. »

Sa propre impudence l'ébahissait. C'était comme s'il était devenu quelqu'un d'autre. Enfant, il avait vu une fois un daim traqué par les chiens se jeter dans un précipice, une chose que lui-même n'aurait jamais faite même s'il avait eu au ventre la peur d'être déchiqueté. Tous les mensonges qu'il débitait étaient l'équivalent de ce précipice.

« Quelle théorie ? demanda Taverna, encore méfiant.

— L'assassin doit avoir trouvé le moyen de stimuler le principe inflammable présent dans la matière. Arnaud de Villeneuve, se fondant sur ses propres expériences ainsi que sur les écrits de l'alchimiste Geber…

— Vous n'avez aucune théorie, le coupa Taverna Tolomei avec un geste de sa main potelée. Me prenez-vous pour un imbécile ? »

Pendant un instant, Mondino s'était permis d'espérer. « Non, reconnut-il avec sincérité. Vous êtes un salaud opportuniste, mais sûrement pas un imbécile. »

Le podestat le fixa, bouche bée, puis, de façon tout à fait inattendue, éclata de rire. « Vous avez bien fait d'embrasser la voie de la médecine. En politique, vous n'auriez eu aucune chance. » Il fit une pause, le regardant comme s'il estimait un cheval à acheter sur le marché. « Mon prédécesseur m'a en effet parlé de vous. Il m'a dit que vous aviez fait preuve d'un esprit aiguisé et de capacité d'action. » Il sourit, mais seulement de la bouche. Ses yeux noisette le scrutaient, froids, dépourvus de leur jovialité coutumière. « Je vous donne une semaine pour retrouver le cadavre. Je dirai à Azzone que j'ai voulu vous accorder une chance de vous disculper. Il n'appréciera pas, mais il devra avaler la couleuvre. Si dans une semaine vous n'avez pas découvert où se trouve le corps de Bertrando Lamberti, qui l'a tué et pourquoi, l'accusation d'avoir retardé le cours de la justice avec de fausses promesses viendra s'ajouter à l'accusation d'Azzone. Sortez, maintenant. Vous n'avez pas de temps à perdre. »

Mondino s'inclina, lui tourna le dos et quitta la pièce. Il descendit en hâte l'escalier, passant entre les deux hommes d'armes sans leur adresser un regard, et ne ralentit le pas qu'à la vue du serrurier assis sur la marche devant l'école de médecine, la serrure posée sur son giron.

« Je vous attendais. Le pêne de la serrure est cassé, je dois l'emporter dans ma boutique pour le réparer. Je vous le rapporte demain. »

Mondino fixa le trou aussi gros que son poing dans le bois de la porte. « Je ne peux pas laisser l'école ouverte jusqu'à demain !

— Payez quelqu'un qui passera la nuit ici », lui suggéra l'homme.

Mondino s'efforça de garder son calme. Ce n'était pas le moment d'entrer en conflit. « Il n'est vraiment pas envisageable de le faire d'ici ce soir ? », demanda-t-il du ton le plus doux possible.

Le serrurier soupira, regarda le soleil déjà sur le point de disparaître derrière les maisons de San Felice et de céder le pas aux précoces soirées hivernales. Puis ses yeux revinrent à la grosse serrure démontée.

« C'est faisable. Mais je devrai travailler jusqu'aux vêpres pour vous contenter, et je ne pourrai pas dîner avec ma famille. Cela vous coûtera trois deniers de plus.

— Je vous en donnerai quatre si vous finissez plus tôt, répondit Mondino. Ainsi, nous pourrons tous deux rentrer chez nous avant la nuit. Allez-y à présent, je vous attends ici. »

L'homme s'éloigna, son sac d'outils en bandoulière et la serrure à la main, et Mondino entra dans la salle déserte.

Il était content d'avoir évité ou du moins repoussé la plainte et, sillonnant la pièce, il s'efforçait de ne pas penser au daim qui avait échappé aux chiens mais s'était fracassé au fond du précipice.

Samuele était rentré au couvent avec un plan aussi précis que téméraire. Si quelqu'un s'était aperçu de son absence à l'office des vêpres le jour de la mort de Venanzio, il risquait de finir dans les cachots du couvent. Le prieur déciderait d'une punition exemplaire pour toute nouvelle entorse à la discipline. Et les rumeurs qui circulaient sur la nature du lien unissant Samuele et Venanzio ne l'inciteraient sûrement pas à une plus grande indulgence.

Il devait rester libre pour mettre son plan à exécution. Cela lui donna la force d'accomplir ses tâches quotidiennes comme si de rien n'était et d'écouter, impassible, les racontars sur Venanzio, qui allaient bon train. Dès qu'il le put, il feignit un mal de ventre et emprunta la direction des toilettes. Personne n'y prêta attention.

Dans le jardin, il longea les latrines sans s'arrêter et entra dans le petit cimetière derrière l'église. Au moment d'enjamber le muret, il eut un temps d'hésitation. Était-il bien certain de vouloir le faire?

Il se le demanda plusieurs fois en toute sincérité et la réponse resta identique. Son choix n'obéissait pas à une décision mais à une urgence, une brûlure qui ne s'apaiserait pas à coups de prières et de tâches quotidiennes.

Il devait savoir.

Du moins, il devait essayer de savoir.

Il coupa court à ses hésitations et enjamba le muret à l'endroit le plus protégé des regards des éventuels passants. Une fois sur la place pavée devant la Porta Nova, il se dirigea vers le quartier du Pratello.

Durant ses trois années au couvent, il n'était jamais sorti sans permission et voilà qu'il violait deux fois la discipline en un seul jour. Il leva les yeux pour regarder le ciel entre les maisons. Les cloches n'avaient pas encore sonné none mais il faisait déjà presque nuit. Décembre était le mois le plus sombre et le plus froid de l'année, symbole des ténèbres où le monde aurait été englouti sans la bienveillance de Dieu.

Mais après la naissance du Rédempteur la nuit du 24 décembre, les journées recommençaient à s'allonger et le froid diminuait peu à peu jusqu'à l'explosion printanière, où l'on célébrait le mystère de la mort et de la résurrection du Christ.

Il avait appris tout cela au couvent et les avait approfondies de son côté depuis qu'il savait lire et écrire. L'étude lui permettait de pressentir l'harmonie qui régissait l'univers et d'accroître sa foi.

Et il en fallait, de la foi, pour vivre comme moine dans un état de péché mortel constant.

Devant les premières maisons du Pratello, Samuele hésita. La rue était longue et étroite, une rivière de boue séchée qui craquait sous ses sandales. Les premières lanternes s'allumaient sur le pas des maisons voisines à l'angle de la via Pietralata. Elles éclairaient des femmes enroulées dans des manteaux de laine longs jusqu'aux pieds dont elles écartaient les pans au passage de clients potentiels, dévoilant des choses que Samuele ne voulait pas voir.

Maintenant qu'il s'apprêtait à entrer en ces lieux où il ne s'était jamais rendu auparavant, ce qu'il avait entendu raconter le préoccupait.

On colportait toutes sortes d'histoires : qu'il y vivait des sorcières capables d'envoûter un homme au point de l'empêcher à tout jamais de rentrer chez lui. Qu'on risquait d'y mourir au cours d'une rixe ou d'un vol. Que tout homme jeune et beau ne devait pas seulement craindre les flatteries des femmes mais, bien pire, celles des gens de son propre sexe.

Ce dernier point était celui qui le terrorisait le plus.

Même les moines, quand ils parlaient à voix basse de choses de ce genre, pensaient que le rêve de tout sodomite était d'être agressé dans une ruelle sombre par un groupe d'hommes et de se soumettre à leur volonté.

La seule idée du viol faisait horreur à Samuele. Pour lui, cette pratique atroce appelée sodomie, ce péché mortel sans rédemption, n'était concevable que comme acte d'amour. Des années durant il avait combattu ses pulsions contre nature, il s'était fait moine pour trouver la force de mieux les réprimer, et il n'avait cédé que lorsqu'il avait rencontré Venanzio, l'homme qu'il lui suffisait de regarder pour pleurer d'émotion.

C'était pour lui qu'il se trouvait là. S'il avait dit que Venanzio valait la peine qu'on risquât l'enfer, ce n'était pas pour reculer devant un péril terrestre.

Alors même que les cloches de San Francesco sonnaient none, Samuele inspira une grande bouffée d'air, se redressa et avança au milieu de la rue, maintenant une distance de sécurité avec les femmes devant leurs portes.

Il marcha sur la boue séchée de la rue comme s'il marchait sur l'eau, sourd aux appels et aux sifflements, détournant la tête chaque fois qu'il entendait le froufrou d'un vêtement féminin. En certains endroits, la rue était si étroite qu'il sentait le souffle des femmes sur son visage quand elles l'invitaient à entrer. Par chance, la journée de travail était terminée et la rue se remplissait d'hommes, certains bruyants, d'autres furtifs, qui attiraient à eux l'attention des prostituées.

Le capitaine du peuple lui avait décrit l'endroit où le corps de Venanzio avait été retrouvé. C'était une ruelle adjacente, menant au quartier voisin de San Felice. Si la via Portello était peu éclairée, la venelle en question était plongée dans l'obscurité la plus totale. Seule une lueur témoignait de la présence d'êtres humains.

Samuele se dirigea vers cette petite lumière comme si c'était la seule destination possible.

« Deux deniers », ordonna une voix gutturale trop proche de son oreille.

Samuele recula brusquement et mit le pied dans les ordures qui s'entassaient de l'autre côté de la ruelle. Il ne prêta pas attention à l'odeur nauséabonde qui en émanait. Il plissa les yeux en direction de la voix et, dans la pénombre à peine éclairée par la lampe à huile suspendue au-dessus de la porte, il vit ce qu'il n'aurait voulu jamais voir. Une femme, grande, aux cheveux blonds attachés en une épaisse tresse, les lèvres rosées et le manteau ouvert. C'était la première femme nue que Samuele voyait de sa vie. Des seins turgescents, des cuisses blanches, un ventre plat avec un triangle de poils clairs en bas.

« Ça ne m'intéresse pas, fit-il d'un ton sec, retrouvant le contrôle et détournant la tête. Mais si tu réponds à mes questions, je peux te donner…

— Deux deniers, répéta la femme.

— Je ne les ai pas. C'est trop.

— Deux deniers. »

À croire que c'était la seule chose qu'elle savait dire. Samuele s'efforça de l'observer plus attentivement. Peau claire, joues rougies par le froid et cheveux couleur de blé mûr. Il comprit qu'elle était probablement étrangère. Allemande, ou peut-être scandinave. Aussi, il se pouvait qu'elle sache seulement annoncer son tarif en italien vulgaire.

Il regarda autour de lui tandis que la femme refermait son manteau de grosse laine. Le tapage du Pratello n'arrivait pas jusque-là, et la via San Felice semblait happée par l'obscurité qui se déployait devant lui. Au pied du mur, il y avait un petit espace nettoyé, avec une croix sommaire et quelques fleurs. Le cadavre avait sans doute été retrouvé là. Surpris par cette manifestation de piété, Samuele se demanda qui pouvait en être l'auteur. Puis il se tourna vers la femme blonde. Sa maison était la seule de la venelle dont la porte était ouverte et pourvue d'une lumière à l'extérieur. S'il était un endroit où il dénicherait des informations, c'était ici.

Il inspira une grande bouffée d'air et franchit le seuil, bien conscient du type de maison dont il s'agissait.

Il s'attendait à trouver de l'encens, des femmes à demi nues étendues sur des couches, toutes prêtes à se livrer à des actes obscènes. Il ne vit rien de ce genre. Seulement trois femmes qui se réchauffaient les mains et les pieds, assises sur des tabourets de paille autour d'un âtre en brique au milieu de la pièce. Suspendue à un crochet au-dessus du feu bouillait une marmite de soupe aux choux.

C'était un lupanar de pauvres, qui ne différait guère de la maison où il avait grandi. Cela le rassura et lui donna le courage de s'avancer.

Par chance, les femmes étaient habillées. Elles se tournèrent vers lui avec des sourires lascifs qui disparurent aussitôt. Samuele crut que c'était par égard pour son habit clérical, mais la plus âgée des trois, une brune à la poitrine énorme, lui lança une phrase sèche qui lui glaça le sang: « Ici, on n'a pas de petits garçons. »

Samuele resta pétrifié. Elles avaient compris d'un seul coup d'œil. Une chance que les prostituées ne fussent pas à la solde de l'Inquisition.

« Je ne cherche pas de petits garçons et je ne suis pas venu pour pécher, répliqua-t-il d'un ton qu'il voulait ferme.

— Qu'est-ce que tu veux, alors? Tu es venu pour notre rédemption? », fit la femme d'un ton moqueur.

Toutes trois éclatèrent de rire. Étrangement, ce rire le mit presque à l'aise.

«J'étais un ami du prêtre qui a été retrouvé mort hier, près d'ici, fit-il. Je voulais...

— C'était ton amant?», demanda la femme assise à sa droite, une fille d'une vingtaine d'années à la peau mate et au regard pénétrant.

Samuele ne répondit pas immédiatement. La raison lui criait de dénier, sans quoi il s'en remettait totalement à elles. Mais l'instinct lui chuchotait qu'elles étaient dignes de confiance. Il était un moine dans un bordel. Il s'en remettait déjà à elles. Il éprouva un besoin très fort de confier ses sentiments à quelqu'un, et il ne pouvait pas le faire avec un confesseur. Une assemblée de putains, qui l'avaient de toute façon déjà identifié comme sodomite, ferait l'affaire.

«C'était l'homme que j'aimais», confirma-t-il. Les larmes qu'il avait retenues devant le capitaine du peuple se mirent à couler en abondance. «Il s'appelait Venanzio.»

«Comment as-tu osé permettre à Mondino d'entrer chez moi?», demanda Azzone Lamberti d'une voix basse, lourde de menaces.

Il était avec son épouse dans l'étude de Bertrando, éclairée par trois lampes à huile. Azzone l'avait trouvée là, en train de diriger le nettoyage de la pièce, quand il était rentré après être allé boire avec ses amis au lieu d'observer le deuil pour la mort de son père, ainsi que la décence l'aurait voulu. Il avait renvoyé ses serviteurs et ils étaient restés seuls dans cette pièce, qui semblait trop grande en l'absence de l'imposant fauteuil de son propriétaire.

«Je ne pouvais pas m'opposer à un ordre du podestat, rétorqua Eleonora d'une voix ferme malgré sa peur. Mondino lui-même ne voulait pas entrer, c'est Taverna Tolomei qui l'y a contraint.

— Et il l'a laissé prendre le corps de mon père, continua Azzone comme si elle n'avait pas ouvert la bouche. Un messager vient à San Giovanni pour m'annoncer la mort de mon père. Je laisse tout en plan, je rentre au galop à la maison au risque de faire crever mon cheval et, quand j'arrive, je ne peux même pas dire adieu à mon père parce que Mondino de Liuzzi l'a emporté. »

Il la fixait, comme en proie à une fièvre. Sa paupière droite tressautait. Eleonora connaissait ce regard. À cette heure, Azzone n'avait rien à faire de Mondino, ni même de la mort de son père, si tant est qu'il y eût déjà accordé de l'importance. Il voulait seulement laisser libre cours à sa rage. Elle le vit regarder autour de lui, à la recherche d'un objet avec lequel la frapper. Ses yeux s'arrêtèrent sur le grand vase en faïence contenant les cannes du vieil homme et Eleonora sentit son menton trembler. Son orgueil se brisa et elle tourna son regard vers l'arche ouvrant sur le couloir. Mais, en s'enfuyant, elle n'aurait fait que redoubler l'excitation de son époux. C'était déjà arrivé une fois. Il l'avait rattrapée dans la chambre à coucher et ç'avait été pire.

« Je t'en prie », l'implora-t-elle.

Azzone avait déjà la canne la plus fine en main, celle en hêtre au pommeau travaillé. En deux pas, il fut sur elle et le premier coup s'abattit sur son dos, lui coupant le souffle. Eleonora sentit ses yeux se remplir de larmes et se mordit les lèvres pour ne pas crier. Elle savait que cela inciterait son mari à frapper plus fort, et elle était déterminée à ce que les serviteurs ignorent ce spectacle indigne.

Azzone lui assena un nouveau coup de bâton, la faisant tomber à genoux. Alors qu'elle tentait de se relever, il fit déraper son coude d'un coup de pied et le front d'Eleonora heurta le plancher. Le troisième coup l'atteignit aux fesses. Un gémissement lui échappa, mais elle ne bougea pas. Elle savait ce qui allait se passer, et essayer de l'éviter n'aurait que prolongé le supplice.

«Lève ta jupe», lui ordonna Azzone. Elle obéit et les coups se mirent à pleuvoir violemment sur ses fesses nues, mais aussi sur son dos, ses cuisses, ses épaules. Eleonora serrait les dents et pleurait de douleur et d'humiliation. Soudain, Azzone fut sur elle, le souffle lourd. Sa chemise de lin fit un bruit sec quand il la déchira, puis il la prit comme un animal, tandis que les larmes d'Eleonora mouillaient le sol. Le plus douloureux fut d'entendre son mari, l'homme qu'elle avait épousé devant Dieu, s'exciter en la traitant de «saleté de chienne stérile».

Gerardo s'accroupit pour se mettre à la hauteur de Masino, le regarda dans les yeux et répéta sa question: «C'est vrai que tu n'aimes plus être ici?»

L'enfant hésita, puis baissa les yeux, comme s'il avait compris que la question était plus importante qu'elle le semblait et qu'il voulait bien réfléchir avant de répondre.

Gerardo attendit patiemment et, au bout de quelques instants, Masino releva sa tête rasée et la secoua pour dire non. Deux fois.

«C'est à cause de ta sœur, n'est-ce pas?»

Un signe affirmatif, immédiat.

La visite de Clara l'avait perturbé. Allez savoir sur quel ton la jeune fille lui avait expliqué qu'elle ne pouvait pas venir le voir souvent. Gerardo était certain qu'elle y était attachée, malgré ses mots durs du matin, mais il était aussi évident qu'elle ne se sentait pas à l'aise devant le mutisme de l'enfant.

«Elle travaille dans une famille, elle ne peut pas venir quand elle veut. Tu comprends?»

Cette fois, l'enfant ne bougea pas la tête, ni dans un sens, ni dans l'autre. Il resta immobile, les yeux rivés sur le sol.

Gerardo se mordit les lèvres. Pour Masino, sa sœur, le seul membre de sa famille qui lui restait, représentait le souvenir d'une époque peut-être heureuse, avant qu'il fût enlevé et vendu. Et l'enfant désirait sans doute ardemment revenir à cette période et oublier tout ce qui s'était passé entre-temps. Gerardo devait encore lui poser une question directe. Il avait la certitude que Masino l'attendait, et il ne pouvait plus repousser ce moment après ce que Clara lui avait dit le matin même.

«Tu voudrais aller vivre avec elle?»

L'enfant leva brusquement la tête, le fixant avec une expression proche de la terreur, celle que son espoir le plus intime eût été découvert.

Et qu'il allait être déçu.

Masino ne parlait pas, mais il se faisait très bien comprendre.

Gerardo avait d'abord cru qu'il était muet de naissance, mais Clara lui avait affirmé qu'auparavant son petit frère parlait. Et comme sa langue était intacte et que Mondino lui avait dit que le larynx aussi, le mutisme était probablement une conséquence des horreurs que l'enfant avait endurées entre les mains de la vieille Filomena.

Il leva les yeux pour observer la grande salle rectangulaire où les petits abandonnés commençaient à s'installer pour la nuit. Jusqu'à récemment, ils dormaient à même le sol, mais à présent, grâce à une donation de Gerardo, ils étaient isolés de la pierre froide par une épaisseur de planches en peuplier longues de deux bras. Ils allaient nu-pieds, ils avaient toujours la morve au nez et souvent le ventre gonflé. Ils portaient tous un habit en chanvre brut, taillé dans des sacs pour le blé, avec un trou au milieu et deux sur les côtés pour passer la tête et les bras. Ils avaient le crâne rasé pour éviter les poux.

Gerardo comprenait parfaitement que Masino, quoique heureux de ne plus être l'esclave d'êtres qui n'avaient pas le droit de se dire humains, désirât avoir une maison et une famille. Et il était désolé de devoir lui dire que ce n'était pas possible. Pas de suite, du moins.

« Clara aussi a très envie de t'emmener vivre avec elle, expliqua-t-il. Mais il faut attendre le bon moment. Elle ne peut pas quitter son travail : c'est une période difficile, elle ne serait pas sûre d'en trouver un autre. Il y a eu la disette, cet été, tu l'as vue toi aussi. Qu'est-ce que vous mangeriez ? Non, il faut que tu sois patient en attendant qu'elle trouve un moyen de t'emmener dans la famille où elle travaille. Il faudra un peu de temps, mais je suis sûr qu'elle va y arriver. »

Masino le regarda droit dans les yeux, comme pour vérifier qu'il disait bien la vérité. Gerardo soutint son regard, espérant que le mensonge ne se lisait pas sur son visage.

Finalement, le petit eut un hochement de tête, plus résigné que convaincu.

Gerardo lui caressa la tête et sentit les cheveux ras sous sa main, comme les piques d'une brosse. Il avait compris depuis longtemps que mieux valait s'adresser à cet enfant comme à un adulte, en lui expliquant les motivations de toute chose.

Un moine entra dans la pièce et parcourut l'étroit couloir entre les deux rangées de planches de peuplier, s'approchant de Gerardo et Masino.

« Je reste avec eux jusqu'à ce qu'ils s'endorment, dit-il. On te demande à la porterie.

— À la porterie ? À cette heure ? »

Le moine branla du chef. « Oui. Complies vont sonner. Je me demande à quel type de discipline les franciscains peuvent bien s'astreindre, s'ils laissent sortir leurs moines quand il fait déjà nuit.

— J'y vais de suite », dit Gerardo, perplexe.

Il laissa le moine veiller sur les enfants, une présence nécessaire pour éviter les bagarres nocturnes qui pouvaient éclater pour un quignon de pain ou un bout de chiffon coloré, et se dirigea vers l'entrée, traversant le réfectoire et passant devant la cuisine déserte. On avait déjà éteint les lampes à huile pour la nuit et, dans les passages les plus sombres, il dut avancer à tâtons.

En revanche, la porterie était éclairée par deux bougies glissées dans un bougeoir de terre cuite posé sur la table où le frère portier s'asseyait d'habitude. Debout devant la table se tenait le moine qui, le matin, avait accompagné le capitaine du peuple pour identifier le prêtre mort. Son visage délicat semblait brûler d'une fièvre intérieure.

« Enfin ! s'exclama le moine en le voyant entrer. Vous souvenez-vous de moi ?

— Bien sûr, frère Samuele. Que me vaut votre visite ?

— J'ai quelque chose pour vous, dit le moine. Mais avant, il faut que je vous parle. Sommes-nous à l'abri des oreilles indiscrètes ? »

D'un geste, Gerardo indiqua la pénombre derrière lui. « Les moines se sont déjà retirés pour la nuit. Nous sommes seuls. »

Samuele scruta le couloir, pour s'assurer que Gerardo disait vrai, puis s'approcha et chuchota : « Je viens à cause du prêtre trouvé mort au Pratello. » Il eut un geste impérieux, comme pour empêcher un commentaire sarcastique. « Ce n'est pas ce que vous pensez. La foi de Venanzio était inébranlable. Il ne faisait que confesser quelques pauvres femmes.

— Je n'en doute pas, répliqua calmement Gerardo. Mais je vous assure que je n'ai rien à voir avec sa mort. »

Le moine ouvrit des yeux ronds. « Non ! Bien sûr ! Ne vous méprenez pas. Je ne suis pas venu pour vous accuser !

— Alors pourquoi êtes-vous ici, à cette heure tardive ?

— Ce matin, répondit le moine d'une voix altérée, je ne vous avais pas reconnu. Il me semblait vous avoir déjà vu quelque part, mais ce n'est que quand cette jeune fille vous a interpellé que je me suis souvenu qui vous êtes.» Il le regarda, comme dans l'attente d'une confirmation. Gerardo ne dit mot et le moine continua: «Vous avez résolu ce mystère effroyable, il y a quelques mois de cela. Quand j'ai entendu votre nom, j'ai su où je pourrais vous trouver. Quant au motif de ma visite, il sera vite expliqué: j'espère que vous allez m'aider à découvrir l'assassin du père Venanzio.»

Gerardo comprit qu'il devait se montrer déterminé. Ce jeune homme manifestait tous les signes de l'exaltation mentale, un état qui pouvait se révéler dangereux, comme il l'avait appris lorsqu'il se faisait passer pour un étudiant en médecine.

«Frère Samuele, déclara-t-il d'un ton tranquille mais ferme. Les homicides sont de la compétence du podestat et du capitaine du peuple. J'étais ce matin en compagnie de messire Visdomini, mais je n'ai rien à voir avec…

— Messire Visdomini ne bougera pas le petit doigt, l'interrompit le moine. Se lancer dans une enquête de ce genre reviendrait à faire éclater un scandale que personne ne désire, à commencer par le prieur de notre couvent.

— Vous n'avez peut-être pas tort, mais ce n'est pas une raison pour se substituer à la justice. Si vous détenez des informations qui peuvent servir à faire la lumière sur la mort de ce prêtre, vous devez aller voir les magistrats.

— Mais c'est vous que je suis venu voir, rétorqua Samuele d'un ton ferme. Et savez-vous pourquoi?

— Dites-le-moi donc.

— Parce que vous êtes un moine.» Samuele leva la main. «Je sais, les Chevaliers du Temple n'existent plus. Et je sais que vous n'avez pas souhaité renouveler vos vœux. Mais vous vivez encore dans un couvent, même si c'est comme laïc. *Olim monachus, monachus semper.* Vous êtes un religieux, et je vous demande de m'aider à élucider la mort d'un autre religieux parce que la justice séculaire ne fera rien. Je vous en prie. »

Comme chaque fois que quelqu'un faisait allusion à la dissolution des Templiers, une dissolution de fait, même si le pape ne l'avait pas encore officialisée par une bulle, Gerardo sentit son cœur se serrer. Il n'avait jamais été un véritable Templier, car à peine avait-il prononcé ses vœux qu'il avait dû fuir la persécution orchestrée par Philippe le Bel. Mais, peut-être en raison de cela, la fin de son rêve d'adolescent était plus douloureuse pour lui que pour d'autres.

Ce n'était pas le moment d'y penser. Il ne voulait pas provoquer un tapage en mettant brutalement à la porte ce moine exalté, qui aurait pu se mettre à crier, réveillant tout le monde. Il décida de gagner du temps.

« Écoutez, frère Samuele, il faut que j'y réfléchisse. Revenez demain dans la matinée, et je vous dirai…

— Mon absence a dû être remarquée au couvent, l'interrompit à nouveau Samuele. Le prieur va me punir et je ne pourrai pas sortir ces prochains jours. Avant de me dire non, regardez ceci. »

D'une main nerveuse, il fouilla sous son habit, semblant ne pas trouver ce qu'il cherchait. Une expression d'affolement et une expression de soulagement se succédèrent sur son visage. La main réémergea, tenant un bout de papier brouillon plié en deux. Samuele le déplia sous la lueur de la bougie et Gerardo resta bouche bée.

« Où l'avez-vous trouvé ? », demanda-t-il doucement.

Sur la feuille, un dessin était tracé au fusain. Il représentait un être monstrueux, ailé, à la tête de lion et au corps enserré par un serpent. Ses mains dépassaient du serpent ; chacune tenait une grosse clé dans son poing.

IV

Azzone sillonnait la grande étude qui, à la mort de son père, était devenue la sienne. La décision du podestat d'accorder une semaine à Mondino pour retrouver le corps de Bertrando l'avait pris par surprise, mais il n'avait pas perdu de temps. Son cousin, Fedrigo Guidi, était l'un des meilleurs avocats de Bologne, il saurait le conseiller sur la marche à suivre.

Fedrigo viendrait, même si c'était dimanche.

Azzone écarta les volets intérieurs et regarda par la fenêtre. L'air sentait la neige, mais les nuages sombres amassés en nombre dans le ciel laissaient plutôt présager une averse de pluie. Au bout de la rue, la grande silhouette emmitouflée de Fedrigo fendait la foule avec son nez crochu.

Azzone quitta la fenêtre et revint s'asseoir à table, dans le fauteuil qui remplaçait celui de son père. Il était bien content de ne pas avoir hérité de celui auquel le vieux tenait beaucoup. Il ne le supportait pas, pas plus qu'il ne supportait son père, et il espérait ne jamais les revoir.

Avec un peu de chance, c'était ce qui allait se passer. Azzone éprouva une pointe de honte à cette pensée. Même s'il détestait son père, il était désolé de ne pas pouvoir lui donner une sépulture. Mais au moins sa disparition lui permettait-elle de régler ses comptes avec Mondino de Liuzzi. Deux ans auparavant, quand cet incompétent avait laissé mourir son fils unique, il n'avait même pas porté plainte parce que Fedrigo lui avait assuré que traîner un médecin au tribunal était une cause perdue. Si on le faisait pour chaque patient qui mourait à la suite des soins, il n'y aurait plus de médecins à Bologne.

Cette fois, les choses se présentaient différemment mais Azzone ignorait quelle était la meilleure stratégie à adopter. Pour cela, il avait besoin d'un conseil légal expert et discret, et Fedrigo était parfait dans ce rôle.

Il se leva à nouveau et passa la tête dans le couloir, se demandant combien de temps il fallait à cet homme pour parcourir les quelques pâtés de maisons qui séparaient leurs demeures. Parmi ses nombreuses bizarreries, Fedrigo se déplaçait lui-même chez ses clients, au lieu de les recevoir dans son étude, comme le faisaient les autres avocats. Toutefois, il était vrai que ses clients étaient tous des nobles et de riches commerçants, qui appréciaient ce signe de distinction et ne rechignaient pas au moment de régler les honoraires.

Il entendit enfin des pas dans l'escalier et retourna en hâte s'asseoir à son bureau pour ne pas donner l'impression d'être anxieux. Annina, la servante personnelle de son épouse, apparut sur le seuil : « Messire Fedrigo Guidi », annonça-t-elle. Puis elle s'écarta pour laisser passer l'avocat et se retira sans bruit, non sans avoir adressé à Azzone un sourire complice qui déplut profondément à ce dernier. Qu'imaginait-elle, juste parce qu'à l'occasion elle lui servait pour défouler ses instincts charnels ? Il se promit d'accompagner l'acte de quelques coups de fouet la prochaine fois, histoire de lui faire comprendre où était sa place.

« Bon dimanche, fit Fedrigo, apparaissant sur le seuil avec l'habit noir qu'il portait été comme hiver. Je suis venu aussitôt que j'ai pu. »

Azzone ravala la réplique désagréable qui lui montait aux lèvres et répondit par un sourire. Cependant, il ne put s'empêcher de prendre une petite revanche. «Malheureusement, avec les derniers événements, je n'ai pas encore eu le temps de remettre l'étude en ordre, et je m'aperçois qu'il n'y a pas d'autres chaises. Si tu veux, je peux en faire monter une du rez-de-chaussée, mais je ne voudrais pas te faire perdre de ton temps précieux.

— Ne t'inquiète pas, répondit Fedrigo. Ça va comme ça.» Il s'assit sur un coin de la table, faisant échouer la tentative d'Azzone de le laisser debout. «Maintenant, arrête ton petit cirque, et dis-moi de quoi tu as besoin. Je n'ai pas toute la matinée à te consacrer.»

Azzone hocha la tête. L'attitude de son cousin, qui se débrouillait toujours pour le traiter de haut, l'irritait, mais ce n'était pas lui son ennemi.

«Tu es au courant pour mon père, n'est-ce pas?

— Qui ne l'est pas? L'autre jour, le podestat a fait défiler son cadavre dans les rues de la ville. La nouvelle a dû arriver jusqu'à Modène. Mais ce qu'on raconte est-il vrai?

— Tu parles du fait qu'on l'a découvert sous la forme d'un squelette carbonisé et que rien n'avait pris feu autour de lui?

— Oui. Ça me semble incroyable.

— À moi aussi. Je ne l'ai pas vu, mais si tout le monde raconte la même chose, ce doit bien être vrai.

— Et personne n'a trouvé une explication? Sait-on au moins s'il s'agit d'un homicide par sorcellerie ou d'un événement naturel?

— Un événement naturel? Mais qu'est-ce que tu racontes?»

Fedrigo leva une main pour l'inviter à se calmer. «Une fois, j'ai vu le corps d'un homme tué par la foudre.

Ses vêtements étaient en lambeaux, les pièces qu'il avait dans la poche avaient fondu, mais son corps était intact.

— Eh bien, à ce qu'on raconte, il est advenu le contraire à mon père. Son corps était réduit en cendres, mais pas le fauteuil sur lequel il était assis.

— Je sais. Ce pourrait être un effet de la foudre que nous ignorons. »

Dehors, quelques rares flocons commencèrent à voleter. Azzone se passa une main dans les cheveux d'un geste impatient.

« La justice se chargera de le découvrir, Fedrigo. Pour l'heure, ce qui m'intéresse, c'est que le responsable principal de ce scandale ne s'en sorte pas une deuxième fois. »

Fedrigo acquiesça. « J'ai compris, tu veux mon aide pour traîner Mondino de Liuzzi en justice.

— J'ai déjà porté plainte. »

Fedrigo s'installa un peu mieux sur le coin de la table, laissant pendre ses jambes, et soupira. « Alors, je ne peux pas t'aider.

— Tu plaisantes?

— Point du tout. On ne devrait jamais s'engager dans une action légale sans consulter un avocat au préalable. Je sais comment les choses se sont passées. Mondino est inattaquable. Intenter un procès contre lui est un échec assuré. Je ne m'engage pas dans une action perdue d'avance. »

Azzone réprima sa montée de bile. Il dut se répéter mentalement que son cousin était l'un des meilleurs avocats de la ville et que c'était un de ses parents, que les intérêts de la famille lui tenaient à cœur et qu'il devait absolument éviter d'entrer en conflit avec lui.

« Laisse-moi terminer, s'il te plaît. Il ne s'agit pas seulement de l'outrage fait au cadavre de mon père en le promenant dans les rues de la ville comme une attraction de saltimbanques. Je sais bien que Mondino s'est protégé en prononçant toutes les phrases qu'il fallait devant témoins. Mais son petit numéro joue en sa défaveur.

— Comment ça?

— Le corps de mon père a disparu de l'école de médecine alors qu'il était sous sa responsabilité. C'est pour ça que j'ai porté plainte.»

Pour une fois, Fedrigo resta pantois, et Azzone se délecta de sa stupeur sans mot dire. Soudain, l'expression de son cousin changea, se faisant sournoise.

«Qu'est-ce qu'il y a?

— Si ce que tu avances est vrai, nous tenons les bases pour le procès, répondit lentement Fedrigo. Mais je ne peux pas accepter de t'aider si tu ne me dis pas d'abord quelque chose, en toute sincérité.

— Que veux-tu savoir?», demanda Azzone, surpris.

Fedrigo le regarda droit dans les yeux d'un air indéchiffrable. «Est-ce toi qui as dérobé le cadavre?»

Azzone ne put se retenir. Il bondit, attrapa son cousin par le col et lui administra deux gifles. «Salaud! cria-t-il. Comment oses-tu?» Il le repoussa violemment. Fedrigo glissa de la table, vacilla, mais réussit à rester debout.

Il remit sa tunique en ordre, puis reprit avec un calme glacial: «Ça, ça te coûtera vingt-cinq lires supplémentaires quand tu paieras mes honoraires, cousin. Si tu veux encore de mon aide, bien entendu.»

Azzone tourna la tête vers l'entrée, où il lui avait semblé entendre un bruit. Ce devait être cette traînée de servante, attirée par les cris. Il lui apprendrait à écouter à la porte de son maître.

Il se retourna vers Fedrigo, calme lui aussi. «Ce genre de choses se règle en famille. Fais ton devoir et ne t'inquiète pas pour tes honoraires.

— Tu n'as pas répondu à ma question», insista Fedrigo.

Azzone lui décocha un regard assassin, mais son cousin ne cilla pas. « Crois-tu sincèrement que je serais capable de faire ça à mon père ?

— Tu serais capable de tout pour te venger de quelqu'un qui t'a porté tort, rétorqua Fedrigo. Je ne te juge pas, ajouta-t-il aussitôt, avant qu'Azzone eût le temps de répliquer. Et je t'aiderai dans tous les cas. Mais je dois savoir ce qu'il en est exactement pour établir la stratégie adaptée et éviter les surprises.

— Ce n'est pas moi qui l'ai fait, fit Azzone.

— As-tu une idée de qui ça peut être ?

— Aucune. Mon pauvre père était réduit à l'état de squelette carbonisé, à ce qu'on m'a raconté. Qui donc pourrait avoir intérêt à s'en saisir ?

— Mondino, par exemple. »

Azzone hocha la tête. « C'est ce que le podestat m'a suggéré lui aussi. Accuser Mondino d'avoir voulu se venger de moi en faisant disparaître le cadavre de mon père. Cette vermine de Taverna ferait n'importe quoi pour éviter les ennuis. À ton avis, cette thèse est crédible ? »

Fedrigo s'approcha de la cheminée, réfléchissant en silence, la tête inclinée. On aurait dit un corbeau à la recherche d'asticots.

« Ça dépend de la façon dont nous présenterons les faits, fit-il en se tournant brusquement. Personne ne le croira capable d'une telle infamie dans le seul but de se venger. Mais si nous instillons le doute qu'il a caché le corps pour conduire quelques-unes de ses immondes expériences scientifiques sur ces pauvres restes… Tout le monde sait ce que Mondino est capable de faire au nom de la science. »

Azzone éprouva malgré lui de l'admiration pour la rouerie de son cousin. « Mais bien sûr ! », s'exclama-t-il. Puis il se dit que ce n'était pas si simple. « Mais si les magistrats et les sbires vont chercher le cadavre chez lui, dans l'école de médecine, ou même dans la boutique d'apothicaire de sa famille, et ne le trouvent pas?»

Fedrigo haussa les épaules. «Ils lui demanderont où il l'a caché. Si nous nous montrons assez habiles, ils seront obligés de l'interroger sous la torture. Si Mondino confesse, sa condamnation sera sévère, peut-être même qu'il finira sur la potence. Sinon, il sortira de toute façon estropié des mains du bourreau et il sera au minimum incapable de continuer à exercer sa profession. Pour quelqu'un comme lui, cette condamnation est peut-être pire que la mort.»

Azzone observait son cousin avec une lueur d'intérêt nouvelle. Quoiqu'il n'aimât pas Fedrigo, il avait bien fait de s'adresser à lui. «Mais Mondino a demandé et obtenu du podestat une semaine pour retrouver le cadavre et se disculper.»

Fedrigo soupira. «Tu ne me l'avais pas dit.

— Tu ne m'en as pas laissé le temps.»

Fedrigo réfléchit quelques instants en silence. «S'il le retrouve, on pourra soutenir notre thèse quand même, mais elle en sera fort affaiblie. Il vaut mieux que le cadavre de ton père reste introuvable. Ou bien qu'il réapparaisse à un endroit que Mondino aurait pu choisir comme cachette.»

Il le fixa de nouveau dans les yeux, et Azzone répéta: «Ce n'est pas moi qui l'ai fait», sans irritation aucune cette fois.

«N'interprète pas mes paroles de travers, cousin, mais j'aurais vraiment préféré que ce soit toi, murmura Fedrigo. Mondino est intelligent et courageux. Il serait capable de réussir dans son entreprise.

— Et donc?

— S'il réussit, nous perdrons le procès, et je n'aime pas perdre.

— Ne t'inquiète pas, le rassura Azzone en s'approchant de lui. Une semaine passe vite et, les prochains jours, Mondino sera très occupé à user de son art médical sur lui-même.

— Qu'est-ce que tu veux dire ?»

Azzone savoura la réponse avant de reprendre la parole. Pour une fois, il se montrait plus rusé que son cousin.

«J'ai fait appeler deux de mes ouvriers, des gens fiables. Ils devraient arriver d'ici la fin de la journée. Ils agresseront Mondino dans une rue isolée et le passeront à tabac. Je leur ai recommandé de ne pas le tuer, seulement de lui briser quelques os.

— Tu es fou ! s'écria Fedrigo. Tu es la perte de notre famille, ton père avait raison !»

Cette réponse était si inattendue qu'Azzone mit quelque temps à réagir. L'évocation de ce que son père pensait de lui ne déclencha même pas sa colère. Il était trop étonné.

«Pourquoi ? demanda-t-il. Ce salaud a tué mon fils, et à présent il me manque de respect en profanant le corps de mon père. Il mérite une leçon.

— Il ne t'est pas venu à l'esprit, siffla Fedrigo d'un ton acerbe, que si quelqu'un reconnaît tes hommes tu seras condamné ?»

Azzone souffla, agacé par toutes ces précautions superflues. «J'ai déjà eu recours à eux plusieurs fois, répliqua-t-il, agressif. Et personne ne les a jamais identifiés. Mondino sera alité pendant toute la semaine qu'il devait passer à chercher mon père et nous gagnerons le procès. Je ne comprends pas ce qui te tracasse.

— Si tu veux mon aide, tu dois faire ce que je te dis, trancha Fedrigo d'un ton sans réplique. Sinon, ne compte pas sur moi, même si la réputation de la famille est en jeu.»

Azzone s'enferma dans un silence obstiné, mais son cousin

n'en démordit pas. « Alors ? Tu me promets de renvoyer ces deux hommes chez eux dès qu'ils arriveront ? »

Azzone acquiesça à contrecœur. « À mon avis, tu te fais trop de souci, mais pour te faire plaisir je ferai ce que tu demandes. »

Fedrigo hocha la tête. « Fort bien. Je vais préparer le plaidoyer. Désormais, cousin, j'aurai mon mot à dire sur chaque initiative concernant Mondino, ton père et toute cette histoire.

— Me crois-tu incapable d'agir sans ta tutelle ?

— Bien au contraire, répondit Fedrigo avec un sourire railleur. Je pense même que tu es capable d'en faire trop. Enfin, mes conseils sont compris dans mes honoraires, que tu les demandes ou pas. Tu as tout intérêt à t'en servir. »

Azzone ne connaissait personne qui fût aussi imbu de soi. Fedrigo Guidi était un bon juriste, mais Bologne était la patrie des bons juristes. Il envisagea de le chasser à coups de pied, ce qui serait un vrai plaisir, et d'engager un autre avocat à sa place. Puis il capitula. « Bien, conclut-il. Mais j'exige la même chose de toi. Ne prends aucune initiative sans m'en avoir parlé au préalable.

— Bien entendu. Entreprendre quelque chose sans se mettre d'accord avec son client serait idiot de la part d'un avocat. Et je ne suis pas idiot. »

Azzone crut qu'il allait ajouter « comme toi », mais son cousin se tut, inclina brièvement la tête et quitta la pièce, se retournant au niveau de l'arche pour lui dire qu'il reviendrait dans deux jours pour lui faire lire le brouillon de son plaidoyer.

Resté seul, Azzone contourna la table et se dirigea vers la porte. Il lui avait à nouveau semblé entendre un bruit, mais quand il regarda dans le couloir il ne vit personne.

« Annina ? », appela-t-il.

Pas de réponse. La maison semblait déserte. Il décida de partir à la recherche de la jeune femme pour se décharger de toute l'irritation qu'il avait accumulée au cours de son entretien avec Fedrigo. En descendant l'escalier, il se dit qu'il devait faire installer une porte. Son père souhaitait que son étude fût ouverte sur le reste de la maison, lui préférait le contraire. Ils avaient des idées divergentes sur tout, depuis la séparation des espaces jusqu'aux systèmes de production de la soie. Mais à présent, tout allait changer.

Lorenza allait et venait dans la cuisine, préparant un plat de poisson que le père de Mondino lui avait appris à cuisiner quelques mois avant de mourir. Mondino ne prêtait guère attention aux mouvements de la femme, qui évoluait en silence avec ses chaussons de feutre, sa robe grise aux manches retroussées et son bonnet blanc. Il avait entre les mains le *Liber regalis* d'Haly Abbas traduit par Stefano da Pisa, qu'il venait à peine de se procurer auprès d'un moine copiste bénédictin, et le lisait avidement, assis à un coin de la table en bois brut sur laquelle Lorenza ouvrait les barbots qu'elle avait tirés de l'eau bouillante pour les vider, mettant arêtes, peau et têtes d'un côté, et la chair de l'autre.

Évidemment, il aurait été plus à l'aise dans son étude à l'étage, mais c'est ainsi qu'il profitait de son dimanche. Il aimait rester dans la cuisine, buvant du vin rouge conservé dans une simple cruche en étain, tandis que le feu crépitait dans le grand âtre, que les chats miaulaient dans la cour pour avoir les restes des poissons, et que le bébé de Lorenza marchait à quatre pattes, sous l'œil toujours vigilant de sa mère.

Depuis la mort de son père, Mondino s'efforçait de consacrer au moins le dimanche à la vie de famille. Il était désormais le seul adulte dans cette grande maison. Liuzzo venait assez rarement, même quand il était en ville, et ses fils avaient besoin d'un parent plus présent.

Toutefois, aucun des trois ne se trouvait à la maison à ce moment-là. Leone et Ludovico étaient à l'église et rentreraient sous peu. Gabardino, bien que ce fût dimanche, avait dû se rendre à la boutique. Une femme avait envoyé appeler Mondino, disant qu'elle avait besoin de quelques herbes en urgence, mais son fils avait déclaré qu'il était le responsable de la boutique et avait insisté pour y aller à sa place.

Lorenza avait mélangé la chair du poisson avec des herbes aromatiques et l'avait enroulée dans un linge qu'elle pressait pour en faire sortir l'eau résiduelle. Mondino se leva pour aller souffler sur les braises jusqu'à ce que l'huile se mît à crépiter dans la poêle en terre cuite.

Lorenza s'approcha, déroula le linge et laissa tomber avec délicatesse le poisson dans l'huile bouillante. Un plaisant arôme de friture se répandit aussitôt dans la pièce.

« Ça va être délicieux, fit Mondino. Tu es une excellente cuisinière.

— Il est facile de bien cuisiner avec des ingrédients de bonne qualité.

— Les ingrédients sont importants, c'est vrai, mais ils ne suffisent pas. J'aimerais que tous mes élèves fassent preuve de la même dextérité et de la même hygiène que toi. »

La comparaison entre son humble pratique et la médecine la fit rougir, elle bafouilla quelques mots indistincts et se pencha pour surveiller la cuisson. Mondino but une gorgée de vin et rouvrit le livre, mais il le referma presque aussitôt d'un geste brusque. Inutile de continuer cette parodie du bon père de famille, comme si sa vie n'avait pas changé depuis deux jours. Faire semblant ne pouvait qu'empirer la situation. Il avait essayé d'oublier pendant toute la matinée l'énorme problème auquel il était confronté, mais vu que ses fils l'avaient laissé seul, autant y réfléchir.

Un jour de la semaine que le podestat avait accordée était déjà passé, et il n'avait pas avancé d'un iota. Il avait élaboré deux théories possibles au sujet du vol du cadavre de Bertrando, mais il ne disposait d'aucune preuve et ne savait pas où en chercher. À présent, le secours de Gerardo lui aurait été précieux, mais entre une chose et l'autre il n'avait pas encore trouvé le temps d'aller le voir. La veille, il avait dû revenir au palais de la Commune parce que l'un des agresseurs d'Andrea da Viterbo, légèrement blessé durant la rixe, avait porté plainte contre le recteur et ceux qui lui avaient prêté main-forte, mentionnant le nom de Mondino. Les juges l'avaient convoqué pour le mercredi suivant, le 15 décembre. Comme s'il n'avait pas assez d'ennuis comme ça.

Il but une autre gorgée et essaya de reprendre sa lecture. Leone et Ludovico allaient rentrer d'un instant à l'autre et il ne voulait pas qu'ils lui trouvent triste mine.

Il entendit Pietro ouvrir la porte et s'apprêta à accueillir ses fils. Mais c'est Gabardino qui entra dans la cuisine, le visage déformé par la colère.

« Vous auriez pu me le dire, commença-t-il sans se soucier de la présence de Lorenza. Vous m'auriez épargné de passer pour un imbécile.

— Te dire quoi ? »

Diplomate, Lorenza ramassa les arêtes de poisson et alla les distribuer aux chats dans la cour.

« Que cette femme ne voulait pas de remèdes », reprit son fils.

Mondino sentait son irritation monter devant ce comportement sibyllin. « Qu'est-ce qu'elle voulait, alors ? Sois donc plus clair ! »

Gabardino planta ses yeux dans les siens sans cacher son mépris. «Elle voulait vous voir! Et quand elle m'a vu, elle m'a gentiment prié de rebrousser chemin et d'envoyer mon père.»

La friture crépitait. Mondino alla la remuer avec une fourchette de bois. Il essayait de gagner du temps pour donner une réponse appropriée à son fils. Il ne voulait pas se fâcher avec lui, mais il ne comprenait vraiment pas.

«Je ne comprends pas», fut d'ailleurs la seule réponse qui lui vint à l'esprit.

«Allez donc la voir, elle vous attend, articula lentement Gabardino, comme s'il peinait à se contenir. Mais désormais, j'aimerais que vous fixiez vos rendez-vous avec vos maîtresses dans des auberges plutôt que dans la boutique familiale.»

Il quitta la cuisine à grandes enjambées. Mondino répugnait à sortir en tenue d'intérieur, tunique noire longue jusqu'au genou, veste bleu fané, chausses en grosse laine et vieilles chaussures, mais il n'avait pas le temps de se changer s'il voulait être rentré à temps pour le repas. Il traversa la cuisine. Dans sa hâte, Gabardino ne lui avait pas laissé la clé de la boutique et il n'estima pas opportun d'aller la lui demander. Il prit donc le double accroché à un clou dans la grande salle, se couvrit d'un manteau pour se protéger du froid et sortit sans mot dire. Dans la rue, il croisa ses deux fils cadets. Il les salua d'un geste de la main et se dirigea d'un pas vif vers la boutique.

C'était l'heure du déjeuner dominical et les rues étaient à demi désertes. Quelques flocons de neige fine voletaient dans l'air et le ciel couleur de plomb annonçait une tempête. Une journée idéale pour rester enfermé chez soi, à jouir de la chaleur du foyer et de l'atmosphère de fête à l'approche de Noël.

Marchant plié en deux contre le vent, Mondino tourna à gauche après l'église Santa Maria dell'Aurora et vit que la porte de la boutique était entrebâillée. Dans sa colère, Gabardino y avait laissé une femme inconnue seule. Pensant à la valeur des ampoules de verre et aux dégâts qu'une voleuse pressée pouvait avoir faits en peu de temps, Mondino se mit à courir et ouvrit grand la porte d'un geste brusque.

Il fut si surpris en découvrant l'identité de la femme qui l'attendait que son seul réflexe fut de serrer son manteau contre lui pour cacher ses habits d'intérieur.

« Vous ! », réussit-il à s'exclamer d'une voix étranglée.

Le capitaine du peuple était soucieux. Très soucieux. Un des rares passants leva les yeux et inclina légèrement la tête quand il le vit. Visdomini ne le connaissait pas. C'était peut-être un artisan qui rentrait chez lui pour le repas et qui, le voyant à la fenêtre, s'était senti protégé.

Pour l'heure, la protection des citoyens de Bologne était bien le cadet de ses soucis. Il avait les yeux rivés sur la rue du côté du Mercato di Mezzo, fermé pour le repos dominical, mais il ne voyait rien, à part quelques flocons isolés qui dansaient avant de venir se poser sur le rebord de sa fenêtre.

Il pensait à la mort atroce de Bertrando Lamberti, tué par le feu divin, ainsi que l'appelait le Pater, parce qu'il avait trahi son vœu de fidélité au Dieu.

Il pensait au son mystérieux entendu cette nuit-là par les femmes de la maison. Il savait maintenant, du moins vaguement, de quoi il s'agissait.

Il pensait à tout ce qu'il avait fait pour éviter d'ouvrir une enquête, déclarant que la mort de Lamberti était l'œuvre de Satan, ce qui, au fond, n'était pas si loin de la vérité.

Il pensait à la façon dont, malgré tout, la vérité semblait vouloir éclater au grand jour. Mondino avait découvert le tatouage de Bertrando. Et ce moine franciscain avait trouvé la lettre…

Cette histoire de lettre était un véritable tourment. Il devait prendre une décision mais n'arrivait pas à savoir laquelle était la bonne. Une fois, avant de lui confier une position importante dans une bataille, son commandant lui avait dit : « Quand tu prends une décision, assure-toi toujours que ce n'est pas la peur qui te la dicte. C'est une mauvaise conseillère. »

Visdomini n'avait jamais oublié ce conseil et avait essayé de l'appliquer consciencieusement, dans la guerre comme dans sa vie quotidienne. Toutefois, depuis qu'il avait lu cette lettre, la peur s'était emparée de lui. Et il ne réussissait plus à avoir les idées claires. Il le savait, mais il ne pouvait rien y faire. Cesser d'avoir peur n'était pas seulement une question de volonté.

Il s'éloigna de la fenêtre et regarda la pièce carrée au plafond haut : l'étagère, où reposaient deux livres reliés en cuir et les parchemins pour les actes officiels, le grand tapis turc qui occupait une bonne partie du plancher, laissé là par un ancien occupant du palais, mort en service sans héritiers, la table massive, où étaient posés des plumes d'oie et un encrier d'argent. Le siège où tous les six mois s'asseyait un nouveau capitaine du peuple de Bologne.

Rien de cela ne lui appartenait, à part l'encrier.

Visdomini était un soldat, bien qu'il eût étudié le droit. La vie de soldat était une belle vie, mais seulement tant qu'on était jeune. Il avait servi dans différentes villes, il avait été payé, parfois avec générosité, d'autres fois moins, et avait toujours tout dépensé sans songer à son avenir. À présent, il allait avoir quarante ans, ses cheveux noirs étaient devenus gris, et il voulait s'arrêter.

Ainsi, quelques mois auparavant, lorsque le Pater lui avait proposé d'entrer dans la secte à un grade déjà élevé et avec la possibilité de nouer des liens étroits avec différents notables de Bologne qui pourraient lui être utiles pour se construire une vie comme magistrat à la fin de son mandat, il avait accepté avec enthousiasme.

La part religieuse et ésotérique lui apparaissait comme une blague innocente et quand, dans son serment de fidélité, il avait demandé au Dieu de le tuer par le feu s'il trahissait ses secrets, il avait cru prononcer une phrase dénuée de sens.

Puis il avait vu le corps de Bertrando.

Et, s'il avait encore des doutes, ce moinillon éploré avait fini de les chasser en lui remettant le papyrus trouvé parmi les affaires de son ami.

Il s'approcha de la table et s'empara de la lettre. Il avait d'abord imaginé que le Pater l'avait écrite lui-même pour légitimer son pouvoir. Puis il avait dû admettre l'évidence. Elle était rédigée sur un rouleau de papyrus, l'encre était estompée au point d'être réduite à une légère trace rougeâtre, mais ce qui l'avait convaincu plus que tout de son authenticité était la langue, un latin très différent de celui parlé aujourd'hui. Debout, l'esprit en ébullition, Visdomini la relut pour la énième fois.

> *Moi, Titus, centurion de la XVe légion Apollinaris, initié aux Mystères de Mithra que les Romains appellent maintenant* Sol Invictus, *je couche pour la première fois mon savoir sur papier. Les Mystères dont j'ai la connaissance ne sont pas la version diluée dont beaucoup de ceux qui se disent initiés font étalage en cette époque corrompue. La liturgie est la liturgie latine, pour que la religion soit compréhensible par les gens du commun. Mais son essence réside dans l'authentique savoir des mages perses. Dans le livre que tu trouveras à côté de*

*cette lettre est décrite la préparation rituelle de l'*haoma*, cette boisson qui permet d'entrer en communication directe avec le Dieu. L'*haoma *a été remplacé par le vin chez les soldats romains, et nombre des nouveaux initiés n'ont jamais entendu parler de la liane sacrée et de la façon appropriée d'en utiliser le jus. Mais j'ai rapporté des graines du lointain Orient, à la recherche d'un lieu propice où les planter. Dans le livre, tu trouveras également les formules pour la confection de remèdes encore inconnus dans le monde romain.*

Il est encore un Mystère que j'ai échoué à déchiffrer: celui qui permet de maîtriser le feu divin. La miniature qui en détient le secret a résisté à toutes mes tentatives d'interprétation. J'ai fini par accepter que ce secret ne m'est pas destiné. Désormais, je n'ai plus le temps d'essayer de l'élucider.

Alors que j'étais en voyage ici, à Bononia, j'ai été dénoncé comme déserteur, et les amis qui m'avaient caché ont été tués lorsqu'ils ont essayé de m'aider à m'enfuir. La ville pullule de légionnaires à ma recherche. Mon voyage s'arrête ici.

*J'ai muré de l'intérieur l'entrée du mithréum afin que l'on ne puisse pas le trouver, et je m'apprête à avaler une dose d'*haoma *si forte qu'elle m'emmènera tout droit entre les bras du Dieu, laissant derrière moi ma dépouille mortelle.*

*J'ai scellé le temple non seulement avec des briques, mais aussi avec une prière, demandant au Dieu que seul un initié de même niveau que le mien puisse le découvrir. Toi qui liras un jour ces mots, sache qu'ils ont été écrits pour toi. Si tu es arrivé ici, cela signifie que tu es l'élu. Tu es le nouveau Pater. C'est à toi que je confie la description détaillée des Mystères, ainsi que les graines d'*haoma *que tu trouveras conservées dans le miel contenu dans la coupe à côté du manuscrit. C'est à toi que revient le devoir de transmettre la religion du Dieu le plus grand dans sa forme la plus pure.*

La miniature qui recèle le secret du feu divin t'est également destinée. Si tu réussis à la déchiffrer, tu auras un grand pouvoir en ta possession, mais sois prudent. Par nature, le feu n'a pas de maître, et il risque de consumer celui-là même qui l'a invoqué.

Visdomini reposa la lettre sur la table et se gratta le menton. Il savait trois choses importantes, à présent, et toutes trois le faisaient trembler. La première était que le Pater devait avoir trouvé ce rouleau, ainsi que le livre et la coupe dont la missive faisait mention, et s'était donc estimé détenteur du plus haut degré d'initiation au sein de la secte. Depuis lors, il avait dû chercher des adeptes, surtout parmi les personnes les plus en vue de la ville. Se pouvait-il que toute l'histoire de la grande purification du mal à laquelle il fallait soumettre Bologne fût uniquement le délire d'un dément?

La deuxième était que le feu divin n'avait pas l'air d'être une punition mais un pouvoir à disposition des initiés, un pouvoir dont il fallait avoir un usage précautionneux, disait la lettre. Cela signifiait peut-être que Bertrando n'avait pas été puni par Mithra en raison de son intention de trahir, mais par le Pater en personne qui, le tuant de cette façon atroce, avait souhaité faire un exemple.

La troisième était celle qui le mettait le plus mal à l'aise: s'il ne rendait pas la lettre au Pater, feignant de ne pas l'avoir trouvée, il s'exposerait à sa colère. Si par la suite le moinillon révélait à quelqu'un qu'il la lui avait confiée, Visdomini était un homme mort.

Mais rendre la lettre représentait peut-être un péril plus grand encore, et plus imminent. Le Pater avait raconté être le dernier d'une longue chaîne d'initiés, envoyé à Bologne pour rouvrir un ancien mithréum dont on avait perdu trace depuis des siècles. Que ferait-il s'il apprenait que le capitaine du peuple avait découvert son secret?

Visdomini donna un coup de poing dans le mur avec un juron exaspéré, provoquant l'apparition du vieux serviteur qui se trouvait dans la pièce attenante.

« Désirez-vous quelque chose, Excellence ? »

C'était peut-être lui, pensa soudain Visdomini, qui avait fait entrer le Pater l'autre jour. Il s'efforça de ne pas regarder en direction de la lettre et répondit, de la voix la plus normale possible : « J'ai mal à l'estomac. Prépare-moi la même décoction digestive qu'hier soir. »

Le serviteur se retira avec un bref mouvement de tête. À peine eut-il disparu que Visdomini se précipitait pour enrouler la lettre à nouveau. Il regarda autour de lui, à la recherche d'une cachette, grimpa sur la table et la cacha sous une poutre. Puis il se dit que les souris allaient la manger, redescendit, la glissa dans un cylindre en cuivre, dont il cacheta le bouchon avec une goutte de cire sur laquelle il pressa sa bague pour en faire un sceau, remonta sur la table et reposa le cylindre sur une poutre. Ce n'était pas une cachette exceptionnelle, mais elle conviendrait pour le moment.

Quand le serviteur revint avec la décoction dans une tasse en bois d'olivier, Visdomini avait pris sa décision : il ne dirait pas au Pater qu'il avait retrouvé le papyrus. Tout compte fait, ce parti pris lui apparaissait comme le moins risqué. Pourtant, il était loin, bien loin de se sentir apaisé.

« Pardonnez-moi ce subterfuge, murmura Eleonora Lamberti, à la lueur de la lampe à huile qui se consumait sur une étagère. Je voulais vous voir, mais il m'a paru malséant de venir chez vous.

— Ne vous inquiétez pas, répliqua Mondino d'un ton brusque, pensant qu'il aurait bien mieux valu qu'elle vînt chez lui. J'imagine que si vous avez quitté votre domicile, c'est pour une raison importante. »

Les femmes de son rang se déplaçaient toujours accompagnées par deux serviteurs au moins, pour le décorum et pour leur sécurité. Eleonora s'était vêtue avec simplicité afin d'éviter d'attirer l'attention : une tunique vert sombre aux manches larges, un surcot crème et un chapeau de la même couleur qui mettait son visage en relief. Sa cape à capuche était posée en travers du comptoir, à côté de la clé de la porte d'entrée laissée par Gabardino. Dans cette pièce étroite et aveugle, seulement meublée par le comptoir et une étagère couverte de bocaux en verre et en terre qui contenaient herbes et substances médicinales, elle semblait encore plus belle.

« En effet, répondit-elle. Vous encourez un grand péril, en partie par ma faute, et je voulais vous mettre en garde.

— Par votre faute, madame?

— C'est moi qui vous ai incité à accepter la tâche dont le podestat vous chargeait. Je me sens responsable de ce qui pourrait vous arriver parce que vous l'avez fait. »

Mondino crut comprendre qu'elle faisait allusion à la plainte d'Azzone, ignorant qu'il était déjà au courant.

« C'est juste, convint-il, envoyant au diable toutes les règles de courtoisie. J'ai accepté parce que vous me l'avez demandé, et je le regrette à présent. »

Elle baissa la tête, résignée. L'irritation de Mondino disparut en la voyant faire. Il allait la rassurer quand il s'aperçut que son manteau s'était ouvert. Il essaya de le refermer d'un geste maladroit, et Eleonora eut un léger sourire. « Votre fils a eu l'air bouleversé quand je lui ai dit qu'il fallait que je vous voie en personne. Il est parti en courant, disant que vous alliez venir sur-le-champ. Il vous a informé qu'une femme avait besoin de soins urgents, et vous êtes sorti sans prêter attention à votre tenue pour ne pas perdre de temps. N'est-ce pas?

— Oui, c'est cela, acquiesça Mondino, préférant ne pas lui répéter ce que Gabardino avait pensé. Les choses se sont passées ainsi.

— Fermez la porte, je vous prie, demanda Eleonora. Je ne voudrais pas que, avec cette lumière allumée, quelqu'un entre et me voie. »

Vaguement mal à l'aise dans cette situation d'intimité forcée, Mondino alla fermer la porte et poussa le verrou. « Voilà qui est fait, madame. À présent, dites-moi la raison de votre venue. »

En quelques mots, Eleonora lui rapporta la conversation entre Fedrigo et Azzone, qu'elle avait écoutée du couloir. Tandis qu'elle parlait, Mondino sentait la colère monter. Quand elle arriva au moment où Azzone avait envisagé de le faire bastonner par ses hommes d'armes, il explosa.

« Votre mari est fou ! s'exclama-t-il. Il me hait pour une faute que je n'ai pas commise. Allons chez le capitaine du peuple. Vous lui répéterez ce que vous venez de me dire.

— Je ne peux, je suis navrée, répondit Eleonora. Tout ce que je pouvais faire était vous prévenir, et je l'ai fait. À présent, je dois rentrer chez moi avant que quelqu'un ne remarque mon absence. J'ai pris soin de sortir sans me faire voir.

— Vous ne pouvez pas ? insista Mondino. Ce que vous ne pouvez pas, c'est faire les choses à moitié ! Vous avez décidé de vous ranger du côté de la justice et je vous en remercie. Mais à présent, vous devez aller jusqu'au bout. »

Elle le fixa d'un regard perdu, son menton trembla et Mondino se dit qu'elle allait recourir à la ficelle typique des femmes : les larmes. Mais ce ne fut pas le cas. Elle se recomposa, son visage devint sérieux, et même dur.

« Vous avez raison. Une fois que la première pierre a bougé, on ne peut arrêter le glissement de terrain. Allons donc chez le capitaine du peuple.» Tandis que Mondino la regardait bouche bée, elle ramassa sa cape sur le comptoir et s'en couvrit les épaules. «Mon époux va me tuer, ajouta-t-elle d'un ton neutre, dépourvu de toute émotion. Mais c'est peut-être mieux comme ça.»

Mondino se rendit compte qu'elle disait vrai. Azzone la tuerait, pour une trahison de ce genre. Peut-être essaierait-il de déguiser son acte pour éviter une condamnation, mais il la tuerait de toute façon. Mondino avait compris de quelle étoffe il était fait. Pourtant, Eleonora semblait quand même disposée à le suivre chez le capitaine du peuple. Il se demanda quel enfer elle vivait pour accueillir l'idée de la mort comme une libération.

À l'instant même, quelqu'un poussa la porte avec insistance, apparemment étonné de la trouver fermée. «Magister, êtes-vous là? demanda une voix que Mondino identifia aussitôt. Je veux vous montrer quelque chose.»

Eleonora le regarda avec inquiétude. Mondino posa un doigt sur ses lèvres et lui indiqua le rideau qui séparait la pièce de l'arrière-boutique. Elle glissa silencieusement derrière le comptoir et disparut. Mondino ouvrit la porte.

«Gerardo. Que se passe-t-il? Ce n'est pas le moment idéal.»

Le jeune homme inspecta la boutique des yeux. «Êtes-vous seul? Votre fils m'a dit que vous étiez très occupé, je croyais que vous étiez avec un patient.»

Mondino réprima un mouvement d'agacement. Gabardino exagérait. «Le patient vient de partir, mentit-il. Et j'allais faire de même. On m'attend à la maison pour le repas.

— Je dois partir moi aussi. J'ai promis au prieur de traduire une parabole de la Bible aux enfants qui ne connaissent pas encore le latin. Mais je voulais quand même vous montrer ceci.» Il fouilla la poche de son habit et en tira une feuille pliée en deux. Il la déplia et la lui tendit. « Ne vous rappelle-t-il pas le tatouage sur le bras de Bertrando ? »

Mondino regarda le dessin, bouche bée. Il avait dû être exécuté au charbon et avait perdu de sa netteté au niveau de la pliure, mais il n'y avait aucun doute sur ce qu'il représentait. C'était la même créature, reproduite avec une précision plus grande encore.

« C'est la même image, dit-il. Comment as-tu fait pour ajouter les détails qui manquaient ?

— Ce n'est pas moi qui l'ai fait, magister, mais un moine franciscain. »

Gerardo lui fit part de son entretien avec frère Samuele. « Il est allé tout seul au Pratello, là où le cadavre de son confrère a été retrouvé. Il a parlé avec quelques prostituées qui travaillent dans une maison juste à côté.

— Et elles lui ont raconté ce qu'elles n'avaient pas dit au capitaine du peuple ? l'interrompit Mondino, incrédule. Comment ça se fait ?

— Ce n'est pas bien difficile à comprendre, rétorqua Gerardo. Personne ne se confie volontiers aux représentants de la justice, par peur des ennuis. Dans le cas présent, elles avaient une bonne raison.

— Laquelle ? »

Mondino aurait préféré qu'Eleonora n'entendît pas cette conversation. Malgré sa loyauté envers lui, elle restait l'épouse de son ennemi. Mais il ne voulait pas révéler sa présence à Gerardo. Après ce qu'elle avait fait pour lui, il lui devait au moins ce geste de respect.

« Une des filles, celle qui a découvert le corps, a vérifié qu'il n'avait aucun objet de valeur sur lui avant de prévenir les sbires.

— Pour le voler.

— Évidemment, acquiesça Gerardo avec naturel. À deux pas du cadavre, elle a trouvé un pendentif en or, que la victime a sans doute arraché à son assassin. Elle l'a pris et elle n'en a rien dit au capitaine du peuple, sinon elle aurait dû le lui donner.

— Un pendentif?» Mondino était surpris, il pensait que Gerardo allait lui parler d'un tatouage.

«Oui. Pour faire court, quand frère Samuele a parlé avec elle, elle le lui a montré, lui faisant jurer sur Dieu qu'il ne la dénoncerait pas, et l'a autorisé à recopier le motif du pendentif.

— Une prostituée qui fait confiance à un religieux?», demanda Mondino, suspicieux. Il y avait trop d'éléments incohérents dans cette histoire.

Gerardo laissa échapper un soupir, faisant courir son regard sur les étagères, puis fixa à nouveau Mondino. «J'y ai pensé aussi, admit-il. J'ai l'impression que frère Samuele ne m'a pas tout dit, et qu'il a peur.

— Peur de quoi?

— De quelque chose que ces femmes savent de lui, et qui pourrait lui nuire s'il les trahissait.»

Mondino n'avait pas de mal à imaginer quels secrets une prostituée pouvait connaître d'un religieux. Pourtant, l'explication ne le convainquait pas totalement. «Et au lieu d'aller droit chez les magistrats, ce moine est venu te voir. Comment ça se fait? Tu le connaissais?»

Gerardo eut un geste agacé. «Je suis plus connu que je ne le voudrais, magister, expliqua-t-il. Nous nous sommes croisés hier matin, quand je suis allé chez le capitaine du peuple. Samuele savait qui je suis et où me trouver, et il pensait pouvoir me faire confiance parce que je suis... j'étais moine. Je voulais l'envoyer paître, mais quand il m'a montré le dessin...

— Je comprends», dit Mondino. La mort de Bertrando Lamberti et celle du prêtre retrouvé au Pratello devaient être liées d'une manière ou d'une autre. Mieux valait qu'Eleonora n'en entendît pas plus. «Écoute, Gerardo, fit-il en ramassant la clé sur le comptoir. Je ne peux pas rester ici plus longtemps, il faut que je rentre.

— Bien sûr», dit Gerardo. S'il était surpris par cette hâte soudaine, il n'en laissa rien paraître.

«Je ferais peut-être mieux de prendre aussi la clé de la porte de derrière, qui donne sur l'arrière-boutique, dit Mondino, d'une voix un peu plus forte que nécessaire. Il est plus sûr que je la garde chez moi, non?

— Qui pourrait bien venir vous voler des herbes séchées?», demanda Gerardo, incrédule.

Mondino n'avait prononcé ces mots que pour indiquer à Eleonora la voie à suivre pour rentrer chez elle, mais le commentaire de Gerardo l'irrita.

«Une bonne part de ce que tu appelles herbes séchées sont des épices de grande valeur, répondit-il. Sans parler des ampoules en verre de Venise. Mais peut-être que tu as raison, il ne faut pas que je m'en fasse trop. Allons-y, nous avons déjà perdu beaucoup de temps.

— Un instant, magister. Ce que je dois vous dire ne durera que très peu et je préfère ne pas parler dans la rue, de crainte que quelqu'un nous entende.»

La situation était digne d'une farce à laquelle Mondino avait assisté durant un banquet de diplôme, où chaque personnage voulait quelque chose et obtenait son parfait opposé. Mais, cette fois, cela ne le fit pas rire. Devait-il trahir Eleonora en mettant Gerardo au courant de sa présence, ou bien la laisser tout écouter et, peut-être, le répéter à son mari?

Il hésita un peu trop longuement, et Gerardo se mit à parler. En quelques mots, il lui expliqua le lien entre les deux homicides. Bertrando devait être la personne qui, en confession, avait révélé un dangereux secret au père Venanzio. Son assassin l'avait appris et les avait éliminés, le père confesseur et lui.

«Ça se tient», commenta Mondino. Désormais, il était inutile de se soucier de ce qu'Eleonora pouvait entendre. «Même si je ne comprends pas pourquoi il a choisi deux méthodes si différentes. Il est évident que c'est le même homme qui a dérobé le cadavre de mon école, peut-être pour éviter que je découvre le tatouage.

— Oui, fit Gerardo. Mais à présent il ne s'agit plus simplement de retrouver un cadavre volatilisé. Avant de sortir du couvent pour la dernière fois, le père Venanzio a dit qu'il avait appris quelque chose de terrible en confession.

— Quoi?

— Apparemment, quelqu'un veut brûler la ville. Et il veut le faire bientôt, pendant la nuit de Noël.

— Ne crois-tu pas que le petit moine a exagéré pour te convaincre de l'écouter jusqu'au bout?

— J'avais déjà accepté de l'aider quand il me l'a dit. Il avait l'air convaincu de ce qu'il avançait.

— Alors nous ne pouvons plus garder ce que nous savons pour nous. Nous devons en informer la justice.

— J'ai promis au frère Samuele de ne rien dire aux magistrats. Et il a promis la même chose à la prostituée qui l'a laissé recopier le motif du pendentif.»

Mondino réprima la réplique qui lui montait aux lèvres et envisagea la possibilité que la menace fût réelle. «Un moine apprend quelque chose de ce genre, reprit-il après un instant de silence. Il te le raconte mais, pour ne pas créer d'ennuis à une prostituée, il te fait jurer que tu n'en parleras pas aux seules personnes qui pourraient empêcher le drame. Cela ne te semble-t-il pas étrange?»

Gerardo écarta les bras. «Et donc, qu'est-ce que nous devrions faire, selon vous?

— Je n'en sais rien», répondit Mondino en ouvrant la porte pour sortir. Il était énervé. Le bourbier dans lequel il s'était laissé entraîner devenait de plus en plus visqueux et risquait de l'engloutir. «Peut-être n'est-il pas sage d'aller voir les magistrats, pour le moment en tout cas. Nous avons un dessin qui représente une idole païenne, et le témoignage d'un moine mort, entendu seulement par un autre moine qui pourrait avoir inventé cette histoire de toutes pièces.

— Personne ne nous croira, dit Gerardo. Et vous risqueriez de perdre la confiance du podestat. Nous devons attendre d'avoir quelque chose de plus concret pour prendre une décision.

— Qu'entends-tu par concret?»

Gerardo regarda la neige qui tombait, de plus en plus drue. «L'assassin du père Venanzio portait au cou un pendentif avec l'image que je vous ai montrée, dit-il calmement. Et Bertrando Lamberti avait la même image tatouée sur le bras. Il se pourrait qu'il s'agisse d'une idole, adorée par une secte. En convenez-vous?

— Oui, il se pourrait», acquiesça Mondino, se retenant de se retourner vers l'arrière-boutique. Ils étaient en train d'accuser le beau-père d'Eleonora d'idolâtrie et elle entendait tout. «Et qu'est-ce que...

— S'il y a une secte, il doit y avoir un temple, l'interrompit Gerardo sans aucun égard. Je crois que le mieux à faire est de s'adresser aux hommes qui les construisent. Demain, j'irai faire un tour dans les chantiers du centre-ville, et aussi à la maison de la corporation des maçons et je montrerai ce dessin aux maîtres. Peut-être obtiendrons-nous une information utile.

— Crois-tu que les adorateurs d'une idole païenne risqueraient le bûcher en demandant à des maçons de construire leur temple?

— Je ne suis pas stupide, magister, rétorqua le jeune homme. Mais Bologne regorge de vestiges du passé que personne n'a abattus. Les maçons pourraient avoir vu l'idole quelque part, dans un vieux bâtiment, dans une maison où ils faisaient des travaux… Ils pourront nous donner des informations utiles.

— Utiles ? Je ne vois pas comment.

— Nous aurons quelque chose de plus concret à raconter au capitaine du peuple et nous pourrons peut-être obtenir son aide sans trahir la promesse que j'ai faite au frère Samuele. En outre, ajouta-t-il, demandant d'un geste qu'on le laissât aller au bout de son propos, si nous découvrons le temple, il se peut que les hommes d'armes du capitaine du peuple découvrent aussi le cadavre de Bertrando Lamberti lors de la perquisition. Dans ce cas, l'affaire passera entre les mains de la justice et vous serez libéré de tout souci. »

Son raisonnement était cohérent, et Gerardo avait déjà su démontrer son aptitude à unir une capacité d'action notable à son intelligence. Mondino se permit d'espérer qu'il en serait réellement ainsi.

« Bien, nous ferons comme tu dis, conclut-il en faisant signe au jeune homme de sortir. Mais rappelle-toi qu'il ne reste que six jours, en comptant aujourd'hui, de la semaine que le podestat m'a accordée.

— Je sais que nous n'avons pas de temps à perdre. Et pas seulement pour votre bien, mais pour celui de toute la ville. La nuit de Noël approche. »

Dehors, la neige tourbillonnait dans le ciel gris. En serrant le capuchon de son manteau, Mondino se demanda ce qu'Eleonora ferait des informations qu'elle venait d'entendre.

Il espérait de tout son cœur qu'il avait bien fait de ne pas trahir sa présence dans la boutique.

V

Mondino avait une annonce importante à faire. Il avait réfléchi à la meilleure façon de s'y prendre afin de masquer son caractère dramatique, pour lui du moins, et avait décidé de n'en parler qu'à la fin de la leçon pour ne pas perturber cette dernière.

Il avait apporté en classe une oreille humaine, ensemble d'os, cartilages et filaments nerveux. Il en décrivit la forme et l'anatomie, expliqua que le *spiritus* de l'ouïe, semblable à celui de la vue dont il avait déjà précédemment montré le fonctionnement, se trouvait dans la cavité de l'os pierreux et fit circuler l'oreille de main en main pour que ses étudiants pussent la regarder de près.

La question d'Odofredo arriva sans tarder. « Pourquoi ne nous avez-vous pas montré une oreille disséquée, avec tous les os séparés ? Nous aurions mieux compris. »

Mondino leva brusquement la tête, s'apprêtant à le tancer pour son impertinence. Puis il vit que cette fois le jeune Allemand avait pensé à lever la main, même s'il n'avait pas attendu le moment des *quaestiones* pour prendre la parole, et il se radoucit.

« Parce que les os situés sous l'os basilaire sont trop petits. Pour les séparer de façon à les rendre bien visibles, il faudrait les faire bouillir et vous savez tous que c'est un péché, car l'Église l'interdit. Cette pratique doit donc être absolument bannie. »

Mondino disait que pratiquer l'anatomie revenait à marcher sur le fil du rasoir, et qu'il fallait rigoureusement respecter les règles imposées par l'Église. Par chance, la dissection de cadavres humains n'était pas formellement interdite à Bologne, à la différence d'autres villes, et il importait de ne pas heurter l'Église afin de conserver ce privilège.

« Je ne suis pas d'accord », affirma Andolfo, qui ne pouvait pas s'empêcher d'intervenir dès qu'il était question de l'Église.

La surprise laissa Mondino bouche bée. « Tu n'es pas d'accord sur le fait qu'il ne faut pas commettre le péché de faire bouillir les os ? »

L'Irlandais souffla, comme s'il était évident que ce n'était pas ce qu'il avait voulu dire. « Je ne suis pas d'accord avec la formulation de la phrase. Faire bouillir les os n'est pas un péché parce que l'Église l'interdit, mais l'Église l'interdit *parce que* c'est un péché. »

Mondino n'était pas d'humeur à entrer dans cette polémique, mais ce fut Odofredo qui rétorqua : « Je te rappelle que jusqu'à récemment faire bouillir les os n'était pas un péché, si bien que le corps de Saint Louis lui-même fut soumis à ce traitement après sa mort, afin de le ramener à sa patrie depuis la Terre sainte. »

Andolfo s'apprêtait à lui répondre, mais Mondino l'arrêta d'un geste. « Ça suffit. Cette interruption mal à propos coûtera un sou d'amende à l'appariteur pour tous les deux. À présent, continuons. »

Il était sincèrement désolé de punir Odofredo, parce que ce dernier était intervenu pour le défendre et qu'il était issu d'une famille modeste. Cependant, il était convaincu que ses tentatives de lui inculquer la discipline, y compris en recourant à des systèmes déplaisants comme celui des amendes, finiraient par lui être bénéfiques.

Mondino s'absorba dans la leçon et, à son terme, il retrouva l'humeur sombre qui l'accompagnait à son arrivée. Enseigner, transmettre la science à des personnes intéressées qui la développeraient pour le bien de l'humanité faisait de la recherche scientifique quelque chose de vivant, qui outrepassait l'exercice intellectuel stérile.

Or, cette activité qui, plus que toute autre, procurait un sens à sa vie était de nouveau en péril.

Il chassa ces pensées et, de deux petits coups donnés sur la table, il obtint le silence et l'attention des étudiants déjà en train de ranger plumes et encriers, *peciae* et parchemins dans leurs sacs.

« En raison des travaux d'agrandissement, l'école fermera dès aujourd'hui pour la pause de Noël. Mon appariteur particulier vous communiquera dans les prochains jours la date à laquelle les leçons reprendront au début de la nouvelle année. »

Les étudiants accueillirent avec joie ces vacances anticipées, et pendant un instant Mondino lui-même crut à ce qu'il disait. Au fond, c'était en partie vrai. Les maçons lui avaient demandé de dessiner la forme de l'arche qu'il voulait pour remplacer le mur séparant les deux pièces, et l'école devait être vide pour qu'ils pussent la réaliser. Si tout se passait bien, Mondino pourrait remonter sur l'estrade après les travaux, et toute cette affaire ne serait qu'un mauvais souvenir.

Mais s'il ne retrouvait pas le cadavre de Bertrando Lamberti, la pause des leçons durerait bien au-delà des fêtes de Noël. Il devrait répondre à la plainte d'Azzone et démontrer sa propre innocence au cours d'un procès incertain, où les notables de Bologne, podestat en tête, se démèneraient pour faire de lui un bouc émissaire bien commode.

C'est pourquoi il avait décidé de consacrer toute son énergie à la recherche du corps disparu durant les quelques jours restant avant la fin de la semaine qui lui avait été accordée. Il vit Andolfo lever la main et lui donna la parole.

« Ce n'est pas juste, fit l'Irlandais dans son latin traînant. Nous qui passons notre diplôme, nous risquons d'être gravement pénalisés par cette pause anticipée. »

Odofredo leva la main lui aussi. « Il ne faut pas accuser le magister d'injustice, dit-il dès qu'il eut l'autorisation de parler, mais pour une fois je suis d'accord avec Andolfo sur le fond, à défaut de l'être sur la forme. Comment pouvons-nous faire pour que la suspension des leçons n'ait pas une retombée négative sur notre examen final ? »

Mondino, sur le point d'apporter une réponse cinglante assortie d'une nouvelle amende à Andolfo pour manque de respect, se rendit compte qu'ils n'avaient pas tort. Ils devaient passer l'examen oral qui ferait d'eux des médecins ce vendredi même. Bien qu'il s'agît d'une formalité, car jamais un maître n'aurait envoyé des étudiants impréparés devant le collège des enseignants, Mondino savait que ses étudiants subissaient souvent un examen plus sévère que les autres à cause de ses nombreux opposants au sein de l'université, lesquels clamaient l'inutilité de la dissection de cadavres humains, arguant que celle des porcs suffisait aux progrès de l'anatomie.

Ainsi, après avoir réfléchi un instant, il hocha la tête et reconnut : « Vous avez raison tous les deux. » Un silence absolu remplit la salle. Il était rare qu'un *magister medicinae* tolérât un manque de respect comme celui d'Andolfo et allât jusqu'à donner raison à son auteur. Mondino pesa à la hâte les différentes alternatives, et finit par opter pour la seule qui lui semblait possible au vu des circonstances : « Venez tous les deux chez moi dès demain, tous les après-midi jusqu'à vendredi. Je ne vous ferai pas de leçons formelles, mais vous pourrez me poser des questions libres sur les thèmes qui vous paraissent les plus ardus. Ces leçons privées coûteront le même prix que les leçons publiques, précisa-t-il, anticipant la question qu'il voyait déjà se former sur les lèvres d'Andolfo, mais au lieu de verser la somme à l'appariteur, vous les verserez à maître Pietro, mon serviteur. En revanche, messire Andolfo devra s'acquitter de cinq sous d'amende à l'appariteur pour son manque de respect de tout à l'heure, et avoir à l'esprit que le prochain lui vaudra l'exclusion *sine die* de mon école. Vous pouvez sortir, à présent. »

Andolfo ouvrit la bouche puis, réflexion faite, préféra le silence. Odofredo fit un effort manifeste pour rester sérieux, et tous sortirent dans le calme, inclinant brièvement la tête en direction de l'estrade. L'inclinaison d'Andolfo fut lente et recherchée et, alors qu'il regardait sa tonsure auréolée de cheveux roux, Mondino comprit que, de la part de cet Irlandais dévot, cette courtoisie excessive manifestait un manque de respect. Il décida de laisser courir.

À un signe de l'homme encapuchonné qui se faisait appeler Pater, les deux lieutenants ayant le grade de *Leo* firent entrer le candidat au troisième niveau d'initiation, celui de *Miles.* L'homme s'était astreint aux jeûnes rituels et avait accédé à la crypte non pas par la salle du temple, mais par ce qu'on appelait « le chemin des initiés ». Durant le parcours, il avait dû surmonter trois épreuves, dont la dernière était parfois mortelle : l'étroit escalier taillé dans la roche était interrompu au milieu par un puits profond, que l'on montrait à l'adepte. Après quoi, les lieutenants lui attachaient les mains avec des tripes de poulet, lui bandaient les yeux, et, ainsi entravé, il devait sauter par-dessus le puits pour atterrir de l'autre côté de l'escalier descendant à la crypte. S'il évaluait mal son saut, il se fracassait sur le fond tapissé de roches acérées.

Giovanni di San Gimignano avait réussi cette même épreuve moins d'un an auparavant, et il comprenait parfaitement le sentiment de triomphe idiot qu'il lisait dans les yeux du néophyte. Il s'en approcha en brandissant son épée, l'initié tendit ses mains et les tripes furent tranchées.

« À présent, tu es libéré des liens sordides du monde, déclara le Pater, donnant une inflexion solennelle à son murmure rauque. Approche. »

La crypte était éclairée par des dizaines de bougies, dont l'éclat contrastait violemment avec l'obscurité dont sortait l'initié. L'homme s'avança entre les deux statues de Zurvan, les observant du coin de l'œil en essayant de paraître détendu. Pourtant, il devait être effrayé. La première fois que Giovanni avait vu ce monstre à la tête de lion émergeant des anneaux d'un serpent, il avait failli souiller ses chausses. Puis il s'y était habitué. À présent, il portait même son effigie tatouée sur un bras pour témoigner de son grade, mais il n'avait pas oublié le premier choc visuel.

Il se remémora ces moments rudes mais magnifiques, et se sentit traversé par une pointe d'angoisse en pensant au futur. Il se sentait privilégié car il avait été l'un des premiers disciples, quoique son grade ne fût pas le plus élevé. Et, l'ayant rencontré avant sa métamorphose, il était une des deux seules personnes à connaître la véritable identité du Pater. Il savait que ce dernier n'avait pas été envoyé là depuis Rome, que c'était une histoire inventée, sans laquelle nombre de disciples ne l'auraient pas accepté comme chef. Cependant, il n'avait jamais douté de la pertinence de son investiture.

La découverte de la religion de Mithra avait donné un sens à sa vie. Il en gardait le souvenir d'années riches en nouveauté et en enthousiasme. La congrégation était modeste mais, pour cela justement, très unie. Au début, le Pater les avait contactés un par un, leur recommandant de ne pas juger la doctrine en fonction de ses propos, car il n'était pas le dépositaire d'une vérité révélée, mais seulement le gardien d'une vérité qui se manifestait à chacun personnellement à travers le contact direct avec le Dieu. Giovanni avait bu le jus sacré, l'*haoma*, et en avait d'abord tiré un grand effroi. Par la suite, grâce aux explications précises du Pater, l'effroi s'était transformé en enthousiasme. Il avait véritablement cru en la possibilité de travailler à la construction d'un monde meilleur.

Un jour, dans un accès de colère, le Pater l'avait giflé devant les autres fidèles. À la fin de la cérémonie, Giovanni avait été envoyé dans le saint des saints du temple, et il y avait trouvé le Pater qui l'attendait, le visage masqué.

« Dorénavant, tu sais que je ne suis qu'un homme, plein de faiblesses humaines, lui avait-il dit, sans murmurer comme il le faisait en public. Ta foi a-t-elle ployé ?

— Non, Pater, elle est aussi solide qu'auparavant, avait répliqué Giovanni. Comme tout ce qui émane de vous, votre courroux est une manifestation de la volonté du Dieu. Je n'ai pas à interroger Ses motivations. »

Cette réponse, il en était certain, lui avait valu son passage au grade de *Leo*, quelques mois plus tard. Avec la nouvelle initiation lui était arrivé un fardeau dont il se serait volontiers passé : le Pater lui avait révélé le plan de Mithra pour eux et pour la ville de Bologne.

Giovanni avait feint l'approbation, par crainte de ne pas être jugé à la hauteur, mais depuis lors sa sérénité s'était évanouie. Et découvrir que son ami Bertrando Lamberti partageait ses doutes avait été source de soulagement. Ils s'étaient entretenus plusieurs fois en privé, et Bertrando lui avait fait part de son intention de demander conseil, dans le secret de la confession, à un père franciscain en qui il avait confiance. Giovanni ne l'avait pas suivi, mais il était impatient de savoir ce que Bertrando lui raconterait à son retour.

Sauf que Bertrando n'était jamais revenu. L'ire du Dieu s'était abattue sur lui.

Le néophyte, passé entre les deux porteurs de torches nommés symboliquement Cautes et Cautopates, était arrivé devant le Pater, qui l'attendait derrière l'autel. Sur le mur du fond, une grande fresque montrait Mithra naissant de la roche. Une autre, semblable, ornait la salle commune du temple, représentant le Dieu en train de tuer le taureau.

Le Pater rompit le pain et lui en fourra un morceau dans la bouche. Puis il lui tendit le calice, obéissant au rite originel que les chrétiens avaient imité. Mais la communion mithriaque divergeait de la communion chrétienne en un point. Le calice ne contenait pas du vin bénit, mais le jus fermenté de la plante sacrée appelée *haoma*, la boisson mystique autrefois employée par les mages perses, permettant aux initiés d'entrer en communication directe avec Mithra.

Par la suite, Zoroastre l'avait interdite et remplacée par du simple vin, mais le mystérieux Titus en avait conservé quelques graines dans du miel ; des siècles plus tard, après avoir été plantées et arrosées, elles avaient produit la plante dont on distillait la sève.

Le néophyte but puis s'écarta, et les autres initiés s'approchèrent de l'autel. Chacun avala un petit bout de pain et but un long trait au calice, rempli au fur et à mesure à l'aide d'une outre de peau. S'ensuivit un temps de recueillement, où chacun resta seul avec ses propres visions. Enfin, le prêtre fit tinter une clochette d'argent et tous ouvrirent les yeux, récitant en chœur les paroles rituelles : « J'ai outrepassé les frontières de la mort, j'ai franchi le seuil de Proserpine, et après avoir traversé les éléments je suis revenu sur la Terre. Dans le cœur de la nuit, j'ai vu le soleil étinceler de lumière pure. J'ai approché les dieux dans les hauteurs et dans les profondeurs, et je les ai adorés face à face. »

Une fois la cérémonie terminée, le Pater prononça quelques mots de circonstance en faveur du nouvel initié, puis il dit : « Allons-y, c'est l'heure », et se dirigea vers l'escalier qui conduisait au temple.

Le moment était venu de communiquer une partie du projet aux fidèles de grade inférieur, dont l'esprit n'était pas encore suffisamment ouvert pour qu'ils fussent informés de tous les détails. Giovanni s'était dit et redit que si Mithra en avait décidé ainsi, il devait avoir foi, sans porter aucun jugement. Cependant, la foi semblait à présent lui faire défaut. Il inspira profondément, redressa les épaules et suivit le Pater et ses deux lieutenants dans l'escalier. Le nouvel initié venait derrière lui, et les porteurs de torches fermaient la marche, le premier tenant sa torches levée, l'autre baissée, pour représenter le cycle solaire, de l'aube au crépuscule, et le cycle vital : la chaleur lumineuse de la vie et le froid glacial de la mort.

Ils débouchèrent dans le temple principal, où, sous une voûte peinte à l'image d'un ciel étoilé, une vingtaine de personnes des deux sexes attendaient, assises en silence sur le sol couvert de tapis aux motifs géométriques, originaires de la terre des Turcs. Au milieu de la pièce éclairée par des torches et des lampes à huile se déployait le spectacle le plus répugnant que Giovanni eût jamais vu : un fauteuil de bois roussi et de cuir durci, où reposaient les restes carbonisés de Bertrando Lamberti. Il savait ce qui était arrivé à Bertrando, mais rien n'aurait pu le préparer à une telle vision. Giovanni da San Gimignano sentit les larmes rouler le long de ses joues. Et une peur profonde l'envahit en imaginant son propre corps réduit au même état. Il pria de tout son cœur Mithra de pardonner ses doutes, jurant qu'il respecterait à la lettre le projet que le Pater lui avait révélé.

Les fidèles se levèrent, murmurèrent le salut rituel et se rassirent. Le Pater s'assit sur un petit siège devant la grande fresque représentant Mithra tuant le taureau, les lieutenants et les porteurs de torches se placèrent debout derrière lui, tandis que Giovanni et le néophyte s'accroupissaient sur les tapis, parmi les autres.

« Comme vous le savez », commença le Pater, parlant comme toujours à voix basse, si bien que pour l'entendre il fallait rester parfaitement silencieux, « le Dieu a puni notre frère Bertrando car il avait l'intention de nous trahir. Bertrando se croyait à l'abri chez lui, mais de simples murs construits par l'homme ne peuvent arrêter le courroux de Mithra. Cet homme a rencontré le feu divin et il est mort brûlé vif. »

Il fit une pause, laissant ses mots s'enraciner dans l'esprit de l'assistance. Le silence était tel qu'on entendait le grésillement des torches et des lampes. La fumée produite par toutes ces flammes s'engouffrait dans un recoin de la voûte, qui cachait une aération. L'esprit de Giovanni vogua vers la perfection qui avait présidé à la construction de ce temple très ancien, enterré sous les rues de Bologne.

« Par malheur, l'œuvre du feu n'est pas allée jusqu'au bout, continua le Pater, se levant et s'approchant du cadavre, et même mort Bertrando a failli nous trahir. J'ai dû demander à des hommes de confiance de récupérer en toute hâte son cadavre dans l'école de Mondino de Liuzzi, où il avait été transporté sur ordre du podestat. Je voulais éviter que Mondino découvre quelque détail qui puisse le guider jusqu'à nous mais, à ce qu'il semble, dit-il en soulevant un pan de peau brûlée et durcie du bras droit de Bertrando, il était trop tard. » Le Pater laissa le silence planer avant de reprendre : « Je ne crois pas que les autorités puissent remonter jusqu'à nous à partir de ce détail, mais je n'ai pas besoin de vous dire combien il importe de redoubler de précautions. À plus forte raison avec la grande purification que nous préparons.»

Il balaya l'assemblée de ses yeux noisette, le seul trait de son visage visible sous son capuchon gris. Quand ces yeux croisèrent les siens, Giovanni ne put réprimer un frisson. Il était le meilleur ami de Bertrando, il était informé de son intention de trahir, et il n'en avait pas référé au Pater. Il pouvait seulement espérer qu'avant de mourir Bertrando n'avait rien dit ou écrit de compromettant à son endroit.

Mais cela importait-il vraiment? Le feu divin était un châtiment envoyé par le Dieu à ceux qui s'étaient rendus coupables de fautes impardonnables, et Mithra n'avait pas besoin de documents ou d'indices pour savoir qui était coupable et de quoi. S'il avait puni Bertrando de la sorte, Giovanni craignait d'être le prochain. Il renouvela sa repentance et sa prière.

«S'il y a un autre traître *in pectore* dans notre groupe, dit le Pater, sa voix basse teintée de douleur, qu'il confesse à l'instant son intention et qu'il fasse un acte sincère de contrition devant tous ses frères. Ainsi, peut-être, pourra-t-il compter sur la clémence de Mithra.»

Giovanni eut l'impulsion de s'avancer.

Il ne le fit pas.

Le Pater ne pouvait pas savoir, il ne pouvait pas le soupçonner. Avant le début de la cérémonie, il lui avait même exprimé en aparté sa douleur au sujet de ce qui était arrivé à Bertrando, et ils avaient partagé une cruche de vin en évoquant les qualités du défunt avant que le ver de la trahison commençât à le ronger. Giovanni n'avait pas approuvé tout de suite le dessein du Dieu, et cela constituait un grave péché, mais l'exemple de Bertrando avait servi, et il s'était repenti.

dans une taverne, mais par sa propre réaction. Un désir violent de serrer cette femme dans ses bras, de sentir son souffle chaud se mêler au sien, de faire l'amour et de plaisanter ensemble le parcourut.

« Non, rien d'autre, merci », répondit-il d'une voix étranglée en détournant les yeux.

La jeune femme accueillit le refus avec un sourire. « Si tu changes d'avis, il te suffira de me faire signe », dit-elle avant de s'éloigner en faisant rouler ses hanches.

L'aubergiste parut, apportant un bol d'olives et une cruche de terre cuite dont l'anse était cassée. Gerardo but une gorgée de vin, mais il n'en sentit pas la saveur.

Avant de se faire moine templier, il avait goûté aux délices de la chair. À présent qu'il avait renoncé à ses vœux, il attendait la bonne occasion. L'idée de rabaisser l'amour physique au statut de simple transaction commerciale lui répugnait.

Cependant, son désir pour la femme qui venait de se proposer à lui avait failli mettre à bas tous ses principes. Il la chercha instinctivement des yeux. Son regard la suivit tandis qu'elle se déplaçait entre les tables, distribuant des sourires et décourageant avec une feinte sévérité les mains trop audacieuses. Quand il la vit monter à l'étage avec un client bigleux et presque chauve, il réussit à se reconcentrer sur la motivation de sa venue en ce lieu.

Il réfléchit à la stratégie à adopter en sirotant son vin et en crachant les noyaux d'olive sur le sol couvert de paille humide. Il était inenvisageable de faire le tour des tables en montrant le dessin à tous. De plus, tous les clients n'étaient sans doute pas des maçons. À une table assez proche, deux d'entre eux en saluèrent un troisième en s'adressant un rapide geste de reconnaissance, comme c'était l'usage parmi les membres de différentes corporations. Il décida de commencer par là.

À l'instant même, la porte s'ouvrit de nouveau sur un jeune Sarrasin au corps svelte et aux cheveux bouclés habillé en chrétien, qui se dirigea aussitôt vers le fond de la salle.

Un homme massif bondit de son banc et lui barra le passage, le saisissant par le bras. «On m'avait dit que je te trouverais ici, dit-il, la voix altérée par la boisson et la colère. Donne-moi mon argent ou je te brise le crâne.»

Le Maure réagit avec vivacité. Il échappa à la prise, pivota sur ses talons et courut vers la sortie. Il y serait sûrement arrivé si un client n'avait tendu la jambe sur son passage, lui faisant un croche-pied. Le jeune homme perdit l'équilibre et, dans son mouvement pour ne pas tomber la tête la première sur la paille, il heurta une autre table, renversant une cruche de vin.

«Oh, il va falloir que tu m'en paies une autre! s'indigna un homme édenté de grande taille, se levant brutalement, les chausses dégoulinantes de vin. Et tu vas laver mes chausses!»

Rires et sifflements s'élevèrent de la salle. Le Sarrasin essaya de s'excuser dans un italien où perçait un vague accent espagnol, mais il fut rejoint par l'homme qui réclamait son argent, qui l'attrapa par le cou et l'abattit contre le sol. «Ce saligaud de Turc a perdu aux dés et il ne veut pas payer!», cria-t-il. Il se mit à le bourrer de coups de poing, encouragé par les clients assis aux tables voisines.

«Paie tes dettes, sale mécréant!», cria celui dont la cruche s'était renversée, et il flanqua un coup de pied au Sarrasin. Pour se défendre, le jeune homme le frappa à la mâchoire.

Ce geste marqua le début de la rixe. Quelques hommes bloquèrent l'aubergiste, qui criait sans réussir à s'approcher, et les autres s'acharnèrent à coups de pied et de poing sur le jeune homme.

Gerardo, le seul à être resté assis, bondit sur ses pieds, bouscula deux ivrognes qui lui barraient la route et se mit dos contre dos avec le Turc, distribuant des coups à quiconque s'avançait. Profitant de l'occasion, le jeune homme se jeta vers l'âtre et s'empara de la broche où cuisaient les volatiles, la brandissant à deux mains comme une épée.

Des cris de rage s'élevèrent et Gerardo vit un couteau étinceler à proximité de son visage. Le tapage et le désordre étaient à leur comble, mais à cette heure il était peu probable que des sbires débarquent pour calmer les esprits.

À ce moment-là, les trois hommes qu'il avait vus s'échanger un geste secret apparurent à ses côtés. Ils étaient grands et forts et, une fois qu'ils eurent mis à terre trois ou quatre personnes avec les dents et le nez cassés, les autres reculèrent et l'aubergiste parvint enfin à passer entre les tables. Il se planta devant le Sarrasin et lui ordonna de lâcher la broche. Le garçon s'exécuta promptement et, dans le silence qui suivit, la voix de l'un des trois compagnons de lutte de Gerardo s'éleva: «Tavernier, il n'est arrivé rien de grave, grâce à Dieu, fit-il en exhibant entre deux doigts une pièce d'argent. Oublions cet incident et noyons le mauvais esprit dans le vin. Je paie un tonneau pour tous!»

Son annonce fut saluée par des cris d'approbation et les visages farouches retrouvèrent le sourire. Le jeune homme disparut vivement au fond de la taverne, l'aubergiste empocha la pièce et se hâta d'aller chercher le tonneau dans l'arrière-boutique. À peine avait-il commencé à faire le tour des tables en remplissant les godets que la bonne humeur était revenue, comme si rien n'était advenu. Seul le premier agresseur refusait d'abandonner la partie. Palpant d'une main son nez sanguinolent, il suivit le Turc dans le fond de la taverne.

« Merci pour votre secours, messire, dit Gerardo à celui qui avait payé à boire, un homme de grande taille à la bouche large. Sans vous, nous étions mal en point.

— Merci à vous, plutôt, répondit l'homme. Abdul est l'un des nôtres, il était de notre devoir d'intervenir en sa défense. »

L'homme au nez ensanglanté réapparut, l'air satisfait, et se dirigea vers la sortie. À l'instant suivant, le Maure s'approchait de Gerardo : « Mon maître désire vous parler, messire.

— Votre maître ?

— Allez-y, fit l'homme à la bouche large. Abdul est l'apprenti de Michele da Castenaso. C'est un honneur pour vous que le maître souhaite vous remercier en personne. »

Sur ces mots, les trois hommes revinrent s'asseoir à leur place et Gerardo suivit le jeune homme jusqu'à une table installée contre le mur du fond plongé dans la pénombre. Derrière la table, un vieillard aux longs cheveux blancs et à l'habit luisant de taches de gras était assis dos contre le mur.

« Asseyez-vous », ordonna-t-il d'une voix un peu étrange que Gerardo avait déjà entendue à plusieurs reprises dans la rue. Elle le fit regarder plus attentivement son interlocuteur, et il s'aperçut qu'il était aveugle.

« Vous êtes donc Michele da Castenaso ?

— En personne. Et vous êtes... ?

— Gerardo da Castelbretone, pour vous servir. »

Un sourire se dessina sur les lèvres gercées du vieil homme. « Le Templier, murmura-t-il. Je vous remercie d'avoir défendu mon apprenti. Abdul est un joueur et perd beaucoup plus qu'il ne gagne.

— Maître... », commença le jeune homme.

La voix de Michele da Castenaso se durcit. « C'est la dernière fois que je paie tes dettes, Abdul. La prochaine fois, tu seras expulsé de la corporation. Va-t'en, maintenant. »

Le Turc inclina la tête et s'éloigna vers le centre de la taverne, où il fut invité à boire par celui qui lui avait fait un croche-pied. Abdul s'empara du godet à deux mains et but une grande gorgée de vin, affirmant de la sorte qu'il n'était pas musulman. Des applaudissements et des cris de : « Vive le Christ rédempteur ! » s'élevèrent, puis le calme revint.

Michele da Castenaso tourna son visage de trois quarts vers Gerardo.

« On m'a rapporté qu'aujourd'hui vous vous êtes promené sur les chantiers pour montrer un étrange dessin.

— Comment se fait-il que vous soyez informé à mon propos? s'étonna Gerardo. Je comprends que vous connaissiez mon nom, ne m'en déplaise, je suis plus connu que je ne le voudrais. Mais comment avez-vous eu vent de mes déplacements d'aujourd'hui? M'avez-vous fait suivre? »

Le sourire sur les lèvres du vieillard se transforma en rire franc. « Cher jeune homme, il se passe bien peu de choses chez les maçons indépendants dont je ne sois pas mis au courant, en ma qualité de grand maître de la corporation.

— Vous? Mais...

— Oui, je suis aveugle. Mais avant de le devenir, j'étais un maître qui jouissait d'une certaine réputation, et les membres de la corporation ont estimé juste de le reconnaître en me plaçant à leur tête pour deux mandats consécutifs. La vue n'est pas indispensable pour diriger et régler les différends.

— Alors, dit Gerardo, vous savez peut-être ce que représente le dessin que je montrais.

— Il représente Zurvan, répondit le vieil homme, trouvant sans aucune hésitation son godet sur la table, dont il but une gorgée.

— Qui?

— Dans la religion ancienne qui adorait Mithra, Zurvan était le dieu qui présidait à l'écoulement du temps. Ses ailes symbolisaient la rapidité de son écoulement, les circonvolutions du serpent représentaient les cieux astraux et les clés qu'il tient à la main ouvrent et ferment les portes du ciel, au levant quand le soleil se lève et au ponant quand il se couche. Pourquoi donc vous intéressez-vous à un dieu païen?»

Gerardo ne savait pas ce qu'il pouvait s'autoriser à lui dire. Michele da Castenaso était un inconnu et, même si son instinct lui disait de lui faire confiance, il avait appris à se méfier de ce dernier.

«Je ne suis pas libre de vous le dire, répondit-il. Mais il est une chose que je souhaiterais savoir: s'il y avait à Bologne une secte d'adorateurs de Mithra, où aurait-elle son temple?

— Je n'ai jamais eu vent de l'existence d'un temple de ce genre en ville, et cela ne m'étonne pas, rétorqua sèchement Michele da Castenaso. Si la secte dont vous parlez existe vraiment, elle doit agir avec une extrême prudence. On risque le bûcher, pour ce genre de choses.»

Gerardo acquiesça. L'aveugle ne lui apprenait rien.

«Toutefois, reprit le vieillard, je peux vous dire où chercher. Un mithréum doit se trouver sous terre ou, en tout cas, recréer une ambiance souterraine, car on dit que Mithra est né dans une grotte. Et il doit se trouver à proximité de l'eau.

— Ce que vous me dites est précieux, répliqua Gerardo, mais c'est trop vague. Il est aisé de recréer une ambiance souterraine et vous savez mieux que moi qu'à Bologne l'eau des canaux s'infiltre dans nombre de caves.

— Je me suis mal exprimé. Le temple de Mithra doit se trouver à proximité d'une source d'eau pure, nécessaire pour les ablutions rituelles. L'eau usée des canaux ne peut pas faire l'affaire.

— Comment faites-vous pour connaître tant de choses d'une religion païenne?», demanda Gerardo.

Le vieillard rit à nouveau. « Si je ne savais ce que l'Inquisition vous a fait endurer il y a peu, je pourrais imaginer qu'il s'agit d'un piège pour me faire accuser d'hérésie, ou pire. En réalité, la réponse est simple : j'ai étudié les temples des anciennes religions, comme l'ont fait avant moi les bâtisseurs des cathédrales gothiques et romanes, pour comprendre des secrets perdus de l'art de construire, que j'ai ensuite repris pour mieux honorer Dieu. »

De la partie la mieux éclairée de la taverne s'éleva un chœur qui louait la beauté d'une certaine Clara, et Gerardo pensa aussitôt à la sœur de Masino. Il espérait que la jeune fille reviendrait vite, sans quoi il peinerait à trouver une explication qui ne blesserait pas l'enfant.

« Un sou pour vos pensées. »

Gerardo se tourna brusquement, s'attendant presque à trouver le vieillard en train de le fixer, mais ses pupilles étaient toujours vides.

« Je pensais à une femme, dit-il. Elle s'appelle Clara, comme celle de la chanson. »

Michele da Castenaso eut un léger sourire. « J'espère qu'elle ne se comporte pas de la même façon.

— Non, rien à craindre, répliqua Gerardo, et il revint à leur conversation. Ne pouvez-vous vraiment rien me dire de plus précis sur les endroits où chercher un temple dédié à Zurvan ? »

Le vieil homme garda longuement le silence avant de répondre. « Je ne devrais pas me montrer si aimable avec quelqu'un qui se méfie de moi. Toutefois, je vous suis reconnaissant d'avoir aidé Abdul, tout à l'heure. Je demanderai aux maîtres maçons s'ils ont vu quelque chose dans les maisons qu'ils ont construites ou modifiées ces dernières années.

— C'est ce que je leur ai demandé moi aussi, fit Gerardo. Mais je n'en ai rien tiré.

— Ils me diront ce qu'ils ne vous ont pas dit. Bien entendu, il vous faudra me laisser le dessin.» Gerardo eut un mouvement de recul instinctif et l'aveugle le remarqua. «Si vous n'êtes pas disposé à avoir au moins ce geste de confiance à mon égard, précisa-t-il d'un ton sec, je ne vois pas pourquoi je devrais me donner la peine de vous aider.»

Gerardo y réfléchit. Au fond, il savait à présent comment était l'idole, et il pourrait toujours en faire un croquis de mémoire en rentrant à l'hospice. Peut-être qu'il ne serait pas aussi bon que celui du frère Samuele, qui devait être doué d'un talent pour le dessin, mais il ne s'agissait pas de faire une œuvre d'art. Par ailleurs, il serait stupide de refuser le soutien du grand maître de la corporation des maçons.

Il glissa une main dans la poche intérieure où il gardait la feuille pliée et la sortit, la posant dans la main de l'aveugle.

«Où puis-je vous trouver pour avoir des nouvelles? demanda-t-il.

— Venez demain vers la cinquième heure au siège de la corporation, dans la via delle Pescherie[1]. Faites ce geste pour que l'on vous laisse entrer.» Il croisa rapidement les mains, glissant les doigts centraux de chacune entre le pouce et l'auriculaire de l'autre.

«Très bien, conclut Gerardo en se levant. À demain, alors.

— À demain», salua le vieillard avec un sourire indéchiffrable, qui n'était peut-être qu'une manifestation de bienveillance.

Gerardo traversa rapidement la taverne noire de monde sans que personne le remarquât. Tandis qu'il payait le vin

1. *Pescheria* signifie «poissonnerie» en italien. (*Toutes les notes sont de la traductrice.*)

et les olives, il vit le bigleux qui était monté avec la prostituée descendre l'escalier, seul. Une vision de la jeune femme nue, abandonnée sur une paillasse en désordre lui traversa l'esprit, et il se hâta vers la sortie avant qu'elle ne descendît elle aussi.

Sur le seuil, il se retourna. Assis à la table des trois maçons, Abdul le regardait. Gerardo sourit et le salua, mais le Sarrasin ne bougea pas et ne répondit ni à son sourire, ni à son geste.

Giovanni da San Gimignano se sentait dans un drôle d'état. Il avait la peau sèche, le cou gonflé et la sensation irrationnelle qu'un phénomène néfaste advenait dans son corps. Comment pouvait-il avoir chaud par une nuit de décembre, dans une pièce où il n'y avait même pas de brasier?

Peut-être ce malaise découlait-il de son agitation lors de la cérémonie dans le temple.

Il essaya de se calmer en se concentrant sur son travail. Une cargaison de sel arrivée de Cervia la veille devait être enregistrée, et il décida de le faire sur-le-champ. Il se rendit dans l'entrepôt principal avec son écritoire, qu'il posa sur la table et ouvrit. Il en tira un rouleau de parchemin, une plume d'oie, un encrier et le canif dont il se servait pour aiguiser la pointe de la plume. Il aligna ces objets en ordre, avec des gestes qui s'efforçaient d'être mesurés et précis, puis, muni d'une grande torche, il fit le tour de l'énorme tas de sel commun qui occupait le centre de la pièce, celui qu'on appelait sel noir en raison de sa couleur. Il dépassa les grosses balances aux poids de bronze pour arriver à l'amas de sacs de sel de la meilleure qualité, blanc et fin, et pour cela appelé fleur de sel. Les sacs avaient déjà été entassés et pesés. Il n'avait plus qu'à finir de les compter, en reporter le nombre total et le poids en boisseaux sur le registre, puis il irait dormir sur son lit de bois et de toile, dans le débarras aveugle derrière son étude, à côté de l'entrée de l'entrepôt.

Cependant, pour une raison mystérieuse, il ne réussit pas à le faire.

La pénombre rendait la lumière de la torche indispensable pour compter, mais il avait peur. Une peur irrationnelle, digne d'un sauvage n'ayant jamais vu le feu. Dès qu'il abaissait la torche pour mieux y voir et ne pas faire erreur dans son comptage, il se mettait à haleter et l'éloignait aussitôt.

Il s'obligea à observer ce banal outil, ce simple bâton portant une corde enroulée et imprégnée de suif à son extrémité. Mais la vision de la flamme lui provoqua une angoisse indicible, et il dut détourner les yeux.

Il envisagea de réveiller l'un des gardes de nuit pour lui confier la torche pendant qu'il comptait les sacs, puis il renonça. Cette peur du feu était anormale. Confier la torche à quelqu'un d'autre ne suffirait pas à la surmonter. Giovanni avait de plus en plus chaud, mais il ne suait pas. Au contraire, sa peau était sèche et tendue comme un vieux parchemin.

Il ouvrit une fenêtre de l'entrepôt, repoussa le lourd volet de bois et respira à grands traits l'air humide. Cela le soulagea à peine. Il se dit qu'il allait déplacer le siège et s'asseoir devant la fenêtre, le temps que cette sensation de brûlure s'apaisât. Il enfila avec un soupir de soulagement la torche dans un support de fer planté dans le mur et se dirigea vers le siège, mais ses forces le trahirent. À peine s'était-il assis qu'il s'écroula par terre.

Submergé par l'angoisse, Giovanni da San Gimignano se mit à pleurer.

C'étaient des larmes de peur, mais surtout de contrition. Pour une raison quelconque, il était persuadé que cette sorte de fièvre qui le possédait était un châtiment divin infligé non pas par le Dieu qu'il avait adopté, mais par celui qu'il avait abandonné.

Un Dieu aimant ne pouvait pas désirer froidement la mort de tant de personnes. Si Mithra la souhaitait, sa promesse d'amour et de justice était mensongère.

Il regrettait amèrement le jour où il s'était laissé séduire par les mots du Pater, qui l'avait fasciné avec sa vision d'un avenir tout de pureté et l'avait détourné de sa foi en le Christ.

Il n'aurait jamais dû l'écouter, et pourtant il s'y était abandonné, le laissant le conduire toujours plus profondément dans l'abîme de l'hérésie. Quoi qu'on pût dire à son encontre, le Pater savait séduire.

Giovanni s'adossa au mur de briques. Il l'imaginait froid, mais son corps ne le sentit pas. Son souffle était sec et trop chaud. La brise entrant par la fenêtre ouverte à sa gauche glissait sur lui sans le rafraîchir en rien.

Il voulut ordonner aux gardes d'aller chercher un médecin, mais seul un cri étranglé sortit de sa bouche, comme celui d'un coq dont on tord le cou. Ce malaise n'était qu'un avant-goût de ce qu'il endurerait dans les flammes de l'enfer s'il ne se tirait pas de son hérésie. Aucune foi, aucune communication directe avec le Dieu ne pouvait justifier ce que la confraternité s'apprêtait à faire. C'était un massacre d'innocents, ni plus ni moins. Son seul devoir était de l'empêcher.

Dans un instant de lucidité presque surnaturelle, sa tâche apparut devant ses yeux. Il avait été conduit par la main du Christ dans cette secte pour en arrêter le projet monstrueux au bon moment.

Il prit sa décision sans hésiter. Lorsque Bertrando lui avait dit qu'il avait révélé le secret de la secte en confession, Giovanni avait pris peur et, quand son ami était mort de façon atroce, sa peur était devenue terreur. Mais à présent il comprenait qu'il s'agissait d'une épreuve. Une épreuve qu'il devait affronter s'il voulait éviter l'enfer.

Le lendemain de bonne heure, il irait voir le podestat et lui expliquerait qu'il avait été séduit par un hérétique, mais qu'il s'en était repenti. Cette dénonciation spontanée lui vaudrait un traitement de faveur de la part du tribunal civil et de l'Inquisition. On ne le condamnerait probablement qu'à une peine pécuniaire et à effectuer un pèlerinage pour témoigner de son repentir et obtenir le pardon pour ses péchés. Il se rendrait à Saint-Jacques-de-Compostelle, en espérant que la vie lui laisserait suffisamment de forces pour terminer le voyage.

Ainsi, il se purifierait également de la luxure, l'autre péché dont il se rendait trop souvent coupable.

Il se vit vieux, serein et en paix avec Dieu dans cette basilique lointaine et miraculeuse, dans un autre pays, parmi des gens qui parlaient une langue vulgaire différente. Cette image le réconforta.

« Seigneur, chuchota-t-il. Jésus. Donne-moi la force d'endurer ce qui adviendra, quoi qu'il advienne. Je suis prêt à souffrir pour obtenir ton pardon, comme tu as souffert pour nous délivrer de nos péchés. »

Comme une réponse à cette prière spontanée, le courant d'air froid qui entrait de la fenêtre s'arrêta soudain. Empli de crainte révérencieuse, Giovanni se tourna lentement, luttant contre la raideur qui gagnait son corps, de plus en plus forte.

Son sang se gela dans ses veines.

Un homme était apparu dans l'embrasure de la fenêtre. De taille moyenne, il était couvert d'un long habit gris et d'un capuchon de la même couleur qui cachait son visage, avec seulement deux trous pour les yeux. Il tenait une bougie éteinte à la main.

«Vous!», réussit à articuler Giovanni da San Gimignano, la bouche pâteuse. Il n'avait plus une goutte de salive. «Que faites-vous ici? Que voulez-vous?»

Pour toute réponse, l'homme s'approcha. D'une petite bourse accrochée à sa taille, il tira un briquet, le battit sur la pierre et alluma la bougie, qu'il avait entre-temps posée sur la table. Il se mouvait avec assurance, comme s'il savait que Giovanni n'était pas en mesure de l'arrêter. Une étincelle de compréhension traversa soudain ce dernier.

«Vous m'avez empoisonné, dit-il avec peine. Quand vous m'avez offert ce godet de vin.

— Non, répondit calmement l'homme. Ce n'est pas le poison que tu dois craindre, mais le pouvoir que tu as offensé et que tu étais sur le point de trahir.

— Comment le savez-vous?», fit Giovanni, trop bouleversé pour essayer de nier.

Le Pater secoua la tête. Peut-être qu'un sourire s'était dessiné sous son capuchon. «Tu n'es pas capable de mentir, Giovanni. Ton ami Bertrando ne l'était pas non plus. Et c'est une bonne chose.» Il soupira. «Je suis navré, crois-moi. J'ai demandé conseil au Dieu, et il m'a été dit qu'il n'est qu'une voie de salut pour toi.

— Le poison?» La voix de Giovanni était de plus en plus rauque. «Qu'avez-vous mis dans le vin?

— Une mixture qui ralentit les mouvements, bloque la transpiration et fait ainsi augmenter la température interne du corps.»

Giovanni n'était pas un expert en la matière, mais il détenait tout de même quelques notions. Il avait lu les traités d'Arnaud de Villeneuve et de Michael Scot, et il était en ce moment doué de la grande clarté mentale des moribonds.

«Mais il n'est pas possible de maintenir longtemps une chaleur non naturelle dans le corps humain, répliqua-t-il. Soit la mort advient, soit l'effet disparaît.»

La tête encapuchonnée du Pater acquiesça d'un hochement solennel. «Dans le cas de ma mixture, l'effet disparaît habituellement au bout de quelques heures.»

Sous le coup d'un espoir inattendu, Giovanni da San Gimignano retrouva sa voix nette. «Il disparaît? Mais alors vous ne voulez pas me tuer.»

Il lut une grande tristesse dans les yeux noisette du Pater. «Giovanni, tu me connais depuis longtemps. Tu sais qui j'étais auparavant et qui je suis à présent. Me prends-tu vraiment pour un assassin?»

L'homme secoua énergiquement la tête. «Non, non...»

«La potion que je t'ai donnée ne sert qu'à te préparer à recevoir une grande bénédiction. Une bénédiction qui purifiera tous tes péchés, grands et petits, et permettra à la substance éthérée de ton âme de laisser derrière elle toute scorie pour s'élancer, légère, vers les sphères célestes, vers le *pairi-daeza*, le seul véritable paradis.

— Non! Je vous en prie!»

Giovanni ne put finir sa phrase. Il avait compris ce qui allait lui arriver, et sa voix s'était évanouie avec son espérance. Sa bouche dépourvue de salive se refusait à émettre un son.

Le Pater s'approcha du gros *armarium* à droite de la table et se mit à fouiller dans les documents concernant le sel. «Est-ce toi qui détiens la lettre de Titus? demanda-t-il sans se tourner. Bertrando ne te l'aurait-il pas confiée, par hasard?»

Giovanni secoua la tête. Il n'arrivait pas à parler, et il venait de comprendre quelle était la fameuse preuve que Bertrando avait emportée et dont il pensait se servir pour étayer ses accusations. Il y avait fait allusion, sans préciser de quoi il s'agissait exactement.

À présent, il savait que le Pater le tuerait. Et qu'il n'était pas en mesure de se défendre. Tout était perdu. Si, au moins, il avait eu le courage de Bertrando. Si, avant de mourir, il avait au moins essayé de révéler l'abject projet de cet assassin fou à lier, il aurait pu espérer que son âme irait au purgatoire. Là, il ne faisait aucun doute que sa place était en enfer.

Son regard se posa sur la table et un moyen de laisser une trace lui vint à l'esprit. Elle serait probablement difficile à comprendre, mais il n'avait pas le temps de faire mieux. Il n'avait plus la force d'écrire et, même s'il l'avait eue, le Pater ne lui aurait certainement pas permis de laisser un message où figurait son nom.

Au prix d'un effort démesuré, il tendit sa main droite pour saisir la lame qu'il utilisait pour tailler ses plumes d'oie. Il l'empoigna et se mit à graver son message sur la paume de sa main gauche. Trop occupé à fouiller l'*armarium*, le Pater ne se retourna pas un instant. Quand il eut fini, Giovanni laissa tomber le canif et cacha sa main ensanglantée dans les plis de son habit.

Le moindre mouvement l'épuisait, comme si ses membres s'étaient mués en plomb. Il éprouvait une brûlure intolérable, avait la sensation qu'il se liquéfiait de chaleur, et pourtant il ne suait pas. Sa peau était aussi chaude et sèche que celle d'un lézard en plein soleil.

Quand le Pater se tourna et s'approcha de lui, une terreur sans nom l'assaillit. Il pria pour que le supplice fût bref.

« Il faut que tu comprennes que tout a une logique dans l'univers, annonça le Pater. J'ai souffert car je croyais avoir été victime d'une grande injustice. En fait, c'est justement grâce à cela que je suis devenu ce que je suis. Mon passé m'a permis de découvrir un secret perdu depuis l'époque des mages. Un secret que pas même le légionnaire Titus n'avait réussi à découvrir. Le secret du feu divin. Je ne te dis pas ça par vanité, mais pour te faire comprendre qu'il faut se fier au projet du Dieu. »

Le Pater tendit ses bras au-dessus de sa tête, ouvrit la bouche et sembla émettre des sons, mais Giovanni da San Gimignano ne les entendit pas. Il n'avait qu'un vrombissement sourd dans les oreilles, et il était distrait par ce qu'il se passait dans son corps. C'était comme si un être vivant logeait dans sa poitrine, qui à la fois lui appartenait et ne lui appartenait pas, et qui essayait de se frayer un chemin pour gagner l'air libre.

L'air de l'entrepôt s'était densifié, et un vent chaud et sec qui ne provenait de nulle part soufflait. De petits vortex lumineux dansaient autour de lui.

Dans un silence crépitant, le Pater prit la bougie de la table et se pencha sur lui. Giovanni aurait voulu crier, bondir, réagir. Mais il ne pouvait pas. Il se sentait sans défense sous ce regard fixe aux pupilles marron qui pointaient dans les trous du capuchon, et son corps refusait de lui répondre. L'homme approcha la flamme de son visage. Malgré le tumulte qui envahissait ses oreilles, il entendit sa voix.

« Ouvre la bouche, Giovanni, disait-elle, solennelle. Ouvre la bouche et permets à ton souffle vital de s'unir au Dieu que tu voulais trahir, et qui est prêt à t'accueillir dans sa miséricorde. »

Fou de peur, Giovanni gardait les lèvres serrées. Il essaya de tendre une main pour tenir la flamme éloignée de lui, mais son bras resta inerte sur son ventre. De sa main libre, l'homme lui boucha les narines en pinçant son nez, et attendit. Giovanni comprit que se débattre ne servait à rien. Il n'avait pas d'échappatoire. Cependant, il tenta de résister jusqu'au dernier instant, de ne pas s'abandonner à la fin horrible qui l'attendait. Il agita les jambes, mais plutôt que de s'éloigner, l'homme s'approcha, bloquant ses jambes avec les siennes sans lâcher son nez.

Il continuait de le fixer, les yeux aussi brillants que la flamme de la bougie.

Ils restèrent quelques instants dans cette position, en silence. Puis Giovanni fit mine de se rendre. Il ouvrit la bouche, mais au lieu de respirer il utilisa le peu d'air qui lui restait dans les poumons pour souffler sur la bougie, dans la tentative désespérée de l'éteindre.

Il advint alors quelque chose d'absolument incroyable. Cela dura à peine, mais Giovanni da San Gimignano vécut chaque instant comme s'il durait une heure. La flamme ploya *vers* sa bouche, non pas dans la direction opposée. Le souffle qu'il avait émis s'incendia et une langue de feu descendit dans son estomac.

Il poussa un cri étranglé et, horrifié, vit la peau de son bras et de ses mains se mettre à gonfler et à grésiller comme de l'huile sur le feu, tandis que le Pater s'en allait vers la fenêtre ouverte sans même se retourner.

Dans un dernier effort surhumain, Giovanni tendit sa main gauche sur le côté, priant de toutes ses forces pour que le feu l'épargnât. De petites langues bleutées s'élevèrent de tout son corps et, brûlant doucement, sa tunique se colla à sa peau.

Mais il n'assista pas à ce spectacle.

VI

Tenant Masino par la main, Gerardo se déplaçait parmi les étals de soie sur le marché de la Porta Ravegnana. Par chance, il ne pleuvait plus et, de temps à autre, un rayon de soleil filtrait à travers les gros nuages noirs. Après la pluie nocturne, l'air s'était adouci. Dans la rue, les gens disaient que ce brusque changement de température préludait à une grosse chute de neige, de celles qui étendaient une épaisse couverture blanche durant des jours.

En attendant, il était agréable de se déplacer sans être obligé de rester à l'abri des arcades. Cet air doux faisait du bien à Gerardo, qui aurait enlevé sa houppelande s'il n'avait pas dû ensuite la porter sur son bras. Quant à Masino, sous la tunique de chanvre brut de l'hospice, il portait une chemise, des chausses et des sandales que Gerardo lui avait fait fabriquer récemment. Il avait la goutte au nez et, de sa main libre, il grattait souvent son crâne tondu.

Ils attendaient Clara, et Gerardo n'aurait su dire lequel des deux était le plus nerveux.

Tôt le matin même, elle avait envoyé une femme à la porte de l'hospice signaler au frère portier qu'elle irait faire quelques achats au marché de la soie et qu'elle serait heureuse d'y voir son frère. Elle n'avait pas mentionné Gerardo, mais il était évident que l'enfant ne pouvait pas venir tout seul au rendez-vous.

Gerardo ne savait pas comment se comporter avec elle. C'était une servante, mais c'était aussi la sœur de Masino. Il aurait préféré ne pas tenir compte de leur différence sociale, mais elle existait, inutile de faire semblant de l'ignorer.

Il projetait de laisser Masino et elle seuls pendant qu'il irait parler à Michele da Castenaso, puis de revenir le chercher. Mais il fallait avant tout que Clara vînt. Masino souffrirait terriblement si elle ne se présentait pas au rendez-vous.

«Tu aimes la soie?», lui demanda-t-il, le voyant émerveillé devant l'éventaire d'un drapier où étaient exposées des étoffes légères et chatoyantes, rouges, vertes, jaunes et indigo.

L'enfant hocha la tête sans détourner le regard des grands rouleaux de draps de soie sombre tendus derrière l'étal. Il avait l'air fasciné par un tissu cramoisi qui semblait changer de nuance chaque fois que le drapier se déplaçait pour servir un client.

Gerardo voulait continuer à chercher Clara, mais il n'eut pas le cœur de l'arracher à ce spectacle. De toute façon, la jeune fille les cherchait aussi, ils allaient forcément finir par se retrouver.

Masino était un enfant très sensible et, parfois, il manifestait de l'intérêt pour des choses qui auraient dû produire plus d'effet sur une fille que sur un garçon. Pourtant, malgré ce trait de caractère et son mutisme, les autres enfants de l'hospice avaient appris à le respecter le jour où il s'était rebiffé contre l'un des plus tyranniques, le faisant tomber et s'acharnant sur lui à coups de poing et de pied jusqu'à ce qu'un moine les séparât.

Gerardo lui voyait une âme d'artiste et encourageait ce penchant. Il caressait même le projet de l'envoyer faire son apprentissage chez un peintre dès qu'il aurait l'âge.

Masino se désintéressa des draps de soie et se tourna de l'autre côté, attentif, comme si ses yeux savaient déjà où chercher. L'instant d'après, il tirait Gerardo par la manche, lui montrant la silhouette élancée de sa sœur. Masino lâcha la main de Gerardo et courut l'embrasser. Clara le prit dans ses bras, lui baisa le visage et les cheveux, puis le reposa à terre et s'adressa à Gerardo.

« Merci de l'avoir amené, dit-elle en souriant.

— Avec plaisir. Malheureusement, je ne puis rester avec vous. Si vous avez des achats à faire pour vos maîtres, faites-les donc avec Masino. J'ai une affaire à régler dans la via delle Pescherie, je reviendrai le chercher après.

— Je croyais que vous viendriez avec nous », dit-elle, et une ombre de déception traversa son regard.

Gerardo supposa que l'idée de rester seule avec son frère muet la mettait mal à l'aise. « Il faut que je voie quelqu'un. Ensuite, je reviendrai vous attendre ici, devant cet étal, d'accord?

— Ne tardez pas trop, s'il vous plaît. Je dois être de retour à la maison avant midi.

— Ne vous inquiétez pas. »

Gerardo adressa un salut à Masino, qui n'avait d'yeux que pour sa sœur, et se dirigea vers la via delle Pescherie.

La puanteur du poisson était plus supportable en hiver qu'en été, mais elle lui arriva aux narines bien avant qu'il emprunte la rue. Par chance, le siège de la corporation des maçons était l'un des premiers bâtiments.

Sur le mur était peint l'emblème de la corporation, représentant une truelle et un marteau d'argent sur champ pourpre, surmontés par trois lys dorés. Il passa l'imposante porte de plus sept pieds de haut et se retrouva dans une grande cour où, sans s'adresser à personne en particulier, il fit le geste de reconnaissance que Michele da Castenaso lui avait enseigné. Un maître maçon se détacha d'un groupe de tailleurs de pierre et de décorateurs et vint lui demander ce qu'il désirait. Gerardo répondit, et, sans poser d'autres questions, l'homme lui indiqua un escalier de bois et une porte au premier étage, d'où sortit un homme couvert d'un épais manteau, qui alla s'asseoir devant une fenêtre comme si c'était son poste d'observation.

Gerardo monta jusqu'à la galerie, dans la partie de l'édifice réservée aux membres de la corporation. Personne ne l'arrêta, personne ne lui demanda son identité, et l'homme assis devant la fenêtre ne se tourna même pas pour le regarder quand il frappa à la porte.

Chaque corporation détenait un système propre pour protéger ses secrets, et celle des maçons avait choisi de se comporter comme si elle n'avait rien à cacher.

En réalité, il n'en allait pas ainsi, Gerardo l'avait bien vu à l'osteria della Pellegrina. Seulement, la culture du secret et l'esprit de corps étaient moins ostentatoires chez les maçons.

Par exemple, en entrant dans cette pièce lumineuse chauffée par un grand brasier où Abdul traçait des triangles à la règle et à l'équerre sur une feuille de papier brouillon tandis qu'un vieillard aux cheveux blancs vêtu d'un long habit noir graisseux était assis, oisif, à côté de la fenêtre, le visage tourné vers le ciel gris, on aurait cru que le détenteur des secrets de l'art de la construction était le Turc.

C'était le contraire.

Gerardo s'approcha de la fenêtre d'où entrait un air lourd d'humidité et s'arrêta derrière le vieil homme. « Maître Michele, fit-il, saluant d'un signe de tête. Abdul.

— Messire Gerardo. Installez-vous, je vous prie. Nous attendons quelqu'un.

— Qui ?

— Un homme qui sait peut-être quelque chose qui vous intéresse. Il devrait déjà être là, mais il travaille sur un chantier à San Lazzaro, il a dû avoir un contretemps.

— Ou bien il s'est arrêté pour boire dans une taverne, dit Abdul. Si vous m'aviez autorisé à aller le chercher…

— Ta tâche consiste à déterminer la structure funiculaire de cette arche, rétorqua Michele. Travaille et ne te distrais pas.

— Comme vous voulez, maître, répondit le Turc, inclinant à nouveau sa tête couverte de denses boucles noires sur la feuille.

— Un peu de patience, dit Michele à Gerardo. Il ne va plus tarder.

— Le fait est que j'ai un rendez-vous d'ici peu», expliqua Gerardo. Il ne voulait pas créer de problèmes à Clara : il ne manquait plus qu'elle fût punie par sa faute. «Je pourrais peut-être repasser plus tard.

— Un homme a quitté son poste de travail et renoncé à une demi-journée de paie pour venir vous dire ce qu'il sait, intervint Abdul, agacé. La moindre des choses serait de l'attendre.» Il rougit violemment en se rendant compte qu'il avait désobéi à l'ordre de ne pas se distraire. «Veuillez m'excuser, maître, bafouilla-t-il.

— Oubliez ce qu'Abdul a dit, reprit Michele d'une voix métallique. Vous avez le droit de faire ce que vous préférez, bien entendu. Je m'excuserai de votre part auprès du maçon que j'ai envoyé chercher.»

Quelque chose dans le ton de la réplique fit comprendre à Gerardo que, s'il partait, il n'aurait pas une deuxième opportunité. Au fond, se rassura-t-il, Clara devait avoir besoin d'un peu de temps pour faire ses achats. Il n'avait jamais entendu parler d'une femme qui aurait acheté de la soie sans avoir examiné tous les étals au préalable.

«J'attendrai, dit-il.

— Parfait», répondit Michele, et il orienta à nouveau son visage vers le ciel gris.

Il n'y avait ni chaises ni tabourets dans la pièce, et Gerardo resta debout, les mains derrière le dos, pendant une durée indéterminée seulement rythmée par le crissement du charbon sur le papier rêche.

Les cloches de la cathédrale San Paolo sonnèrent sexte, suivies par celles des autres églises. L'heure à laquelle Clara devait rentrer chez elle était déjà passée.

Gerardo eut un soupir de soulagement lorsque la porte s'ouvrit et que l'homme au manteau introduisit le maçon qu'ils attendaient.

C'était un homme de petite taille, mince, à l'air chafouin. Il salua Gerardo et Abdul d'un mouvement de tête avant d'aller présenter ses hommages à Michele de Castenaso en s'inclinant profondément. Le grand maître de la corporation lui toucha la tête d'un geste presque ecclésiastique, puis lui demanda la raison de son retard. Il était évident que l'homme était ivre.

« Ne te confonds pas en excuses et raconte à ce gentilhomme ce que tu sais », ordonna Michele d'un ton bourru.

Un peu vacillant, l'homme se tourna vers Gerardo. « Il s'agit de l'un de mes voisins, bredouilla-t-il.

— Continuez », dit Gerardo.

L'autre hocha la tête et, dans une langue vulgaire assez correcte mais entrecoupée de nombreuses pauses, raconta que son voisin, un maître maçon, lui avait confié environ trois ans auparavant devant une cruche de vin qu'il avait obtenu une affaire en or : cinquante lires bolonaises pour réparer un vieux souterrain.

« Vous voyez, avec cinquante lires normalement on répare une maison à deux étages des combles à la cave, fit-il avec un petit rire. Mais on lui donnait tout cet argent pour qu'il ne révèle à personne où il travaillait et ce dont il s'agissait. »

Gerardo lui fit signe de continuer et l'homme raconta que, moins d'un mois après, le maître maçon et ses deux apprentis avaient été retrouvés morts dans un fossé.

« Et vous pensez que c'est le propriétaire qui l'a tué ? », demanda Gerardo.

Le maçon acquiesça, sûr de lui. «Il avait peut-être appris que mon voisin avait parlé avec moi, et il a compris qu'il ne pouvait pas lui faire confiance. Ou alors il avait décidé de le supprimer depuis le début. C'est pour ça qu'il lui avait promis tout cet argent.

— L'assassin n'a jamais été identifié, intervint Michele da Castenaso. Ce crime pourrait être lié au temple que vous cherchez.»

Gerardo n'était pas convaincu. «Cela pourrait aussi n'avoir rien à voir. De toute façon, si on ne sait pas où se trouve cette maison, l'information n'est pas très utile.

— Elle est à l'ouest, fit le maçon. Nous, on habite, enfin, on habitait... Enfin, moi j'y habite mais plus lui puisqu'il est mort...

— Où habitez-vous? le pressa Gerardo.

— À côté de la Porta Lame, au-delà de la *circla*. À l'époque, mon voisin prenait toujours vers l'est quand il allait travailler, dans la direction du Mercato di Mezzo. La maison est donc à l'ouest.» Il eut un air perplexe, comme s'il se demandait si son explication était assez claire, puis il ajouta: «À l'ouest par rapport à ici, je veux dire.»

Gerardo secoua la tête. Il était bien avancé. La *circla*, une palissade érigée sur un terre-plein, était le troisième mur d'enceinte de Bologne. De si loin, dire «à l'est», «à l'ouest» ou «au sud» sans point de repère précis était bien trop vague.

«Y a-t-il autre chose? s'enquit-il.

— Oui, répondit l'homme. Un jour qu'il travaillait, mon voisin a envoyé un apprenti demander quelque chose au propriétaire de la maison. Le garçon ne l'a pas trouvé, et il est monté le chercher sur la terrasse couverte, sur le toit.» Les lèvres de l'homme s'étirèrent pour former un sourire, comme s'il s'apprêtait à rapporter une anecdote amusante.

«Dès qu'il l'a vu, le propriétaire l'a renvoyé à coups de pied au cul, en criant des paroles que les hommes bien nés ne devraient même pas connaître.

— Et donc?», demanda Gerardo.

Le visage de fouine se plissa. Puis le souvenir émergea des brumes du vin. «Ah, oui. Je voulais dire que, avant de redescendre l'escalier en courant, l'apprenti a vu une vigne. Une vigne, vous comprenez? répéta-t-il, surpris que personne ne se mît à rire. Avec toute cette bonne terre à disposition, ce type faisait du vin sur sa terrasse!» Il secoua la tête, amusé. «Plus ils sont riches, plus ils sont fous, conclut-il.

— C'est tout ce que vous avez à nous dire?», interrogea Gerardo, incrédule. On l'avait fait patienter pour rien.

L'homme haussa les épaules. «Oui. Un soir, on a bu ensemble, et il m'a raconté l'histoire de la vigne sur le toit et de l'apprenti chassé à coups de pied au cul. Après, je ne l'ai plus revu jusqu'à ce qu'on le retrouve dans le canal. À présent, si vous n'avez plus besoin de moi…

— Tu nous as vraiment dit tout ce que tu sais? intervint Michele da Castenaso.

— Tout. Ce n'était pas quelqu'un que je connaissais bien.

— Alors tu peux y aller. Merci pour ton aide. La corporation te remboursera la demi-journée de paie que tu as perdue pour venir ici.»

Un grand sourire dévoila les dents gâtées de l'homme. «Merci, Votre Excellence. Je suis à votre disposition.»

Il s'inclina rapidement à l'adresse de ses trois interlocuteurs et fila hors de la pièce.

«Ne vous empressez pas de tirer des conclusions, dit Michele da Castenaso dès qu'ils furent seuls. Ce que cet homme a dit nous intéresse beaucoup nous aussi, et nous essaierons d'en savoir plus.»

Un soupir exaspéré s'éleva de la table de dessin. Le Turc semblait peiner sur sa feuille.

« Comment le dessin avance-t-il ? », demanda Michele da Castenaso.

Abdul leva les yeux. « Mal, maître, répondit-il d'une voix découragée. J'ai dû me tromper en traçant les triangles. Si je connaissais les règles pour effectuer les calculs tout seul...

— Ce jour viendra. Pour l'heure, tu dois te contenter de reporter sur le dessin les résultats que je t'ai dictés. Et veille à ne pas faire d'erreurs, sinon la pression des murs latéraux fera crouler l'arc. »

Abdul baissa la tête, fit pivoter l'équerre de bois sur le papier et marqua deux points au fusain, puis les contempla un instant avant de les relier avec la règle, produisant un bruit déplaisant sur la feuille.

« La révélation d'un secret doit arriver au bon moment, fit Michele à Gerardo. Et un enseignant digne de ce nom doit savoir attendre ce moment, même s'il a envie de le révéler plus tôt pour satisfaire un élève méritant.

— Je comprends », répondit laconiquement Gerardo.

En réalité, il ne comprenait pas du tout la nécessité de traiter le pauvre Abdul comme un imbécile, même s'il dépensait tout au jeu, et il comprenait encore moins l'adoration que le jeune Arabe semblait vouer au vieillard. Mais pour l'heure, tout ce qui l'intéressait consistait à sortir de la pièce sans perdre plus de temps.

Avant qu'il pût prendre congé, Michele da Castenaso se tourna de trois quarts vers lui. « La corporation des maçons est prête à tout pour que ses membres bénéficient de la justice, vivants comme morts. » Il passa une main décharnée dans ses cheveux blancs. « Si nous avons à présent une possibilité de retrouver l'assassin de ce maître et de ses apprentis, il devient de notre intérêt de collaborer avec vous.

— Ce que cet homme a dit est trop vague, répliqua Gerardo.

— Peut-être que ses voisins pourront vous délivrer des informations supplémentaires. Eux aussi connaissaient les hommes assassinés. Est-ce que cela vous intéresserait de parler avec eux?

— Oui, fit Gerardo. Mais maintenant, il faut vraiment que j'y aille.

— Demain, nous serons hors de Bologne, dans les carrières de sélénite de Croara, mais après-demain Abdul vous accompagnera, conclut Michele. Presque tous les maçons habitent dans ce coin, ils vous parleront plus volontiers si vous venez en sa compagnie.

— Nous pouvons nous retrouver directement là-bas, fit Abdul. Jeudi vers none sur la petite place à côté de la Porta Lame. Cela vous convient-il?

— Très bien.»

Gerardo salua et sortit. Il descendit l'escalier quatre à quatre, quitta le bâtiment et, peu après, il se trouvait devant l'étal où il avait rendez-vous avec Clara et Masino.

Il n'y avait personne.

Inquiet à l'idée que Clara avait pu partir en laissant l'enfant seul, Gerardo se tourna dans toutes les directions. Il les aperçut un peu plus loin, en train de s'abreuver les mains en coupe à une fontaine publique. Il s'approcha et, quand ils se retournèrent, leurs visages étaient sombres.

«Je suis très en retard? demanda-t-il.

— Je suis heureuse d'avoir eu plus de temps avec mon frère, répondit Clara d'un ton sinistre. Car désormais nous ne nous verrons plus.

— Pardon?», fit Gerardo, dont le regard allait alternativement de l'un à l'autre. Tous deux le regardaient d'un air coupable.

La jeune fille haussa les épaules avec une expression à la fois dure et fragile. «Je lui ai tout bien expliqué. Il n'y a pas de place pour lui dans ma vie, et il n'y a pas de place pour moi dans la sienne. Il doit devenir prêtre. Il vaut mieux pour nous deux qu'on ne se voie plus.»

Elle planta ses grands yeux châtains sur lui, comme si elle le mettait au défi de répondre. Gerardo voulait répliquer, mais l'enfant le tira par la manche en secouant la tête. Tout était décidé, il n'y avait plus rien à ajouter. Il le prit par la main et ils s'éloignèrent sans se retourner. Masino, les yeux remplis de larmes, gardait la bouche obstinément fermée. Sa douleur n'était pas celle d'un enfant, mais celle d'un homme.

Azzone s'était rendu à son établissement sur le canal de Savena, surnommé Fiaccalcollo[1] en cet endroit en raison de son inclinaison abrupte, pour superviser la réparation d'une machine à filer hydraulique qui était en panne depuis deux jours.

Non pas qu'il comprenait quelque chose au mystère des roues, fuseaux, engrenages et chevilles de bois qui constituaient le mécanisme de la machine inventée par Bonaventura da Barga une quarantaine d'années auparavant. Pour cela, il y avait un expert, un charpentier toscan à la longue moustache nommé Paolo, qui avait l'air d'en savoir plus qu'un architecte mais coûtait beaucoup moins cher. Azzone n'était là que pour faire sentir la présence du patron aux ouvriers, femmes et enfants qui travaillaient sur les métiers à tisser. Il se déplaçait entre eux vêtu de collants bicolores, une jambe blanche et l'autre noire, et d'une tunique de soie jaune recouverte par un pourpoint noir. Il portait un couvre-chef de la même couleur, posé sur ses cheveux blonds ondulant sur ses épaules.

---

1. *Fiaccalcollo* signifie «brise le cou».

Azzone était conscient de son charme, et il aimait que les femmes le regardent avec désir.

Durant cette «inspection», tandis qu'il était penché sur une adolescente que le travail n'avait pas encore enlaidie et qu'il humait l'odeur de sa peau en feignant de s'intéresser au travail, Fedrigo débarqua dans la fabrique comme un oiseau de mauvais augure, son habit voletant autour de ses mollets, la tête nue et le regard enflammé.

«Cousin, je t'avais dit de ne rien me cacher!» s'exclama-t-il dès qu'il fut à portée de voix. Azzone n'avait jamais vu son cousin aussi bouleversé.

«Et c'est ce que j'ai fait, rétorqua-t-il en se redressant. Ne profite pas de nos liens de parenté pour me manquer de respect.»

Une lueur sarcastique pétilla dans les yeux sombres de Fedrigo, et Azzone fut tenté de l'éteindre avec une gifle mais il se retint. Son cousin était son seul allié. Le moment de lui apprendre le respect pouvait attendre.

«Où pouvons-nous nous parler en privé?», demanda Fedrigo en balayant la pièce du regard. La pénombre y régnait même en plein jour, et les rares lampes à huile allumées aux endroits les plus éloignés des fenêtres semblaient mettre l'obscurité en relief plutôt que de la dissiper.

«Sortons, répondit Azzone. Comme ça, j'en profiterai pour surveiller les ouvriers qui réparent la machine à filer.»

Ils passèrent la porte donnant sur le canal, et Fedrigo inspira profondément. «Mon Dieu, c'est irrespirable là-dedans.»

Azzone acquiesça. «Ils puent la chèvre. Mais il faut bien que de temps en temps j'aille voir ce qu'ils font.»

Fedrigo le regarda comme s'il avait été mal compris mais ne dit rien. Le froid était intense, Azzone regrettait d'avoir laissé son manteau à l'intérieur. Il s'approcha de la roue à aubes qui exploitait la petite chute d'eau du canal. La panne concernait le système de pales, chevilles et roues dentées qui transmettait l'énergie de l'eau à la machine à filer. Paolo il Tosco, le charpentier, criait des ordres à deux ouvriers. Son visage moustachu apparaissait et disparaissait à chaque tour de la roue.

«La roue est trop petite par rapport à la chute d'eau, expliqua Azzone. Elle tourne trop vite et des morceaux finissent par rompre. Il en faudrait une plus haute, mais la Commune refuse de me délivrer l'autorisation de la construire.

— Parce que sinon les moulins en aval n'auraient pas assez de puissance pour moudre, répliqua Fedrigo. Tu n'es pas le seul à avoir des droits.»

Azzone eut l'impression d'entendre son père. Ils étaient tous obsédés par les droits des autres, et en attendant la fabrique risquait de fermer. Ses dettes avaient doublé par rapport à l'année précédente. Mais il était hors de question d'en aviser Fedrigo.

«Heureusement que l'hiver on arrête pratiquement la filature, fit-il seulement. Sinon, la panne m'aurait valu une perte importante.

— Vous arrêtez? Et toutes ces femmes qui travaillent aux métiers à tisser?»

Azzone adressa un regard compatissant à son cousin. «J'ai dit la filature, pas le tissage», précisa-t-il, s'abstenant d'expliquer que la machine à filer servait à tirer les fils de soie des cocons et le métier à tisser à fabriquer les étoffes en soie à vendre aux marchands. Si Fedrigo ignorait ces notions élémentaires, ce n'était pas à lui de perdre son temps pour éclairer sa lanterne. «De quoi voulais-tu me parler, cousin?

— Du deuxième cadavre brûlé vif, comme ton père.»

Azzone resta pantois. «Il y en a un autre? Qui est-ce?

— Un certain Giovanni da San Gimignano, un moine bénédictin qui était gabeleur. Il recevait les cargaisons de sel, encaissait l'argent et dirigeait la répartition. Il a été retrouvé ce matin à l'entrepôt du sel, à côté du Cavadizzo.

— Qu'est-ce que mon père a à voir là-dedans?

— C'est ce que je suis venu te demander, cousin, dit Fedrigo d'un ton sévère. Je t'avais dit de ne rien me cacher.

— C'est bien ce que j'ai fait!», s'exclama Azzone, exaspéré. Surpris, les deux ouvriers sur la roue se retournèrent pour le regarder, puis baissèrent la tête.

«Écoute, reprit Fedrigo d'un ton patient. Jusqu'à présent, on n'avait jamais entendu parler de personnes mortes de cette façon. En l'espace de quelques jours, en voilà deux. À ton avis, cela pourrait-il être une coïncidence?»

Il le regarda comme s'il attendait vraiment une réponse. Azzone haussa les épaules sans mot dire.

«Tu comprends bien que ces deux morts doivent avoir quelque chose en commun, vu comment ils ont été brûlés. Ton père et ce moine se connaissaient-ils?»

Azzone le prit par la gorge. Il avait envie de le soulever et de le jeter dans le canal, mais il réussit à se retenir. «Maintenant, c'est toi qui vas m'écouter, cousin», déclara-t-il en baissant d'un ton pour ne pas se faire entendre par les ouvriers. Sa voix vibrait de toute la colère accumulée jusqu'alors. «Si tu t'adresses encore une fois à moi comme si j'étais un imbécile, je te le ferai regretter. Dis-moi que tu as compris.» Fedrigo acquiesça, les yeux exorbités, et Azzone continua: «Je t'ai dit tout ce que je sais. Tout, tu entends? S'il y a des choses en commun entre mon père et le moine qu'on a retrouvé à l'entrepôt du sel, c'est au capitaine du peuple de le découvrir. Je me fiche de savoir comment est mort le vieux, si c'est un être humain ou le diable en personne qui l'a tué. Je veux juste récupérer son corps pour l'enterrer. Mondino de Liuzzi l'a subtilisé, et il le paiera cher. C'est pour ça que je t'ai engagé, pour ça et rien d'autre. Est-ce bien clair?»

Avant que Fedrigo pût répondre, on entendit un bruit sourd, suivi par un cri. «Arrêtez la roue!»

Accompagnée d'un grincement et d'un autre bruit sourd, la roue s'arrêta. Il était trop tard. Le corps de Paolo il Tosco était encastré entre les pales et l'énorme engrenage denté qui impulsait le mouvement à la machine à filer. Ses gémissements étranglés témoignaient que l'homme était vivant, mais sa tête pliée de façon étrange laissait présager le pire.

Azzone lâcha Fedrigo et s'approcha du bord du canal tandis que deux ouvriers poussaient les pales à la main afin de libérer un espace suffisant pour extirper le corps de Paolo. Mais il n'y avait personne pour le faire. Les femmes et les enfants qui étaient sortis de la fabrique, attirés par les cris, ne pouvaient se charger de cette tâche. Azzone réfléchissait à la meilleure façon de se tirer de cette situation, et quand il se tourna à l'appel de son cousin, il demeura bouche bée. Fedrigo avait enjambé le parapet et se trouvait debout sur une butte qui permettait de s'approcher de l'endroit où Paolo il Tosco était coincé, et il l'appelait à son aide.

Azzone observa son cousin dans cette position, son long habit noir retroussé à la taille, ses chausses de lin exposées à la vue de tout le monde, et il eut envie de rire. L'idée de souiller ses nouveaux collants pour aider cet idiot de charpentier lui provoquait une douleur presque physique, mais il ne pouvait s'esquiver. À part les ouvriers, Fedrigo et lui étaient les seuls hommes présents, sans compter les surveillants de la fabrique, tous âgés. Cette tâche déplaisante leur revenait.

Sa réaction fut prompte. Il sauta agilement le parapet, monta sur la pale horizontale qui transmettait le mouvement des pales à la roue dentée et atteignit Paolo par le haut.

« Poussez ! ordonna-t-il aux deux ouvriers. Maintenant ! »

Les deux hommes, plongés dans l'eau jusqu'à la poitrine, poussèrent de toutes leurs forces, et la roue se déplaça d'un demi-pied vers le haut. L'espace suffisait.

« Prends-le par les jambes, fit-il à Fedrigo. Je pousse par en haut. »

En quelques mouvements accompagnés par les hurlements de Paolo, ils réussirent à le sortir de là. Les ouvriers quittèrent la roue pour les rejoindre et, à eux quatre, ils hissèrent le charpentier de l'autre côté du parapet et le couchèrent sur une couverture apportée par une des femmes.

Paolo il Tosco émettait des gémissements inarticulés. Les dents serrées, il n'arrivait pas à parler.

« Il s'est cassé le cou, fit Azzone. Il mourra bientôt.

— Quelqu'un vient d'aller prévenir sa fille, l'informa Fedrigo. Elle habite juste à côté. »

Les deux ouvriers s'agenouillèrent à côté de la couverture. Azzone se dit qu'ils devaient être plus préoccupés à l'idée de se retrouver sans travail qu'autre chose. Il se tourna vers les femmes et les enfants amassés devant le mur de la fabrique et ordonna sans élever la voix : « Retournez au travail. » Comme d'habitude, ils obéirent sur-le-champ, et Azzone fut surpris de lire de l'admiration et même de la gratitude dans leurs yeux.

« Ils savent maintenant que leur patron se soucie d'eux, chuchota Fedrigo. Ce sont des gens simples, il en faut peu pour les séduire.

— Oui, eh bien, je rentre moi aussi, fit Azzone. Je n'ai aucune envie de rester là à me geler jusqu'à ce qu'il meure. Ont-ils fait appeler un prêtre ?

— Oui, il arrive. »

Soudain, le visage de Fedrigo s'éclaira et il le saisit par le coude, le poussant à l'écart. Azzone réagit à cette familiarité excessive en dégageant son bras, mais il le suivit dans la cour devant la machine à filer.

Un jeune franciscain arrivait en courant de la route, accompagné par un garçon âgé d'une douzaine d'années. Il demanda où se trouvait le mourant, et ils le lui montrèrent. Le frère se dirigea vers le canal et l'enfant retourna dans la grande pièce plongée dans la pénombre.

« Cet homme a besoin d'un médecin, affirma Fedrigo.

— Tu plaisantes? Il n'a même pas de quoi se payer un boucher, alors un médecin... De toute façon, ça ne servirait à rien. Le prêtre lui suffit.

— Fais-le emmener chez Mondino. À tes frais. »

Azzone regarda fixement son cousin sans rien dire. De toute évidence, cette proposition apparemment absurde cachait quelque chose.

« À cette heure, Mondino est avec le capitaine du peuple à l'entrepôt du sel pour examiner le cadavre du moine, dit Fedrigo. Faisons emmener le charpentier chez lui et accompagnons-le. Sur place, on trouvera un moyen de jeter un coup d'œil à ses papiers.

— Pour quoi faire? demanda Azzone, peu convaincu.

— On ne sait jamais. On pourrait découvrir où il en est de ses recherches, ou bien quelque chose de compromettant à utiliser comme moyen de chantage pour arriver à un accord, si les choses devaient mal tourner pour nous.

— Je ne sais pas, cousin. Mondino a fait mourir mon fils, il a fait disparaître le cadavre de mon père, et maintenant je devrais lui confier un homme à soigner?

— C'est seulement pour te faire bien voir. Azzone Lamberti qui laisse ses inimitiés de côté au nom de la charité chrétienne. Sans parler du fait que la mort du charpentier sera comme une preuve de l'incapacité de Mondino à le sauver. Une petite tache sur sa réputation. Qu'en penses-tu ? »

Azzone sourit, conquis. « Et après on dit que c'est moi qui suis cruel, dans cette famille... Je vais de ce pas donner les ordres. »

Il se dirigea vers les ouvriers et le prêtre agenouillés autour de Paolo il Tosco. Il devait se trouver un autre charpentier, mais cette infortune se transformait en avantage dans la bataille qui lui importait le plus.

Il avait même réussi à ne pas salir ses vêtements.

***

Le capitaine du peuple chevauchait en tête sur son destrier noir au harnais en cuir recouvert de lamelles de bronze poli. Il portait une tunique grise, de la même couleur que ses chausses. Son pourpoint de cuir était accroché à la selle et son visage était mis en relief par un calot rouge lui couvrant les oreilles. Ses lèvres serrées et son visage fermé n'engageaient pas à lui adresser la parole. Mondino le suivait en silence en croupe de son cheval bai, assis de biais sur la selle car son long habit le gênait. Il n'aimait pas aller à cheval, mais la pluie de la nuit précédente avait transformé les rues en un marécage boueux et les flaques étaient aussi grandes que des lacs. Les deux sbires armés d'une dague et d'un bâton les suivaient à pied, faisant de leur mieux pour sauter d'un caillou à l'autre quand le capitaine regardait ailleurs, et s'enfonçaient stoïquement dans la boue quand il se tournait vers eux.

Dans les rues remplies de chars traînés par des bœufs, de charrettes à bras et de gens, le rythme des chevaux était terriblement ralenti. Ils suivaient le chemin du Cavadizzo qui, un peu plus loin, entre la Porta Lame et la Porta Galliera, menait à la campagne, au-delà de la *circla*.

La foule s'écartait pour leur laisser le passage et personne ne demandait rien car tout le monde savait où se rendait le capitaine du peuple avec un médecin à sa suite. L'information selon laquelle le moine Giovanni da San Gimignano avait été retrouvé brûlé vif sans la moindre trace d'incendie autour de lui avait fait le tour de la ville dès l'aube. Ce matin-là, le capitaine du peuple se trouvait de l'autre côté de la ville, dans la paroisse de San Ruffillo, où un forgeron avait massacré son beau-père à coups de marteau avant de s'enfuir dans les plantations de mûriers sur les rives du Savena. Le messager de la Commune venu l'avertir avait dû attendre son retour avec l'assassin enchaîné. Ensuite, Visdomini était allé chercher Mondino chez lui, et tout cela expliquait leur arrivée tardive à l'entrepôt du sel. Ils laissèrent les sbires attacher leurs montures, franchirent la grosse porte grande ouverte et se retrouvèrent dans un immense entrepôt dont les murs faisaient presque deux brasses d'épaisseur afin de supporter le poids de milliers de boisseaux de sel. À la place du moine décédé, le comptage et la pesée des sacs étaient pris en charge par deux secrétaires de l'office du Sel, vêtus de laine fine et de manteaux de fourrure valant plusieurs années de salaire d'un ouvrier.

Visdomini les salua avec déférence. Il ne fit même pas allusion au fait que l'entrepôt aurait dû rester fermé jusqu'à la fin de son inspection, présenta Mondino et se fit indiquer l'endroit où se trouvait le cadavre.

Ils traversèrent la grande pièce entre des rangées d'ouvriers déchaussés et tête nue malgré le froid, ployant sous le poids des sacs qui écrasaient leurs épaules et, arrivés au fond, ils découvrirent une scène très semblable à celle qui les avait accueillis chez Bertrando Lamberti. Devant une montagne de sel noir à stocker, il y avait une table avec une écritoire ouverte. Sur le sol derrière la table, à côté d'un tabouret renversé, reposaient les restes de Giovanni da San Gimignano. Un crâne carbonisé, quelques os jaunis partiellement recouverts par des pans de sa tunique, un petit tas de cendre et les pieds presque intacts.

La main gauche du défunt gisait un demi-pas plus loin, tranchée par le feu au niveau du poignet.

« Il a été tué de la même façon que Bertrando, constata Mondino. Il est donc probable qu'il s'agisse du même assassin.

— Vous êtes encore convaincu que l'assassin est un être humain ? demanda le capitaine.

— Jusqu'à preuve du contraire, oui. J'ignore comment cela a pu advenir, mais accepter une explication surnaturelle sans même tenter d'explorer d'autres voies serait une insulte à la science.

— Vous avez pourtant examiné le cadavre de Bertrando Lamberti sans trouver de preuves de son assassinat. »

Au même moment, un tapage s'éleva derrière eux. En se tournant, Mondino vit qu'un ouvrier s'était écroulé sous le poids de son sac et quelques-uns de ses camarades essayaient de le ranimer. Il se précipita vers eux, et à l'apparition de la robe écarlate, un silence surpris et lourd d'expectatives tomba sur la pièce. Personne n'aurait imaginé que le médecin accompagnant le capitaine du peuple se serait dérangé pour un ouvrier, et à présent qu'il l'avait fait ils attendaient tous de voir ce qui allait se passer.

Mondino identifia la cause de l'évanouissement avant même de se pencher sur l'homme. Le visage marqué, les bras frêles et le torse rachitique parlaient tous le même langage : celui de la malnutrition. Cet ouvrier comptait parmi les nombreuses victimes de la disette estivale et de l'augmentation démesurée du prix du blé. Pour les privilégiés, disette signifiait dépenses plus élevées. Pour les plus pauvres, elle signifiait famine.

Mondino fouilla dans la sacoche de médecin qu'il emportait toujours avec lui. Il déboucha précautionneusement une fiole de verre protégée par un étui de bois. Il s'agenouilla auprès de l'ouvrier et passa la fiole sous son nez à plusieurs reprises, jusqu'à ce que l'homme se mît à tousser et ouvrît les yeux.

Un murmure d'admiration s'éleva du groupe d'ouvriers.

L'homme s'assit et marmonna un remerciement. Le surveillant, arrivé entre-temps, leur intima de se remettre au travail. Le groupe s'éparpilla et l'ouvrier assis par terre fit mine de se relever, mais Mondino expliqua au surveillant que cet homme avait besoin d'un traitement pour pouvoir porter des sacs à nouveau, et le surveillant s'éloigna sans discuter. Après quoi, Mondino se pencha à nouveau vers l'homme et glissa deux pièces dans sa main en lui parlant à voix basse. L'ouvrier hocha la tête, remercia encore, se leva et se dirigea d'un pas mal assuré vers la porte.

« L'avez-vous vraiment envoyé acheter un médicament chez l'apothicaire ? demanda le capitaine du peuple.

— Je l'ai envoyé dans une taverne manger une daube et boire un godet de vin, répondit Mondino. La nourriture est le meilleur médicament pour soigner la faim. »

Visdomini sourit. « Vous ne ressemblez en rien aux médecins que je connais.

— L'affaire est réglée, marmonna Mondino d'un ton bourru. Revenons à notre cadavre. »

Cette fois, le recours au couteau chirurgical était inutile, et Mondino n'avait de toute façon aucunement l'intention de demander le transport du corps dans son école. Son examen attentif des restes de Giovanni da San Gimignano ne lui en apprit pas plus. L'homme avait brûlé vif, comme en témoignait la tension de ses muscles faciaux et de sa bouche. Peut-être avait-il crié, mais personne ne l'avait entendu. Chausses et chemise, si tant est qu'il en portait, avaient brûlé avec lui, tandis que de larges lambeaux de sa tunique avaient résisté et couvraient encore os et cendres. Les documents épars sur le sol avaient déjà été remis en ordre et rangés à leur place sur les étagères de l'*armarium*. Rien autour du cadavre n'évoquait un incendie. La table et le tabouret renversé étaient intacts. Seule la plume d'oie dans l'écritoire était couverte d'une patine grasse peut-être due à la fumée.

Une fois que le cadavre aurait été emporté et le tabouret relevé, personne n'imaginerait qu'un événement sortant de l'ordinaire s'était déroulé dans cette pièce. Un être humain pouvait-il vraiment être à l'origine de ce type de phénomène?

Quand il souleva la main gauche du moine du sol, Mondino fut frappé par la présence d'une étrange série de blessures. Chaque phalange était marquée d'un point et deux lettres avaient été incisées au centre de la paume, un X et un P, au-dessus d'un cercle grossièrement tracé.

Non loin, entre deux carreaux, Mondino repéra une petite lame dépourvue de manche, sans doute un canif tiré de l'écritoire. Giovanni da San Gimignano devait l'avoir employé pour se marquer la main puis l'avoir laissé tomber.

Il montra la main au capitaine du peuple. «Le mort devait penser que c'était un message important, s'il l'a incisé dans sa chair, ajoutant de la douleur à celle de sa propre fin.

— Qu'est-ce qui vous fait croire qu'il en est l'auteur?»

La question était pertinente. Ce pouvait très bien être son assassin. Pourtant, cette dernière hypothèse ne collait pas avec l'idée que Mondino s'en était fait.

« L'homme qui a tué Bertrando Lamberti n'a pas laissé de message. Il ne serait pas logique qu'il veuille à présent faire autrement.

— Peut-être avez-vous raison, convint Visdomini en regardant la main de plus près. Le défunt a dû inciser les lettres pour tenir le Malin éloigné. Je n'ai pas besoin de vous expliquer ce qu'elles signifient, n'est-ce pas? »

Mondino hocha lentement la tête. « Le monogramme du Christ. »

C'était un ancien symbole chrétien, composé des lettres grecques *chi* et *rhô*, les premières du nom *Christos*. On ne l'utilisait désormais presque plus, mais par le passé on le trouvait partout, et il était souvent employé comme sceau par les chancelleries pontificale et impériale. En revanche, les signes qui l'entouraient n'avaient aucun sens, du moins pour lui.

« Que pensez-vous de ces blessures en forme de point sur les phalanges? », demanda-t-il au capitaine.

Ce dernier haussa les épaules. « Je n'ai jamais rien vu de tel. Peut-être que l'ensemble du dessin constitue une formule magique pour éloigner le mal.

— Une formule magique? Qu'est-ce qui vous le fait penser? »

Le capitaine se tourna vers le centre de l'entrepôt, où les deux secrétaires continuaient de diriger les ouvriers, prenant des notes sur des tablettes de cire. « Les formules protectrices de ce genre sont très répandues chez les soldats, expliqua-t-il. Ils s'en font tatouer partout.

— Fonctionnent-elles? questionna Mondino, curieux.

— Je l'ignore. Mais ils s'obstinent à y croire. Peut-être que le moine a fait une tentative désespérée pour éviter la damnation éternelle. »

L'explication était plausible. Un moine bénédictin aurait dû prier plutôt que de recourir à la magie, mais les gens sur le point de mourir font des choses étranges. Mondino avait souvent eu l'occasion de le constater au cours de sa carrière de médecin.

« Les gardes ont-ils été interrogés ? demanda-t-il.

— Un magistrat de la Commune s'en est occupé avant notre arrivée. Il m'a fait son rapport avant que je vienne vous chercher. Il y a deux gardiens, un père et son fils. Ils sont ouvriers ici et, la nuit, ils dorment dans une petite pièce à côté de l'entrée principale après avoir barré les portes et les fenêtres de l'intérieur. »

Les yeux de Mondino se fixèrent aussitôt sur une fenêtre située à une dizaine de pas du cadavre. « Celle-ci a-t-elle été ouverte ce matin ?

— À ce que j'ai compris, elle était déjà ouverte quand le corps a été retrouvé.

— Allons jeter un coup d'œil. » Mondino fit un pas puis se retourna : « Les gardes ont-ils vu ou entendu quelque chose ?

— Pardonnez-moi, magister, mais votre tâche consiste à donner un avis sur ce qui a causé la mort de cet homme. L'enquête, c'est moi qui m'en charge.

— Le fait est, expliqua Mondino, que je ne sais que penser. Et tout ce que les deux gardes ont vu ou entendu pourrait m'être utile. »

Visdomini passa une main sur son chapeau puis se toucha le menton, un geste qui lui était coutumier. Il finit par acquiescer brusquement. « Bien. Les gardes ont dit avoir entendu un son prolongé, à mi-chemin entre un chant et une plainte. Puis un vent chaud est passé sous la porte et ils se sont évanouis. Quand ils ont repris connaissance, ils avaient trop peur pour sortir et ils ont attendu l'aube. Alors, ils ont ouvert la porte de leur chambre et ils ont découvert le cadavre du moine dans l'entrepôt. Ils sont à présent dans l'église voisine en train de prier et de faire pénitence. Ils sont convaincus d'avoir été effleurés par les flammes de l'enfer.

— Rien d'autre?»

Le capitaine secoua la tête.

Mondino regarda autour de lui. Le travail continuait sans interruption, et l'entrepôt résonnait de bruits sourds et de voix. «Je commence à penser que vous avez raison, finit-il par soupirer. Tout semble indiquer que le démon a quelque chose à voir avec ces affaires.

— Mieux vaut tard que jamais, rétorqua Visdomini. Je l'ai déjà dit au podestat, mais il insiste pour avoir votre opinion. Je vais donner des directives pour faire emporter le corps et informer les secrétaires de l'office du Sel que tout peut retourner à la normale.»

Le retour à la normale semblait être la seule chose qui l'intéressait. Tandis qu'il s'éloignait vers les deux secrétaires, Mondino pressa la main coupée sur une feuille posée sur la table. La cendre fine qui la recouvrait laissa une empreinte nette sur le papier jauni. Mondino l'enroula et le glissa dans la sacoche de médecin qu'il portait en bandoulière. De retour chez lui, il lui suffirait de repasser les contours à l'encre pour obtenir une reproduction parfaite du dessin.

Il était désormais presque sûr que le capitaine du peuple avait raison, mais il était hors de question de balayer le dernier effort que l'homme avait fait avant de mourir sans d'abord essayer de trouver une explication alternative.

Visdomini revenait, accompagné par les deux sbires et par trois confrères du mort, qui portaient un cercueil de peuplier. Le corps carbonisé du moine fut déposé dans le cercueil, dont il occupa moins d'un tiers de l'espace, et les moines s'éloignèrent vers l'église Sant'Antonino, à laquelle le défunt appartenait. Les sbires les escortèrent à une certaine distance. Le capitaine devait leur avoir ordonné d'escorter les moines jusqu'à destination, mais on voyait bien que cette tâche les effrayait.

Mondino dépassa une file d'ouvriers occupés à se faire passer des sacs de sel pour déplacer un tas, et se dirigea vers la fenêtre ouverte.

« Cependant, le diable n'aurait pas eu besoin d'entrer, fit-il à Visdomini, qui l'avait suivi. Il serait directement apparu dans la pièce.

— Giovanni a très bien pu ouvrir la fenêtre avant de mourir.

— C'est juste. Mais ça ne coûte rien de jeter un coup d'œil. »

L'entrepôt était situé au rez-de-chaussée. Derrière le volet de chêne et le mur, si épais qu'il évoquait plus celui d'un bastion que d'un entrepôt, il y avait la rue, grouillante de vie et de bruit. Si Giovanni da San Gimignano avait été assassiné, son meurtrier pouvait être entré par là.

Mondino se percha sur le rebord et, tendant le cou, il regarda attentivement de l'autre côté.

« Venez voir », dit-il au capitaine du peuple.

D'un mouvement agile, Visdomini grimpa à son tour sur le rebord. « Qu'est-ce qu'il y a ?

— Regardez là », fit Mondino en lui montrant les blocs de grès jaune qui formaient le pied de la façade, sous la fenêtre. Deux d'entre eux présentaient des taches plus claires, comme produites par des raclements. « Quelqu'un est monté sur le mur et est entré dans l'entrepôt par ici, expliqua Mondino. Ces traces sont celles de chaussures qui ont glissé sur la roche tendre. »

Le capitaine le regarda avec respect. « Vous êtes observateur, pour quelqu'un qui n'est pas du métier.

— Tout mon travail se fonde sur la capacité d'observation, répliqua Mondino avec un haussement d'épaules. Alors, croyez-vous encore qu'il s'agit de l'œuvre du démon ?

— Une personne s'est introduite ici en passant par la fenêtre, dit le capitaine en descendant du rebord. Mais rien ne dit que c'est l'assassin du moine.

— On ne peut pas le prouver, vous voulez dire », le corrigea Mondino tandis qu'ils revenaient vers l'endroit où le cadavre avait été retrouvé. « Je partage votre avis. Mais la trace est fraîche et il y a eu un mort ici. Pensez-vous vraiment que les deux événements n'ont aucun lien ? »

Ils s'écartèrent pour laisser passer une charrette traînée par une mule, chargée de sacs de sel destinés à la pesée. De chaque côté de la mule, deux ouvriers semblaient faire un concours à qui la fouetterait le plus fort.

« Vous avez raison, convint Visdomini tandis que la cargaison poursuivait en direction des grandes balances installées un peu plus loin. Mais cela ne nous dit pas comment Giovanni da San Gimignano est mort.

— En effet. Nous détenons quelques fragments de la mosaïque, mais sans le dessin d'ensemble ils nous sont parfaitement inutiles.

— Des fragments ? Lesquels ? »

Mondino haussa les épaules. « L'autre fois, nous avons trouvé une bougie. Aujourd'hui, cette étrange incision et une trace de chaussure sur le mur. Et puis il y a aussi le tatouage de Bertrando Lamberti.

— Celui que vous n'avez pas pu me montrer parce qu'on vous a dérobé le cadavre.

— C'est exact. Mais j'en ai une reproduction ici. Si vous n'étiez pas venu me chercher aujourd'hui pour ce crime, je serais passé chez vous pour vous la montrer. »

Mondino glissa sa main dans la poche intérieure de son habit, au niveau de la poitrine, et en tira le dessin tracé par Samuele, enroulé avec soin pour ne pas en altérer les traits.

« Pourquoi ne m'avez-vous pas dit immédiatement que vous aviez recopié le tatouage ? demanda le capitaine.

— Parce que ce dessin n'est pas de moi. C'est l'œuvre d'un jeune frère franciscain, qui l'a recopié à partir d'un pendentif et l'a donné à Gerardo da Castelbretone, l'homme que je vous ai envoyé il y a quelques jours de cela.

— Racontez-moi tout », ordonna Visdomini, le visage sérieux.

Mondino le mit au courant de ce que lui avait répété Gerardo. Le moine qui s'était rendu au Pratello, les prostituées, le pendentif en or perdu par l'assassin du père Venanzio. Il savait qu'il allait occasionner des ennuis au jeune franciscain, mais une punition pour être sorti du couvent sans permission lui semblait une bagatelle à côté d'un nouveau cadavre carbonisé. Ces homicides et la mort du père Venanzio étaient liés, et le capitaine du peuple devait le savoir.

« J'interrogerai ce frère et je me ferai dire où trouver ces prostituées, conclut Visdomini, pensif. Le pendentif en or perdu par l'assassin pourrait être un élément clé pour résoudre ce mystère. »

Mondino se dit qu'il l'avait mal jugé. Les informations qu'il lui avait révélées semblaient véritablement lui importer. Cela le poussa à lui parler également du secret appris par le père Venanzio en confession, celui concernant la menace incendiaire. Il comprit avant même d'avoir fini que c'était une erreur.

« Vous exagérez, dit le capitaine. C'est une chose de donner des indices précis, comme ceux dont vous venez de faire mention : un pendentif en or, une personne qui l'a vu de ses propres yeux et l'a recopié… C'en est une autre de colporter les délires inventés par un moinillon pour donner plus de relief à son récit.

— Je comprends que ça puisse ressembler à un délire, acquiesça Mondino. Pourtant…

— J'ai déjà rencontré le frère Samuele, l'interrompit Visdomini. Il avait une grande affection pour le mort, et j'ai eu l'impression qu'il ne reculerait devant rien pour que la lumière soit faite sur cet assassinat. Il doit avoir pensé qu'en racontant cette histoire d'incendie les autorités se pencheraient plus sérieusement sur l'affaire. »

Mondino hocha la tête. Au début, il avait lui-même pensé quelque chose de ce genre. Mais devant un deuxième mort brûlé vif, il lui semblait que tout ce qui pouvait être lié au feu et aux incendies devait être pris au sérieux, surtout de la part de ceux qui, comme le capitaine du peuple, avaient le devoir de veiller sur la sécurité des citoyens.

« Vous ne ferez rien, alors ? », demanda-t-il.

Visdomini haussa les épaules. « J'informerai le podestat, puis nous verrons. De toute façon, comme je vous l'ai déjà dit, je m'occupe de l'enquête. »

Gabardino se leva du bureau qu'il avait installé dans sa chambre, ou plutôt dans la chambre de ses grands-parents, désormais devenue la sienne. C'était l'espace privé le plus grand de la maison, trop grand pour une personne seule, lui avait dit une fois son père, sous-entendant qu'il ne méritait pas tout cet espace. Puis il s'était empressé de se reprendre, lui expliquant qu'il voulait seulement signifier que le moment était venu pour Gabardino de se choisir une épouse, mais ça avait été pire.

Le jeune homme ne comprenait pas pourquoi Mondino s'obstinait à lui donner des conseils sur sa vie, lui qui ne tolérait pas la moindre ingérence dans ses affaires et qui, nonobstant sa réputation de médecin, n'était certainement pas un exemple de bonne conduite. Tandis qu'il traversait la pièce, évitant une latte du plancher qui craquait terriblement, il repensa à l'effronterie de son père, qui avait osé donner rendez-vous à sa maîtresse dans la boutique familiale et secoua la tête, écœuré. Des voix excitées provenant du rez-de-chaussée chassèrent ces réflexions amères de son esprit et il se hâta de descendre pour voir ce qui se passait.

Dans la grande salle, il se retrouva devant un spectacle inattendu. Un homme moustachu était couché sur la table, sur une couverture de laine. Il était entouré par une fille d'une quinzaine d'années et par deux gentilshommes, l'un tout de noir vêtu, l'autre blond, aux habits luxueux. Lorenza était immobile entre la table et le couloir, comme si elle hésitait à laisser ses hôtes seuls pour aller prévenir son patron. Une expression de soulagement se dessina sur son visage dès qu'elle le vit. Mais avant qu'elle pût lui communiquer les raisons de ce désordre, le gentilhomme blond s'avança.

«Je m'appelle Azzone Lamberti, dit-il, avec une brève inclinaison de la tête. Mon charpentier a eu un grave accident et nous l'avons amené ici parce que seul votre père est capable de le guérir. Est-il ici?

— Mon père est absent, répondit Gabardino. Pourquoi n'êtes-vous pas allés à l'école de médecine?

— Il n'y est pas non plus, intervint celui vêtu de noir. Savez-vous quand il reviendra?»

Gabardino secoua la tête. «Mon père ne me dit pas où il se rend et ce qu'il fait, fit-il avec dureté. Vous feriez mieux d'emmener ce pauvre homme chez un autre médecin.»

À cet instant, la fille fit un pas en avant, s'attirant un regard désapprobateur d'Azzone Lamberti.

«Mon père s'est cassé l'os du cou, expliqua-t-elle dans un effort manifeste pour retenir ses larmes. Le transport jusqu'ici a été extrêmement douloureux pour lui. Si nous le déplaçons de nouveau, il en mourra.»

Gabardino regarda l'homme couché sur la table. Blême, il avait les yeux fermés et les lèvres pincées sous son épaisse moustache. Il semblait avoir perdu connaissance. «Je peux lui donner quelque chose pour calmer la douleur. Mais je dois aller chercher les médicaments dans notre boutique d'apothicaire, à côté de Santa Maria dell'Aurora.

— Nous vous en sommes reconnaissants, dit l'homme vêtu de noir. Nous attendrons votre retour ici, en espérant que votre père rentrera bientôt.

— Merci», murmura la fille en baissant la tête pour laisser finalement libre cours à ses larmes.

Gabardino envoya Lorenza chercher une autre couverture pour couvrir le charpentier, invita les hôtes à s'asseoir sur les chaises autour de l'âtre et il s'apprêtait à sortir quand il entendit frapper à la porte. Il cria à Pietro, qui était dans le potager, d'aller ouvrir et se prépara à affronter Mondino.

Il entendit deux voix masculines, dont aucune ne semblait appartenir à son père, et quelques instants plus tard, Pietro faisait entrer deux jeunes hommes en tenue de clercs, l'un blond et l'autre roux et tonsuré. Ils portaient de simples tuniques sombres en laine et endossaient une houppelande pour se protéger du froid.

«Il nous fait venir chez lui, et il n'est pas là, dit le roux d'un ton vénéneux. Combien de temps nous faudra-t-il attendre?

— Calme-toi, Andolfo, répliqua l'autre d'un ton enjoué. Il doit y avoir une raison. Regarde, il y a un cadavre. Peut-être que le magister veut nous montrer comment faire une dissection.»

À ces mots, tout le monde les fixa avec dégoût, y compris Lorenza, qui revenait dans la pièce avec la couverture. Pas du tout gêné, le jeune homme sourit et se présenta: «Je suis Odofredo Dassel, et lui, c'est messire Andolfo da Cork. Nous sommes des étudiants de Mondino et devons passer notre examen de médecine prochainement. Qui est le mort?

— Mon père n'est pas mort! s'insurgea la fille. Il est grièvement blessé et il a besoin de soins!

— Idiot», siffla Andolfo à son ami en s'approchant de la table.

Gabardino n'avait plus de temps à perdre. Si ses étudiants étaient là, son père n'allait pas tarder et il lui donnerait des tâches stupides à exécuter, des tâches qui n'avaient rien à voir avec le travail d'apothicaire. S'il voulait aller chercher des médicaments pour ce pauvre homme, il devait se dépêcher.

L'idée de laisser tous ces étrangers à la maison lui déplaisait, mais ses petits frères étudiaient chez leur précepteur, il n'avait donc pas d'alternative. Il dit aux hôtes qu'il serait bientôt de retour et sortit à la hâte.

Tandis qu'il marchait d'un pas vif sous les arcades de la via San Vitale, il se dit que le meilleur remède contre une douleur aussi forte était sans aucun doute le laudanum. Mais tous les textes qu'il avait lus, de Dioscoride à Galien, mettaient en garde contre sa dangerosité. Dans une situation de ce genre, il aurait dû demander conseil à son oncle Liuzzo ou à un apothicaire plus expérimenté au sujet des doses à administrer. Mais Liuzzo était en Toscane, et le temps pressait. Il demanda à saint Côme et saint Damien, patrons des apothicaires, de guider sa main et se mit à courir en se récitant un *Ave Maria.*

VII

En rentrant, Mondino trouva la grande porte qui donnait sur le jardin ouverte. Comme Pietro ne répondait pas à ses appels, il conduisit lui-même son cheval à l'écurie, lui retira sa selle puis se dirigea vers la maison, mille pensées à l'esprit.

Quatre jours de la semaine accordée par le podestat étaient passés, et le cadavre de Bertrando n'était pas réapparu. Avec la mort de ce moine à l'entrepôt de sel, le mystère s'épaississait, mais Mondino s'inquiétait surtout de savoir si collaborer avec la justice sur cette nouvelle enquête pouvait aider à retrouver les restes de Bertrando Lamberti ou pas.

Il avait besoin de se retirer dans son étude pour mettre de l'ordre dans ses pensées, analyser la tête froide ce qu'il avait vu et réfléchir sans être dérangé au message sur la main tranchée de Giovanni da San Gimignano.

Il espérait que la recherche de Gerardo auprès des maîtres maçons s'était révélée fructueuse, mais le jeune homme ne s'était pas encore montré, et il ne faisait aucun doute que, de son côté, Azzone ne perdait pas de temps.

Il poussa la porte de la grande salle et s'immobilisa, stupéfait.

La salle n'avait pas été aussi pleine de gens depuis l'époque où sa pauvre femme organisait un banquet avec parents et amis pour les fêtes de Noël. Cependant, l'atmosphère n'avait rien en commun avec celle d'un banquet. Pietro et Lorenza se tenaient à côté de la cheminée avec un air un peu ébahi, les deux étudiants qu'il avait invités et complètement oubliés étaient penchés sur un corps étendu sur la table, et une fille inconnue se tordait les mains dans un coin. Ce que la scène avait de plus incroyable résidait toutefois dans la présence d'un homme de dos, que Mondino reconnut sur-le-champ à sa chevelure blonde et à sa mise élégante.

« Azzone ! l'apostropha-t-il sèchement. Que faites-vous chez moi ? »

Azzone Lamberti, qui s'entretenait à mi-voix avec un homme vêtu de noir à la triste mine, se tourna brusquement. Le silence s'abattit sur la pièce et tous les regards se rivèrent sur Mondino.

« Peut-on savoir ce qui se passe ? demanda-t-il. Où est Gabardino ?

— Votre fils est allé à la boutique d'apothicaire chercher un remède pour calmer la douleur de ce pauvre homme, dit l'homme vêtu de noir, indiquant la table d'un geste et s'avançant d'un pas. Je suis Fedrigo Guidi, juriste à Bologne, et je vous prie de nous excuser pour cette invasion, mais il s'agit d'une urgence. Cet homme a eu un grave accident pendant qu'il réparait la machine à filer hydraulique de mon cousin Azzone, et nous l'avons amené ici car seule l'intervention d'un génie de la science médicale comme vous peut le sauver. »

Mondino connaissait Fedrigo Guidi de réputation, et il savait que tous ses mots étaient pesés. La présence de ce blessé chez lui cachait un coup tordu à n'en pas douter.

« Il va de soi que vous serez payé pour le dérangement, intervint Azzone. Paolo il Tosco est le charpentier le plus doué que je connaisse, je prendrai en charge tous les frais liés à ses soins.

— Voyons voir le blessé», fit Mondino. Il se sentait exposé et ignorait d'où viendraient les coups.

Ses deux étudiants s'écartèrent respectueusement de la table. Mondino découvrit le torse du patient et, à l'inclinaison anormale de son cou, il comprit aussitôt la nature du problème. Avec une extrême attention, il palpa les vertèbres de l'homme qu'Azzone avait appelé Paolo. Ce dernier garda les yeux fermés, n'émit pas un son ni ne réagit de quelque manière à son contact. Son souffle haletant et irrégulier témoignait qu'il n'était pas évanoui, mais il ne semblait pas éveillé non plus. Il se trouvait dans un état intermédiaire entre la conscience et l'inconscience, et la possibilité qu'il se stabilise dans l'un ou l'autre de ces états dépendait moins des soins qu'il recevrait que de la volonté de Dieu.

«C'est un cas désespéré, conclut-il en se tournant vers l'assemblée. Il a une fracture au cou et probablement des lésions à la moelle épinière. Même s'il guérissait, ce qui semble peu probable, il ne redeviendrait jamais comme avant.»

La fille poussa un long gémissement qui paraissait davantage provenir de ses entrailles que de sa gorge. Ce devait être la fille du blessé. Azzone, quant à lui, n'avait pas l'air troublé par la nouvelle.

«Nous vous demandons de faire quand même tout votre possible, dit Fedrigo Guidi. Sans regarder aux dépenses. Mon cousin souhaite récompenser cet homme pour son professionnalisme.»

Azzone souhaitant récompenser un ouvrier était aussi crédible qu'un loup se proposant de garder un troupeau de brebis, cependant Mondino ne pouvait refuser. Le charpentier avait besoin de soins immédiats. C'était déjà un miracle qu'il fût arrivé vivant jusqu'à cette table. Un nouveau déplacement le tuerait sans aucun doute.

«Je ferai de mon mieux», affirma-t-il. Puis il s'adressa à la fille: «Votre père doit rester ici, sur cette table. On ne pourra envisager de le déplacer que si je réussis à réduire la fracture sans provoquer de dommages supplémentaires à la moelle épinière. Bien entendu, vous pouvez venir lui rendre visite aussi souvent que vous le voulez.

— Avec votre permission, messire, je voudrais rester à ses côtés, répondit-elle. Mon père et moi vivons seuls, nous n'avons pas d'autres parents. Je ne dérangerai pas et je pourrai aider aux tâches domestiques. Je vous en prie, laissez-moi rester.

— Bien, dit Mondino. À présent, laissez-moi seul avec lui. Je dois décider de la marche à suivre et j'ai besoin de calme.

— Nous aussi nous voulons rester, intervint Odofredo. Vous voir aux prises avec un cas de ce genre sera fort instructif. De plus, nous pourrons vous être utiles.»

Surpris, Andolfo ouvrit la bouche pour dire quelque chose, puis se ravisa.

«Oui, j'y avais pensé, confirma Mondino. Maintenant...»

Gabardino fit irruption dans la pièce, essoufflé, un coffret à la main. «J'ai apporté de l'opium dilué, expliqua-t-il en l'ouvrant. Pour calmer la douleur et aider l'organisme à se détendre. J'ai aussi rapporté de la jusquiame et de l'aubépine, et...

— Nous lui administrerons avant de réduire la fracture, dit Mondino. Pour le moment, au contraire, il est important de le maintenir en état de conscience. S'il s'endort, il pourrait ne plus jamais se réveiller.

— Comme vous voulez, père. J'essayais seulement de me rendre utile.

— Mais c'est le cas. L'opium nous servira, mais pas tout de suite. À présent, mes assistants et moi-même devons rester seuls.

— Autre chose... Je ne trouve plus la clé de la porte de derrière de la boutique. Savez-vous où elle se trouve ? »

Mondino le savait fort bien, même si les événements des derniers jours avaient chassé cette question de son esprit. Eleonora Lamberti l'avait utilisée pour sortir de la boutique et l'avait emportée. Hors de question de le dire à son fils.

« Je n'en ai pas la moindre idée. Nous la chercherons demain. Maintenant, il n'y a pas de temps à perdre. Gabardino, s'il te plaît, pourrais-tu raccompagner ces gentilshommes ? Messires, je vous tiendrai informés. Pietro, Lorenza, avec la fille du charpentier... comment t'appelles-tu, jeune fille ?

— Viviana, pour vous servir.

— Viviana et vous, allez à la cuisine, mais tenez-vous prêts au cas où j'aurais besoin de quelque chose. »

Tous s'apprêtèrent à sortir. Fedrigo prit un instant Viviana à part, non loin d'Andolfo et d'Odofredo, lui chuchotant quelque chose qui manifestement lui déplut. Elle secoua la tête, puis capitula. Mondino l'intercepta tandis qu'elle se rendait à la cuisine.

« Que t'a-t-il dit ? »

Elle hésita, puis répondit : « Il voulait que je rentre chez moi pour ne pas vous déranger. J'ai refusé. »

Peut-être était-ce la vérité, peut-être pas, mais Mondino n'avait pas le temps d'enquêter. L'homme qui gisait sur la table réclamait toute son attention. Il se tourna vers ses étudiants.

« À présent, soyez bien attentifs, dit-il d'un ton grave. L'étude devient pratique, et une erreur peut coûter la vie à un patient.

— Si Dieu veut le sauver, Il guidera notre main », fit Andolfo.

Mondino ne daigna pas répondre et continua : « Comme je vous l'ai expliqué durant mes leçons, les vertèbres du cou sont plus petites que les autres parce que ce qui est soutenu doit être plus léger que ce qui le porte.

— Mais bien qu'elles soient plus petites, leur foramen est plus grand, intervint Odofredo. Car la moelle épinière est plus épaisse dans le cou que partout ailleurs dans la colonne vertébrale. »

Mondino acquiesça. « Je vois que mes leçons ont été écoutées. Voici le problème : étant donné la petite dimension des vertèbres et l'ampleur des foramen, dans notre cas il est très difficile de réduire la fracture sans endommager plus encore la moelle. Mais nous devons essayer.

— Sinon, qu'est-ce qu'il se passera ? demanda Andolfo.

— Une perte progressive des fonctions vitales aura lieu, jusqu'à causer la mort du patient quand la paralysie atteindra les poumons, empêchant la respiration. »

Andolfo paraissait perplexe. « Pardonnez-moi, magister, dit-il d'un ton pensif qui ne lui ressemblait guère. Je comprends la nécessité de soigner les maladies du corps. Mais si le cas est désespéré, s'il est évident que la volonté de Dieu est d'appeler à Lui ce pauvre homme, pourquoi s'y opposer ? L'opération aura pour seul résultat de prolonger inutilement ses souffrances. »

Plutôt que de lui répondre, Mondino lança un appel vers la cuisine et, l'instant d'après, Pietro et Lorenza apparaissaient sur le seuil. Il demanda à l'homme d'aller à l'écurie et de prélever un morceau de cuir d'une longueur d'un pied et d'une largeur d'un demi-pied sur une vieille selle, et à la femme de préparer des bandelettes de chanvre de deux pieds de long.

« Où est la fille ? demanda-t-il ensuite, étonné de ne pas la voir.

— Elle s'occupe du bébé, répondit Lorenza.

— Très bien. Allez-y et faites vite. »

Mondino se tourna à nouveau vers le blessé. La question d'Andolfo le mettait mal à l'aise. Il s'était demandé plusieurs fois jusqu'où l'on pouvait aller dans la tentative de sauver un patient. La réponse qu'il s'était donnée ne le satisfaisait qu'à moitié, mais Andolfo devrait s'en contenter pour le moment.

« Quand vous serez déclarés docteurs, dit-il, vous devrez prêter le serment d'Hippocrate. Vous jurerez de faire tout ce qui est en votre pouvoir pour sauver ceux qui souffrent.

— Oui, mais Andolfo voulait dire... », intervint Odofredo.

Mondino le fit taire d'un geste. « Je sais ce qu'il voulait dire. Le serment signifie que toutes les ressources de la science doivent être mises au service du patient. Toutes. Et, allez savoir, peut-être qu'en voyant nos efforts Dieu pourrait s'apitoyer et changer d'avis. »

Quoique les chaises fussent nombreuses dans le mithréum désert, le capitaine du peuple n'osait pas s'asseoir. Les mains derrière le dos, il regardait le plafond voûté, peint à l'image d'un ciel nocturne étoilé, et essayait de mettre ses idées au clair. S'il savait ce qu'il devait dire, il était hésitant quant à la meilleure façon de le faire. Surtout, il devait veiller à ne pas donner le bâton pour se faire battre.

Il se tenait devant l'autel et la fresque de Mithra sacrifiant le taureau, surmontés d'un arc où figuraient les signes du zodiaque. Le silence n'était troublé que par le murmure de la source qui coulait d'un mur et remplissait un bassin de pierre, lequel ne débordait jamais grâce à un système de trous et de bouchons qui en régulaient le débit. Le Pater avait expliqué plusieurs fois que le mithréum était une représentation symbolique du cosmos, une image du monde dans lequel Mithra se manifestait en apportant la lumière de la connaissance et de la vie. Des torches fixées dans le mur et des bougies de cire vierge allumées devant l'autel pourvoyaient à l'éclairage. Malgré l'absence de fenêtres, l'air circulait sans se vicier.

Visdomini éprouvait de l'admiration pour les ingénieux constructeurs de ce temple souterrain datant de l'époque des Romains. Mais la grandeur d'une religion ne se mesurait pas à la maestria de ses temples. Sinon, il n'aurait pas abandonné l'Église du Christ, avec ses cathédrales et ses basiliques sans égales. Ce que le mithraïsme avait de plus appréciable selon Visdomini, c'était le rapport direct avec le Dieu, sans prêtres s'arrogeant le droit d'être les seules personnes connaissant la volonté divine. Le mithraïsme était une religion dépourvue d'intermédiaires.

Sauf un.

Lors de ses visions personnelles suscitées par le jus de l'*haoma* sacré, personne ne lui avait jamais parlé d'incendies ou de purification par le feu. Mais, du haut de son grade initiatique, le Pater s'était montré inflexible : c'était la volonté du Dieu, il fallait la respecter. Il leur avait expliqué que le culte de Mithra était plus ancien que celui du Christ, que, durant les siècles de déclin de l'Empire romain, ces religions étaient toutes deux très répandues et s'étaient disputé la suprématie. Puis le christianisme l'avait emporté et avait essayé d'effacer toute trace du mithraïsme, non sans lui voler ses titres et ses rites. Visdomini avait été stupéfait d'apprendre que le terme « pape » était l'abréviation de *Pater Patrum*, l'ancien chef de la religion mithriaque. Et les chrétiens avaient été plus loin, remplaçant la fête de la naissance de Mithra, établie dans la nuit entre le 24 et le 25 décembre, par celle de la naissance du Christ.

À des époques plus récentes, les adeptes avaient vu de leurs propres yeux quel traitement l'Église réservait aux hérésies qui se développaient çà et là en Europe, et imaginaient sans mal que le même sort avait échu au culte de Mithra, autrefois puissant et aujourd'hui tombé dans l'oubli.

Cependant, autant Visdomini comprenait l'idée de la purification par le feu, autant il s'étonnait que Mithra recherchât à la fois la salvation des âmes mortes durant la grande purification et la vengeance pour son anniversaire usurpé en fixant l'incendie de la ville à cette date précise.

En somme, sans que sa foi en son nouveau Dieu s'en trouvât altérée, Visdomini commençait à douter du Pater.

Il entendit un frottement de sandales sur le sol de pierre et s'efforça de faire disparaître toute trace de perplexité de son visage avant de se retourner. Le Pater était fin observateur.

«Je suis navré de t'avoir fait autant attendre, murmura l'homme encapuchonné en entrant dans la salle par les recoins les plus secrets du temple. Je sais que tu es très occupé.

— Ça ne fait rien, répliqua Visdomini, remarquant que, si les mots du Pater étaient pleins d'excuses, son ton ne l'était en rien. Au contraire, je vous remercie de me recevoir.»

L'autre hocha la tête, comme si c'était la réponse qu'il attendait. «Es-tu venu me donner une bonne nouvelle?

— Une bonne nouvelle? répéta le capitaine, sans comprendre.

— La lettre. As-tu pu la récupérer?

— Non, malheureusement», se désola Visdomini, espérant que le mensonge ne se lisait pas sur son visage. Il aurait voulu porter lui aussi un capuchon qui le dissimulât.

«Alors, fais en sorte d'y arriver. Ce papyrus est un document de la plus grande importance.

— J'en suis conscient. J'espère le retrouver bientôt.»

Il devait l'informer de ce qui le préoccupait sans évoquer le pendentif et le dessin qu'en avait fait le frère Samuele. Sinon, le Pater risquait d'interroger personnellement le jeune moine et d'apprendre que ce dernier lui avait confié le papyrus.

« Tu dois retourner à la basilique San Francesco, ordonna le Pater. Je suis sûr que la lettre est là, cachée quelque part. Trouve-la et rapporte-la-moi. »

Ses yeux noisette le scrutèrent avec une expression que Visdomini ne sut interpréter. On aurait dit un regard affectueux, qui le fit pourtant frissonner.

« Je le ferai aussitôt que possible, dit-il. Mais je suis venu aujourd'hui pour vous parler d'un autre problème.

— Dis-moi tout », l'encouragea le Pater.

Sans se faire prier, le capitaine lui relata sa visite à l'entrepôt de sel et les étranges dessins retrouvés sur la main du mort. Le Pater eut une expression peinée.

« Le père Giovanni a voulu tenter une dernière trahison, même à l'agonie.

— Savez-vous ce que ces dessins signifient ?

— Rien qui ne te concerne, coupa le Pater. Désormais, le père Giovanni est enfermé dans son cercueil et je ne crois pas que sa main en sortira pour nous causer des ennuis. Y a-t-il autre chose ? »

Visdomini hocha la tête et lui parla des qualités d'observation de Mondino de Liuzzi et de sa réticence à relier les morts de Bertrando Lamberti et de Giovanni da San Gimignano à une cause surnaturelle.

« Mondino fait erreur, l'interrompit le Pater. Ces deux traîtres ont été tués par le feu divin de Mithra. Il s'agit bel et bien d'un phénomène surnaturel, j'espère que tu n'en doutes pas.

— Bien sûr que non, se hâta de rétorquer Visdomini. Je voulais seulement vous informer qu'il est difficile de le lui faire entendre. Ce matin, à l'entrepôt de sel, il a découvert la trace d'une chaussure sur le mur de l'autre côté de la fenêtre ouverte, et il est convaincu que l'assassin du prêtre est passé par là.

— Qui mène l'enquête? Lui ou toi?», l'accusa le Pater dans un murmure courroucé. Puis il le regarda en silence, pendant un moment qui lui sembla interminable. Ses pupilles étaient deux tisons luisants derrière les trous de son capuchon. «J'ai compris, finit-il par conclure d'un ton attristé. Tu es en train de perdre la foi.

— Non! s'exclama Visdomini tandis que l'image du corps brûlé de Giovanni da San Gimignano lui traversait l'esprit, rapide comme l'éclair, Ma foi est solide. C'est seulement que je ne sais comment me comporter. C'est pourquoi je vous ai demandé de me recevoir. Pour que vous me conseilliez sur les mesures à prendre.

— Je te remercie de ta confiance, mais je te rappelle que je suis un simple intermédiaire. C'est le Dieu qui conseille, je ne fais que traduire sa pensée en paroles.»

Le Pater se tourna vers l'autel et contempla longuement la représentation de Mithra, qui d'une main tenait le taureau par les naseaux et de l'autre s'apprêtait à planter son couteau dans son flanc. La doctrine disait que de la carcasse de ce taureau sacrificiel étaient sorties toutes les plantes bénéfiques à l'homme. De sa moelle était né le blé, de son sang, la vigne. Ahriman, le dieu du Mal, avait essayé en vain d'empêcher l'avènement de cette transformation. Le taureau était monté vers la lune, donnant naissance à toutes les espèces animales. Et le souvenir de cette victoire était fêté par les fidèles avec le repas rituel appelé agape. L'agape elle aussi, disait le Pater, avait été reprise par les chrétiens dans leur légende de la Cène et du sacrement de la communion.

Visdomini savait qu'il existait une autre interprétation de cette fresque, plus ésotérique, qui ne lui serait révélée que lorsqu'il atteindrait le grade d'initiation supérieur. Peut-être était-ce à ce niveau de sens cachés que le Pater s'adressait pour obtenir des conseils ?

L'homme encapuchonné se tourna brusquement, et le mouvement vif de son habit gris fit vaciller la flamme des bougies.

« Pour le moment, Mondino a d'autres affaires à régler, mais cela ne durera pas. Tu dois faire en sorte qu'il ne nous pose plus problème.

— Si ça ne tenait qu'à moi, il serait déjà exclu de l'enquête, mais le podestat lui a accordé une semaine pour…

— Il ne s'agit pas de l'exclure, mais de l'éliminer. »

Visdomini prit une grande inspiration avant de répondre.

« Pater, dit-il d'un ton sérieux. C'est dangereux. Mondino n'est pas n'importe qui, et sa mort fera grand bruit, on demandera des enquêtes poussées. Si je m'expose trop, je risque d'être découvert. »

Son interlocuteur lui adressa le même regard que précédemment.

« Tu peux choisir deux ou trois personnes de confiance parmi nos confrères pour te seconder. Il ne devrait pas être difficile d'attirer Mondino dans un piège, de le tuer et d'effacer toute trace qui pourrait faire remonter jusqu'à toi.

— Non, mais…

— Ne te fais pas trop de souci. La grande purification aura lieu dans dix jours seulement. Après l'incendie, plus rien n'aura d'importance.

— Bien entendu.

— Pense à accomplir ton devoir et à récupérer ma lettre. Le reste, laisse-le à Dieu. »

Visdomini comprit que l'entretien était terminé. Il salua respectueusement et quitta le temple par la porte secrète qui donnait sur la cave d'une maison à trois étages.

Il monta l'escalier jusqu'au rez-de-chaussée, déboucha sur une cour où du bois de chauffage était empilé sous les avant-toits à l'abri des intempéries, poussa la grosse porte et se retrouva dans la rue.

Ce n'est qu'alors qu'il se souvint avoir déjà vu le regard que le Pater lui avait adressé. C'était à des enterrements, dans les yeux des personnes exprimant leur compassion aux proches du défunt.

Un regard de condoléances. Dans un éclair de lucidité peut-être dû à l'air froid de décembre, le capitaine du peuple comprit tout : le Pater se fichait qu'il fût découvert car, dès qu'il lui rapporterait la lettre à laquelle il tenait tant, il le tuerait. Il ne pouvait pas prendre le risque que Visdomini révélât son contenu à d'autres fidèles, et il ne le croirait pas si Visdomini lui disait ne pas l'avoir lue. Le risque était trop important. Si la communauté apprenait que le Pater n'était pas celui qu'il disait être, elle se désagrégerait comme de la terre sèche et les trahisons se multiplieraient. Ce regard lui disait qu'il était désolé de devoir le tuer, peut-être parce qu'à sa façon il l'appréciait, mais qu'il n'avait pas le choix.

Longeant la façade nord de l'édifice massif du palais de la Commune, Visdomini se rendit compte qu'il s'était fourré dans de beaux draps. Il devait tuer un médecin célèbre, risquant la pendaison. Et il devait aussi se débarrasser du moinillon. Le risque qu'il parle ou que le Pater remonte à lui par d'autres voies était trop élevé. Visdomini espérait seulement qu'il réussirait à lui faire avouer qui détenait le pendentif. S'il le récupérait, il arriverait peut-être à faire accepter au Pater l'idée que sa lettre était désormais perdue pour toujours. Puis il la brûlerait pour de vrai.

Ce qu'il s'apprêtait à faire allait à l'encontre de sa nouvelle foi, de l'ancienne, et de tous ses principes moraux : il s'agissait de tuer deux innocents.

Cependant, malheureusement pour eux, son esprit pratique de soldat ne voyait aucune autre solution.

Gabardino éprouvait une antipathie instinctive à l'égard d'Azzone et de Fedrigo, aussi limita-t-il ses échanges avec eux au strict minimum: «Veuillez me suivre», après que Mondino lui eut ordonné de les accompagner, et: «Au revoir», quand ils furent sur le seuil. Il les observa repartir en direction de la machine à filer, où ils avaient sans doute laissé leurs chevaux. Il lui paraissait inenvisageable que des hommes de ce genre, surtout celui tout pomponné avec ses chausses bicolores, se déplacent à pied.

Il rentra à la maison en passant par la cuisine, où la fille de Lorenza jouait assise par terre, et arriva sur le seuil de la grande pièce juste à temps pour voir son père donner un peu d'opium dilué à boire au blessé, tandis que l'étudiant aux cheveux roux retaillait une bande de cuir de forme irrégulière. Il s'ensuivit une scène qui, par la précision des mouvements, ressemblait à un ballet. Les deux étudiants se disposèrent de chaque côté de la table, Mondino au bout, derrière la tête du patient. À son ordre, les étudiants soulevèrent délicatement l'homme par les épaules, Mondino lui prit le cou, palpant pour trouver l'endroit précis de la fracture, puis tira à droite et à gauche, arrachant un gémissement inarticulé à l'homme. Ensuite, obéissant à son geste, les étudiants enroulèrent la bande de cuir rigide autour du cou rompu, l'attachant à l'aide de bandelettes de tissu. Enfin, ils se penchèrent tous trois sur le patient, et Gabardino ne vit plus que leurs dos et leurs têtes rapprochées.

Dans ces moments, Mondino était vraiment lui-même, l'homme admiré par tous. En regardant ce spectacle, Gabardino reconnut à contrecœur qu'il y avait de quoi être émerveillé. Quoi qu'on pût penser de son caractère ou de sa façon de s'occuper de sa famille, son père avait véritablement élevé la chirurgie au rang d'un art, la soustrayant aux mains des barbiers et des arracheurs de dents.

Il hésitait entre répondre à son impulsion de s'approcher et la crainte d'être renvoyé quand, à l'étage, un grincement reconnaissable entre tous lui fit lever la tête. La latte du plancher. Il y avait quelqu'un dans sa chambre.

Ce ne pouvait être Pietro ou Lorenza, qu'il avait aperçus dans l'écurie avant de rentrer dans la maison. Il se rendit compte qu'il n'avait vu la fille du blessé nulle part. Ce devait être elle.

Curieux de savoir ce qu'elle trafiquait, il monta l'escalier quatre à quatre, ouvrit grand la porte de sa chambre à coucher et la trouva au milieu de la pièce, tournée vers la sortie comme si elle s'apprêtait à s'enfuir.

« Que faites-vous ici ? grommela-t-il d'un ton sévère. Ici, c'est ma chambre.

— Excusez-moi, répondit-elle. Je ne sais pas ce qui m'a pris. Je voulais seulement m'éloigner de la salle où mon père est opéré, et je me suis retrouvée ici. Je vous demande pardon, je redescends de ce pas à la cuisine. »

Ses cheveux noirs tranchant sur sa peau claire, ses grands yeux bleus effarouchés et sa tenue d'intérieur, qu'elle n'avait sans doute pas eu le temps de changer lorsqu'on lui avait appris l'accident, décuplaient son air vulnérable. Elle devait se trouver dans un état de confusion. Son père risquait de mourir et elle n'avait personne avec qui partager sa douleur et son inquiétude quant à son avenir si elle se retrouvait orpheline. Il n'était pas question de lui reprocher d'avoir erré dans la maison.

« Venez », fit-il en lui tendant la main, à laquelle elle s'accrocha avec gratitude comme à un point d'appui dans la tourmente. « Je vais vous faire visiter la maison. Cela vous distraira le temps que l'opération finisse. »

Le sourire que Viviana lui adressa, triste mais veiné de reconnaissance, le toucha, mais ses mots surtout lui allèrent droit au cœur.

«Je vous remercie, messire. Vous avez l'air bien différent de votre père.»

Bien que nombre d'heures se fussent écoulées depuis qu'il était rentré à la maison et avait trouvé l'homme étendu sur la table, Mondino ne s'était aperçu qu'il faisait nuit que lorsque Lorenza était venue en silence allumer les lampes à huile et les bougies.

L'état du charpentier restait stable. Il ne disait rien et gardait les yeux fermés, mais il était conscient. Quand ils avaient essayé de lui faire ingurgiter un bouillon pour que son organisme reprît des forces, il avait essayé de refuser, gémissant et faisant la grimace. Pour l'obliger à se nourrir sans risquer de faire bouger la fracture, ils avaient dû le tenir à trois pendant que sa fille faisait couler le liquide dans sa bouche.

Elle était venue quelques fois dans la salle, demandant si elle pouvait aider, mais en réalité sa présence était une gêne car elle éclatait constamment en sanglots, distrayant les deux étudiants qui rivalisaient pour la consoler. Mondino n'était pas surpris par les galanteries d'Odofredo, qui rencontrait un grand succès auprès des femmes de Bologne, célibataires comme mariées. En revanche, les manœuvres malhabiles d'Andolfo, avec sa tonsure et ses airs de prêtre, le faisaient sourire. Il était content d'avoir enfin trouvé un côté humain à cet Irlandais compassé.

Cependant, Mondino avait fini par prendre Gabardino à part pour lui demander d'emmener la jeune fille ailleurs. Dans le jardin, en promenade, n'importe où pourvu que ce fût loin de la salle où gisait son père. Gabardino s'était acquitté sans barguigner de cette petite mission.

Même si la respiration de Paolo il Tosco s'était faite un peu plus régulière, Mondino ne se faisait pas d'illusions. La trêve était temporaire. À ce stade, la science devait s'avouer vaincue. Ils avaient stabilisé la fracture en bloquant le cou avec le collier de cuir, forcé le patient à s'alimenter, et ce dernier avait reçu l'extrême-onction juste après l'accident. Désormais, il n'y avait plus qu'à patienter.

Les cloches de l'église Santi Vitale e Agricola sonnèrent les vêpres, et Mondino se rendit compte qu'aucun d'entre eux n'avait mangé depuis des heures. Il admira l'abnégation de ses étudiants, qui n'avaient même pas évoqué la possibilité de faire une pause pour se restaurer. Peut-être qu'ils deviendraient de bons médecins, après tout.

« Allez à la cuisine, leur dit-il, et demandez à Lorenza de vous préparer à manger.

— Nous ne pouvons pas laisser cet homme seul, répliqua Andolfo. Dieu pourrait le rappeler à Lui d'un instant à l'autre, il vaut mieux que quelqu'un soit à ses côtés pour lui tenir la main et dire des prières. Le départ est souvent difficile. »

Mondino fut surpris non pas par ses mots mais par son ton plein de compassion. Il le regarda dans les yeux, et le jeune homme rougit. « Je sais qu'il ne faut pas s'identifier au patient, magister, dit-il en baissant la tête. C'est qu'en peu de temps j'ai vu mourir d'une mauvaise fièvre mon père, ma mère, mon frère et ma sœur, et…

— Je comprends parfaitement, ne t'inquiète pas, le rassura Mondino. Un médecin qui souffre pour chacun de ses patients ne vivra pas longtemps, c'est pourquoi on conseille de ne pas se laisser dominer par ses émotions. Cependant, c'est une leçon que chacun doit apprendre tout seul, peu à peu, sans se forcer. Allez manger maintenant, je reste au chevet du blessé.

— Magister, vous aussi vous devez vous nourrir, protesta Odofredo. Vous êtes pâle et vous semblez fatigué. Je reste, si vous le permettez.

— Nous irons à tour de rôle, d'accord? dit Mondino. Allez-y, vous me relaierez ensuite. Mais prenez une bonne pause avant de revenir. Si je ne vous vois pas reposés, je vous renvoie.

— Bien, magister», obéirent les deux étudiants à l'unisson. Ils disparurent dans la cuisine.

En entendant le brouhaha dans la pièce voisine, Mondino comprit que Gabardino et la fille du charpentier étaient là aussi. Odofredo et Andolfo informèrent tout le monde de l'état du patient, puis se mirent à parler plus bas et Mondino n'entendit plus rien.

Il se tourna vers le corps étendu sur la table. Il était dépourvu de tension musculaire à partir du cou, signe que les nerfs qui gouvernaient le mouvement, localisés à la base du cerveau et dans la *medulla oblungata* du cou, étaient brisés.

Même s'il survivait, Paolo il Tosco serait paralysé. Il ne pourrait plus travailler, il faudrait le nourrir, le laver et s'occuper de lui comme d'un nouveau-né. Sa vie serait un poids pour ses proches et pour lui-même.

Mondino comprenait parfaitement le sens de la question qu'Andolfo lui avait posée l'après-midi. Il avait répondu avec le serment d'Hippocrate parce qu'il n'avait pas le temps de se lancer dans un débat, et parce qu'un maître perdait le respect de ses étudiants s'il se rabaissait à argumenter à leur niveau. Il s'agissait d'une question qu'il s'était posée de nombreuses fois lui aussi. Jusqu'où était-il en droit d'aller dans la tentative de sauver une vie humaine?

Bien entendu, les processus vitaux continuaient même dans le cas d'une paralysie. Le cœur battait, l'estomac digérait, l'intestin traitait les aliments et éliminait les déchets à travers les organes excréteurs. Pour autant, le terme de vie pouvait-il être appliqué à la répétition de ces fonctions mécaniques ?

Tandis qu'il observait le corps de cet homme robuste dont la respiration avait de nouveau ralenti et était devenue très irrégulière, ce qu'il avait écrit à propos du cerveau dans son traité d'anatomie lui revint à l'esprit.

Il savait que le ventricule médian du cerveau abritait les facultés réflexives et la raison, qui rassemblait aussi l'imagination et les souvenirs, afin de séparer les sensations des éléments non perçus par les sens. À l'inverse, le ventricule postérieur, de forme pyramidale, recevait l'esprit animé en sa base élargie, et conservait les images en son sommet plus étroit, conférant son origine à la faculté de mémoire.

Voilà, telle était peut-être la réponse la plus articulée du dogme hippocratique, et plus en accord avec l'esprit scientifique. Même si le corps du charpentier était paralysé, Mondino ne doutait pas que l'homme, quoique retiré en lui-même, voyait des images avec les yeux de l'esprit, revisitait ses souvenirs et, peut-être, allez savoir, cultivait l'espérance.

Cela n'était pas sûr, et on ne pouvait s'en assurer.

Néanmoins, dans le doute qu'il en fût ainsi, le devoir du médecin était de préserver les fonctions vitales.

Mondino n'eut pas le temps de se perdre plus avant dans cette savante réflexion car, après quelques souffles saccadés, Paolo il Tosco arrêta de respirer. Le médecin palpa son cou au-dessus de l'artère carotide, et ne sentit aucune pulsation. En l'absence de l'activité régulière des poumons, le cœur avait cessé de battre. Pourtant, la vie était toujours là, comme en témoignaient les paupières en mouvement. Peut-être, s'il arrivait à obliger le patient à respirer, les fonctions vitales reprendraient-elles. Mais comment était-il possible de remplir d'air des poumons qui refusaient de le faire tout seuls?

Avec les poumons d'un autre être humain! La réponse lui traversa l'esprit avec cette intensité qui accompagnait les grandes intuitions. Sans hésiter, Mondino aspira une grande bouffée d'air, colla ses lèvres à celles de Paolo, réprimant un léger dégoût au contact avec sa moustache, et souffla avec force.

Les poumons du patient ne se gonflèrent pas, et presque tout l'air sortit par son nez. Le système ne fonctionnait pas. Mondino ne s'avoua pas vaincu. Il se remplit de nouveau les poumons d'air comme il le faisait quand, enfant, il s'apprêtait à plonger dans le Savena, mais cette fois il boucha le nez de Paolo avant de souffler dans sa bouche.

Il vit le thorax se soulever, et comprit que l'air était arrivé au bon endroit. Il répéta l'opération plusieurs fois, jusqu'à ce qu'il lui semblât percevoir quelque chose, un frémissement ténu qui pouvait s'interrompre d'un moment à l'autre s'il n'était pas fortifié. Mondino continua d'inspirer et de souffler dans les poumons de Paolo il Tosco, une, deux, trois fois encore, jusqu'à ce que le charpentier recommençât à respirer seul.

À cet instant, la voix indignée d'Odofredo s'éleva derrière lui.

«Magister! Que faites-vous? Vous embrassez un moribond?

— Vous soufflez le diable dans son corps! s'écria Andolfo. C'est de la sorcellerie!»

VIII

En raison du gel, Gerardo avait enfilé une paire de lourdes bottes plutôt que ses chausses semelées, mais il était le seul ce matin-là à se promener sans manteau ni couvre-chef. Une tempête de neige s'était abattue sur la ville le mardi soir et avait duré toute la journée du lendemain, couvrant les rues d'un manteau blanc de trois pieds d'épaisseur au moins. Il avait fallu de nombreuses heures aux hommes du «secrétaire à la fange», comme le peuple surnommait le notable en charge de la propreté urbaine, aidés par des équipes de citadins, pour dégager les rues.

Entre-temps, la nouvelle de la mort de Giovanni da San Gimignano avait fait le tour de Bologne. Cette fois, on n'avait pas couvert ses restes d'un drap charitable, et le corps carbonisé avait été vu avant que le capitaine du peuple, secondé par Mondino, le fît emporter.

Au vu des descriptions qu'on lui avait faites, Gerardo avait déduit que le prêtre de l'entrepôt de sel était mort exactement de la même façon que Bertrando Lamberti. Pourtant, il n'avait pas eu jusque-là la force de quitter l'hospice pour se rendre chez Mondino, et ce n'était pas à cause de l'état des rues.

Tous les passants, taches sombres sur le blanc de la neige et le gris du ciel, étaient chaudement emmitouflés. Pas et voix étaient feutrés et l'absence de bruit rendait la ville différente. Il s'arrêta derrière deux gros tas de neige à la sortie d'une venelle pour céder le passage à un noble à cheval, accompagné par trois hommes à pied. De petits nuages de vapeur sortaient des naseaux de la bête, frissonnante malgré le caparaçon de laine qui la recouvrait jusqu'au poitrail. Ses grands yeux mélancoliques lui rappelèrent ceux de Masino.

C'était parce qu'il n'osait pas le laisser seul qu'il n'était pas sorti la veille. Depuis la décision de sa sœur de ne jamais le revoir, l'enfant avait plongé dans un état d'apathie qui le préoccupait. Il participait aux leçons de catéchisme, accomplissait ses tâches, mais c'était comme si seul son corps était présent.

Gerardo s'inquiétait pour sa santé. Il avait appris dans ses cours de médecine que la mélancolie, provoquée par un excès de bile noire, était une maladie insidieuse, qui, dans les cas les plus graves, pouvait conduire à la mort ou à l'accomplissement de gestes extrêmes. Le danger était accru durant la mauvaise saison, car l'« humeur noire », comme on l'appelait aussi, était liée à la froidure.

Il avait demandé conseil au père apothicaire, mais ce dernier avait cité Hildegarde de Bingen, selon qui le *morbus melancholicus* était une partie intégrante du genre humain provenant du péché originel d'Adam et Ève, et dégénérant en pathologie chaque fois qu'un chrétien se mettait en état de péché. D'après lui, il n'était pas de meilleur remède que la prière.

Cependant, quand Gerardo lui avait proposé de l'argent pour réapprovisionner la pharmacie du couvent, il s'était décidé à lui donner un peu de millepertuis à administrer à l'enfant en infusion avec de l'angélique pour favoriser son sommeil.

Ce matin-là, Gerardo lui en avait donné une double dose après le petit-déjeuner, l'avait exempté de ses tâches de ménage et était resté avec lui dans le dortoir jusqu'à ce qu'il fût endormi. Ce n'est qu'alors qu'il s'était enfin décidé à sortir.

Une surprise l'attendait chez Mondino. À peine eut-il franchi le seuil que Mondino vint à sa rencontre d'un pas rapide et le raccompagna dehors, lui expliquant à mi-voix qu'il avait un sérieux problème à résoudre sans spécifier lequel. Gerardo eut à peine le temps de l'informer de sa rencontre avec Michele da Castenaso et de son rendez-vous l'après-midi même à la Porta Lame avec Abdul avant de se retrouver dans la rue.

« Voulez-vous que je fasse quelque chose au sujet de l'homicide à l'entrepôt de sel ? demanda-t-il.

— Tu pourrais aller voir le père Benedetto, le prieur de Sant'Antonino, répondit Mondino. Le prêtre assassiné était de son église.

— Bien, je m'y rends immédiatement. J'ai encore un peu de temps avant de retourner à l'hospice.

— J'avais l'intention d'y aller moi-même, mais je suis coincé chez moi, dit Mondino. Excuse-moi auprès du prieur et dis-lui que je ne l'ai pas oublié. J'irai le voir aussitôt que possible. »

Il le salua hâtivement et ferma la porte. Gerardo resta un instant immobile à se demander ce qui pouvait bien préoccuper Mondino davantage que la disparition du cadavre de Bertrando Lamberti, puis il haussa les épaules et continua son chemin. S'il s'agissait de quelque chose en relation avec leur enquête, Mondino lui en parlerait la prochaine fois. S'il s'agissait d'un problème d'ordre privé, cela ne le regardait pas. Les siens lui suffisaient.

Il baissa la tête pour ne pas être reconnu en passant devant la maison où il avait habité à l'époque où il s'était inscrit aux leçons de Mondino. Les dommages provoqués par l'incendie avaient désormais été réparés et la justice l'avait innocenté, mais les voisins étaient encore convaincus, malheureusement à juste titre, que c'était lui qui avait déclenché l'incendie pour échapper à l'Inquisition.

L'église Sant'Antonino était située à un pâté de maisons de l'école de médecine. Il frappa à la porte du petit couvent attenant à l'église et donna son nom au frère portier, expliquant sans trop entrer dans les détails qu'il collaborait avec Mondino de Liuzzi, chargé par le podestat de seconder le capitaine du peuple dans l'enquête sur la mort du père Giovanni.

Le frère le fit entrer et l'accompagna dans l'étude du prieur, une pièce plongée dans la pénombre. Les volets de l'unique fenêtre étaient fermés, et la lumière grisâtre du matin filtrait péniblement entre les planches irrégulières. Deux lampes à huile et un brasier allumé sous la table refoulaient à peine l'obscurité. Il régnait une chaleur oppressante, et Gerardo avait grande envie d'enlever sa houppelande, mais il se retint car il aurait été incorrect de se dévêtir devant le père prieur.

« Vous êtes donc Gerardo da Castelbretone, le responsable de l'incendie du mois d'avril dernier, l'accueillit le prieur avec une voix rauque et un sourire affable. Nous nous rencontrons enfin. » Il tendait ses pieds, enroulés dans de grosses chaussettes de laine, tout près du brasier. À la façon dont il essayait de se protéger du froid, Gerardo supposa qu'il était en proie à la fièvre.

« Père..., dit-il, rougissant.

— Je sais, je sais, votre responsabilité n'a pas été prouvée. » Le prieur leva ses deux mains potelées. « Et je ne veux pas vous faire mentir. De toute façon, cet incendie n'a tué personne et, en fin de compte, il nous a même été bénéfique.

— Êtes-vous sérieux?

— Bien sûr. L'église Sant'Antonino abrite le plus grand puits du quartier, et en cette occasion nous avons ouvert les grilles à tout le monde, même aux femmes, pour mettre en place une chaîne de seaux. » Il se racla la gorge, déglutit, et reprit : « Les gens du quartier ont alors compris que les prêtres ne sont pas bons qu'à encaisser la dîme, et depuis nos relations se sont améliorées.

— Je m'en réjouis, fit Gerardo, puis il ajouta, heureux de pouvoir changer de sujet : Mondino m'a chargé de vous dire qu'il ne vous a pas oublié et qu'il viendra vous ausculter au plus tôt.

— Je l'espère, répliqua le père Benedetto d'une voix souffrante. La toux ne me laisse pas de trêve, ces jours-ci. »

Gerardo se sentait mal à l'aise et il transpirait dans cette chaleur malsaine, qui lui évoquait une chambre ardente. Il regarda autour de lui et remarqua que, à part le siège du prêtre derrière la table robuste en bois de peuplier, il n'y avait pas de quoi s'asseoir dans la pièce.

« Pardonnez le manque de courtoisie, dit le prieur qui avait suivi son regard, j'ai beaucoup à faire et je préfère que les visites soient brèves.

— Je comprends parfaitement et je ne vous ferai pas perdre beaucoup de temps. On vous a sans doute informé de la raison de ma venue. »

Le visage du prieur se fit sérieux. « Pour Giovanni da San Gimignano. Une disgrâce dont nous nous serions franchement passés.

— Une disgrâce ? Tout le monde en parle comme d'un homicide.

— Mais bien sûr, dit le prieur en remuant la main comme s'il voulait dissiper un malentendu. *Vox populi, vox dei.* Enfin, le capitaine du peuple s'occupera de faire la lumière sur cet événement, je n'ai pas l'intention de me substituer à lui. Je faisais allusion à autre chose. La mort du père Giovanni est une disgrâce pour l'église Sant'Antonino. Un prêtre qui meurt de la sorte… Le peuple est ignorant, il a tôt fait de penser à mal. » Il fit une nouvelle pause et déglutit plusieurs fois. « Excusez-moi.

— Avez-vous une bronchite ? », s'informa Gerardo.

Le père Benedetto acquiesça. « Un problème chronique, qui provoque de temps à autre des accès de fièvre. Rien de préoccupant, selon les médecins. » Il leva les yeux au ciel avec un regard de martyr. « Je voudrais les voir à ma place. »

Gerardo s'essuya le front avec sa manche. Le souffle commençait à lui manquer dans cette atmosphère confinée. « Je suis navré. Mais revenons à nos affaires. Comment allez-vous faire pour les funérailles du père Giovanni ? Je présume qu'il vaut mieux ne pas trop attirer l'attention...

— Je vois que vous me comprenez », dit le prieur, et un sourire détendit les plis de ses joues. Pas la moindre gouttelette de sueur ruisselait sur son visage. « Du reste, vous aussi êtes un homme d'Église.

— Je l'étais, mon père. J'ai renoncé à mes vœux. »

Le père Benedetto eut un geste qui semblait signifier que c'était un détail insignifiant. « Vous connaissez l'environnement complexe dans lequel nous évoluons. Les gens pensent que les prêtres ont la belle vie. Nous seuls savons que ce n'est pas le cas. »

C'était vrai. Gerardo le comprenait mieux maintenant qu'il était laïc qu'à l'époque où il rêvait d'être templier. Les hauts prélats menaient une vie de pacha, mais les moines, même s'ils bénéficiaient d'un toit et de repas assurés, travaillaient beaucoup, ne gagnaient rien et devaient s'astreindre à une discipline de fer. Seule une foi sincère pouvait justifier une vie de ce genre. C'était d'ailleurs pour cela qu'il ne voulait pas que Masino la choisît sans vocation véritable, sur la seule injonction de sa sœur.

« Les funérailles ont déjà eu lieu, poursuivit le prieur. En toute hâte et en toute discrétion. Le père Giovanni a été enterré hier dans le cimetière derrière l'église. Plût au ciel qu'il ne soit pas mort dans un état de péché mortel.

— Pourquoi dites-vous cela? Certes, la façon dont il est mort pourrait pousser à penser…

— La façon dont il est mort n'a rien à voir. Ou bien, si. Peut-être qu'il s'est agi d'une punition divine.» Il le regarda droit dans les yeux, comme s'il se demandait s'il pouvait lui faire confiance. «À vous, je peux le dire: le père Giovanni n'était pas un bon exemple pour ses confrères.

— On raconte pourtant qu'il faisait preuve d'une honnêteté exemplaire, s'étonna Gerardo. C'est d'ailleurs pour cela qu'on lui avait confié la gestion de l'entrepôt de sel.»

Le prêtre hocha la tête avec force, faisant tressauter ses joues. «C'est juste. L'office du sel n'aurait pu trouver un homme plus adapté pour cette tâche délicate. Mais, si pour un homme laïc s'abstenir de voler est déjà beaucoup, cela ne suffit pas pour un religieux.»

Gerardo attendit la suite sans mot dire.

«Le péché du père Giovanni était la luxure, admit le prieur en détournant les yeux pour les plonger dans la flamme vacillante d'une lampe. Il avait même une maîtresse, une prostituée à qui il rendait souvent visite, désobéissant constamment à mes ordres. En lui donnant la possibilité de dormir à l'extérieur en raison de sa tâche, j'ai choisi hypocritement de couvrir son péché. Mais je ne l'ai fait que pour éviter un plus grand scandale, vu que toutes les punitions s'étaient révélées inefficaces.

— Une maîtresse? demanda Gerardo, intéressé. Pourriez-vous me dire comment elle s'appelle?

— Je ne le sais pas et je ne veux pas le savoir! s'exclama le prieur, toussant sous l'effort et perdant un instant sa bonhomie.

— Ce pourrait être utile pour faire la lumière sur sa mort, répliqua Gerardo.

— Je n'en doute pas. Mais j'ignore comment cette femme s'appelle. Peut-être que son confesseur le sait mais, naturellement, il ne peut le révéler à personne. »

Le prieur se leva et repoussa son siège. « Je suis content d'avoir fait votre connaissance, messire Gerardo. S'il vous plaît, veuillez dire à Mondino de ne pas trop différer sa venue, sans quoi il se pourrait que je ne sois plus là quand il viendra.

— Je le lui dirai, n'en doutez pas. Je vous remercie beaucoup. »

Il salua d'un bref mouvement de la tête et quitta la pièce d'un pas rapide. Dans le couloir obscur, il lui sembla déjà mieux respirer, mais lorsqu'il fut sorti du couvent, l'air glacial agit comme un baume vigoureux sur ses poumons.

Il se dirigea aussitôt vers l'hospice. Il voulait être aux côtés de Masino à son réveil.

Coupant par les ruelles encadrées par des murs de briques, de la neige souvent jusqu'aux genoux, il se retrouva rapidement à destination. Le frère portier lui adressa un regard étrange mais ne dit rien. En empruntant le couloir qui menait au dortoir, Gerardo croisa le père apothicaire, qui partait dans la direction opposée.

« Je t'avais bien dit que les herbes ne servaient à rien », soupira le moine en secouant la tête.

Le cœur de Gerardo fit un bond dans sa poitrine. « Pourquoi ? Que s'est-il passé ? »

L'homme le dévisagea, perplexe. « Tu ne le sais pas ? Ah, tu étais peut-être dehors. L'enfant, celui qui a la mélancolie. Il s'est enfui.

— Enfui ? s'exclama Gerardo. Mais comment est-ce possible ? » Il repensa au regard du frère portier et demanda d'un ton menaçant : « Qui l'a laissé sortir ?

— Il n'est pas passé par la porte, répondit le père apothicaire. Il est allé au potager en faisant mine de vouloir aider à déneiger, et dès qu'il a pu il a enjambé le muret et s'est enfui. Plusieurs orphelins l'ont vu. »

Gerardo refusait d'y croire. Il s'était absenté pendant moins de deux heures. Pourquoi Masino en avait-il profité pour s'échapper ? Où était-il allé ?

Il devait le retrouver sans perdre de temps. Peut-être n'était-il pas allé bien loin.

« Je pars à sa recherche, dit-il, courant vers la sortie. J'espère qu'il n'est pas trop tard. »

Mondino aurait aimé discuter plus longtemps avec Gerardo, mais il avait mieux fait de s'en débarrasser rapidement. Andolfo et Odofredo étaient encore sous le coup de l'émotion, et revoir chez lui leur ancien camarade de cours, dont ils avaient ensuite compris qu'il s'agissait d'un Templier incognito mêlé à une sombre histoire de meurtres et d'alchimie, aurait pu faire pencher la balance de leur esprit du mauvais côté.

Il entra dans la grande salle d'un pas léger pour ne pas déranger le blessé et se pencha sur lui pour contrôler son état. Paolo il Tosco avait plutôt bien passé le cap de la deuxième nuit, bien qu'il eût fallu répéter le procédé de respiration assistée. Mondino avait essayé d'impliquer ses étudiants dans cette pratique, mais il avait essuyé un refus catégorique.

Il ne s'était pas fâché, c'était déjà bien beau d'avoir réussi à les convaincre que ce n'était pas de la sorcellerie.

Il était conscient du trouble qu'ils avaient dû éprouver en voyant leur maître incliné au-dessus de la table, sa bouche collée à celle d'un autre homme, moribond qui plus est.

« Le cœur s'était arrêté, mais pas la vie, leur avait expliqué Mondino d'une voix paisible quand ils avaient couru vers lui avec l'intention manifeste de lui sauter dessus. En soufflant de l'air dans les poumons, le cœur est reparti. Maintenant, il respire de nouveau tout seul.» Il s'était redressé, encore essoufflé, les incitant à le toucher. Tous deux s'étaient arrêtés net, indécis, et Mondino avait ajouté: «La sorcellerie n'a rien à voir là-dedans. C'est une question de mécanique. Comme pour un soufflet.»

Cette référence au soufflet, objet familier utilisé par les forgerons comme par les boulangers pour attiser le feu dans les forges comme dans les fours à pain, leur avait fait recouvrer leurs esprits.

C'était toujours la même chose, se disait Mondino. Les êtres humains avaient systématiquement des réactions brutales devant ce qu'ils ne connaissaient pas, mais dès que l'inconnu devenait connu, alors c'était comme si ce qui les avait bouleversés existait depuis toujours. À présent, il devait stabiliser la compréhension de ses deux élèves en fournissant une base scientifique à son acte.

Il n'en avait pas eu l'occasion la veille car, malgré la neige, il avait dû se rendre au tribunal pour plaider son innocence dans la rixe du 11 décembre. Par chance, tout s'était passé pour le mieux. Une brève déclaration, au cours de laquelle il avait souligné ses privilèges d'enseignant, avait suffi pour que les juges lui donnent raison. Il commençait à espérer que la plainte déposée par Azzone connaîtrait la même issue.

Surtout que la semaine accordée par le podestat pour retrouver le corps de Bertrando Lamberti se terminait le lendemain et que, sauf miracle, il devait s'avouer vaincu.

Toutefois, il était d'humeur particulièrement optimiste ce matin. Il vérifia que le collier de cuir empêchant les vertèbres de bouger ne s'était pas desserré, se fit aider par Lorenza pour administrer de l'opium dilué au patient, puis laissa Gabardino et Viviana à son chevet, leur disant de faire monter ses étudiants dans son étude dès qu'ils auraient fini leur petit-déjeuner.

Les deux dernières nuits, Odofredo et Andolfo avaient dormi chez lui. La vigilance continue requise par l'état de Paolo il Tosco, unie à la difficulté à se déplacer en raison de la chute de neige, l'avait incité à leur proposer le gîte dans la chambre d'amis.

Ainsi, bien que personne n'oubliât la souffrance du charpentier, la présence de tous ces jeunes faisait régner une atmosphère pleine de vie dans la maison. Gabardino, Leone et Ludovico surenchérissaient en amabilités à l'égard des hôtes, la cuisine ne désemplissait jamais, Pietro et Lorenza souriaient beaucoup, quoique prendre soin de tant de personnes, dont le malade, fût pour eux une charge de travail supplémentaire.

Depuis que sa femme était morte, se dit Mondino en montant l'escalier, ce Noël était le premier qui ressemblait à un Noël.

En attendant ses étudiants, il observa à nouveau l'empreinte de la main du moine sur le papier. À l'aide de sa meilleure encre, il avait repassé les contours et les endroits où le dessin était moins net, surtout au niveau de l'auriculaire, que nombre de gens appelaient petit doigt, trouvant de mauvais goût cette référence au fait qu'on l'utilisait pour se gratter l'oreille, et il avait obtenu une reproduction presque parfaite de la main entière.

Malheureusement, il n'en avait rien tiré de plus pour autant.

Du rez-de-chaussée lui arrivèrent les voix aiguës de Leone et Ludovico. Ce jour-là, tous deux avaient souhaité rester à la maison plutôt que d'aller étudier chez leur précepteur. Mondino y avait consenti et les avait collés aux basques de Gabardino et Viviana. Il avait bien remarqué la façon dont son fils regardait la jeune fille, et il voulait éviter qu'ils fissent quelque chose d'inconvenant.

Il finit par entendre les pas et les voix d'Andolfo et Odofredo résonner dans l'escalier de bois, et il poussa la feuille dans un coin de sa table, se levant pour les accueillir. Il les invita à s'asseoir, puis s'adossa au mur à côté de la fenêtre.

« Vos actes médicaux des derniers jours sont d'une valeur inestimable pour votre pratique, commença-t-il. Et je suis confiant en la solidité de votre préparation théorique à l'examen de demain devant le collège des enseignants. » Il fit une pause, les regardant tour à tour dans les yeux, et fut heureux de ne pas y trouver une trace de doute. « Cependant, pour être de bons médecins, il ne suffit pas de réussir les examens. L'absence de préjugés est fondamentale. C'est pourquoi notre leçon d'aujourd'hui différera des autres.

— De quoi parlerons-nous, magister ? », s'enquit Odofredo.

Remarquant qu'Andolfo fixait la fenêtre la bouche ouverte, Mondino dit : « Pas de distraction, je vous prie. J'ai fait mettre des vitres pour exploiter la lumière du jour même quand il fait trop froid pour ouvrir les volets. Elles conviennent bien mieux que le châssis qu'il y avait précédemment.

— Les vitres sont pour les églises, fit l'Irlandais. Pas pour les maisons des gens.

— Les vitres sont dans les églises parce qu'elles sont très chères, rétorqua Mondino, faisant un effort pour ne pas perdre patience. Mais les maîtres verriers les vendent à quiconque a les moyens de les payer. À présent, revenons à nos affaires. Quand j'ai dit que ce serait une leçon différente, cela ne signifiait pas que vous avez la permission d'intervenir à mauvais escient.

— Et que cela signifiait-il? demanda Odofredo, probablement sans se rendre compte que son intervention était malvenue.

— Je ne lirai pas le *Canon* d'Avicenne, ni aucun texte classique. Et je ne respecterai pas l'ordre habituel pour les *quaestiones*. Vous pourrez poser des questions libres, mais seulement en lien avec le sujet abordé, c'est-à-dire le cerveau humain.

— Qu'est-ce que vous lirez, alors? interrogea l'Allemand.

— Ça suffit, Odofredo! explosa Mondino. Si tu as tant envie de parler, dis-moi en quoi l'homme diffère des autres animaux et pourquoi il se tient debout.»

Mondino savait que sa nervosité ne dépendait pas seulement de l'impertinence de ses étudiants. Il venait de comprendre l'intention d'Azzone lorsqu'il lui avait amené le charpentier blessé: le retenir chez lui le temps que passe la semaine accordée par le podestat pour retrouver le corps de Bertrando Lamberti. Et il devait reconnaître que c'était bien vu. Face à un patient dans cet état, tout passait au second plan pour lui.

«... dans la forme ou la position de ses membres, dans son comportement ou ses aptitudes, ou dans les membres eux-mêmes, disait Odofredo. L'homme se tient debout parce qu'il est fait d'une substance spongieuse et aérienne qui le rend capable de s'élever vers des niveaux supérieurs. En second lieu, par rapport aux autres animaux de même taille, il contient plus de chaleur, et ce toujours dans le but de l'élever vers des niveaux supérieurs.

— Il y a quatre raisons, dit Mondino. Tu n'en as cité que deux. Andolfo, quelles sont les autres?

— L'homme possède une forme parfaite, qu'il partage avec les anges, répondit aussitôt l'Irlandais. C'est pourquoi il doit être tourné vers le haut, comme l'univers, qui est lui aussi tourné vers le haut. Enfin, il a reçu une forme et une position debout car il est destiné à la compréhension.

— Très bien, le félicita Mondino. À présent, dites-moi : jusqu'où peut-on aller, en médecine, dans la tentative de préserver cette œuvre parfaite du Seigneur ?

— Aussi loin que possible, répliqua Odofredo. La seule limite est celle des possibilités de la science.

— Andolfo ?

— J'ai compris ce que vous faites, magister, rétorqua l'Irlandais avec un regard hostile. Le but de cette leçon n'est pas de nous préparer à devenir médecins, mais de nous convaincre de ne pas répéter à l'Inquisition ce que nous avons vu. »

Mondino fut le premier surpris par sa propre réaction. Plutôt que de répondre par la colère à ce qui, plus qu'une simple impertinence, était une véritable offense, il resta immobile et silencieux, comme touché par le regard du basilic. Aussi terrible que ce fût, les propos d'Andolfo contenaient un fond de vérité. Mondino le reconnut : il avait échappé d'un cheveu aux griffes de l'Inquisition au printemps dernier, et l'Église avait la mémoire longue. Il craignait que la clairvoyance de l'archevêque de Ravenne ne suffît pas à le protéger s'il faisait l'objet d'une nouvelle accusation. Ainsi, sans en être véritablement conscient, il avait conçu cette leçon dans le but énoncé par Andolfo.

« C'est vrai, admit-il devant ses étudiants stupéfaits. Mais mon intention est de vous convaincre à l'aide des raisons scientifiques, sans supercheries dialectiques et sans profiter de ma position de maître. Je suis certain que ce serait une perte pour tout le monde si le système que je viens de découvrir pour réinsuffler la vie dans un corps qui est en train de la perdre était déclaré illicite avant même qu'on en ait éprouvé la validité effective.

— Et si vous n'arrivez pas à nous convaincre ? », demanda Andolfo. L'embarras le faisait rougir, mais il semblait déterminé à ne pas se laisser intimider.

Mondino soupira. « Dans ce cas, je vous invite à vous rendre raconter au tribunal de l'Inquisition ce que vous avez vu il y a deux soirs. »

Ses étudiants échangèrent un regard, comme s'ils doutaient de son sérieux.

« Un procès peut être le moyen le plus rapide pour diffuser ce nouveau système, expliqua Mondino. On en parlera, et nombre de médecins voudront l'expérimenter. Quand il sera devenu impossible de le combattre, l'Église le déclarera autorisé. Ce ne serait pas la première fois, ni la dernière.

— Mais entre-temps vous pourriez être condamné au bûcher », fit Andolfo, se passant une main sur la tonsure.

Mondino hocha la tête. « C'est pour cela que je préférerais éviter de passer en procès. Mais je n'ai pas l'intention de nier ce que j'ai fait. Ce n'est pas dans ma nature.

— Donc, maintenant, vous voulez démontrer scientifiquement qu'insuffler de l'air dans un corps mort pour le faire revivre n'est pas de la magie, dit Odofredo. C'est ça ? »

Mondino secoua la tête. La discussion s'annonçait longue. « Faux. D'abord, personne à part le Christ ou l'un de ses saints ne peut ressusciter les morts. Paolo il Tosco n'était pas mort quand j'ai soufflé de l'air dans ses poumons. Ensuite, c'est vous qui devez passer l'examen, donc c'est à vous de démontrer que ce que j'ai fait n'était pas de la magie.

— Nous ? » L'expression ébahie d'Andolfo avait quelque chose de comique.

« Oui. Et essayez d'être convaincants. Au cours de votre exercice de la médecine, vous devrez souvent prendre des décisions controversées. Seule une solide base scientifique vous permettra de rester assez humbles pour comprendre qu'un médecin n'est qu'un outil dans les mains de Dieu, comme n'importe quel autre être humain.» Il s'interrompit, voyant qu'Andolfo regardait le dessin de la main de Giovanni da San Gimignano. «Andolfo, ne m'oblige pas à te donner une amende dans ma propre maison aussi, dit-il, exaspéré.

— Pardon, magister. C'est seulement que j'ignorais que vous vous intéressiez à la musique.

— À la musique? demanda Mondino, surpris. Qu'est-ce qui te fait dire ça?»

Il aimait écouter les chants grégoriens à l'église lors des grandes festivités, et il ne perdait jamais une occasion de danser la farandole lors des banquets de diplôme, bien qu'il ne respectât jamais le rythme. Cela mis à part, la musique lui était un art absolument inconnu.

Andolfo s'assombrit. «Alors, à quoi une main guidonienne vous sert-elle, demanda-t-il en désignant le dessin, si ce n'est à vous apprendre à chanter? Il n'y a rien de mal à cela, magister, même si vous n'êtes pas prêtre. Chanter les louanges du Seigneur est permis à tout le monde.»

Mondino n'avait nullement l'intention de lui expliquer d'où venait ce dessin qu'il appelait «main guidonienne». Andolfo avait l'esprit trop obtus pour supporter cela. Du reste, ce dernier avait peut-être vu dans cette main quelque chose qui lui avait échappé, et il devait le pousser à le lui dire sans l'inquiéter.

«Oh, j'ai acheté ce dessin à un vendeur de manuscrits, mentit-il. La précision anatomique de la reproduction m'a frappé. Pourrais-tu m'expliquer ce que signifie "guidonienne"?»

Odofredo était attentif lui aussi. Andolfo rougit jusqu'aux oreilles, et Mondino eut l'impression que c'était surtout parce qu'il avait capté l'attention de son camarade plus brillant que lui.

«Il s'agit d'un système pour étudier la musique, expliqua l'Irlandais, inventé il y a très longtemps par Guido d'Arezzo, un bénédictin. Maintenant, on l'utilise dans toutes les églises, mais au début cette trouvaille a rencontré beaucoup de critiques.

— C'est le destin de tous les gens qui innovent, commenta Odofredo, philosophe. Mais comment cette main peut-elle aider à comprendre la musique?

— Ces signes à la base des phalanges représentent les six notes de l'hexacorde. À chaque note correspond un point de la main. Ainsi, il est aisé de les retenir et de les reproduire.

— Veux-tu dire les notes du tétragramme? demanda Mondino, qui ne comprenait pas très bien.

— Exactement. Chacun de ces points sur les phalanges, à partir du pouce, correspond à une note et à une octave.» Montrant le dessin, il entonna à mi-voix: «Ut, ré, mi, fa, sol, la. Comme vous le savez, ce sont les premières syllabes de l'hymne à saint Jean-Baptiste, et...» Voyant leurs regards perplexes, il s'interrompit. Il hésita quelque peu, puis inspira et se mit à chanter: «*Ut queant laxis Resonare fibris Mira gestorum Famuli tuorum Solve polluti Labii reatus Sancte Iohannes*», insistant sur la première syllabe de chaque vers.

Que tes serviteurs chantent d'une voix vibrante les merveilles de tes actions, absous le péché de leurs lèvres impures, ô saint Jean, traduisit mentalement Mondino. Était-ce donc la clé qui pouvait le conduire à l'assassin de Bertrando Lamberti et de Giovanni da San Gimignano?

«Je ne comprends pas ce que tu fais dans une école de médecine, commenta Odofredo. Tu es déjà à demi prêtre, tu connais la musique, et tu as même une jolie voix.»

Andolfo lui jeta un regard rageur, s'apprêtant à lui donner une réponse cinglante, mais quand il s'aperçut que l'expression de son camarade était dénuée de toute taquinerie, il rougit encore plus. «Je voudrais aussi sauver les corps, pas seulement les âmes, dit-il doucement.

— Il n'y a que six notes, intervint Mondino, regardant le dessin avec un intérêt renouvelé. Les signes à la base des phalanges sont beaucoup plus nombreux. Pourquoi?

— À cause des demi-tons, répondit Andolfo. Les notes entre deux, qui s'appellent bémol et bécarre. Mais j'ai arrêté d'étudier le chant avant d'en arriver là.

— Les lettres au milieu de la paume, dit Mondino, que représentent-elles?

— Elles représentent le chrisme mais, cela, j'imagine que vous le savez. En revanche, j'ignore ce qu'elles signifient dans ce contexte. C'est la première fois que je les vois sur une main guidonienne. D'habitude, on représente un tétragramme au milieu de la paume.»

Mondino acquiesça. Il était fort possible que, sur le point de mourir, le moine eût espéré que les premières lettres du prénom du Rédempteur tiendraient éloigné le mal qui le tuait. Cependant, le fait qu'avant les deux homicides on eût entendu une sorte de chant devenait bien plus significatif en présence d'un dessin servant à étudier la musique.

Il décida de ne pas en demander plus pour le moment. Il réfléchirait à tout cela calmement plus tard.

«Merci, Andolfo. C'est une belle surprise que de t'avoir découvert chantre. À présent, revenons à notre leçon. Nous avons encore du travail, et nous ne pouvons pas laisser ce pauvre homme seul trop longtemps. C'est à toi d'expliquer de façon précise quand un patient peut encore être considéré comme vivant et quand, au contraire, il faut le déclarer mort.»

L'étudiant baissa la tête pour rassembler ses idées, exposant sa tonsure luisante. Quand il se mit à parler, les pensées de Mondino étaient ailleurs. Comment la vie avait-elle quitté le corps de Bertrando Lamberti et du prêtre de l'entrepôt de sel tandis que ce feu mystérieux les brûlait de l'intérieur? Qu'est-ce que la musique avait à voir là-dedans? Depuis qu'il s'y intéressait, le mystère s'épaississait chaque jour un peu plus.

Il n'avait plus qu'à espérer que Gerardo avançait plus que lui.

Gerardo da Castelbretone était fatigué et avait les pieds gelés. L'espoir de retrouver Masino parmi les milliers d'habitants de Bologne était insensé, mais il n'arrivait pas à rester à se tourner les pouces alors que l'enfant était peut-être en danger. Il avait déjà fait le tour de tous les lieux qui lui étaient venus à l'esprit. Le dernier avait été le quartier de la Bova, où ils étaient allés une fois ensemble. Rien là non plus. Et à présent, il devait se rendre à son rendez-vous avec Abdul. Regagnant la *circla*, Gerardo chercha la placette à proximité de la Porta Lame que le Turc lui avait indiquée, et l'attendit, assis sur une pierre que quelqu'un avait déneigée.

La placette était située entre deux rangées de taudis de bois, terre et briques adossés à la *circla*. Ces misérables constructions seraient abattues lorsque la Commune se déciderait enfin à faire remplacer la palissade et le terre-plein par des murs de pierre, mais les pauvres ne se souciaient pas du futur. Ils assisteraient, philosophes, à la destruction de leurs maisons et les reconstruiraient un peu plus loin.

Au sol, la neige était encore vierge tandis que la rue, à quelques mètres, était traversée par les empreintes de pas et de roues. Gerardo se mit à observer le va-et-vient des femmes portant des amphores ébréchées sur la hanche ou sur la tête, qui allaient les remplir à une fontaine au bout de la rue, où les maisons étaient plus solides et parfois même ornées de pierres sculptées. Inévitablement, ses pensées revenaient à Masino.

Il était sûr qu'il avait fugué en réaction à la perspective de se faire prêtre et au refus de sa sœur de le garder avec elle. Peut-être était-ce justement chez elle qu'il avait l'intention d'aller. Y était-il arrivé? La ville regorgeait d'embûches pour un enfant seul. Durant l'après-midi, Gerardo avait essayé de trouver Clara dans le quartier de la Porta San Pietro, où la jeune femme travaillait, mais sans résultat. Il ne pouvait pas frapper à toutes les portes pour demander si quelqu'un la connaissait.

Le temps passait et l'après-midi cédait le pas au soir. Abdul ne se montrait pas. Gerardo se leva et se rendit à la Porta Lame. Il s'approcha de deux hommes d'armes de la milice communale de garde devant la porte, vêtus d'un pourpoint de cuir, d'une tunique qui leur arrivait aux genoux et d'épaisses chaussures, et leur demanda si, par hasard, ils n'avaient pas vu un Sarrasin passer. Il s'apprêtait à le décrire mais à sa grande surprise les deux hommes opinèrent, lui indiquant le donjon que formait la porte.

«Si tu es un ami d'Abdul, tu peux entrer», dit l'un d'eux.

Gerardo franchit les énormes portes de bois que l'on fermait tous les soirs et se faufila par une entrée étroite taillée dans le mur massif. Il arriva dans une pièce au plafond bas, enfumée par un âtre où brûlait du bois humide.

Deux hommes d'armes de la milice communale étaient assis à une table bancale, leurs épées posées au sol, en compagnie d'Abdul qui était précisément en train d'agiter le godet où se trouvaient les dés.

Il l'abattit sur la table et le souleva fiévreusement, criant «Sept!» d'un ton triomphal.

Puis il vit Gerardo et son sourire s'évanouit. Il ramassa les pièces misées par ses compagnons, se leva et vint vers lui. Son haleine était avinée.

« Que faites-vous ici? s'enquit-il, agressif. Le rendez-vous était sur la placette à côté de la *circla*.

— Le rendez-vous était à none, je vous attends depuis un moment, répliqua Gerardo, irrité. Mais peut-être qu'entre la boisson et le jeu vous n'avez pas prêté attention à l'heure. »

Les hommes d'armes se levèrent dans un même élan. « Ton ami est-il un homme de confiance, Abdul? », demanda l'un des deux, un blond aux cheveux longs attachés en queue-de-cheval à la mode saxonne, une main posée sur la massue qu'il portait à la ceinture. « Si on apprend qu'on joue aux dés pendant notre service, on va avoir de gros ennuis. »

Gerardo n'avait pas de mal à le croire. Les dispositions de la Commune contre les jeux de hasard étaient très strictes. Quelques mois auparavant, un garde s'était fait trancher la main gauche pour un délit de ce genre. Il s'apprêtait à les rassurer en leur disant qu'il n'était pas là pour espionner, quand Abdul siffla d'un ton vénéneux : « Ce n'est pas mon ami. S'il va chez mon maître répéter ce qu'il a vu, je serai expulsé de la corporation.

— Alors, conclut le blond en se glissant derrière Gerardo, mieux vaut le faire taire. »

Le jeune homme se retourna vivement, mais pas assez vite. Le coup de massue destiné à lui briser le crâne vint s'abattre sur son épaule gauche. Il s'affala à terre dans un cri. Il essaya d'attraper les genoux du soldat qui se tenait devant lui, mais l'homme recula et lui envoya un coup de pied dans le visage. Gerardo vit des étincelles, puis plus rien. Il se dit qu'ils allaient le massacrer et le jeter dans le canal devant la porte avec une pierre attachée au cou. On ne saurait jamais ce qu'il était devenu.

L'instinct de survie lui donna l'énergie suffisante pour rouler sur le côté, vers la table. Il vit un autre pied devant lui, s'en saisit et tira de toutes ses forces, faisant perdre l'équilibre au soldat. À l'instant suivant, sa main s'emparait de la poignée d'une des épées posées au sol.

Avant qu'il eût le temps de la soulever, Abdul cria : « Non ! Ne le tuez pas ! »

Gerardo s'aperçut que les hommes d'armes de dehors les avaient rejoints dans la pièce et que l'un d'eux s'apprêtait à abattre son épée sur lui.

« Il ne dira rien, affirma le Turc d'un ton précipité. Cette leçon lui suffira. J'en réponds.

— Tu sais ce qu'on risque s'il nous dénonce ? s'inquiéta le blond aux cheveux attachés.

— Vous savez tous combien je tiens à devenir architecte, répondit Abdul, la même urgence dans la voix. Je ferais n'importe quoi pour ne pas être expulsé de la corporation des maçons. Si je lui fais confiance, vous pouvez aussi. »

Le blond se tourna vers Gerardo.

« Nous sommes très soudés, dans la milice. Si tu nous fais arrêter, nos compagnons te tueront. »

Le jeune homme le regarda droit dans les yeux.

« Pas besoin de menacer. Je ne suis pas un mouchard.

— Vaut mieux pour toi. Maintenant, sors de là, avant que je change d'avis. »

Gerardo se leva lentement, essuya du revers de sa manche le sang qui coulait de son nez et se dirigea, titubant, vers la porte. Quand il passa à côté d'Abdul, le Turc remua les lèvres comme s'il voulait dire quelque chose, mais Gerardo lui jeta un regard assassin et l'autre ne dit rien.

Dès qu'il fut dehors, il se mit à courir vers la placette. Il se fichait de parler avec les voisins du maître maçon assassiné. Il voulait seulement mettre la plus grande distance possible entre les hommes d'armes et lui.

Quand il eut passé le coin de la rue et qu'il se sentit en sécurité, il repensa à Masino. Imaginer l'enfant errer par les rues de cette ville impitoyable lui fit oublier son épaule douloureuse et sa colère envers Abdul.

Il ne savait plus où le chercher. Accablé par un sentiment de défaite plus violent que les coups reçus, il se dirigea à pas lents vers l'hospice.

La pièce commune du mithréum ressemblait à l'officine d'un teinturier. Des baquets de bois reposaient sur le sol et des hommes et des femmes aux manches retroussées mélangeaient poudres et liquides. Sauf que, au lieu de contenir des solutions pour colorer les tissus, les baquets étaient remplis de poix, soufre, salpêtre, naphte et chaux vive, dont les vapeurs irritaient les yeux malgré le système d'aération du temple.

Il s'agissait des principaux ingrédients pour la préparation du feu grégeois, l'un des secrets révélés par le livre du légionnaire Titus. Le Pater avait lu les textes classiques sur ce sujet, de Dioscoride au *Liber Ignium* de Marcus Graecus, mais aucun n'avait la précision de celui de Titus, qui avait dû avoir accès à des sources de première main.

Debout, les bras croisés, il observait l'activité des adeptes avec une satisfaction où pointait la nostalgie. Il ne se faisait pas d'illusions : les morts de Bertrando Lamberti et de Giovanni da San Gimignano avaient suscité un malaise parmi les fidèles et, tôt ou tard, quelqu'un finirait par parler. C'étaient des personnes faibles, incapables d'accepter les projets du Dieu jusqu'au bout. Nombre d'entre eux avaient embrassé ce culte parce que l'Église romaine les avait déçus, mais ils ne mesuraient pas combien eux-mêmes se montraient décevants. Ils s'imaginaient qu'on pouvait tout prendre de la religion sans rien donner.

C'est pour cela qu'il avait décidé d'avancer la date de l'incendie au lundi suivant, sans attendre la nuit du 24 au 25 décembre. Il ne restait plus que trois jours. Cette fois, il n'avait pas demandé conseil au Dieu. En certaines occasions, l'homme devait évaluer seul la situation et agir de la façon appropriée, sans impliquer un pouvoir supérieur.

Le groupe se désagrégeait, il savait bien que beaucoup s'opposeraient à partir au *pairi-daeza*. Leur foi était trop fragile. Ils étaient disposés à purifier les âmes des autres par le feu, mais pas les leurs.

Aussi n'avait-il communiqué son projet qu'à ses lieutenants les plus fiables. Après avoir déclenché les incendies dans leurs secteurs respectifs, ces derniers tueraient les confrères qui les avaient aidés à mettre le feu. Ensuite, ils le rejoindraient dans la maison qui abritait le temple et, là, ils boiraient une dernière fois l'*haoma*, incendieraient la maison puis rejoindraient les autres pour les guider dans l'au-delà.

Ses lieutenants auraient préféré que le dernier rituel se déroulât dans le temple, mais le Pater leur avait expliqué que c'était impossible. Le mithréum devait être préservé, de sorte que quelqu'un, parmi les générations futures, pût le redécouvrir et faire renaître le culte de Mithra. Sans le dire à personne, il avait écrit une lettre inspirée par celle de Titus, où il s'adressait à quiconque retrouverait le temple. Il débordait de fierté à l'idée d'avoir dépassé son illustre prédécesseur. Il avait déchiffré le secret de la miniature perse restée mystérieuse pour Titus, et s'était rendu maître du pouvoir des mages d'antan : celui du feu divin. Et ce dernier ne l'ayant pas consumé, il l'avait employé pour accroître la gloire de Mithra.

Il en détaillait le secret dans la lettre, laissant à son successeur la responsabilité d'en user avec sagesse. Bien entendu, idéalement, cette personne devrait connaître la musique, mais c'était là du seul ressort du Dieu. Avant de sceller la porte en détruisant le mur de la cave, il laisserait le parchemin auprès de l'autel, à l'endroit même où il avait découvert celui de Titus.

Deux jeunes hommes parmi les moins impliqués de la communauté vinrent lui demander conseil pour nettoyer une tache de naphte qui semblait avoir pénétré la pierre du sol.

« Ce n'est pas grave, leur dit-il de son murmure rauque. Ne perdez pas de temps à laver, nous devons avoir fini ce soir. »

Ses interlocuteurs acquiescèrent et s'éloignèrent, bien contents de s'être épargné une activité supplémentaire. Par la faute de gens comme eux, pensa le Pater en secouant la tête, il fallait recourir à un subterfuge plutôt qu'accomplir un rituel collectif qui leur aurait permis de partir tous ensemble. Le niveau général de la communauté avait beaucoup baissé, ces derniers temps.

Au début, il choisissait en personne chacun des nouveaux membres après les avoir attentivement observés dans leur vie quotidienne. Par la suite, les fidèles avaient commencé à proposer des parents et des amis et, surmontant sa résistance initiale, il avait été contraint de les accepter. C'est ainsi que des individus dépourvus d'aptitudes spécifiques et souvent peu convaincus s'étaient joints au groupe.

Cependant, lui aussi pouvait faire erreur. Par exemple, Bertrando avait été un cas compliqué dès le début. Mais la trahison de Giovanni le piquait plus encore. Il avait compté parmi les tout premiers, et c'était l'un des seuls qui connaissaient son identité et auraient fait n'importe quoi pour lui.

Et maintenant, c'est le capitaine du peuple qui montre des signes de faiblesse.

Il le suivit du regard. En ce moment, il se trouvait à l'autre bout du temple, près de l'entrée du *vestibulum*. Il se retourna brusquement, comme s'il avait senti qu'on l'observait. Cela ne dura qu'un instant, puis Visdomini baissa les yeux et revint à son travail.

Il me cache quelque chose. J'en suis sûr.

Il découvrirait ce dont il s'agissait au moment opportun. Pour l'heure, il avait d'autres problèmes à régler. Il lui avait ordonné de tuer Mondino de Liuzzi au plus vite, ce qui n'avait pas encore été fait. Cela ressemblait à de l'insubordination. S'il devait lui réitérer son ordre et que Visdomini se montrât hésitant à nouveau, il serait contraint de le punir. Le médecin approchait trop de la vérité et il fallait se débarrasser de lui sans plus tarder.

Deux hommes qu'il avait envoyés chercher des outres en peau entrèrent. Le Pater interrompit ses réflexions pour donner des instructions sur la consistance que devait avoir la mixture et sur la méthode pour remplir les outres, à l'aide de grandes cuillères pour éviter tout contact avec le liquide. Il leur avait déjà dit de faire attention à plusieurs reprises, mais il avait fallu qu'un garçon se brûle les pieds avec la chaux vive pour qu'ils se mettent à obéir. Le feu grégeois était dangereux dès sa phase de préparation.

« Pas par ici », dit-il à un homme robuste et chauve qui déplaçait un baquet à demi rempli de salpêtre un peu trop près de la fresque du fond. Ce dernier opina, le visage rougi par l'effort, et tira le baquet sur le côté, auprès de l'un des deux bancs de pierre. C'était un épicier qui avait été admis depuis peu au deuxième niveau, celui du *Nymphus*, l'époux, associé à la protection de la planète Vénus. Une personne fiable et douée d'une grande force physique, qui exécutait les ordres sans poser de questions. Le Pater fut pris d'une inspiration soudaine.

« Viens là, mon fils », lui chuchota-t-il en lui faisant signe.

L'homme s'approcha, la tête basse en signe de respect. «Dites, Pater.

— Je souhaite te confier une mission d'une haute responsabilité, mais aussi très dangereuse. Te sens-tu prêt?

— Je serai honoré de vous servir. De quoi s'agit-il?»

Il valait mieux annoncer la couleur tout de suite et observer sa réaction. Le Pater soupira. «De tuer un homme.

— Qui?»

Cette question simple, posée sans émotion, lui plut. Il comprit qu'il pouvait avoir confiance. «Un médecin. Il est dangereux pour nous et il doit être éliminé.» Il montra le capitaine du peuple, de dos à côté de l'entrée du *vestibulum*. «Il est au courant. Dis-lui que tu es sous ses ordres et que ça doit se faire demain ou après-demain au plus tard. La grande purification aura lieu lundi et je ne veux pas avoir de surprises.»

L'épicier hocha la tête et se dirigea vers le capitaine du peuple. Le Pater s'éclipsa dans la partie intérieure du temple. Ainsi, il avait évité d'avoir à répéter l'ordre tout en s'assurant, grâce à cette échéance précise, que Visdomini comprendrait le message.

Entre la mort du médecin et la purification finale, il trouverait le moyen de lui faire avouer ce qu'il lui cachait.

IX

Debout devant la table de la grande pièce, Mondino se frotta les yeux, puis se passa les mains dans les cheveux. Il s'était levé avant l'aube pour veiller Paolo il Tosco, mais sa nervosité lui interdisait de se reposer un peu. Le délai que le podestat lui avait accordé pour retrouver le corps de Bertrando Lamberti finissait le jour même. Azzone avait gagné.

Comme si cela ne suffisait pas, il était désormais convaincu que la menace incendiaire qui pesait sur Bologne était réelle. Le fait que deux hommes avaient été tués par le feu imposait de ne pas prendre à la légère ce que le pauvre père Venanzio avait appris en confession avant d'être assassiné à son tour.

Pourtant, le capitaine du peuple ne semblait pas y croire. Après lui en avoir parlé, Mondino s'attendait à ce qu'on vînt le chercher mais il ne s'était encore rien passé.

Il voulait agir, faire quelque chose. Il devait dominer son impatience, car il ne pouvait pas trop s'éloigner du charpentier, qui avait besoin de soins continus. Encore moins maintenant que ses étudiants étaient rentrés chez eux pour se reposer avant l'examen, lequel aurait lieu dans quelques heures.

Il s'aperçut qu'il avait fait deux fois le tour de la pièce et s'arrêta à nouveau près de la table, envisageant de demander à Gabardino et Viviana de rester auprès du charpentier et d'aller parler au podestat.

Non, ce n'était pas une bonne idée. Il lui avait promis qu'il transformerait l'affaire Bertrando Lamberti en un succès pour sa carrière, et il avait échoué. Si maintenant il allait lui raconter qu'une secte païenne voulait incendier Bologne la nuit de Noël sans aucune preuve à l'appui de ses accusations, Taverna Tolomei l'enverrait paître. Dans le meilleur des cas. Ou bien il le ferait arrêter.

Il valait mieux attendre le lendemain, en espérant que Gerardo se manifesterait avec quelques éléments tangibles à présenter aux magistrats. Sinon, Mondino prendrait le risque et irait voir le podestat quand même.

Paolo il Tosco émit un faible gémissement et Mondino se pencha sur lui. Son état n'avait pas évolué. Respiration irrégulière, yeux fermés, aucune tension musculaire à partir du cou. Pauvre homme, il ne savait vraiment pas quoi lui souhaiter.

Il se redressa et bâilla. Ses forces étaient en train de le quitter. Il dormait peu et mal depuis des jours, se nourrissait quand il pouvait au lieu de respecter les horaires du déjeuner et du souper, et de perpétuelles préoccupations l'assaillaient. En somme, il était la négation incarnée des conseils écrits par son maître, Thaddée de Florence, pour garder la santé.

Comme toujours, le problème résidait dans l'écart entre la théorie et la pratique. Il était juste d'indiquer au patient ce qu'il pouvait faire lui-même, à savoir maîtriser les *sex res non naturales*: sommeil et veille, exercice et repos, faim et soif, nourriture et boissons, *repletio* et *depletio* et, enfin, les mouvements de l'âme. Dans les faits, l'idée d'observer la régularité des repas, des heures de sommeil et ne serait-ce que des passages aux latrines dans des circonstances comme celles-ci était tout simplement insensée.

Entre autres, il était vraiment désolé de ne pas pouvoir assister à l'examen final de ses étudiants. Il se promit que, quoi qu'il arrive, il ferait des pieds et des mains pour participer à la cérémonie de remise des diplômes à l'église San Francesco, le dimanche.

Il traîna un siège à côté du brasier qu'il avait rapproché de la table pour que son patient fût au chaud, s'assit et attisa les braises en les remuant avec une tige en fer. Depuis le jour où, en regardant les charbons ardents, il avait compris que Bertrando Lamberti avait brûlé de l'intérieur, il avait élaboré une théorie sur la réalisation de ce phénomène : comme le disait Aristote, par nature, le feu allait vers le haut car tous les éléments sont attirés par leur propre sphère, et la sphère du feu se situait en hauteur, plus haut que celle de l'air. C'était sans doute parce qu'ils tendaient tous deux vers le haut que ces deux éléments, les plus légers, pouvaient s'entremêler, de même que l'eau et la terre, les éléments les plus lourds, tendaient vers le bas et, mélangés, formaient la boue.

Le feu et l'air mêlés ne produisaient pas un mélange visible mais, de fait, le feu ne pouvait pas se développer sans air, on le voyait bien lorsqu'on couvrait une flamme avec un récipient.

Or, le seul air présent à l'intérieur du corps humain était le souffle, donc le feu qui avait consumé Bertrando Lamberti et Giovanni da San Gimignano avait dû, d'une manière ou d'une autre, être alimenté par leur propre souffle. Mais il restait un mystère. Qui avait, et comment, réussi à allumer une flamme dans un corps vivant ?

À présent, grâce à Andolfo, le dessin tracé au sang sur la main du mort avait un nom et une signification. Mais ce qu'il voulait dire ici restait une énigme irrésolue. On pouvait seulement être sûr que si le père Giovanni s'était donné la peine de s'inciser la main durant son agonie afin de laisser un message à la personne qui retrouverait son cadavre, ce message était important. Il concernait sans doute l'identité de son assassin, le secret employé pour le tuer, ou les deux.

Le charpentier gémit à nouveau dans son sommeil et Mondino se tourna vers lui. Sa peau ressemblait à un parchemin et ses lèvres étaient desséchées, mais son état paraissait stable. Mondino lui humecta la bouche avec un bout de lin trempé dans une cruche d'eau, puis, avec des gestes délicats, il passa le tissu sur l'ensemble du visage. L'homme s'apaisa et sa respiration redevint relativement régulière.

Mondino replia le tissu et le posa à côté de la cruche, prêt à l'usage. Il se replongea dans ses pensées interrompues.

Avant d'élaborer des hypothèses, il devait en apprendre plus sur ce qu'Andolfo avait appelé une « main guidonienne ». Pour cela, il savait à qui s'adresser : au père Cherubino Cornari, l'ancien prieur de la cathédrale San Pietro. C'était un autre patient de Liuzzo qu'il avait oublié d'aller voir. Il avait désormais une raison supplémentaire de le faire.

Il bâilla à nouveau, une main devant la bouche. Il avait vraiment sommeil. Soudain, il entendit frapper à la porte qui donnait sur la rue. Après une brève hésitation, il sortit dans la cour et se trouva plongé dans un banc de brouillard. On aurait dit que, ces jours-ci, le temps explorait toutes les ressources qu'il avait à sa disposition : neige, pluie et, maintenant, brouillard. Il ne manquait que le soleil.

Il traversa la cour à grandes enjambées. Après la pluie de la nuit précédente, seules quelques traces de neige étaient restées dans les recoins. Sa somnolence s'évanouit dès qu'il ouvrit la porte.

« Madame Eleonora, fit-il, plus alarmé qu'aimable. Que me vaut l'honneur de cette visite ?

— Mon mari m'envoie contrôler la santé de son charpentier », répondit Eleonora Lamberti, droite sur le seuil avec son manteau aux revers en renard. Ses cheveux étaient cachés sous un couvre-chef en fourrure, qui laissait son cou gracile découvert. « Il a dû repartir à San Giovanni in Persiceto pour terminer les négociations interrompues par la mort de son père, et il préférait de toute façon ne pas venir en personne. » Elle resta un instant silencieuse puis ajouta : « Ne me faites-vous pas entrer ?

— Si, bien sûr. Excusez-moi. » En s'écartant de la porte pour la laisser passer, Mondino s'aperçut qu'elle était suivie par une jeune servante à l'air vif. « Par ici, indiqua-t-il après avoir verrouillé la porte sur la rue. Quand ils l'ont amené, il a été déposé dans la pièce commune, puis, en raison de son état, il n'a plus été possible de le déplacer. »

Il précéda les deux femmes dans la cour, regardant autour de lui à la recherche de l'un de ses fils ou de ses serviteurs, mais il ne vit personne, se demandant où ils avaient bien pu tous aller.

Arrivé à l'intérieur, il débarrassa Eleonora de son manteau et de son chapeau et lui avança un siège, qu'elle refusa. Elle portait une grande robe sombre et une veste de velours qui mettait ses yeux verts en valeur, et ses cheveux cuivrés étaient ramassés dans un chignon. Mondino se perdit en explications sur les soins qu'il avait apportés au charpentier, passant évidemment sous silence la partie relative à l'insufflation de l'air dans les poumons. La jeune servante lançait des regards curieux autour d'elle, sans manifester le moindre intérêt pour le patient. Lorenza apparut enfin sur le seuil pour lui annoncer que Viviana avait dû passer chez elle prendre quelques effets personnels et se changer, et que Gabardino et ses frères s'étaient proposé de l'accompagner.

« Votre fils m'a dit de vous prévenir qu'ils ne tarderaient pas », conclut-elle. Mondino hocha la tête sans faire de commentaires et Lorenza ajouta : « Je vais étendre la lessive dans la cuisine, sinon je n'arriverai jamais à la faire sécher avec ce temps. Si vous avez besoin de moi, je suis là.

— Annina, va l'aider, ordonna Eleonora à sa servante.

— Oh, ce n'est pas la peine, fit Lorenza, un peu étonnée. J'ai l'habitude de le faire toute seule.»

Eleonora eut un geste impérieux, la jeune servante sourit et rejoignit Lorenza. «On aura plus vite fait à deux», dit-elle en la prenant par le bras.

Dès que les deux femmes furent sorties, Eleonora glissa une main dans sa robe et en retira une grosse clé. «J'ai confiance en Annina, chuchota-t-elle, mais je préférais vous la rendre sans que personne le voie.»

C'était la clé de la porte de l'arrière-boutique. Leurs mains s'effleurèrent quand elle la lui tendit. Cela ne dura qu'un instant, mais le temps sembla ralentir et tous deux détournèrent les yeux. Mondino s'éloigna brutalement pour aller l'accrocher au mur avec les autres. Quand Gabardino reviendrait, il lui dirait qu'il l'avait retrouvée dans sa sacoche de médecin.

«Merci, madame, dit-il enfin, quand le fracas de son cœur se fut apaisé. Mais il ne fallait pas prendre de tels risques pour me la rendre.

— Cette fois, je ne prends pas de risques. C'est vraiment Azzone qui m'a demandé de venir. Il a dit que vous seriez plus disposé à parler avec moi.

— À parler de quoi?

— Il veut savoir si vous avez découvert quelque chose sur la mort de son père, maintenant qu'il y a eu un autre cas du même genre. Et je voudrais le savoir moi aussi, bien que ce soit pour des raisons diamétralement opposées aux siennes.

— Ce ne sont pas des accidents, mais des homicides. Cela ne fait plus aucun doute. Mais je tâtonne sur leur auteur et son mobile.

— Et qu'avez-vous appris sur l'incendie qui menace la ville? S'agit-il d'un danger véritable ou d'un mensonge?» Elle rougit violemment, puis ajouta: «Comme vous l'avez sans doute compris, je n'ai pas pu m'empêcher d'écouter, dans l'arrière-boutique…

— Je crois qu'il s'agit d'une bêtise, inventée par ce moine pour impressionner Gerardo et le convaincre de l'aider», répondit Mondino, choisissant chacun de ses mots avec soin.

C'était un mensonge, mais il préférait éviter de partager ses craintes avec Eleonora Lamberti. Semblant lire dans ses pensées, elle ramena derrière son oreille une mèche échappée de son chignon et le regarda droit dans les yeux. «Vous ne me faites pas confiance, n'est-ce pas? Vous pensez que j'irai tout répéter à mon mari.»

Mondino fut pris de court par cette question sans détour. L'instinct lui murmurait de lui accorder sa confiance, la raison le lui interdisait.

«Je vous estime et vous admire, et ce n'est pas nouveau, madame, répliqua-t-il en soutenant son regard. Mais vous restez l'épouse de mon ennemi.»

Elle hocha la tête. «Je comprends, murmura-t-elle. Je vous remercie de votre sincérité. C'est plus que ce que j'espérais.»

Paolo il Tosco émit un râle et Mondino accourut à son côté. Le charpentier était victime d'une nouvelle crise respiratoire. Derrière ses paupières, ses yeux s'agitaient. Il eut une convulsion et se calma. Mondino posa deux doigts sur sa gorge et ne sentit aucune pulsation. Le cœur s'était arrêté. Il n'hésita pas un instant, malgré la présence d'Eleonora, dont le choc pouvait se révéler autrement plus dangereux que celui de ses étudiants. Il posa sa bouche sur celle du charpentier, lui boucha le nez avec deux doigts et se mit à souffler de l'air dans ses poumons.

Entre deux inspirations, il voyait la femme à ses côtés, les yeux écarquillés et la bouche grande ouverte, comme si elle se retenait de pousser un cri. Paolo il Tosco toussa et recommença à respirer.

«Ce n'est pas de la sorcellerie, expliqua aussitôt Mondino. C'est un nouveau système que j'ai...»

Il s'aperçut que son patient avait encore cessé de respirer et se repencha sur lui, répétant la manœuvre. Soudain, Paolo il Tosco ouvrit les yeux. Mondino se détacha vivement de lui, rougissant comme s'il était coupable de quelque chose.

«Je vous remercie pour ce que vous faites, articula le charpentier d'une voix très basse mais très nette. Mais ça suffit, maintenant. Laissez-moi partir, s'il vous plaît.»

Il ferma les yeux et, l'instant suivant, sa poitrine arrêta de se soulever. Mondino lutta contre l'élan qui le poussait à intervenir et resta immobile à côté de la table, les bras le long du corps. Rien ne valait en face d'une volonté aussi clairement exprimée. Si Paolo il Tosco désirait retrouver la maison du Père, il fallait le laisser partir. Ce n'était pas contraire au serment d'Hippocrate ni à la vérité chrétienne. Il s'agissait seulement de laisser la nature suivre son cours.

Il se tourna vers Eleonora Lamberti, et leurs yeux verts se regardèrent fixement, communiquant, c'est du moins ce qui lui sembla, sans avoir besoin de paroles. Puis ils retournèrent vers le charpentier. Le visage moustachu affichait une expression de paix.

Paolo il Tosco était mort.

Quand Gerardo arriva à la tour des Ghisilieri, les maçons étaient en pleine activité. Son épaule était encore douloureuse, et sa lourde houppelande humide accroissait la sensation de froid. C'était une matinée étrange, traversée par de soudains bancs de brouillard d'où les piliers des arcades émergeaient, sombres et solitaires, comme détachés des maisons. Là où le brouillard était absent, on y voyait parfaitement, bien que la lumière blanchâtre blessât les yeux.

Avant de s'approcher du chantier, il l'observa à distance afin de repérer Michele da Castenaso. L'idée de revoir Abdul le répugnait, et il espérait de tout son cœur que le Turc était occupé ailleurs ce matin-là.

Les ouvriers travaillaient en silence, et le bruit des pierres qui tombaient et des coups de marteau semblaient assourdis. Lorsqu'ils échangeaient quelques mots, leur souffle sortait sous forme de petits nuages qui traînaient quelques instants avant de disparaître.

Les travaux concernaient un pan de mur écroulé entre le premier et le deuxième étage de la tour. Son épaisseur était impressionnante. La couche externe de briques cachait un conglomérat de galets de rivière et de chaux d'une largeur de deux brasses au moins, doublée d'une autre épaisseur de briques. Cette maçonnerie était employée dans la plupart des constructions fortifiées. Un échafaudage de bois s'élevait jusqu'au linteau en sélénite, sous le mur écroulé, et les ouvriers avaient installé un plan incliné entre le sol et le haut de l'échafaudage sur lequel ils faisaient monter, à l'aide d'un treuil et d'une poulie, un *parvum carrum* rempli de matériaux de construction.

Ne voyant Michele da Castenaso nulle part, Gerardo s'approcha des deux hommes qui manœuvraient le treuil et leur demanda où il pouvait le trouver.

L'un d'eux, un géant seulement vêtu d'un manteau sans manches, d'un carré de tissu noué autour de la tête et de chausses décousues, indiqua une direction du menton sans cesser de manœuvrer l'engin qui enroulait la corde autour du moyeu. En tournant la tête dans ce sens, Gerardo vit Abdul, à genoux dans la cour intérieure du petit palais en face de la tour. Il faisait quelque chose sur le sol. À côté de lui, assis sur un siège de bois sculpté que les propriétaires des lieux lui avaient peut-être proposé, se trouvait maître Michele, tête nue, avec son habit noir. Dans cette atmosphère ouatée, ses yeux éteints et ses longs cheveux blancs lui conféraient une allure spectrale.

Gerardo le rejoignit à grandes enjambées et le salua, tournant le dos à Abdul. Il s'était juré de régler ses comptes avec lui, mais ce n'était ni l'heure ni le lieu. Du coin de l'œil, il vit que ce dernier traçait un dessin à l'aide d'une pointe de fer sur une couche de plâtre lissé posée sur les pierres de la cour. Ce système était très répandu chez les maçons, leur permettant d'économiser le papier ou le parchemin et d'exécuter des dessins bien plus grands que sur n'importe quelle feuille.

« Je croyais qu'il faisait trop froid pour édifier des murs », dit-il pour lancer la conversation. Durant les mois d'hiver, on ne construisait rien car le mortier gelait et les murs risquaient de s'écrouler.

Michele da Castenaso acquiesça. « C'est juste. Sans doute que celui-ci tombera dans quelques mois. Mais les propriétaires refusent de passer l'hiver avec un trou dans la tour et sont disposés à payer deux fois.

— Je vois. » Vu que le vieillard ne se décidait pas à parler de ce qui l'amenait, Gerardo fut plus direct. « Un de vos hommes est venu me chercher à l'hospice, disant que vous deviez urgemment vous entretenir avec moi. Me voici donc. Avez-vous appris quelque chose sur le temple souterrain ?

— Non, malheureusement, répliqua maître Michele en changeant de position sur son siège. Mais j'ai obtenu pour vous la permission de la Commune de monter sur la tour des Asinelli. »

Pendant un instant, le silence fut tel qu'on entendit distinctement la pointe d'Abdul gratter le plâtre. Il était évident que maître Michele attendait une réponse, mais Gerardo ne savait que dire. Il passait tous les jours à côté des deux tours jumelles de Bologne, la tour Asinelli et la tour Garisenda, sur la place de la Porta Ravegnana. Légèrement inclinée, la tour Garisenda était plus basse que la tour Asinelli, la plus haute de la ville, qui, depuis qu'elle avait été achetée par la Commune, avait différents usages, dont celui de poste d'observation d'où échanger des signaux de fumée avec d'autres postes de vigie pour signaler l'arrivée d'éventuels ennemis. Quel sens cela avait-il de grimper sur une tour si le temple qu'ils cherchaient se trouvait sous terre, comme maître Michele l'avait lui-même dit? Il comprit soudain.

« Vous avez continué de penser à cette histoire de la vigne sur la terrasse, fit-il, déçu. Voyez-vous, je ne crois pas que… »

Michele da Castenaso l'interrompit d'un geste. « En regardant depuis le point le plus haut de la ville, avec un peu de chance il devrait être possible de repérer une maison ayant une vigne sur le toit.

— Avec ce brouillard? »

Maître Michele étant aveugle, il ignorait sans doute que la visibilité était réduite.

« Le brouillard n'est qu'en bas, assura le vieil homme avec un sourire nostalgique, se souvenant peut-être du temps où il voyait encore. En haut, le vent balaie l'air et les maisons les plus hautes en émergent. Celle que nous cherchons devrait avoir trois étages. Peut-être qu'elle est visible, peut-être pas. C'est pour cela que je parlais de chance. De toute façon, si vous n'arrivez pas à la repérer aujourd'hui, vous pourrez réessayer lors de la prochaine belle journée. »

Gerardo n'était pas sûr de vouloir y aller. Découvrir la maison dont avait parlé le maçon ivre pouvait être utile à

Michele da Castenaso pour son enquête privée sur le meurtre du maître maçon et des apprentis. Mais qu'avait-il à y gagner, lui ? Il doutait de la pertinence de cette piste. Cependant, à moins qu'entre-temps Mondino n'eût découvert quelque chose d'important de son côté, pour le moment ils ne détenaient presque rien. Il ne pouvait négliger aucune éventualité.

« Bien, dit-il. J'y vais de ce pas. Mais même si je trouvais la maison, comme ferais-je ensuite pour la retrouver depuis la rue ? »

Maître Michele opina. « Il faut effectuer un relevé, et j'imagine que vous n'en êtes pas capable. Abdul s'en occupera, il vient avec vous. »

Le Turc arrêta de dessiner et ouvrit de grands yeux, inquiet. « Moi, maître ? Mais j'ai des choses à faire ici. Le chantier…

— Si tu veux devenir *architectus*, il va falloir tôt ou tard que tu commences à faire des choses tout seul, l'interrompit Michele da Castenaso. C'est une bonne occasion d'appliquer ce que tu as appris. »

L'idée de se retrouver seul avec Gerardo agitait manifestement Abdul.

« Et le travail ici ? insista-t-il. Si je m'en vais, comment allez-vous faire pour diriger ?

— Le dessin est-il terminé ? demanda Michele en indiquant la couche de plâtre.

— Oui, j'ai tout reporté comme vous me l'avez dit.

— Alors, je n'ai besoin de rien d'autre. Il me suffira de dire aux maîtres maçons où regarder, puis je leur donnerai les explications nécessaires. Au fond, il ne s'agit que de reconstruire un mur. Si une arête était tombée, ç'aurait été plus intéressant. »

Abdul regarda le pan de mur écroulé, puis de nouveau son maître. « Je ne crois pas que ce soit une bonne idée. »

Michele da Castenaso se raidit. «J'ai fait des choses plus compliquées dans ma vie. Ne t'inquiète pas.

— Ce n'est pas ça. Je…

— Ne discute pas. Prends le sac des instruments et vas-y.»

Le Turc s'inclina. «Comme vous voudrez, maître.»

Il s'empara d'un sac en cuir posé sur une pierre, ils saluèrent, sortirent de la cour et prirent la direction de la tour des Asinelli d'un pas rapide.

«Écoutez, chuchota Abdul, s'arrêtant devant une maison dès qu'ils furent seuls. Hier soir, j'étais ivre, je ne sais pas ce qui m'a pris quand…

— Ils étaient sur le point de me tuer par votre faute! tonna Gerardo.

— Je n'en ai pas dormi de la nuit, répondit le Turc. Seule l'idée d'avoir réussi à empêcher cela me réconforte.» Il prit une grande inspiration et ajouta: «Vous ne direz rien à maître Michele, n'est-ce pas?

— Pour le moment, je peux seulement vous promettre que je ne vous jetterai pas du haut de la tour. Non pas que l'envie me manque, mais j'ai besoin de vous.»

Ils reprirent leur chemin. Abdul essaya à plusieurs reprises de reprendre la conversation, jusqu'à ce que le mutisme de Gerardo le décourage.

Quand ils arrivèrent en bas de la tour, il montra l'autorisation portant la signature du magistrat et le sceau de la Commune. Les hommes d'armes de garde les laissèrent monter l'échelle qui menait à l'entrée, située à une certaine distance du sol. Une fois dedans, ils s'engagèrent dans les volées d'escalier en bois qui conduisaient au sommet. Ils franchirent plusieurs étages, tous déserts à l'exception d'un, à mi-hauteur de la tour environ, où trois soldats jouaient aux dés sur le sol en bois brut, tandis qu'un quatrième dormait quelques pas plus loin, avec son manteau comme couverture. À leur arrivée, ils cachèrent en un éclair dés et gobelet. Abdul leur expliqua qui ils étaient et où ils allaient, et l'un des trois leur fit signe de continuer.

Plus ils montaient, plus la tour devenait étroite. Gerardo se demandait à quelle hauteur elle s'élevait. C'était la première fois qu'il voyait une tour de l'intérieur, et il s'était imaginé quelque chose de bien différent de ces volées de marches infinies, séparées par des paliers en bois et éclairées par de rares torches fixées aux murs et par d'étroites fenêtres.

« Nous y sommes », annonça soudain Abdul, traversant le palier qui conduisait aux dernières marches.

Tous deux accélérèrent le pas et, quelques instants après, ils ouvraient la petite porte donnant sur la terrasse crénelée, au sommet de la tour. Ils furent cueillis par une rafale de vent dont la violence les surprit. Pour sortir, ils durent se pencher en avant et se cramponner à la rampe.

La tour oscillait.

« Elle va tomber ! cria Gerardo.

— C'est l'effet du vent, le rassura Abdul. L'oscillation permet à la tour de mieux résister.

— Mais comment va-t-on faire ? Il est impossible de s'approcher des créneaux !

— Pour vous, peut-être. Moi j'y suis habitué. »

Cela dit, il se redressa et traversa la terrasse d'un pas sûr pour aller observer le côté ouest. Gerardo avait l'impression que le sol cédait sous ses pieds, mais il prit son courage à deux mains. Se disant que ce ne devait être guère différent que de marcher sur un bateau, il suivit l'exemple du Sarrasin et s'aperçut que c'était beaucoup plus facile qu'il ne l'imaginait.

Quand il l'eut rejoint, épaule contre épaule entre deux créneaux, la vue lui coupa le souffle.

En dessous d'eux s'étendait une mer de nuages mousseux, d'où émergeaient, comme l'avait annoncé le vieil homme, les tours et les maisons les plus hautes. On apercevait également un bout du Mercato di Mezzo, l'Aposa aux allures de ruban de plomb et les étals entre lesquels se mouvaient hommes, femmes et chevaux de la taille de fourmis. Il était regrettable qu'il y eût du brouillard, mais le spectacle de ces toits et tours semblant flotter sur une masse de vapeur blanchâtre ne manquait pas de magie.

« Hâtons-nous, fit Abdul, mal à l'aise. Je ne veux pas laisser maître Michele trop longtemps tout seul.

— Que doit-on faire, exactement ? » Gerardo s'était déjà accoutumé à l'oscillation et ne la sentait presque plus. Le vent faisait claquer leurs vêtements et, pour s'entendre, ils devaient élever la voix.

« Avant tout, il faut repérer la maison. Le reste, je m'en occupe.

— Mais c'est impossible », protesta Gerardo. Maintenant que l'excitation de la nouveauté était passée, il se rendait compte qu'identifier une construction dont on ignorait l'emplacement et l'allure était autrement plus compliqué qu'admirer la vue.

Abdul haussa les épaules. « Il suffit de décomposer le problème.

— Décomposer ? Comment ça ? »

Le Turc tendit ses bras devant lui, formant un triangle. « La maison que nous cherchons devrait se trouver dans cette partie de la ville, à l'intérieur d'un triangle dont le sommet est la tour où nous sommes et la base entre la Porta San Felice et la Porta Lame. » Il se tourna pour le regarder, comme pour s'assurer qu'il avait bien compris, et reprit : « Maintenant, tracez une ligne imaginaire qui partage ce triangle en deux, en prenant quelques bâtiments comme points de repère.

— C'est bon », dit Gerardo après avoir mémorisé quelques-unes des maisons les plus hautes situées le long de la ligne médiane.

« Bien. Je vais examiner une par une les maisons de la moitié gauche du triangle. Vous allez faire de même avec celles de la partie droite. Cela vous paraît-il faisable ?

— Oui, répondit Gerardo. Ce n'est qu'une question de temps.

— Voilà ce que signifie décomposer un problème. C'est maître Michele qui m'a appris cette astuce. »

Ils se concentrèrent sur les toits et les murs des maisons rouge et ocre que la lumière faisait apparaître gris. Dans les recoins les plus abrités, de petits tas de neige avaient tenu, et de longues stalactites pendaient de certaines corniches.

De nombreuses tours, dont celle des Prendiparte, des Scappi, à côté de la cathédrale San Pietro, et celle des Ghisilieri, où Michele da Castenaso dirigeait les travaux, se dressaient au-dessus de la forêt de toits. À un niveau plus bas apparaissaient les petits palais des grandes familles et, en bas, la marée de maisons d'artisans et de travailleurs en tout genre. La maison où avait travaillé le maître maçon mort devait appartenir à la deuxième catégorie.

Gerardo explora du regard tous les toits de sa moitié du triangle, de celui de la boucherie située juste en dessous de la tour jusqu'à la zone qui se déployait à droite de la cathédrale. Il y avait profusion de terrasses sur les toits, et on apercevait même sur certaines des plantes vivaces, mais rien qui ressemblait à de la vigne. Poursuivant au-delà de la cathédrale, un peu sur la droite, son œil remarqua quelque chose d'étrange. Une tache beige dont il finit par comprendre qu'il s'agissait d'un tissu.

Sans en détacher son regard, Gerardo toucha Abdul du coude, lui indiquant la maison qui avait attiré son attention.

« Je ne vois rien, dit le Turc.

— Plus ou moins dans le coin de la Croce dei Martiri, lui précisa Gerardo tout en continuant de fixer l'endroit. Des draps de chanvre tendus au-dessus d'une grande terrasse, comme pour protéger quelque chose. »

Abdul plissa les yeux. « Je les vois. Et alors ?

— Si vous regardez mieux, vous apercevrez en dessous une masse verte. Ces toiles protègent des plantes du gel.

— Verte ? Mais les plants de vigne devraient être sans feuilles, en décembre, objecta Abdul.

— Ce n'est peut-être pas de la vigne, alors. Nous ne savons que ce qu'un apprenti a dit à son maître, qui l'a ensuite répété au maçon, qui nous l'a raconté à son tour. Les choses ont largement pu être déformées. »

Un silence suivit, troublé par le sifflement du vent.

« De toute façon, c'est la seule chose bizarre que nous avons vue, convint le Turc. Puisque nous sommes là, autant faire un relevé avant de partir. »

Il posa délicatement le sac de cuir qu'il avait emporté et en tira le dernier objet que Gerardo se serait attendu à voir entre les mains d'un Sarrasin.

« Une croix ? dit-il, incrédule.

— Vous, vous l'appelez arbalestrille, ou bâton de Jacob, répondit Abdul. Du nom du juif qui l'aurait inventée, en Provence. Mais c'est un instrument que mon peuple connaît depuis des siècles.

— Je me fiche de qui l'a inventé, pourvu qu'il fonctionne. »

Dans le domaine de la science, il n'y avait presque rien que les Arabes n'affirmaient pas avoir découvert les premiers. C'était parfois vrai, parfois pas, comme le lui avait expliqué Mondino.

Sans plus lui prêter attention, Abdul tira du sac un fusain et quelques morceaux irréguliers de parchemin, unis par une cordelette, qui formaient un cahier assez sommaire. Il approcha de son œil le bras le plus long de la croix et regarda entre les deux marques situées aux extrémités du bras le plus court. Gerardo s'aperçut que tous deux étaient gradués et que le plus court était fixé sur l'autre de façon à pouvoir coulisser. L'Arabe marmonna quelque chose, écrivit des nombres sur le parchemin, puis regarda à nouveau à travers la croix.

« L'arbalestrille sert à mesurer la distance angulaire entre deux objets, dit-il. J'ai mesuré l'angle entre la maison qui nous intéresse et cette tour, à gauche, et j'ai fait pareil à droite. Avec ces données et des calculs nous pourrons la retrouver depuis la rue.

— Je comprends, dit Gerardo, qui en réalité n'avait strictement rien compris. Et quand ferez-vous ces calculs?

— Je n'aurai pas le temps d'ici une semaine, s'exclama Abdul en rangeant son matériel.

— Faites-les aujourd'hui et je ne dirai pas à maître Michele que je vous ai vu hier. »

Le visage du Turc s'éclaira. « Aujourd'hui, je serai occupé jusqu'à tard sur le chantier. Je ferai les calculs cette nuit et, demain, je pourrai vous dire précisément où se trouve la maison. » Son regard se fit suspicieux. « Puis-je vraiment vous faire confiance? »

Les mains de Gerardo prirent l'initiative toutes seules. Il lui envoya un coup de poing à l'estomac et deux autres au visage, sans modérer sa force. Tandis qu'Abdul s'écroulait, il se dirigea vers la porte. « À demain sur le chantier. Si les calculs ne sont pas prêts, Michele da Castenaso sera informé de tout. »

La maison semblait vide depuis que les croque-morts étaient passés chercher le cadavre du charpentier pour le ramener chez lui afin que sa fille pût organiser la veillée funèbre et l'enterrement. Seul dans son étude, Mondino regardait par la fenêtre et repensait aux événements de ces derniers jours.

Gerardo venait de repartir après lui avoir rapporté ses activités durant la courte période où ils ne s'étaient pas vus. Lui non plus n'était pas arrivé à de grandes conclusions. Il était monté sur la tour des Asinelli à la recherche de la maison qui abritait peut-être le temple souterrain de Mithra, sans certitude à ce sujet. Et il avait passé le reste de son temps à chercher Masino qui s'était enfui. Quand Mondino avait avancé que la disparition de l'enfant était bien peu de chose à côté du péril encouru par la ville, ils avaient failli se disputer.

Aussi, quand Gabardino vint lui dire qu'il comptait débourser de sa poche tous les frais de l'enterrement de Paolo il Tosco, Mondino l'écouta d'une oreille distraite. Mais pour lui expliquer sa décision, Gabardino lui raconta comment il avait retrouvé Viviana dans sa chambre, deux jours auparavant. Mondino détourna les yeux des tours des Caccinemici Piccoli et du clocher de l'église Santi Vitale e Agricola in Arena.

« N'as-tu pas trouvé étrange qu'elle soit enfermée dans ta chambre ?

— Si, bien sûr. Puis j'ai compris qu'elle se trouvait dans un état de confusion mentale. Du coup, je lui ai fait visiter la maison pour lui changer les idées. »

Mondino réfléchit longuement avant de parler. Depuis qu'il avait rencontré cette jeune fille, Gabardino avait changé. Il se montrait plus sociable, moins emporté, même avec lui, et il l'avait surpris deux ou trois fois en train de sourire. Il en était heureux et ne voulait pas risquer de tout ruiner avec une remarque maladroite. Toutefois, il n'avait pas oublié qu'il avait vu Fedrigo Guidi s'entretenir à voix basse avec Viviana. Il n'aurait pas été étonné d'apprendre que celui-ci avait chargé la fille de fureter dans la maison, à la recherche d'allez savoir quoi.

« Je comprends, dit-il enfin. A-t-elle manifesté de l'intérêt pour quelque chose en particulier ?

— Oui. Elle a été littéralement fascinée par cette pièce, répondit Gabardino en faisant un geste qui embrassait l'étude de son père. Elle a voulu tout voir, tout toucher. Même les ossements humains que vous gardez dans ce coffret. »

Mondino sursauta. « Je les ferai disparaître. Par mesure de précaution.

— Disparaître? Peut-on savoir ce que vous craignez?

— Des accusations pour sorcellerie, hérésie, pratiques immondes... J'ai plusieurs ennemis, dans et hors de l'université, et ils sont prêts à tout pour se débarrasser de moi.

— Mais vous m'avez dit que ce sont des os de suicidés. Vous les avez obtenus en respectant la loi, en demandant une autorisation au magistrat. » Une ombre passa sur son visage. « Vous ne m'avez pas menti, n'est-ce pas? »

Mondino hésita à dire la vérité. Il ne pouvait pas toujours obtenir ce qui lui servait pour ses recherches en suivant les canaux officiels. Mais il savait que son fils ne le supporterait pas.

« Ce n'est pas ça, expliqua-t-il. L'étude de l'anatomie est regardée avec beaucoup de suspicion. Elle consiste à plonger un couteau dans la création la plus admirable de Dieu, et, pour beaucoup, c'est un sacrilège. Avoir des ossements chez soi n'est bien vu par personne.

— Même si vous étiez accusé, vous pourriez facilement prouver votre innocence.

— Si tu étais accusé d'avoir empoisonné un client en lui donnant un remède inapproprié, répliqua Mondino, et qu'ensuite tu réussissais à prouver ton innocence, crois-tu que ta réputation d'apothicaire en sortirait intacte? Le pouvoir de la calomnie est fort. »

Gabardino poussa un soupir exaspéré. « Père, vous êtes l'un des médecins les plus célèbres de notre temps. Personne ne vous accusera de sorcellerie. »

Mondino comprit que son fils se sentait coupable d'avoir montré les ossements à la jeune fille et tenait à démontrer qu'il s'agissait d'une erreur anecdotique. Il regrettait de devoir le contredire, mais il ne pouvait pas prendre le risque qu'il se montre à nouveau inconséquent en d'autres circonstances. «Peut-être. Mais le fait est qu'Azzone Lamberti, le gentilhomme qui a amené le charpentier ici, est un de mes ennemis jurés. Son cousin Fedrigo, celui qui ressemble à un corbeau, est l'un des meilleurs avocats de Bologne. Nous ne devons pas leur tendre la moindre perche.

— Pourquoi a-t-il amené le blessé chez vous, si c'est un de vos ennemis?

— Je me le demande, justement. Avant qu'ils partent, j'ai vu Fedrigo parler à voix basse avec Viviana, et j'aimerais savoir ce qu'ils se sont dit.

— Vous n'avez qu'à l'interroger. C'est une gentille fille, je ne crois pas qu'elle se refusera à vous répondre.

— Je l'ai fait, mais j'ai eu le sentiment qu'elle n'était pas sincère. Ensuite, j'apprends que tu lui as montré les ossements et que tu l'avais trouvée juste avant en train de fureter dans ta chambre.

— Elle ne furetait pas. Elle s'était perdue. De plus, il n'y a rien de compromettant dans ma chambre.»

Mondino commençait à se demander si les yeux bleus de la fille n'avaient pas touché son fils plus profondément que ce qu'il croyait.

«Ta chambre est la plus grande de la maison. C'était celle de tes grands-parents et c'est la seule au premier étage qui ait une porte. Elle a choisi d'aller précisément dans celle-là, et elle a même pris le soin de fermer derrière elle.

— Soyez clair une fois pour toutes. Pourquoi Viviana serait-elle allée fouiller dans ma chambre? Même en admettant cela, il aurait été plus logique qu'elle aille fouiller la vôtre.

— C'est justement ce que je veux dire ! Elle ne connaît pas la maison, elle monte au premier étage et entre dans la chambre la plus grande. N'est-ce pas celle du chef de famille, d'habitude ?

— C'est bien ce que je pensais, dit Gabardino avec un calme qui annonçait la tempête. Si vous voulez ma chambre, prenez-la donc. Je ne comprends pas pourquoi vous me l'avez laissée, si c'est pour me rappeler à la moindre occasion que ç'aurait dû être la vôtre.

— Ça n'a rien à voir avec ça, Gabardino...

— Bien sûr que si ! À la fin, il s'agit toujours de la même chose : de vous, toujours de vous, rien que de vous. Vous soupçonnez tout et tout le monde, vous imaginez des machinations à vos dépens, mais la vérité c'est que vous ne supportez pas que quelqu'un vous fasse de l'ombre. Vous avez remarqué que cette pauvre fille s'est attachée à moi et vous essayez de semer la zizanie. N'était-ce pas vous qui disiez l'autre fois qu'il serait temps pour moi de trouver une femme ? Bien, il se pourrait que je l'aie trouvée. »

Mondino le fixa, bouche bée, ne sachant que dire. Le fait que son fils fût tombé amoureux d'une fille de condition sociale inférieure était bien le cadet de ses soucis en ce moment. C'étaient ses accusations qui lui fendaient le cœur.

Gabardino tremblait. Il secoua la tête plusieurs fois, comme s'il peinait à trouver les mots justes pour exprimer ce qu'il ressentait.

« Je ne m'étonne pas que vous ayez autant d'ennemis, père, finit-il par lâcher avant de quitter l'étude. Je ne m'étonne pas du tout. »

Le cœur de Mondino se serra en entendant ses pas résonner dans l'escalier. Il resta longuement immobile, à fixer l'encrier où l'encre avait séché, sans vraiment le voir, la tête pleine de pensées confuses. Quand il finit par se lever, il alla droit vers le coffret, en proie à un mauvais pressentiment.

Il souleva le couvercle et manqua de défaillir : les os les plus petits avaient disparu.

Après avoir quitté Mondino, Gerardo avait passé l'après-midi à errer en ville, cherchant Masino dans tous les lieux qui lui étaient venus à l'esprit, sans négliger les plus malfamés. Il avait même emporté un poignard avec lui, au cas où il aurait à se battre pour le libérer. À présent, la nuit était tombée et il pleuvait. Il devait s'avouer vaincu.

Tandis que, la tête rentrée dans les épaules, il revenait vers l'hospice, la pluie redoubla de violence. D'un certain point de vue, c'était une bonne nouvelle : l'eau nettoierait les rues de la neige bien mieux que les équipes de volontaires. De l'autre, elle risquait d'inonder caves et celliers. Gerardo pria pour que Masino n'eût pas cherché à se mettre à l'abri du froid dans quelque cave abandonnée.

Il lui était intolérable de l'imaginer seul, transi de froid et peut-être en danger dans cette ville où il avait déjà été enlevé et vendu une fois. Il comprenait ce qui l'avait poussé à s'enfuir, mais il n'arrivait pas à accepter que cet enfant pour lequel il éprouvait tant d'affection eût disparu de la sorte, sans même une pensée pour lui.

Il se sentait trahi. Pas seulement par Masino, mais par la vie elle-même.

Pourquoi est-ce que rien n'était jamais clair ? Pourquoi fallait-il toujours se battre pour tout ? Gerardo enviait les personnes qui ne s'interrogeaient pas sur leur destin. Le fils du cordonnier était cordonnier. Les fils de marchands suivaient le chemin tracé par leurs parents. Ils avaient entre les mains une activité déjà lancée, ils n'avaient pas à partir de zéro, et surtout ils n'avaient pas à se soucier de savoir quel était leur but dans la vie.

Gerardo était le deuxième enfant d'un petit comte de campagne, propriétaire de bonnes terres dans la province de Ravenne. L'aîné hériterait de la propriété familiale, tandis que lui aurait dû se faire moine, obtenir une charge ecclésiastique et mener une existence paisible.

Au lieu de cela, il avait cultivé le rêve des croisades et s'était fait moine, en effet, mais templier. Puis, quand le rêve s'était brisé, de même que l'ordre monastique qui l'incarnait, il avait décidé de s'occuper de Masino et des autres orphelins de l'hospice. Pas par vocation, mais pour ne pas affronter les questions qui se bousculaient dans sa tête. À présent que l'enfant n'était plus là, tout cela lui apparaissait de façon évidente.

Gerardo s'arrêta net et s'appuya au pilier carré d'une arcade, foudroyé par une pensée. Ce que Masino lui avait fait avec sa fugue, il l'avait fait à ses parents. Il avait quitté la maison, déçu leurs espérances, les avait laissés dans un doute constant quant à son avenir. Sa mère lui avait écrit plusieurs lettres où elle lui demandait de revenir. Elle s'efforçait de comprendre les motivations de son fils, tout en le priant d'essayer de comprendre à son tour son inquiétude maternelle. Gerardo fut traversé par une bouffée de honte en pensant à l'humiliation qu'elle avait dû éprouver en révélant ses sentiments à un écrivain public. Et lui avait eu l'outrecuidance de s'accorder le luxe de tarder à répondre. La dernière lettre lui était arrivée un mois plus tôt. Il l'avait lue, l'avait enroulée de nouveau puis avait décidé d'attendre d'avoir les idées un peu plus claires sur son avenir pour lui répondre. Maintenant, il se demandait si cette clairvoyance lui viendrait jamais. Peut-être que la vie n'était qu'un cours continu, sans réelle motivation. Et plus on s'interrogeait, plus on souffrait.

Il entendit des pas dans son dos et se tourna. Deux hommes à l'air patibulaire sortis de la cour d'une gargote se dirigeaient vers lui. Ils étaient mal habillés et allaient pieds et tête nus malgré la pluie, mais le gourdin que l'un des deux tenait à la main révélait qu'ils n'étaient pas là pour demander l'aumône. Gerardo glissa une main sous sa houppelande, en tira son poignard et fit un pas dans leur direction. Les deux hommes s'arrêtèrent, échangèrent un regard puis s'éloignèrent rapidement, à la recherche d'une proie plus facile.

Mieux valait rentrer au couvent sans tarder. Plus la soirée avançait, moins les rues étaient sûres. Avec ce temps de chien, seuls les malfaiteurs et les hommes désespérés comme lui étaient dehors. Gerardo rengaina son poignard et reprit son chemin, attentif au moindre mouvement, sans pour autant interrompre le flux de ses pensées. La digue avait désormais cédé, et elle était irréparable.

Peut-être que le plus avisé était de cesser de faire souffrir ses parents. De toute façon, il savait maintenant qu'il ne deviendrait pas un moine bénédictin. Avec la fugue de Masino, l'expérience du couvent pouvait être considérée comme terminée. Il attendrait une dizaine de jours, jusqu'au Nouvel An, dans l'espoir que l'enfant se décidât à revenir. Puis, avec ou sans lui, il rentrerait chez lui. Tel le fils prodigue.

Ses parents tueraient le veau gras, il en était sûr.

Arrivé à l'entrée de la petite place qui séparait l'église San Procolo de l'hospice homonyme, il entendit de nouveau un bruissement dans l'ombre. Sans hésiter, il dégaina son poignard et s'adossa au mur.

« C'est moi, messire, le rassura une femme encapuchonnée, sortant d'un recoin et s'avançant sous les arcades. C'est Clara. »

Gerardo scruta l'obscurité et ne renfila son arme dans sa gaine que lorsque la femme eut fait tomber son capuchon en arrière, libérant ses cheveux châtains. C'était bien elle.

«Que faites-vous ici? Masino...

— Masino est chez moi», l'interrompit Clara. Sa voix couvrait à peine le crépitement de la pluie. «Je lui avais dit où je travaille pour le rassurer. Je n'imaginais pas qu'il s'enfuirait pour me rejoindre.»

Le froid du mur auquel Gerardo était adossé, sa houppelande détrempée, ses pieds gelés, tout se ramassa en une seule émotion, dont il n'aurait su dire si c'était de la colère ou du soulagement. «Je le cherche depuis hier, fit-il doucement. Dans toute la ville.»

Elle fit un pas en avant, comme pour mieux le voir. Gerardo accepta l'examen, et ils se regardèrent longuement dans les yeux. Ceux de Clara étaient des puits remplis de quelque chose qui ressemblait au regret.

«Vous êtes trempé. Masino essayait de me faire comprendre que sa disparition vous ferait souffrir, mais je n'y croyais pas.

— Pourquoi?»

Elle secoua la tête, et quelques boucles de cheveux balayèrent son front. «Ce n'est qu'un enfant misérable et maltraité par la vie. Il y en a plein, des comme lui. Et vous, vous êtes...

— Riche», compléta Gerardo d'un ton amer. Les barrières sociales semblaient infranchissables. Un noble ne pouvait se soucier que d'autres nobles. Un pauvre, que d'autres pauvres.

«Il n'a cessé de se tourmenter que lorsque je lui ai promis de venir vous informer. J'ai frappé à la porte, mais on m'a dit que vous étiez absent, alors je vous ai attendu.

— Que va devenir Masino? demanda Gerardo d'une voix anxieuse. Allez-vous le ramener à l'hospice et l'obliger à devenir prêtre?»

Clara sourit, il vit l'éclat de ses dents blanches dans la nuit. « Non. Il m'a fait comprendre que sinon il s'échapperait de nouveau. C'est un garçonnet obstiné.

— Alors, qu'allez-vous faire ?

— Je vais le garder. La patronne m'a dit que ça ne pose pas de problème s'il donne un coup de main pour le ménage. On verra quand il sera plus grand. »

Gerardo sentit toute l'inquiétude de la journée se dissoudre. « Vous avez pris la bonne décision. J'en suis sûr. »

Elle acquiesça. « Vous m'avez fait comprendre beaucoup de choses. Pardonnez-moi les mots un peu vifs que j'ai eus pour vous.

— Vous êtes tout excusée. Viendrez-vous me rendre visite avec Masino ? »

Le visage de Clara s'assombrit. « Bien sûr. Je vous dirai où et quand. Maintenant, il faut que j'y aille, il est tard. »

Elle fit mine de s'éloigner, puis sembla changer d'avis. Elle le regarda dans les yeux, se mit sur la pointe des pieds et déposa un léger baiser sur sa bouche. « Merci pour tout », murmura-t-elle.

Quand elle voulut reculer, Gerardo l'attrapa par la taille d'un geste instinctif. Ils restèrent un instant immobiles, unis par une sorte de fluide qui courait sous leur peau et les empêchait de se séparer. Le cœur du jeune homme battait à tout rompre. Leurs lèvres se cherchèrent à nouveau et s'unirent dans un long baiser passionné.

Gerardo sentit les mains de Clara se glisser sous ses vêtements et caresser ses hanches et sa poitrine. Il fit de même sans cesser de l'embrasser. Quand il sentit ses seins s'échapper de sa tunique, il comprit qu'il avait désiré ce moment dès la première fois où il l'avait vue.

Il n'aurait jamais imaginé que cela arriverait dans ces circonstances, debout sous les arcades, lors d'une nuit d'hiver pluvieuse, mais il s'abandonna sans réserve. Malgré les épaisseurs de tissu qui les séparaient, trouver la voie qui les mena l'un dans l'autre fut d'une facilité déconcertante. Gerardo appuya son dos au mur et Clara enroula ses jambes autour de sa taille. Leurs mouvements dictés par l'urgence étaient tendres et patients. La pluie et la pénombre formaient un rideau protecteur autour d'eux, comme un monde à part où il n'existait que ce pan de mur, leurs corps avides et le parfum de la peau de Clara, odorant et vaguement salé.

Ils n'échangèrent pas un mot, et gémissements et soupirs se mêlèrent au crépitement de l'eau. Le froid s'insinuait sur leur peau nue, aiguillon qui attisait leur fièvre. Clara poussa un petit cri et se serra contre lui en tremblant.

Gerardo resta immobile, tendu, pendant un long moment. Puis la main de Clara descendit le long de son torse et se mit à le caresser, d'un geste précis et vif. Sans arrêter de l'embrasser, elle l'accompagna à la jouissance.

Gerardo retrouva peu à peu sa raison et la conscience de l'endroit où il se trouvait. Le moment magique était terminé. Ils se détachèrent l'un de l'autre, remirent leurs vêtements en ordre et se regardèrent.

« Merci pour ça aussi, chuchota Clara en lui caressant la joue. Il faut que j'y aille, maintenant.

— Te reverrai-je ? » demanda Gerardo, savourant ce passage au tutoiement.

Elle baissa les yeux, comme si elle cherchait les mots justes pour dire quelque chose de difficile. « Pour notre bien, mais surtout en raison de l'affection que tu as pour mon frère, ne me cherche plus. S'il te plaît. »

Elle lui tourna le dos, quitta la protection des arcades et disparut en courant sous la pluie.

X

Debout sur le seuil de sa maison, Mondino leva les yeux vers les nuages lourds. L'averse de la soirée précédente n'avait pas suffi à évacuer toute l'eau accumulée dans le ciel, mais pour le moment la pluie résistait encore à l'attraction exercée par la sphère de son élément, qui se trouvait sur la Terre, et repoussait son inévitable chute au sol. Bien emmitouflé dans son vieux manteau de laine qui lui tenait chaud, Mondino prit la route. Il avait abandonné sa robe écarlate en faveur d'une tenue plus confortable : une tunique en laine brossée noire qui lui arrivait aux genoux, une veste marron sans manches et des chausses semelées marron également.

Confort mis à part, il s'était tout de même soucié de son élégance car, après son entretien avec l'ex-prieur de San Pietro, il rendrait visite à Taverna Tolomei dans son palais.

En tournant au coin de la via San Vitale, le vent lui gela les oreilles et l'obligea à tenir son couvre-chef enfoncé sur sa tête. Par chance, l'office de la boue avait ces derniers jours dirigé une grande opération de nettoyage des cloaques, et les eaux usées coulaient librement dans les caniveaux, évitant à la rue de prendre son allure coutumière de marécage boueux.

Gabardino s'était rendu chez Viviana pour assister aux funérailles du charpentier. Il était toujours convaincu de l'innocence de la jeune fille, mais il avait accepté de lui demander si elle savait quelque chose des ossements disparus, surtout pour éviter que Mondino ne le fît en personne et ne la blessât avec ses soupçons.

Si la possibilité que Viviana eût déjà remis les ossements à Azzone ou à Fedrigo préoccupait grandement Mondino, il devait d'abord parer au plus urgent. Il était beaucoup plus important d'identifier l'assassin de Bertrando Lamberti et de Giovanni da San Gimignano, car c'était sans doute le seul moyen d'éviter l'incendie qui menaçait Bologne. Face à un tel péril, les problèmes personnels passaient au second plan. Les propos qu'il avait tenus la veille à Gerardo valaient également pour lui. Il s'occuperait du vol des ossements quand il en aurait le temps.

Il s'acheminait d'un pas rapide vers la cathédrale, espérant arriver avant que le père Cherubino fît sa collation de mi-matinée, selon les prescriptions de son oncle Liuzzo. Le trajet lui permettait d'ordonner mentalement les éléments dont il disposait au sujet de ce mystère.

L'entretien avec Gerardo avait révélé que l'idole représentée sur le tatouage de Bertrando Lamberti et sur le dessin de frère Samuele s'appelait Zurvan et que c'était une divinité du panthéon mithréen. Que le temple de la secte, s'il existait, devait être cherché sous terre, à proximité d'une source d'eau pure. Qu'une maison repérée par Gerardo du sommet de la tour des Asinelli pouvait être le bâtiment où le temple était caché, mais que ce n'était qu'une hypothèse.

Gerardo n'avait pas chômé pendant que Mondino s'occupait du charpentier. Cependant, ils ne disposaient pour l'heure d'aucune preuve à même de convaincre le podestat, le capitaine du peuple ou le Conseil des Anciens que la ville était menacée par un danger bien plus important que l'éventualité de retrouver un troisième cadavre carbonisé.

Mondino espérait de tout cœur que l'ancien prieur de San Pietro lui serait utile. C'était un homme doté d'une vaste culture dans des domaines variés, de la science à l'histoire et à la théologie. Si les blessures sur la main de Giovanni da San Gimignano avaient une signification codée, il était la personne adéquate pour la déceler.

Une fois arrivé sur la place de la Porta Ravegnana, il s'engouffra dans la ruelle séparant la grande boutique de la corporation des bouchers et la poissonnerie des Asinelli pour se perdre dans un dédale de venelles qui débouchait derrière San Pietro, du côté de la Porta dei Dottori, réservée aux titulaires d'un diplôme en jurisprudence. Andolfo et Odofredo, quant à eux, sortiraient de la basilique San Francesco, où se déroulait le rituel du diplôme pour les étudiants en médecine et en arts libéraux.

Se promettant à nouveau qu'il assisterait quoi qu'il en coûtât à la cérémonie du lendemain, Mondino entra dans l'église par la porte principale, située entre deux colonnes torses reposant sur deux lions de marbre rose.

Il traversa la nef centrale et dit au premier prêtre qu'il croisa qu'il était le neveu de Liuzzo de Liuzzi, le médecin du père Cherubino Cornari.

« Je dois voir le père Cherubino. S'il n'est pas occupé, bien entendu. »

L'homme l'accompagna aux cellules des frères par une porte intérieure et, peu après, Mondino se retrouva devant le prêtre. Le père Cherubino n'avait plus de charges officielles, mais, en raison du poste important qu'il avait occupé par le passé et de son âge avancé, il jouissait du privilège de disposer d'une grande cellule individuelle, saine et chauffée par un foyer composé d'une simple plaque de pierre réfractaire, sur lequel brûlait du bois de genévrier. Le vieux prêtre, très maigre et enroulé dans un habit trop grand pour lui, semblait revigoré par le froid matinal.

« Magister, quel plaisir de vous voir », sourit-il en le faisant entrer. Il avait des cheveux courts et blancs, un nez pointu et des joues creuses. « Votre oncle n'est-il pas encore revenu ?

— Pas encore, père. Je crois qu'il passera Noël chez nos parents en Toscane et reviendra au début de l'an neuf.

— Et, en l'absence de Liuzzo, vous vous êtes donné la peine de venir consulter le pauvre vieillard que je suis, malgré toutes vos obligations à l'université. Je vous remercie beaucoup pour cette attention.

— Ne me remerciez pas, fit Mondino. Je ne suis pas seulement venu contrôler votre état de santé, mais aussi vous demander des informations. »

Le prêtre le fixa de ses yeux gris, restés vifs et scrutateurs. « Comme vous êtes différent de votre oncle, constata-t-il.

— Comment ça, père ?

— Lui, il m'aurait consulté, prescrit un régime alimentaire et des remèdes et, seulement à la fin, il m'aurait dit ce qu'il voulait savoir, comme s'il s'agissait d'une chose sans importance. »

Mondino sourit. Liuzzo était un maître en matière de subtilités sociales. « Je vois que vous le connaissez bien.

— Depuis son enfance. Mais venons-en à nous. Que vouliez-vous me demander ?

— Nous en parlerons après la consultation. Même si je n'ai pas respecté les conventions, la santé passe avant tout.

— Comme vous voudrez. »

Mondino contrôla sa respiration en collant une oreille contre son dos, lui prit le pouls, s'enquit de la couleur et de la consistance de sa première urine du matin, lui conseilla de lui en garder un échantillon dans un récipient de verre le lendemain et de le lui faire parvenir à son domicile pour qu'il l'examinât *de visu*.

Puis il lui recommanda de se frotter régulièrement le visage en se tournant vers le feu pour combattre la mélancolie à laquelle son organisme tendait en raison de son âge avancé, comme cela arrivait souvent aux personnes de constitution colérique. Enfin, il voulut savoir quel régime Liuzzo lui avait prescrit et, naturellement, il l'approuva en tout point, lui conseillant en outre d'adjoindre à son vin de l'eau où un bout de fer chauffé à blanc aurait été éteint. Après quoi, il se racla la gorge et s'attaqua à l'objet de sa visite.

« J'imagine que vous connaissez la main guidonienne, commença-t-il.

— C'est comme si je vous demandais si vous connaissez le couteau chirurgical, répondit le prêtre. Je n'ai jamais été un grand chantre, mais l'étude de la musique est inévitable pour tout prêtre.

— Fort bien. Pour ma part, je n'y connais rien, et j'ai besoin des explications d'un connaisseur. »

Mondino tira de son sac le dessin de la main et le lui montra. « C'est l'empreinte de la main d'un mort, repassée à l'encre. Elle pourrait contenir une indication importante pour retrouver l'assassin. »

En quelques mots, il lui fit le récit des morts de Bertrando Lamberti et de Giovanni da San Gimignano et de son implication dans ces affaires. Le père Cherubino n'avait pas entendu parler de la main mais avait eu vent du reste.

« Dites-moi tout ce que vous voyez, je vous prie, demanda Mondino en lui indiquant le dessin, sans omettre ce qui vous semble sans importance. Tenez compte de ce que vous parlez à un ignare absolu en la matière. »

Le père Cherubino contempla longuement le dessin avant de prendre la parole. « C'est une *manus guidonis* très sommaire. Ce qui est normal, vu les conditions dans lesquelles elle a été tracée. Au niveau des phalanges, les notes des trois octaves principales sont marquées, mais d'habitude sur les dessins destinés aux apprentis chantres le nom de la note est aussi signalé, ainsi que l'octave haute ou basse à laquelle elle appartient. »

Il leva les yeux et Mondino acquiesça. « Continuez, je vous prie.

— C'est la première fois que je vois le chrisme au milieu de la paume. Ce détail n'a rien à voir avec la musique.

— Est-ce qu'il vous évoque quelque chose ? Même quelque chose qui ne serait pas lié à la musique. »

Le prêtre alla remuer les braises sur la plaque de pierre sombre, puis dit : « Le sceau de la chancellerie pontificale, les étendards de Constantin le Grand, quelques anciennes monnaies, les catacombes que j'ai visitées dans ma jeunesse… En bref, c'est un symbole fortement lié à Rome. »

Mondino hocha la tête, la bouche pincée. « Est-ce que cela pourrait avoir un lien avec le culte de Mithra ? »

Le regard du père Cherubino se fit froid. « Pourquoi cette question ? »

Mondino comprit que s'il désirait sa collaboration il devait tout lui raconter. Il le mit rapidement au courant de ce que Gerardo lui avait rapporté et attendit. Il y eut un long silence avant que le prêtre se décidât à soupirer : « Bien entendu, vous connaissez la vision que Constantin a eue avant sa bataille contre Maxence.

— Celle où il a vu une grande croix dans le ciel, accompagnée de la phrase "*In hoc signo vinces*" ? s'enquit Mondino.

— Exact. Même si en réalité l'inscription était en grec et qu'elle n'a été traduite en latin que par la suite. Constantin a donc décidé de s'en remettre à ce présage et a fait coudre le monogramme du Christ sur ses étendards. Et, ainsi, il a remporté la bataille. » Le père Cherubino plissa les yeux. « La vision, comme le rapporte Eusèbe de Césarée, a été partagée par quarante mille soldats, il ne devrait donc pas y avoir de doutes quant à sa véracité.

— En effet, il n'y en a pas, que je sache.

— Eh bien si! s'exclama le prêtre. Quelques commentateurs païens soutiennent une version différente. L'Église s'est évertuée à la faire disparaître, mais elle continue de circuler.» Il secoua la tête, comme s'il regrettait d'avoir parlé. «Je suis désolé, je préfère ne pas en dire plus à ce sujet.

— Père, insista Mondino d'une voix inquiète, il ne s'agit pas d'aller à l'encontre de la vérité soutenue par l'Église. Au contraire, il s'agit de démasquer une secte idolâtre qui pourrait tuer des milliers de chrétiens dans un incendie sans précédent si on ne l'arrête pas. Je vous implore de me dire ce que vous savez, pour le bien de tous.»

Le père Cherubino alla à la fenêtre et inspira une bouffée d'air qui sentait la neige. Pendant un long moment, on n'entendit que le crépitement du bois.

«Bien, finit-il par dire, se tournant brusquement. À l'époque, la religion de Mithra était très répandue chez les Romains, surtout chez les légionnaires. Souvent, les soldats peignaient sur leurs boucliers le symbole du *Sol Invictus*, le nom attribué par les Latins au Dieu perse. Ne l'avez-vous jamais vu?

— Non, répondit Mondino. À quoi ressemble-t-il?»

Le prêtre s'approcha de la plaque de pierre dans le foyer, étala une couche de cendre à l'écart des braises à l'aide d'une pelle et, utilisant la pointe de l'instrument, il dessina un X et une croix superposés, avec un petit cercle au centre.

« C'est le symbole du soleil triomphant, expliqua-t-il. Comme vous le voyez, il ne diffère pas tant du chrisme. Eh bien, continua-t-il, secouant la tête comme s'il peinait à prononcer ces mots, quelques historiens soutiennent que c'était cela, la croix que Constantin et ses soldats ont vue, et non pas la croix du Christ. Une telle impiété paraît absurde, mais j'ai moi-même brûlé il y a quelques années un texte qui en faisait mention, je sais donc de quoi je parle. »

Une illumination traversa l'esprit de Mondino, qui fit disparaître pendant une seconde la cellule, le foyer et le visage décharné du père Cherubino.

« Un instant, fit-il. Dans les représentations du chrisme que j'ai vues jusqu'ici, les lettres sont inscrites *dans* un cercle. Comme ça. » Il traça en quelques traits un monogramme du Christ à côté du symbole du soleil triomphant.

« Et donc? demanda le prêtre, perplexe.

— Sur la main de Giovanni da San Gimignano, les extrémités des lettres *chi* et *rho* dépassent du cercle, comme les branches des croix sur le dessin que vous avez fait.

— Père Giovanni était en train de mourir quand il a gravé ces lettres dans sa chair. Je ne crois pas qu'il disposait de la sérénité nécessaire pour faire un dessin parfait. »

Mondino ne partageait pas son point de vue. « Au contraire. Vous venez de me confirmer que les autres blessures, celles qui indiquent les notes musicales, sont toutes au bon endroit. De plus, nous parlons d'un moine. Il n'a certainement pas voulu risquer la damnation au moment de mourir en gravant par erreur un symbole païen sur sa main.

— Je ne vois pas où vous voulez en venir», fit le père Cherubino. Une ride verticale était apparue au milieu de son front, et il le scrutait d'un air sévère.

«Je ne crois pas qu'il souhaitait laisser une énigme à ceux qui le retrouveraient, mais un message clair. C'est pourquoi il a réuni deux symboles.

— Pour dire quoi?

— Peut-être que son assassin vient de Rome. Ou qu'il est de quelque manière lié à cette ville.» Ce n'était qu'une partie de son hypothèse, mais l'hypothèse dans sa totalité était irrecevable pour le père Cherubino Cornari. «Reste à comprendre pourquoi il a transformé sa main en une *manus guidonis*. Peut-être qu'il voulait indiquer le lien entre sa mort et le chant mystérieux que les gardes, tout comme les familiers de Bertrando Lamberti, ont entendu.

— Ou que son assassin est un chantre», avança le père Cherubino. Mondino se contenta de le regarder sans rien dire, et le prêtre poursuivit: «Je sais ce que vous pensez, même si vous ne l'avez pas dit. Vous croyez que le chrisme mêlé au symbole du *Sol Invictus* indique qu'il s'agit d'un prêtre passé de la religion chrétienne à la religion païenne.

— Je n'osais pas formuler une telle hypothèse, reconnut Mondino. Je craignais de vous choquer.

— Êtes-vous choqué par vos cadavres disséqués?

— Non, mais c'est que j'y suis habitué. Beaucoup de mes étudiants vomissent, les premières fois.

— Un prêtre dissèque l'âme, magister. Au cours de ma carrière, j'ai exploré bien des âmes, et j'ai vu des choses qui vous retourneraient l'estomac. L'idée qu'un prêtre change de religion m'attriste mais ne me choque pas.

— Vous êtes d'accord avec moi, alors?

— C'est l'hypothèse la plus plausible. Surtout à cause de la main guidonienne. Que je sache, elle est utilisée par les religieux qui étudient le chant, pas par les hommes qui dégoisent des refrains indécents dans les tavernes.»

L'interprétation du dessin avait plongé Mondino dans une sorte d'exultation tranquille. Il était convaincu d'être sur la bonne voie. Il ne lui manquait qu'un élément pour avoir en main toutes les cartes permettant d'identifier l'assassin.

«Avez-vous entendu parler de quelque chantre célèbre de Rome qui se serait installé à Bologne? demanda-t-il.

— Pourquoi célèbre? Ne pourrait-il pas s'agir de n'importe quel chantre?

— Je ne crois pas. Pour que le message ait du sens, ce doit être quelqu'un d'assez connu, dont le nom vient à l'esprit quand on pense à "Rome" et à "chantre".»

Le prêtre ferma les yeux, fouillant les recoins de sa mémoire. «Non, je suis navré. Aucun nom ne me vient à l'esprit.

— Dommage», soupira Mondino. L'ombre d'un instant, il avait espéré que le mystère allait être résolu.

«Mais je connais quelqu'un qui le sait peut-être, reprit le père Cherubino. Le nouvel inquisiteur dominicain. C'est un homme consciencieux, qui estime de son devoir d'être informé de toutes les allées et venues des religieux en ville. Pourquoi faites-vous cette tête?»

Mondino comprit que, comme d'habitude, on pouvait lire ses pensées sur son visage. «Je ne suis pas en bons termes avec les dominicains, père.

— À cause de l'histoire du printemps dernier, vous voulez dire?» Le vieux prêtre secoua la tête. «Vous ne devez pas juger tout le troupeau à partir d'une brebis galeuse. Le père Uberto da Rimini a été sévèrement puni.

— Je sais, mais j'imagine que son successeur n'a pas très envie de collaborer avec moi. Au fond, la punition du père Uberto a été une honte pour l'Inquisition et pour l'ordre dominicain dans son ensemble.

— Le nouvel inquisiteur s'appelle Marcello da Verona. » Le prêtre fit une nouvelle pause en le regardant dans les yeux. « C'est un homme de science lui aussi, savez-vous? Il s'intéresse surtout à la physique. J'enverrai un enfant de chœur le prévenir de votre visite, si vous le désirez.

— Je vous en saurais gré. Je suis sûr que votre nom facilitera les choses.

— Bien. Maintenant, si vous n'avez rien d'autre à me demander… Je ne voudrais pas trop retarder ma collation. Votre oncle a beaucoup insisté sur la régularité de l'alimentation.

— Bien entendu… », sourit Mondino, essayant de masquer l'inquiétude que lui procurait la perspective de se retrouver face à face avec un inquisiteur. « Au revoir, mon père. Et merci pour votre aide.

— Arrêter ce monstre est un devoir chrétien. N'hésitez pas à revenir me voir si je peux encore vous être utile. »

Mondino parcourut dans l'autre sens le trajet suivi à l'aller et, dès qu'il fut sorti de l'église, il prit la direction de la Piazza Maggiore. À l'instant même, le podestat, escorté par quatre hommes d'armes, quittait son palais.

Mondino hâta le pas, ignorant les appels des étameurs à leurs étals le long des murs du palais, et le rejoignit au niveau du balcon où, six ans auparavant, la statue en cuivre doré du pape Boniface VIII avait été érigée.

Il lui coupa la route et, s'inclinant, le salua. Vêtu d'un costume d'apparat comme chaque fois qu'il faisait une apparition publique, Taverna Tolomei répondit au salut avec condescendance, agitant son bâton doré dans sa direction.

«Messire de Liuzzi, commença-t-il, omettant le titre de Mondino. J'espère que vous venez m'annoncer que votre mission a été couronnée de succès. J'ai informé à l'instant le Conseil des Anciens de cette affaire des morts par le feu.

— Malheureusement, messire Tolomei, riposta Mondino, lui retournant l'affront, j'ignore encore où se trouvent les restes du pauvre Bertrando Lamberti. Je sais que la semaine s'est terminée hier et je suis prêt à me défendre si vous avez l'intention de donner suite à la plainte d'Azzone. Mais je suis venu vous parler de quelque chose de bien plus grave.

— Plus grave que votre ruine en tant que médecin et que professeur? Ce doit véritablement être quelque chose de terrible, alors.»

Mondino réprima la réponse acide qui lui brûlait les lèvres. Il ne devait pas perdre son calme. «En effet, dit-il seulement. Pourrais-je m'entretenir en privé avec vous? Je serai bref.

— J'ai beaucoup à faire aujourd'hui et je ne peux vous recevoir, répliqua le podestat. Nous parlerons ici.»

Il ordonna aux hommes d'armes d'éloigner les passants et, en un instant, ils se retrouvèrent seuls au milieu d'un grand carré désert découpé dans la place noire de monde. Taverna Tolomei ne manquait jamais d'exploiter tous les moyens à sa disposition pour attirer l'attention.

Mondino leva les yeux vers la statue de Boniface VIII. Le Siennois Manno Bandini avait sculpté le pape bénissant les fidèles, la main droite levée et les clés de saint Pierre dans la main gauche. Son visage de cuivre était jeune, bien loin de toute ressemblance physique réelle. Pouvoir et autorité émanaient de la statue.

Mondino s'efforça de conférer une force identique à ses mots quand ses yeux redescendirent vers le podestat:

«Je suis certain que quelqu'un veut brûler la ville la nuit de Noël.

— Comment?» Taverna Tolomei avait reculé d'un pas, comme pour mettre de la distance entre cette information et lui. «Êtes-vous bien sûr de ce que vous avancez?

— Assez sûr. Le capitaine du peuple a dû vous dire…

— Messire Visdomini n'a jamais fait allusion à quelque chose de ce genre, l'interrompit le podestat. En avez-vous parlé avec lui?

— Oui, mais comme je ne dispose pas de preuves irréfutables, je ne pense pas qu'il m'ait cru. C'est peut-être pour cela qu'il ne vous en a pas parlé. Cependant…»

Le soulagement éclaira le visage du podestat. «Il n'y a pas de preuves et vous voulez troubler ma quiétude et celle de tous les citadins avec une information de ce genre? Vous rendez-vous compte des implications? Ce serait une panique ingérable!

— Je m'en rends compte, répondit Mondino. Mais une information aussi grave ne devrait pas être prise à la légère. Il faudrait en parler au Conseil des Anciens et prendre les mesures nécessaires.

— Oh, et à présent vous m'expliquez ce que je dois faire. Votre impudence est sans limites.

— Pardonnez-moi, il n'était pas dans mon intention de vous offenser ni de vous suggérer quoi que ce soit, dit Mondino en levant les mains pour l'apaiser. Je parlais seulement pour le bien de Bologne. Si vous me permettez de vous expliquer un peu mieux la situation, je…

— Je ne vous le permets pas! s'exclama le podestat, grimaçant. J'ai beaucoup à faire pour le bien de Bologne, et je ne puis continuer à perdre mon temps à écouter vos fantaisies. Si messire Visdomini n'a pas estimé nécessaire de m'informer de cet incendie, c'est qu'il ne pense pas qu'il s'agisse d'une menace réelle. Si j'étais à votre place, je me préoccuperais plutôt de trouver un bon avocat. Un joli paquet d'accusations pèsent contre vous.

— Un joli paquet ? Il y en a d'autres que celle d'Azzone ?

— Celle d'avoir retardé le cours de la justice, comme je vous l'avais promis, rétorqua le podestat en comptant sur ses doigts avec un plaisir évident. Puis une plainte pour avoir laissé mourir un patient qu'Azzone vous avait confié, que son avocat m'a transmise hier. Et, enfin, je projette de vous accuser d'inventer des menaces invraisemblables pour détourner l'attention de vos méfaits. Seul un miracle pourrait vous sauver. »

À ce point, Mondino savait pertinemment que la seule manœuvre possible était une prudente marche arrière. Cependant, sa colère prit une nouvelle fois le dessus.

« J'espère que vous aurez le temps de me faire un procès, siffla-t-il entre ses dents. Nous pourrions tous être morts la semaine prochaine. »

Il tourna le dos à Taverna Tolomei et s'éloigna à grandes enjambées, s'attendant à être arrêté d'un instant à l'autre par les sbires du podestat.

Le cortège funéraire avait rapidement traversé l'enchevêtrement de rues séparant la maison de Paolo il Tosco du petit cimetière accolé à l'église Santa Lucia. Gabardino aurait voulu payer un enterrement en bonne et due forme, avec un prêtre pour précéder le cercueil en récitant des prières, un enfant de chœur pour agiter l'encensoir et une messe à l'église avant la mise en terre, mais Viviana s'y était opposée. Dans son quartier, les gens n'étaient pas accoutumés aux enterrements de ce genre et on aurait pu penser à mal.

« À mal ? Pourquoi donc ? », s'était étonné Gabardino. Elle l'avait regardé d'un air agacé.

« Ils penseraient que je vous ai donné quelque chose en échange », avait-elle expliqué en rougissant, et il s'était senti idiot.

Tous ses dires et tous ses actes semblaient inéluctablement condamnés à être malvenus.

Le prêtre prononçait l'office funèbre devant la fosse, marmonnant à la hâte des mots latins que Gabardino peinait à reconnaître et qu'aucun autre membre de l'assistance ne comprenait. La cérémonie avait lieu à côté du mur d'enceinte, dans la partie du cimetière la plus éloignée de l'église, celle réservée aux personnes de peu d'importance. Car il n'était pas vrai que la mort rendait tout le monde égal, en tout cas pas pour les hommes. Les différences sociales se perpétuaient dans la sépulture.

Viviana se tenait un pas devant lui, pour ne laisser personne imaginer qu'il existait une relation entre eux, quelle que fût sa nature. Elle était belle même de dos, enroulée dans une cape masculine noire empruntée à l'un de ses voisins. Le lourd voile qui lui couvrait la tête masquait ses cheveux rassemblés en chignon, mais sa silhouette svelte restait charmante, même accoutrée de la sorte.

Gabardino se sentit coupable, pas tant à cause de cette pensée impure que du lieu et du moment. Il était très inapproprié de penser à l'amour à l'instant où l'on allait descendre le père de Viviana dans la fosse. Mais la pensée suivante fut pire encore. Se pouvait-il que la préoccupation de la jeune fille à l'égard des médisances cachât autre chose ?

Gabardino ne le croyait pas. Elle ne pouvait avoir dérobé les ossements du coffret de son père. Quand et comment aurait-elle pu ? Durant la période où ils avaient veillé le charpentier, il y avait toujours quelqu'un de réveillé dans la maison, de jour comme de nuit. Et puis pourquoi Viviana aurait-elle fait cela à la famille de Gabardino ?

Cependant, il devait le lui demander. S'il ne le faisait pas, son père le ferait en personne et l'offenserait avec ses manières impolies. Non, il devait s'en charger. Mais il ne savait pas comment.

L'office funèbre était terminé. Quatre compagnons du charpentier glissèrent des cordes sous le cercueil et le firent doucement descendre dans la fosse. Viviana se pencha pour jeter la première poignée de terre, qui frappa le bois avec un son mat. Les hommes se saisirent des pelles et, très rapidement, la fosse fut remplie. Ils nivelèrent la terre du plat de leurs pelles, puis plantèrent du côté de la tête une croix de bois où le nom de Paolo il Tosco était gravé. Comme les funérailles avaient été prises en charge par Gabardino, la corporation des charpentiers pouvait prises en charge une pierre tombale en grès, qui remplacerait bientôt la croix.

Quand Viviana lui avait annoncé cela, Gabardino avait cru lire une sincère gratitude dans ses yeux, et peut-être même quelque chose de plus. Mais à présent, alors que le prêtre s'éloignait et que Viviana s'apprêtait à rentrer chez elle accompagnée par ses voisins, il n'avait plus aucune certitude.

Se répétant qu'il ne le faisait que pour éviter des moments plus désagréables encore, il prit une profonde inspiration et se lança : « Il faut que je vous parle un instant en privé.

— Pourquoi? s'étonna-t-elle, ses yeux bleus froncés dans un pli sévère.

— Je vous en prie, c'est déjà assez difficile pour moi comme ça. »

Viviana demanda à ses voisins de l'attendre un instant et ils s'écartèrent un peu, sur une bande de boue durcie entre le mur d'enceinte et une vieille tombe où était plantée une croix anonyme.

«Je vous écoute», dit-elle.

Elle se tenait à deux pas de lui et son attitude n'était que froideur. Gabardino essaya de se convaincre que c'était en raison de son chagrin et des voisins qui les observaient l'air de rien.

«Je dois vous poser une question de la part de mon père, dit-il, gêné. Vous souvenez-vous des ossements que je vous ai montrés l'autre jour?

— Bien sûr.

— Bon, eh bien mon père dit que la moitié au moins a disparu, et…

— Et vous le croyez.» Le regard de Viviana était plein de tristesse et de déception.

«Non, non, je ne le crois pas! Mais je suis obligé de vous demander si vous savez quelque chose à ce sujet. Mon père…» Il bafouilla, se rendant compte combien il était ridicule de toujours répéter «mon père».

«Et le mien, de père? fit Viviana, la voix tremblante de colère réprimée. Vous avez voulu payer ses funérailles, et je vous remercie pour ce geste généreux. Et maintenant, vous osez venir m'accuser devant sa tombe d'un vol que je n'ai pas commis.» Elle secoua la tête, submergée par des émotions contrastées. «Je vous croyais différent», finit-elle par lâcher.

Elle lui tourna le dos, rejoignit ses voisins et s'éloigna avec eux. Gabardino resta figé près du mur du cimetière. La terre fraîchement remuée de la tombe de Paolo il Tosco semblait vouloir lui rappeler que ses sentiments naissants pour Viviana venaient eux aussi d'être enterrés.

Pour se rendre à la basilique dominicaine San Nicolò delle Vigne, Mondino s'orienta d'abord vers le sud, puis vers l'est, évitant les raccourcis pour laisser le temps au messager envoyé par le père Cherubino de le précéder et pour reprendre son calme après son entretien avec le podestat.

Aller lui parler avait été une erreur, mais au moins s'était-il déchargé de la responsabilité d'être le seul, à part Gerardo, à être informé du danger. La plainte au sujet de Paolo il Tosco était une nouveauté mais, connaissant Azzone, elle n'avait rien de surprenant. L'optimisme qui l'habitait quelques jours auparavant lorsqu'il s'était débarrassé sans peine du procès à la suite de la rixe devant la taverne d'Andrea da Viterbo l'avait totalement abandonné. Sa vie était sur le point d'être détruite par Azzone Lamberti avec l'aide du podestat, il ne se faisait aucune illusion à ce sujet. Il était inutile de s'épuiser à essayer de l'éviter, il n'aurait fait qu'y perdre un temps précieux.

Il valait bien mieux qu'il mobilise toutes ses forces pour découvrir l'identité du fou qui assassinait par le feu, et ainsi empêcher la destruction de la ville. C'était tout ce qui lui importait et, incidemment, s'il réussissait, c'était aussi tout ce qui pouvait le sauver. Démasquer l'assassin lui permettrait de découvrir ce que le cadavre de Bertrando était devenu et donc de prouver son innocence. Une fois la première accusation tombée, les autres perdraient de leur force.

Malheureusement, à part la maison aperçue par Gerardo depuis la tour des Asinelli, ils ne détenaient pour l'heure que de vagues hypothèses sur une ancienne religion païenne et ses dieux. Rien, absolument rien de ce qu'ils savaient ne pouvait les mener à une personne précise, avec un nom et un visage.

Il n'avait plus qu'à espérer que l'inquisiteur dominicain lui donnerait le nom d'un homme à interroger et, éventuellement, à faire arrêter s'ils trouvaient des preuves concrètes à sa charge.

Quoiqu'il n'y crût pas vraiment, il n'était pas dans sa nature de déposer les armes. Il se battrait jusqu'au bout, comme il l'avait toujours fait.

Traversant les rues herbeuses séparant la deuxième enceinte de la troisième, il se dit qu'il aurait fait plus vite avec son cheval et qu'ainsi cette pauvre bête, qui passait trop de temps enfermée à l'écurie, aurait fait un peu d'exercice.

Mais c'était plus fort que lui, à cheval il se sentait mal à l'aise. Il préférait rester au contact du sol, quitte à crotter ses chaussures et à sauter par-dessus les flaques gelées comme un gamin.

Les jardins et les champs arborés de ce coin de la ville rapetissaient chaque année, au fur et à mesure que les habitations se multipliaient. Parfois, Mondino se demandait comment la ville ferait pour accueillir tous les réfugiés à l'intérieur de la deuxième enceinte en cas de siège, et surtout ce qu'ils mangeraient, vu les maigres récoltes et la hausse des prix occasionnées par la sécheresse estivale. Le peuple montrait déjà des signes d'agitation et, si l'année suivante était aussi difficile que celle-ci, il se révolterait sans aucun doute.

La réduction des zones cultivables adjointe à l'augmentation de la population citadine ne lui semblait vraiment pas une bonne chose. Cependant, il avait l'impression que Bologne était destinée à ne cesser de croître, pour la plus grande gloire de Dieu.

Si un incendie ne la rasait pas.

Cette pensée tomba comme un couperet sur ses réflexions. Mondino s'arrêta au bord d'une flaque trop grande pour être enjambée et, encore une fois, il se sentit submergé par un sentiment de désorientation face à un si grand péril.

Un chariot traîné par un âne sortit du brouillard. Son propriétaire, un vieil homme, lui proposa de monter, et

Mondino se hissa à ses côtés sur le siège étroit. Le charretier commença à lui parler de ses ennuis de santé et Mondino ne put s'empêcher de lui dispenser quelques conseils médicaux.

« Ah, vous êtes barbier ! s'exclama l'homme, enthousiaste. Pourquoi est-ce que vous ne me couperiez pas la barbe et les cheveux en échange du trajet ?

— Je suis désolé, je n'ai pas mon matériel avec moi. Ce sera pour une autre fois.

— Dites-moi où vous vous trouvez, je viendrai vous voir », insista l'homme.

Il l'avait fait monter par gentillesse mais, maintenant qu'il entrevoyait la possibilité d'une coupe gratuite, il ne voulait pas renoncer. Mondino lui donna son adresse, pensant que s'il lui rendait visite pour de bon il lui ferait une consultation gratuite. Puis ils parlèrent du brouillard, de la grosse chute de neige qui s'annonçait selon les dires de tout le monde, des prix et des taxes. Pendant un temps très bref, Mondino oublia ses sombres pensées et joua le rôle du barbier.

Quand ils arrivèrent à destination, il salua cordialement le vieillard et descendit du chariot pour se diriger vers l'entrée du couvent attenant à la basilique San Domenico. Il demanda à voir l'inquisiteur et on lui répondit qu'il le trouverait dans l'église, mais le prêtre robuste à la barbe longue jusqu'à la ceinture qui lui avait ouvert ne lui proposa pas de passer par l'intérieur, et Mondino dut ressortir pour faire le tour.

La place devant la basilique était noyée dans un nuage de brouillard glacial qui assourdissait les bruits et isolait les passants. La pointe du nouveau clocher en cours de construction disparaissait parmi les nuages bas. Regardant les échafaudages de bois tout alentour, Mondino se souvint qu'il devait passer par l'école de médecine pour dessiner sur le mur séparant les deux salles l'arche qui les unirait. Les maçons allaient bientôt interrompre les travaux jusqu'au printemps et il fallait se hâter s'il voulait au moins finir ce côté.

Comme toujours durant l'Avent, la grande porte était ouverte pour témoigner de la volonté de l'Église d'accueillir les fidèles. Mondino se découvrit la tête et franchit le seuil avec circonspection, puis emprunta la nef de droite. Il passa le long de grands candélabres allumés devant chaque chapelle pour atteindre le chœur en bois qui séparait ladite *église extérieure* de l'*église intérieure*, réservée au clergé.

Un prêtre vêtu de l'habit blanc et de la cape noire des dominicains se tenait debout devant le chœur. Il se retourna en entendant ses pas, et Mondino se retrouva devant un homme à peu près du même âge que lui. Il était gras, avait les cheveux noirs avec une frange, une tonsure brillante et un air jovial. Mais son regard était attentif et pénétrant.

« Magister, dit-il, avec un sourire qui mit son double menton en relief. Le père Cherubino Cornari vient de me faire avertir de votre probable visite. Je suis Marcello da Verona.

— Heureux de vous rencontrer, père », répondit Mondino, son bonnet à la main. Sa voix résonna dans l'église déserte.

Un autre sourire. « Tout le plaisir est pour moi. Je souhaitais vous rencontrer en personne depuis longtemps.

— En raison de mes litiges avec votre prédécesseur, j'imagine.

— Il est vrai que j'aimerais entendre votre version des faits du printemps dernier. Mais, en réalité, ce n'est pas pour cela. Je m'intéresse à la science et, même si mon domaine est plutôt la physique, je connais et admire vos travaux sur l'anatomie. »

Mondino était plus suspicieux que flatté. « Voilà qui me surprend. »

Le père Marcello sembla s'en amuser. Son sourire s'étira sur son visage rond. « Pourquoi donc ? Je comprendrais si la louange de vos travaux venait d'un bénédictin ou d'un franciscain. Mais l'ordre dominicain est ouvert aux nouveautés, dans le domaine de la science comme dans celui de la théologie.

— Ah, vous dites ? » Mondino était déstabilisé par cette bonne humeur débordante.

« Bien sûr ! Le fait que nous avons défendu bec et ongles les thèses de Thomas d'Aquin alors qu'elles avaient été condamnées par l'évêque de Paris et l'archevêque de Canterbury le montre bien.

— Parce que Thomas d'Aquin était des vôtres », ne put s'empêcher de rétorquer Mondino.

Une ombre traversa les yeux sombres du prêtre, fissurant le voile de gentillesse qui éclairait son visage. « Je comprends que vous soyez amer à notre égard, dit-il sans plus sourire. Mais je vous prie de croire que tous les dominicains ne sont pas comme Uberto da Rimini. »

Il avait raison. Mondino était venu lui demander un service, et il ne faisait que renvoyer à la figure de son interlocuteur tout ce que dernier lui disait. Son caractère colérique était parfois un poids lourd à porter.

« Excusez-moi, père, dit-il en baissant la tête. La *vis polemica* sera ma ruine, comme dit toujours mon oncle Liuzzo. »

Le père Marcello leva les mains dans un geste aussi vieux que le monde pour exprimer des intentions pacifiques. « Excuses acceptées. À présent, dites-moi pourquoi vous vouliez me voir. Le message que j'ai reçu du père Cherubino ne faisait pas mention du motif de votre venue. »

Mondino le lui expliqua, lui résumant tout ce qu'il savait. Le dominicain hocha plusieurs fois la tête pendant son récit. «Intéressant. Je croyais être bien informé sur la mort de Bertrando Lamberti et de Giovanni da San Gimignano, mais j'ignorais complètement l'existence du tatouage et de cette *manus guidonis*. Personne ne m'en a parlé. Puis-je voir le dessin?»

Le médecin le tira de son sac et le lui tendit. Marcello da Verona le déroula avec la même révérence que s'il s'agissait d'un chef-d'œuvre artistique et, pour mieux le voir, se rendit dans la partie la plus éclairée du chœur où, filtrée par les vitraux polychromes, la lumière grise du jour se transformait en une explosion de couleurs. Puis il s'assit sur un banc, invitant Mondino à le rejoindre. «On parle mieux quand on est assis, dit-il en retrouvant le sourire. Et quel lieu est mieux adapté qu'un chœur pour parler de musique?»

Mondino aurait pu lui en suggérer beaucoup. Là-dedans, chaque mot résonnait comme un cri, rendant une conversation normale presque impossible. Mais, cette fois, il garda ses réflexions pour lui et s'assit à son côté.

«Je suis d'accord avec le père Cherubino, commença Marcello da Verona. Les blessures punctiformes semblent se référer à l'échelle musicale. Et l'hypothèse que le chrisme modifié au milieu de la paume fasse référence à un chantre chrétien venu de Rome et passé au mithraïsme tient la route. Mais avez-vous imaginé que le dessin pouvait également contenir une indication sur la *façon* dont cet homme assassine?»

Mondino acquiesça. «Oui, bien sûr. Dans les deux cas, des personnes qui dormaient non loin ont entendu un son qu'elles ont défini comme une sorte de chant sans paroles, aigu et modulé. Le rapport avec la *manus guidonis* est évident.» Il fit une pause, puis secoua la tête. «Mais je n'ai rien compris d'autre.

— Moi, en revanche, je me suis fait une idée sur la question, déclara le père Marcello avec fierté. Et le dessin que vous venez de me montrer est la pièce qui manquait à ma théorie.

— Vraiment?» Mondino incarnait la surprise même. «Exposez-la-moi, je vous prie.

— N'avez-vous jamais entendu parler du pouvoir des mages perses d'autrefois?

— Voulez-vous dire les mages qui rendirent visite à Jésus, guidés par la même étoile?»

L'inquisiteur sourit. «Oui, ceux-là aussi. Mais ce n'étaient pas les seuls. Les mages perses maîtrisaient le feu. Toutes les sources l'attestent. Ils étaient capables d'allumer des feux qui brûlaient pendant des jours sans amadou ni combustible.

— Et vous y croyez?

— Je n'ai pas de raisons d'en douter. Plusieurs historiens chrétiens rapportent également ce fait. Mais ce que personne ne dit, c'est *comment* ils allumaient de tels feux. À présent, pour la première fois, nous détenons une éventuelle explication.» Il le fixa avec les yeux ardents de qui croit avoir découvert une vérité. «Avec un chant.

— Un chant», répéta Mondino, attentif à ne donner aucune inflexion particulière à sa voix. Son scepticisme s'entendit quand même.

«Réfléchissez, avant de fermer votre esprit à cette possibilité, fit le dominicain. Le chant a un grand pouvoir.

— Je n'en doute pas. Depuis toujours, les amoureux composent des chansons pour allumer le feu de la passion chez la femme aimée. Mais de là à déclencher un feu réel, capable de réduire en cendres jusqu'aux os…»

Le père Marcello l'interrompit d'un geste, le visage plus sombre. «Le pouvoir du chant est très concret, il a à voir avec la physique et les mathématiques. Je ne parle pas de chansons d'amour, mais des sphères célestes, de leur musique divine et du concept de résonance.»

Mondino détenait quelques notions de physique. Il connaissait Pythagore et sa théorie du monocorde, il avait lu Platon et se souvenait des passages de *La République* et du *Cratyle* où le philosophe soutenait que les planètes et les étoiles fixes émettent toutes un son singulier, produisant ce qu'il définissait comme la «musique des sphères». Et, bien entendu, il avait étudié Aristote et sa théorie, développée à partir de celle d'Eudoxe de Cnide, sur les sphères cristallines qui composent l'univers, propageant le mouvement dans un sens descendant à partir de la sphère la plus haute et la plus rapide, celle des étoiles fixes, pour arriver à la plus lente, celle de la lune.

Toutefois, ces concepts relatifs au monde céleste, un monde pour une bonne part inaccessible à l'œil et à la connaissance, qui ne pouvait être exploré que par l'esprit et se soustrayait au crible de la science expérimentale, lui avaient toujours paru assez sibyllins.

«Qu'est-ce que la résonance a à voir avec ça?», se décida-t-il à demander.

Marcello da Verona sembla comprendre ce qui lui passait par la tête. «Un exemple pratique peut sans doute clarifier les choses», répondit-il en se levant. Il se tourna vers la lumière qui entrait par les vitraux et entonna d'une voix puissante: «*Magnificat anima mea Dominum, et exultavit spiritus meus in Deo salutari meo.*»

C'étaient les premiers vers du *Magnificat*, chantés durant l'office vespéral. Mondino les avait entendus des dizaines de fois depuis son enfance, mais il ne s'était jamais trouvé aussi près d'un chantre, et encore moins au milieu du chœur d'une basilique. Les vibrations du chant, amplifiées par les échos de l'église déserte, pénétraient son ventre et sa poitrine, provoquant une émotion profonde qui lui fit monter les larmes aux yeux. Même le prêtre grassouillet semblait transfiguré par la beauté du chant.

Le père Marcello le regarda et acquiesça, satisfait. « Vous comprenez, maintenant? » Mondino hocha la tête, même s'il aurait été incapable d'expliquer clairement ce qu'il avait compris exactement. Le prêtre poursuivit, se rasseyant : « Dans ce cas, nous parlons de la musique *humana*, selon la définition de Boèce. C'est-à-dire de la musique qui met l'âme humaine en mouvement en entrant en résonance avec elle et en libérant les émotions. En revanche, nous ne savons presque rien de ce que Boèce appelait la musique *mundana*, c'est-à-dire l'harmonie des sphères, la musique qui met le monde en mouvement. Mais nous pouvons supposer qu'elle fonctionne selon les mêmes principes.

— Continuez, dit Mondino sans s'exposer.

— Vous connaissez la physique aristotélicienne, je présume.

— Bien sûr.

— Quoique païen, Aristote avait pressenti qu'il existait un Dieu unique, comme l'a démontré Thomas d'Aquin.

— Le moteur immobile qui imprime le mouvement initial aux sphères, fit Mondino. Père, ne vous offensez point, mais je ne suis pas venu pour recevoir une leçon de physique. »

Marcello da Verona leva les yeux au ciel, exaspéré. « J'introduisais le sujet avant d'entrer dans le vif de ma théorie. Ayez un peu de patience !

— C'est une qualité qui me fait cruellement défaut. Continuez et pardonnez mon intervention.

— Comme vous le savez, Pythagore et les pythagoriciens ont introduit l'idée que le mouvement des sphères produit un son. Un son que nous n'entendons pas.

— En effet. Et il existe trois hypothèses pour l'expliquer. Selon la première, nous n'entendons plus ce son car nous sommes plongés dedans depuis notre naissance, de même que les personnes qui vivent près d'une cascade finissent par ne plus entendre son fracas. La deuxième hypothèse dit que nos oreilles sont trop étroites pour accueillir le son céleste, et la troisième affirme que nous nous trouvons à une trop grande distance des sphères célestes pour entendre le son qu'elles produisent.

— Exact. Mais vous êtes d'accord avec moi, toutefois, pour dire que ce son existe?

— Bien sûr. Même Cicéron en parle, dans le *Somnium Scipionis.* »

L'inquisiteur le regarda avec respect, et Mondino s'en agaça. Les prêtres croyaient toujours être les seuls détenteurs du savoir.

« Bon, nous voilà là où je voulais en venir. Selon Aristote, les éléments forment eux aussi des sphères, distribuées dans le ciel sublunaire selon leur poids. La terre, qui est l'élément le plus lourd, se trouve en dessous des autres éléments. L'eau se trouve au-dessus de la terre, l'air au-dessus de l'eau, et le feu au-dessus de l'air, surplombé par l'éther, la cinquième essence. Au-delà de la sphère de l'éther commencent les sphères célestes. Me suivez-vous jusqu'ici?

— Oui, continuez.

— De même que les sphères célestes, les sphères des éléments produisent une musique. À présent, essayez d'imaginer ce qui se passerait si des hommes découvraient les notes correspondant à un élément déterminé.

— Ils pourraient le maîtriser », répondit Mondino. Il commençait à comprendre où le prêtre voulait en venir. « En reproduisant la combinaison de sons caractéristique du feu et en entrant en résonance avec ce dernier, ils pourraient le faire descendre de sa sphère pour le faire venir sur Terre. Est-ce ce que vous vouliez dire?

— Tout à fait.

— Donc, selon vous, l'homme que nous cherchons connaît ces sons et s'en sert pour ses desseins.

— Oui. C'est un assassin et un hérétique de la pire espèce, non seulement parce qu'il est adepte d'une religion païenne, mais parce qu'il s'arroge des pouvoirs qui ne servent qu'à nourrir son orgueil et lui donnent l'illusion d'être semblable à Dieu. » Il le regarda dans les yeux, et Mondino sentit toute l'intransigeance de l'Inquisition dans ce regard. « Il doit être arrêté.

— Je suis bien d'accord, mais comment?

— Je n'en ai pas la moindre idée. Je sais seulement que ma théorie rend le message du prêtre de l'entrepôt de sel encore plus significatif.

— Ce n'est pas un hasard que l'assassin soit un chantre, vous voulez dire.

— Oui. J'ignore comment il a pu découvrir ce secret que l'on croyait perdu depuis des temps immémoriaux, mais ça m'étonnerait que quelqu'un lui ait directement appris ce chant.

— Pensez-vous qu'il l'ait découvert dans un manuscrit ancien?

— Cela m'apparaît comme l'hypothèse la plus probable. Un son peut être reproduit avec des signes écrits, comme le montrent les neumes des premiers codes grégoriens et le tétragramme plus récent inventé par Guido d'Arezzo au siècle dernier. Mais pour pouvoir tirer un son ou une séquence de sons de chaque signe, il faut avoir étudié la musique. Un profane serait incapable d'y arriver.

— Donc nous avons à présent la certitude que l'assassin est un chantre, conclut Mondino. En revanche, nous n'en savons pas plus sur son identité. Ce qui m'amène à la motivation principale de ma visite.

— Je comprends, fit l'inquisiteur, s'assombrissant à nouveau. Tout ce que vous voulez savoir de moi, c'est si récemment quelqu'un correspondant à ce profil est arrivé du Vatican.

— Ce n'est pas que ça, père. Je ne voulais pas dire...

— Laissez tomber. Ma tâche n'est pas de trouver des explications scientifiques aux hérésies, mais de débusquer et d'anéantir les hérétiques. Qu'ils soient païens ou chrétiens, philosophes ou hommes de science. Si c'est dans ce rôle que vous voulez me voir, vous ne serez pas déçu. »

Mondino ne sut s'il s'agissait d'une menace. En tout cas, il était certain que le ton de l'inquisiteur avait changé et qu'il l'avait vexé. Parler de « motivation principale de la visite » revenait à dire que toute son explication physique n'avait aucune importance.

« Votre théorie est solide et bien articulée, hasarda-t-il, dans une tentative grossière d'arranger les choses. C'est seulement que le temps presse et la priorité est de démasquer cet homme pour pouvoir l'arrêter.

— Malheureusement, je ne puis vous être utile pour cela, répliqua le père Marcello. La charge d'inquisiteur ne m'a été confiée que depuis quelques mois, mais je réside à Bologne depuis six ans et je serais au courant si un grand chantre était arrivé d'ailleurs.

— Vous avez dit "un grand chantre". Mais s'il s'agissait d'un simple chantre ? »

Le dominicain haussa les épaules. « Alors, nous serions confrontés au problème inverse. Tous les prêtres étudient le chant et, comme vous le savez peut-être, nous nous déplaçons souvent. Le nombre de religieux qui vont et viennent à Rome est très élevé. »

Mondino encaissa la nouvelle en pinçant les lèvres. Marcello da Verona venait de lui confirmer ce que lui-même avait dit, en d'autres termes, au père Cherubino.

Des chantres, il y en avait à foison, et Giovanni da San Gimignano devait le savoir, puisqu'il était lui-même prêtre. S'il avait fait référence au chant pour désigner son assassin, cela signifiait qu'il s'agissait d'une personne facilement identifiable.

« En bref, notre homme est un chantre venu de Rome qui, d'une manière ou d'une autre, a fait parler de lui. Mais vous ne connaissez personne qui corresponde. »

L'inquisiteur secoua la tête. « Non. Je demanderai à quelques-uns de mes assistants de mener des recherches approfondies. Mais si l'incendie dont vous parlez est réellement prévu pour la nuit de Noël, nous risquons de ne pas avoir le temps. Nous sommes le 18.

— Le podestat est convaincu que cette menace d'incendie est pure fantaisie.

— Taverna Tolomei est un habile politicien, mais je ne me fierais pas à ses talents dans d'autres domaines. Ce que vous m'avez raconté m'induit à penser qu'il s'agit d'une possibilité bien trop réelle.

— Puis-je compter sur votre aide, alors ? Si vos assistants découvrent quelque chose, je vous prie de m'en informer au plus vite.

— Vous pouvez y compter. À présent, je dois vous laisser, le devoir m'appelle au couvent. »

Mondino prit congé et reparcourut la nef en sens inverse, sentant le regard de l'inquisiteur peser sur son dos jusqu'à ce qu'il sortît de la basilique et fût englouti par le brouillard.

XI

La basilique San Francesco n'était pas très pleine, mais un public de choix était présent. Outre les moines, alignés en fonction de leur taille, qui attendaient de chanter l'hymne clôturant la cérémonie, il y avait les recteurs des deux universités, celle des Italiens et celle des étrangers, l'appariteur général, d'autres dignitaires de l'université et le collège des médecins au complet.

Les amis et camarades de classe des candidats attendaient dehors sur la place devant l'église, sans que le froid entamât leur bonne humeur. Les élèves en art, comme on appelait les étudiants des arts libéraux, parmi lesquels comptait la médecine, étaient fiers de la cérémonie qui les consacrait docteurs et tenaient à ce qu'elle ne fît pas pâle figure à côté de la cérémonie plus ancienne et plus célèbre de remise de diplôme en droit, laquelle se déroulait dans la cathédrale San Pietro.

Debout à côté de la porte, dans la nef latérale où la cérémonie se déroulait, Mondino était sur le qui-vive. Il portait sa robe écarlate des grandes occasions, un couvre-chef rond de la même couleur, et son manteau noir doublé de vair.

D'habitude, il répugnait à se couvrir de peaux d'animaux, mais il l'avait fait pour rappeler la prérogative qui autorisait médecins et juristes à porter de la fourrure de vair comme les nobles lorsque le prestige de l'université était en jeu.

Sa place était au premier rang, parmi les médecins, vu que deux de ses étudiants figuraient parmi les candidats, mais il avait dû reculer jusqu'à la porte parce que Gerardo avait choisi ce moment précis pour venir lui parler.

« Comment se fait-il qu'on t'ait laissé entrer ? », chuchota Mondino.

Gerardo secoua la tête. « Les frères à l'entrée craignaient que je sois un étudiant qui voulait faire une farce, murmura-t-il. J'ai dû leur laisser ma bourse avec tout mon argent en gage.

— Ne pouvais-tu pas simplement attendre la fin de la cérémonie ? » Mondino ne comprenait pas cette urgence.

« Je ne suis pas venu que pour vous voir, expliqua le jeune homme. Je veux aussi m'entretenir avec le frère Samuele. Je l'ai cherché dans son couvent, mais on m'a dit qu'il était en retraite spirituelle, ce qui veut dire punition. Cependant, j'espérais que ce matin les frères seraient au complet et, en effet, il est là. »

Mondino suivit son regard et, bien qu'il ne l'eût jamais vu auparavant, il repéra aussitôt le moinillon grâce à la description que Gerardo en avait fait. Mince, les traits fins, il était au premier rang des moines en raison de sa petite taille.

« Pourquoi veux-tu lui parler ?

— Nous en savons plus, à présent. Je pourrai lui poser des questions plus précises. »

Un candidat monta sur l'estrade. Tandis que le recteur posait sur sa tête le bonnet symbole de la fonction doctorale en prononçant la phrase latine « *desiderio desideravi te corona doctorea…* », Gerardo le mit rapidement au courant de ses activités de la veille. Les nouvelles n'étaient pas bonnes.

« Comment ça, vous n'avez pas réussi à retrouver la maison d'en bas ? Ne s'agissait-il pas d'un calcul infaillible ?

— C'est Abdul qui n'est pas infaillible, magister. Il s'est trompé quelque part, et on s'est retrouvés à errer pendant des heures dans le coin de la Croce dei Martiri sans plus être sûrs de rien. Vous, de votre côté, qu'avez-vous découvert?

— Que l'homme que nous cherchons est un grand chantre venu de Rome.

— Vraiment? C'est un grand pas en avant. Dites-moi tout, je vous prie.»

Dérangé par ce murmure continu, un médecin de la file de devant se tourna pour leur jeter un regard noir. Il portait la même tenue que Mondino, robe écarlate et manteau noir. Seul son couvre-chef différait. Mondino lui adressa un sourire d'excuse, mais, voyant qui était le perturbateur, l'autre ne détourna pas son regard glacial.

«Vos collègues n'ont pas l'air de vous porter dans leur cœur, constata Gerardo. Vous leur faites ombrage avec votre notoriété.

— Laisse tomber les flagorneries, ce n'est pas le moment, répondit Mondino d'un ton sec. D'ici peu, je serai célèbre pour avoir reçu une condamnation exemplaire.

— Ne perdez pas espoir. Je suis sûr qu'aujourd'hui est un jour décisif. Abdul a promis de demander de l'aide à son maître pour retrouver la maison.

— À l'aveugle? s'étonna Mondino.

— Ne le sous-estimez pas. Michele da Castenaso en sait beaucoup plus qu'il veut bien le dire. Mais dites-moi plutôt d'où vous vient cette idée de Rome et du grand chantre.»

Mondino expliqua ses dernières avancées au jeune homme attentif. Pendant ce temps, l'étudiant diplômé descendit de l'estrade, alla se mettre dans la file avec ceux qui l'avaient précédé. Ils attendaient de sortir par la grande porte avec la robe écarlate, le couvre-chef sur la tête et l'anneau au doigt, sérieux et solennels jusqu'à ce qu'ils retrouvent leurs amis et s'abandonnent à la joie des festivités.

Le prochain était Odofredo. Mondino lui adressa un sourire d'encouragement, mais le jeune Allemand semblait esquiver son regard. Sans doute était-il vexé que Mondino fût à côté de la porte. Cette cérémonie représentait le couronnement d'années d'efforts de la part de l'étudiant comme du maître, et ils devaient le partager.

Mondino baissa la tête, désolé, se promettant de trouver un moyen de lui manifester son estime avant qu'il se perdît dans la foule de ses camarades. Malgré ses intempérances, Odofredo avait été son meilleur étudiant depuis des années.

« La théorie de l'inquisiteur est intéressante, continua Gerardo à voix basse. J'imagine que vous savez que si ce que vous dites est vrai, Marcello da Verona est l'un des premiers suspects. »

Le médecin de devant se tourna à nouveau, l'air exaspéré, mais cette fois ils soutinrent tous les deux son regard jusqu'à ce qu'il baissât les yeux.

« Vous plaisantez ? répondit Mondino.

— Absolument pas. Le père Marcello n'est inquisiteur que depuis quelques mois. Avant, c'était le grand chantre de la basilique. »

Mondino repensa à la puissance et à la beauté de la voix du prêtre lorsqu'il avait entonné le *Magnificat*. « Il ne me l'a pas dit, mais je suppose que…

— Ce n'est pas tout, le coupa Gerardo. Je le connais parce qu'il est venu plusieurs fois s'entretenir avec le prieur de l'hospice. Une fois, il a voulu me rencontrer, à cause de l'histoire des homicides du cœur de fer, et nous avons un peu parlé.

— Et ?

— Entre autres, il m'a raconté qu'il avait étudié à Rome. Et c'est de là qu'il venait quand il est arrivé à Bologne, il y a six ans. »

Mondino était pantois. Élaborer l'hypothèse que l'assassin idolâtre qu'ils cherchaient était un prêtre de l'Église du Christ masquant son identité était une chose. Suspecter concrètement le nouvel inquisiteur dominicain en était une autre. Si c'était lui, personne ne le croirait, et aux nombreuses accusations qui pesaient sur lui s'ajouterait celle de calomnie.

« Si ce n'est pas lui, qui cela pourrait-il être ? demanda-t-il d'une voix éteinte.

— Vous avez dit qu'Azzone habite dans le quartier de la Croce dei Martiri, n'est-ce pas ? »

Mondino comprit où il voulait en venir. « J'aimerais qu'il soit le chef de la secte. J'aimerais beaucoup. Malheureusement, tu fais fausse route. Azzone est fort, cruel et dangereux, mais il est trop bête pour être un chef.

— Pourtant, c'est une drôle de coïncidence que la maison avec la vigne sur la terrasse se trouve dans le même coin que celle d'Azzone. De plus, le premier cadavre a été retrouvé chez lui.

— Cela signifie seulement que nous sommes encore loin du but. À propos, j'ai informé le podestat et le capitaine du peuple de la menace d'incendie, mais aucun des deux ne m'a pris au sérieux. »

Sur l'estrade, le recteur tendait à Odofredo le livre fermé symbolisant la possession de la science, que l'on ouvrait ensuite pour symboliser la divulgation de la science.

Au même moment, le visage pâle au menton carré du capitaine du peuple apparut aux côtés de Mondino. Il était seul, sans sbires pour l'escorter. « Suivez-moi, je vous prie. Un autre cadavre brûlé a été retrouvé. »

Mondino le suivit sans un mot hors de l'église.

Samuele vit Visdomini sortir, accompagné par le médecin. Aussitôt, Gerardo da Castelbretone quitta sa place et les suivit. Que s'était-il passé ? Où allaient-ils ?

Dès qu'il avait aperçu le visage du jeune homme dans l'église, il s'était mis à réfléchir à la manière de l'approcher après la cérémonie sans se faire remarquer pour lui demander s'il avait découvert quelque chose sur la mort de Venanzio. Il voulait également lui parler de la vieille lettre qu'il avait donnée au capitaine du peuple. Le légionnaire romain qui en était l'auteur parlait d'un secret du feu, et il était pour le moins singulier que, peu après l'apparition de cet écrit, le prêtre de l'entrepôt de sel eût mystérieusement été brûlé vif. À ce qu'il avait entendu, un vieux fabricant de soieries était aussi mort de la sorte mais, comme on avait moins parlé de lui, il n'en était pas sûr.

Ce dont il était sûr, en revanche, c'était que cette lettre pouvait être un élément important pour découvrir l'assassin de Venanzio. Et il voulait savoir ce que le capitaine du peuple en avait fait.

Il n'était pas ressorti du couvent depuis le soir où il s'était entretenu avec Gerardo da Castelbretone, à cause de la punition qu'il avait récoltée pour sa désobéissance aux règles, et il n'avait eu vent de rien.

Or, les trois seules personnes qui pouvaient détenir une réponse à ses questions étaient en train de partir. Conscient qu'il s'exposait à une punition bien plus sévère que la précédente, Samuele commença sa pantomime.

Il fit rouler ses yeux, se plia en deux et se tint le ventre avec les mains, puis les retira aussitôt, comme s'il souffrait le martyre mais refusait de se donner en spectacle. Sans s'adresser à quelqu'un en particulier, il murmura entre ses dents : « Il faut que je sorte. »

Il recula d'un pas et ses deux voisins se rapprochèrent afin d'occuper la place laissée vide. Samuele se glissa entre les frères les plus grands, en direction de la porte intérieure donnant sur le monastère.

Il se tenait de nouveau le ventre, et personne ne lui posa de questions. Sans doute tout le monde pensait-il qu'il n'était pas assez stupide pour recourir deux fois au même subterfuge, et que sa douleur était authentique. Tandis qu'il passait devant les latrines sans s'arrêter, traversait le cimetière et enjambait le muret en retroussant son habit, Samuele essayait d'élaborer une stratégie à toute vitesse : il n'était pas prudent de demander directement des explications au capitaine du peuple. Le mieux à faire était de les suivre, de saisir la première occasion pour s'entretenir seul avec Gerardo da Castelbretone, et de lui parler de la lettre. Ensuite, Gerardo interrogerait lui-même Visdomini.

Il les vit tourner vers la Porta Sant'Isaia et soupira de soulagement. Allez savoir pourquoi, il avait craint qu'ils ne se rendissent au Pratello. Depuis qu'il avait avoué son secret à ces femmes, il vivait dans la peur. Il essayait de se dire qu'il n'y avait pas de raison, sans résultat. Cependant, sa volonté de faire la lumière sur la mort de Venanzio dépassait sa peur d'être découvert et accusé de sodomie. S'il apprenait qui lui avait brisé le crâne, il lui réserverait le même traitement sans y penser à deux fois, quitte à endurer la damnation éternelle.

Il continua de filer les trois hommes. Ils ne devaient pas aller bien loin puisqu'ils étaient à pied. Peut-être aurait-il le temps de rentrer au couvent avant que son absence fût découverte.

« Qui est le mort ? », demanda Mondino.

Le capitaine du peuple se tourna vers lui avant de répondre. Malgré sa longue robe écarlate et son manteau doublé de vair, Mondino n'avait pas l'air indolent de nombre de professeurs. Grand, maigre et fort, il pouvait réserver des surprises dans un corps-à-corps.

C'est pourquoi Visdomini avait orchestré le guet-apens avec vigilance.

«Je ne sais pas, répondit-il sans ralentir l'allure. Je sais seulement qu'il se trouve derrière l'église Sant'Isaia.»

Évidemment, il n'y avait aucun mort, ce n'était qu'un prétexte pour que le médecin le suivît sans faire d'histoires.

La nuit précédente, Visdomini avait mal dormi, tourmenté par une acidité à l'estomac sur laquelle son infusion digestive n'avait eu aucun effet. Toutefois, lorsque au matin il était sorti pour accomplir sa tâche, sans plus la possibilité de faire machine arrière, il avait éprouvé cette sérénité étrange qu'il avait parfois ressentie dans des batailles, quand il se rendait à la volonté de Dieu et se lançait, la tête vide, contre les épées ennemies.

Cependant, cette fois, l'épreuve qui l'attendait était pour lui bien pire qu'une bataille: un homicide de sang-froid. Ou plutôt, deux, vu que l'ancien Templier ami de Mondino s'était joint à la compagnie.

Quand il l'avait vu arriver derrière eux, il n'avait pas réussi à réprimer un mouvement de contrariété, puis il s'était dit que c'était mieux ainsi. D'une pierre deux coups, comme disait le proverbe. En face, ils seraient trois, armés, et l'effet de surprise jouerait en leur faveur. Mondino et Gerardo da Castelbretone étaient deux, sans armes. Il n'y aurait pas de problèmes.

«Nous pensons qu'une secte païenne se cache derrière ces morts, dit Gerardo. Ils adorent Mithra, un ancien dieu perse assimilé au soleil et au feu.

— Vous parlez sérieusement? Cela me paraît improbable.

— Nous avons même une idée de l'endroit où se trouve leur temple secret, ajouta Gerardo. Nous attendions d'avoir des informations plus fiables pour vous en faire part, mais vu qu'il y a un troisième mort, il serait peut-être judicieux de fouiller toutes les maisons autour de la Croce dei Martiri. Certains se plaindront, mais le bien de la ville passe avant tout, ne croyez-vous pas?

— Bien sûr. Nous en reparlerons. Maintenant, hâtons-nous, la maison n'est pas loin.»

Il préférait être évasif pour éviter de se contredire. De toute façon, ils n'arriveraient jamais à l'église Sant'Isaia.

Il avait choisi l'endroit pour deux raisons. Il était proche de la basilique San Francesco, où il savait que Mondino se rendrait ce jour-là, et il comportait un terrain en friche où un palais allait être construit, entouré par des champs et par des murs d'enceinte. Avec un peu de chance, personne ne passerait à ce moment-là. Sinon, il faudrait aussi éliminer les témoins. Cette fois, le Pater ne tolérerait aucune erreur, et Visdomini devait reconnaître qu'il avait raison de s'inquiéter. Il ne comprenait pas comment Gerardo et Mondino s'étaient débrouillés pour découvrir l'existence de la secte et le quartier où se trouvait le mithréum à partir du tatouage sur le bras carbonisé de Bertrando.

Le capitaine continuait de nourrir des doutes quant à la grande purification voulue par le Pater, mais il n'était pas prêt pour autant à mourir pour sauver la ville. S'il essayait de révéler le complot, il serait réduit en cendres comme ses deux amis ou, si par hasard il en réchappait, on le condamnerait au bûcher comme hérétique. Et aucune de ces options ne l'enchantait. L'épicier que le Pater lui avait collé aux basques avait sans aucun doute la mission de lui rapporter le déroulement de la mission.

L'attention de Mondino fut soudain attirée par un homme chauve et robuste étendu au milieu d'un terrain en friche. Un autre, habillé en homme du peuple, avec des sabots de bois et un manteau crasseux, était penché sur lui. L'homme à terre s'agitait, comme pris de convulsions.

«On dirait que ce pauvre homme est en proie à une crise d'épilepsie, fit Mondino. Allons voir ça de plus près.

— D'accord, mais essayons de ne pas perdre trop de temps », répondit Visdomini.

L'homme du peuple vit la robe écarlate et se mit à gesticuler, l'appelant à la rescousse, mais c'était inutile, car Mondino courait déjà vers eux, suivi par Gerardo. Visdomini était resté un pas en arrière. Tout se déroulait comme prévu. L'astuce du faux malade lui était venue à l'esprit en repensant au comportement de Mondino avec l'ouvrier évanoui à l'entrepôt de sel. Il savait qu'il ne se ferait pas prier pour intervenir.

Quand ce serait terminé, il raconterait qu'ils avaient été agressés par une bande de coupe-jarrets et qu'il en avait réchappé par miracle. Au pire, il encourait des mesures disciplinaires pour s'être aventuré sans escorte dans les zones malfamées séparant le deuxième mur d'enceinte du troisième, mais personne n'avait de raison de le soupçonner.

Si tout se passait bien, il n'aurait peut-être même pas besoin de se salir les mains. Il avait demandé à l'épicier de se charger de la tâche la plus désagréable, et l'homme s'en était montré heureux, tout à son désir d'être bien vu par le Pater. Dans un sens, Visdomini lui enviait cette foi absolue. Lui, au contraire, était assailli par des questions sans réponses depuis qu'il avait lu la lettre du légionnaire Titus.

On y est, pensa-t-il quand Mondino se pencha sur l'épicier. D'un geste vif, l'homme brandit le poignard qu'il cachait derrière son dos et lui en assena un coup puissant.

XII

Le capitaine eut une grimace de dépit. Dans sa précipitation, cet idiot avait planté son couteau dans la sacoche de Mondino, qui avait bondi en arrière avant que l'épicier eût le temps de lui administrer un second coup.

«C'est un piège!», cria Gerardo da Castelbretone, se précipitant à sa rescousse.

L'homme habillé en homme du peuple se jeta en avant en brandissant sa dague, mais le médecin le frappa au visage avec son sac, puis lui décocha un coup de poing qui le laissa étourdi et vacillant. D'un coup de pied, Gerardo repoussa à terre l'épicier qui se relevait. La tête chauve de ce dernier frappa contre les pierres du bord de la route, et Gerardo tira un poignard de sous sa robe.

Contrairement aux apparences, il ne se promenait donc pas sans armes.

Jusqu'au dernier moment, Visdomini avait espéré s'en sortir sans avoir à intervenir. Il aurait suffi de deux coups de poignard bien placés pour que tout fût réglé en un tour de main. Mais ces deux crétins découvraient à leurs dépens qu'être des sicaires efficaces n'était pas qu'une question de bonne volonté. L'agresseur de Mondino avait laissé tomber sa dague et résistait à grand-peine aux assauts du médecin, qui le rouait de coups de pied et de poing. L'épicier, lui, ne devait sa survie qu'au fait que Gerardo souhaitait le désarmer sans le tuer.

Visdomini surmonta sa répulsion pour l'acte ignoble qu'il s'apprêtait à accomplir, dégaina sa dague et s'approcha de Gerardo par-derrière. C'était le plus dangereux des deux, il s'occuperait ensuite du médecin.

À cet instant, un choc violent l'envoya rouler à quelques pas.

Aux manches de l'habit franciscain et à la boucle blonde qui effleura son visage, il comprit à qui il avait affaire.

« Frère Samuele ! s'exclama-t-il. Laisse-moi. Ce sont les autres que tu dois…

— J'ai vu ce que tu allais faire, gredin ! cria le jeune homme d'une voix étranglée. C'est toi qui l'as tué ! C'est toi qui as tué Venanzio ! »

Il était agrippé à son dos comme un chat enragé, lui griffait le visage, lui mordait le cou et essayait de l'empêcher de se relever. Visdomini ne voyait que des pieds et des jambes en mouvement autour de lui. Tout était fichu. Même s'ils l'emportaient, le Pater le punirait et ne lui ferait plus jamais confiance après un désordre de ce genre. Il ne lui restait qu'une issue : tuer tout le monde, les alliés comme les ennemis. Quand il raconterait sa version des faits, personne ne serait là pour la contredire. Avec une cruelle détermination, il réussit à donner un coup de coude dans les côtes du moine et profita de l'instant où ce dernier eut le souffle coupé pour pivoter sur lui-même et lui planter sa dague dans le ventre.

« Mais que faites-vous ? hurla le médecin derrière lui. Le moine est des nôtres ! »

Par réflexe, Visdomini se tourna vers la voix et le moinillon en profita pour lui mordre la main. Tout devint confus : mains, bras, éclats de voix… Une douleur aiguë au côté droit fit comprendre au capitaine que Samuele avait réussi à lui arracher sa dague et à lui en assener un coup fatal.

Il avait vu trop de blessures pour ne pas savoir qu'il avait été frappé à mort. Il s'écroula avec un sentiment proche du soulagement. Le visage de frère Samuele, lui aussi moribond, reposait juste à côté du sien.

« C'est toi qui as tué mon Venanzio, n'est-ce pas ? », demanda le moine d'un ton suppliant.

Il avait commis un péché mortel et voulait s'assurer qu'il avait au moins tué la bonne personne.

Pour des motifs inconnus de lui-même, Visdomini fut pris de pitié à son égard et voulut le rassurer. « Tu as eu ta vengeance, marmonna-t-il. Tu peux mourir en paix. »

Le moine essaya de dire quelque chose, et expira les yeux grands ouverts. Le capitaine voulut se détourner, mais n'en eut pas la force. Deux mains vigoureuses l'attrapèrent par les épaules et le tournèrent sur le dos. Il reconnut Mondino.

« Et les autres ? demanda-t-il.

— Morts, répondit sombrement le médecin. Ne dites plus rien, nous devons…

— Ne perdez pas de temps avec moi, râla le capitaine. Je suis fichu. Vous devez sauver la ville. L'incendie a été avancé, il aura lieu demain soir. »

Son devoir s'imposait à lui. À présent que sa carrière, sa vieillesse et sa survie n'avaient plus aucune importance, la vérité émergeait, libre, nette. Une religion fondée sur l'homicide et la répression ne pouvait être vraie. Cela valait pour sa foi d'antan autant que pour sa foi actuelle. Souhaiter la mort d'autres êtres humains, quelle qu'en fût la raison, était insensé. Ces révélations prenaient forme dans son esprit, non pas comme des pensées mais comme des éclats lumineux qui éclairaient son entendement. Ce qui importait, il le savait maintenant, était d'arrêter le Pater.

« Pourquoi nous avez-vous trahis ? Êtes-vous vous aussi un adorateur de Mithra ? »

C'était la voix de Gerardo da Castelbretone, à côté du médecin mais hors de son champ de vision. Visdomini aurait vraiment aimé le lui expliquer, lui parler de ses rêves, de ses peurs, et entendre ce qu'il aurait eu à lui répondre. Mais il n'en avait pas le temps. La mort approchait à grands pas.

« Dans mon étude, sur une poutre, murmura-t-il. Il y a un papyrus. Il explique beaucoup de choses.

— Qui est l'homme qui tue avec le feu? », demanda Mondino.

L'homme secoua faiblement la tête. « Je l'ignore. Je n'ai jamais vu son visage. Nous l'appelons Pater. L'incendie... c'est pour sauver le maximum d'âmes en les purifiant par le feu.

— Pour tuer le maximum de personnes, vous voulez dire », le corrigea le médecin.

Visdomini acquiesça. Il voulait dire autre chose, il voulait tout avouer, mais il était confus, distrait par des lumières et des bruits qui n'étaient pas de ce monde. Il ferma les yeux pour mieux y voir, quand la voix de Mondino le ramena à la réalité.

« Le temple, disait-il. Dites-nous où il se trouve. »

Il essaya de répondre, mais il était trop tard. La mort était là, et il ne pouvait pas la tenir à distance. Visdomini accepta son baiser glacial. Il allait enfin découvrir ce qui l'attendait de l'autre côté.

Si jamais un Dieu existait, il lui demanda pardon avec un repentir sincère.

***

Le jeune homme le toisa avec un regard d'insolence et de timidité mêlées. Fedrigo Guido l'observa avec attention, essayant de déterminer si sa proposition s'apparentait à une chance inespérée ou à un guet-apens.

« Qu'est-ce qui vous fait penser que ce que vous me proposez pourrait m'intéresser ? demanda-t-il.

— Le fait que j'ai entendu ce que vous avez dit à la fille, l'autre jour, avant de sortir de la maison du magister. »

Fedrigo s'assombrit. Était-ce un piège visant à lui faire admettre qu'il avait demandé à la fille du charpentier de fouiller la maison de Mondino pour y trouver quelque chose qui le compromît ? Auquel cas, ce jeune homme n'était pas tiré d'affaire.

« Je n'ai pas souvenir d'avoir parlé avec elle, fit-il d'un ton sec. Que lui aurais-je dit, selon vous ? »

Son interlocuteur lui adressa un regard insolent. « Peu importe, répondit-il. De toute façon, elle n'a rien trouvé. Le fils du magister s'est amouraché d'elle et il ne la lâche pas d'une semelle. »

Il était venu le voir chez lui. Le trouvant sur le point de sortir, il l'avait convaincu de retourner à l'intérieur parce qu'il avait une proposition à lui faire. Une proposition au sujet de Mondino de Liuzzi. C'est pourquoi Fedrigo avait accepté et l'avait fait entrer dans la grande pièce au rez-de-chaussée, dérogeant à sa propre règle de ne jamais inviter des clients à entrer chez lui. De toute façon, ce gamin habillé comme un clerc ne pouvait pas être défini comme un « client ».

« Vous feriez mieux de me dire clairement ce que vous attendez de moi. Je suis en train de faire patienter une personne importante pour vous écouter.

— Je veux le poste de Mondino à l'université. »

Fedrigo sursauta. « Quoi ? Vous avez perdu la raison !

— J'ai aujourd'hui été déclaré docteur en médecine, rétorqua l'étudiant. J'ai quitté mes camarades pour venir vous voir et je ne voudrais pas tarder à les rejoindre pour festoyer. Ne me faites pas perdre de temps en me traitant comme un imbécile.

— Et comment voulez-vous que je vous traite, si vous racontez n'importe quoi? Mondino est intouchable.

— Plus maintenant. Je dispose de deux chefs d'accusation qui peuvent lui coûter sa *licentia docendi*, au minimum. »

Fedrigo avait très envie de le croire. Il entreprit de vérifier la véracité de ses propos.

« En faisant abstraction du fait que l'école de médecine des Liuzzi leur appartient, et que je doute que vous disposiez d'un lieu où enseigner, j'imagine que vous savez que même si les professeurs sont pour bonne part payés par la Commune, ce sont les étudiants qui choisissent où aller. Qu'est-ce qui vous fait penser qu'ils vous choisiraient?

— Mondino m'a appris bien plus que ce que lui-même imagine, répondit le jeune homme d'une voix ferme. Je saurai le démontrer. En outre, l'université a besoin de quelqu'un de plus apte que Mondino de Liuzzi pour enseigner les vérités chrétiennes. »

Fedrigo s'amusait de son arrogance, et il décida de l'alimenter.

« Admettons que je puisse avoir une certaine influence sur le collège des enseignants et sur au moins un des deux recteurs de l'université, vu qu'Andrea da Viterbo, comme tout le monde le sait, est très proche de Mondino, reprit-il, soulignant d'un geste le caractère hypothétique de ce qu'il avançait. Voudriez-vous me dire une fois pour toutes ce que vous avez à me proposer pour me convaincre d'user de mon influence en votre faveur?

— Je l'ai vu faire revenir un mort à la vie en lui soufflant dans la bouche. »

La main de Fedrigo resta suspendue en l'air et sa bouche entrouverte. Il regarda le jeune homme comme s'il voulait entrer dans ses yeux pour voir ce qu'ils avaient vu. « Êtes-vous bien sûr de ce que vous dites?

— Absolument. Oh, bien entendu, Mondino affirme qu'il s'agit d'une nouvelle technique médicale, mais cela suffit plus que largement pour une accusation de sorcellerie, ne croyez-vous pas ? »

L'heure de plaisanter était passée. Fedrigo était à présent tout à fait sérieux.

« Racontez-moi ce que vous avez vu exactement. Dans les moindres détails. »

Le jeune homme le fit, avec beaucoup de précision, et quand il eut fini, Fedrigo conclut : « Intéressant, mais ça ne suffit pas. Mondino est un vieux renard, il demanderait à passer devant un collège de médecins, comme c'est son droit, et je ne doute pas qu'il saurait les convaincre qu'il a essayé quelque chose d'un peu hasardeux et de très répugnant mais autorisé, en fin de compte.

— Même si je témoignais de l'avoir vu faire des gestes magiques tandis qu'il soufflait dans le corps du charpentier ? »

Fedrigo commençait à trouver ce garçon sympathique. « À ce moment-là, vous étiez deux. Votre camarade serait-il disposé à témoigner de la même chose ? Réfléchissez-y bien avant de répondre. Une accusation pour faux témoignage pourrait se retourner contre vous. »

Le jeune homme baissa la tête. « Non, finit-il par reconnaître, résigné. Mon ami ne le ferait pas.

— Alors, il n'y a rien à faire. J'apprécie votre tentative, mais…

— Un instant, l'interrompit l'autre. J'ai parlé de deux chefs d'accusation. Ça, c'était le premier, et voici le second. »

Il tira de sa poche un paquet de tissu noir et l'ouvrit d'un geste maniéré. Fedrigo se trouva devant différents os humains : un demi-pied, les doigts d'une main, et divers os trop petits pour identifier à quelle partie du corps ils appartenaient.

«Je suis navré de vous décevoir, dit-il. À moins que vous ne puissiez démontrer de façon irréfutable que Mondino a dérobé ces os dans un cimetière, ils ne servent à rien. C'est un médecin anatomiste, il est autorisé à conserver les os de personnes suicidées ou excommuniées, qui sont de toute façon destinées à la damnation éternelle.»

Cette remarque ne sembla pas déstabiliser le moins du monde son interlocuteur. Il avait la tête d'un joueur de dés sûr de gagner. «Voyez-vous ces os minuscules? Ce sont ceux qui composent l'oreille. En raison de leur taille, le seul moyen de les séparer sans les abîmer est de les faire bouillir. Et comme vous le savez sans doute, faire bouillir les os a été expressément interdit par une bulle papale.

— Êtes-vous absolument certain que les faire bouillir est le seul moyen?

— Tout à fait. Du reste, Mondino lui-même l'a affirmé lors d'une de ses leçons, devant de nombreux témoins.»

Fedrigo hocha la tête et tendit la main. «Alors, nous avons un accord, mon garçon. Nous allons porter plainte de ce pas, en votre nom bien entendu, devant le tribunal de l'Inquisition.

— De ce pas? Et le client important chez qui vous vous rendiez?

— Il attendra. Ce que vous venez de me dire passe d'abord.»

L'étudiant hésita un instant, comme s'il était soudain pris de doute. «Aurai-je le poste de Mondino?»

Cela allait être très difficile, mais ce n'était pas le moment de le lui dire. «Bien sûr, répondit Fedrigo d'un ton bienveillant. Ce soir, vous aurez deux réussites à fêter.»

Mondino était immobile au milieu des quatre cadavres, comme frappé de paralysie. Son regard allait de l'un à l'autre. Des bouches grimaçantes, des yeux écarquillés, du sang répandu sur les cailloux. Seul celui de Visdomini affichait une expression paisible.

« Magister, nous devons nous éloigner avant que quelqu'un arrive », le pressa Gerardo. Mondino ne bougea pas. « Je vous en prie, continua le jeune homme d'un ton plein d'urgence. Si on nous trouve ici, comment pourrons-nous prouver que nous sommes les victimes, et non pas les agresseurs ? »

Visdomini avait orchestré le guet-apens dans une zone déserte. Aucun témoin, personne ne pouvait témoigner du déroulement effectif des événements. Suivre le conseil de Gerardo semblait être la seule réaction sensée. Pourtant, Mondino resta immobile.

Quel sens y avait-il à continuer de se battre ? Malgré ses efforts, tout allait de mal en pis. Peut-être que l'heure de déposer les armes était venue. Ainsi, tout le monde serait content. Azzone aurait sa vengeance, Gabardino prendrait les rênes de la famille sans plus personne pour lui dire ce qu'il avait à faire, et le mystérieux Pater dont avait parlé Visdomini pourrait brûler la ville sans embûches.

« Magister, des gens arrivent, fit Gerardo en le poussant légèrement pour l'encourager. Je vous en prie… »

Mondino entendit la rumeur confuse d'un chant estudiantin. Des étudiants en fête devaient approcher.

« Vas-y, dit-il. J'endosserai ta responsabilité, ne t'inquiète pas.

— Il ne s'agit pas de ça, répliqua Gerardo. La ville va brûler !

— Et nous n'avons rien découvert qui nous permette de l'empêcher.

— Ce n'est pas vrai ! Le capitaine du peuple a parlé d'un papyrus qui…

— Et qu'est-ce que tu voudrais faire ? l'interrompit Mondino en se tournant brusquement. Aller chez le podestat et lui dire : “Nous venons de tuer messire Visdomini, qui nous a dit avant de mourir d’aller chercher un papier dans son étude”? Prends tes jambes à ton cou et mets-toi aux abris tant qu’il est encore temps. »

Le chant approchait, encore confus mais de plus en plus fort. Il devait y avoir au moins une vingtaine de personnes. Le regard de Mondino tomba sur sa sacoche transpercée par le coup de couteau du chauve, et il regretta presque que le poignard n’eût pas visé plus juste. En un sens, il enviait la sérénité qu’il lisait sur le visage blafard du capitaine du peuple. Mourir, et ne plus avoir à se soucier de rien…

« Je n’irai nulle part sans vous », affirma Gerardo d’un ton décidé.

Mondino le regarda à nouveau, exaspéré par son obstination.

« Maintenant, ça suffit, Gerardo. Va-t’en et laisse-moi à mon destin.

— Et le mien, de destin? Il ne vous intéresse pas? s’écria le jeune homme en le secouant par les épaules. Vous croyez que je pourrais assister à votre condamnation à mort pour des homicides que vous n’avez pas commis? Est-il donc possible que vous pensiez toujours à vous et seulement à vous? »

Cette accusation, si proche de celle que lui avait adressée son fils, eut le pouvoir de tirer Mondino de sa torpeur. Il se dégagea de ses mains et s’éloigna d’un pas, enjambant le cadavre du moinillon. Il regarda Gerardo avec attention et découvrit une personne différente. Ce n’était plus le garçon qui avait frappé à sa porte avec un cadavre sur les bras au mois d’avril précédent, avec le regard désespéré de ceux qui se retrouvent entraînés dans une histoire qui les dépasse. Il ne lisait que de la détermination dans ses yeux bleus. En quelques mois, il était devenu un homme.

«Toi aussi, tu me prends pour un égoïste, alors?», lui demanda-t-il, craignant la réponse.

Gerardo eut un sourire crispé. «Disons que vous avez tendance à ne voir les problèmes des autres qu'en relation avec les vôtres. Maintenant, allons-y, ou vous serez aussi responsable de mon arrestation.»

Les étudiants allaient tourner à l'angle du mur de brique et les découvrir. Sans plus hésiter, Mondino se lança dans une course folle, l'habit retroussé sur ses jambes. Gerardo le suivait à un rythme plus régulier. Quand ils arrivèrent sur la route de l'autre côté du terrain en friche, ils entendirent distinctement le chœur des étudiants: «*Gaudeamus igitur, iuvenes dum sumus.*» *Profitons-en donc, tant qu'on est jeunes.*

Si l'incendie prévu par le Pater éclatait, nombre de ces jeunes n'auraient pas l'opportunité de profiter plus longtemps de leur jeunesse.

«Qu'est-ce qu'on fait, maintenant? demanda Mondino.

— On va chez vous.

— Chez moi? Mais nous n'avons pas le temps, nous devons prévenir le podestat, le Conseil des Anciens…»

Le chant des étudiants s'interrompit net, et des cris s'élevèrent. Ils avaient trouvé les cadavres.

«D'ici peu, ce coin pullulera de sbires, fit Gerardo. Ce qui compte maintenant, c'est de ne pas se faire arrêter. Une fois à l'abri, nous déciderons de la suite. Rappelez-vous que nous sommes les seuls à pouvoir empêcher cette tragédie.»

Il s'engagea d'un pas vif en direction de la via San Vitale, et Mondino le suivit sans objecter. C'était vrai, ils devaient discuter et décider d'une stratégie commune avant de prévenir les autorités. Mais il leur fallait faire vite. Ils n'avaient que le lendemain, si l'on en croyait ce qu'avait dit le capitaine du peuple. Le surlendemain, Bologne ne serait plus qu'un tas de décombres fumants.

XIII

Mondino ouvrit brusquement les yeux, et l'obscurité lui confirma ce qu'il craignait : il se trouvait dans une cellule. Que s'était-il passé ? Il ne se souvenait que d'une longue conversation avec Gerardo dans son étude, puis d'une fatigue terrible qui lui avait brouillé la vue. Quelqu'un l'avait-il drogué ?

Cependant, le matelas sur lequel il reposait semblait bien moelleux pour être celui d'une prison. En se tournant sur le côté, il vit un rai de lumière filtrer entre les volets fermés et reconnut sa chambre à coucher. Mais la conscience d'avoir seulement rêvé la réclusion ne le fit pas soupirer de soulagement. Au contraire. Tout était encore à faire.

Peu à peu, ses souvenirs lui revinrent. L'agression, les quatre morts, la fuite et l'arrivée chez lui. Dans son étude, grignotant un repas préparé à la hâte par Lorenza, ils n'avaient pas réussi à tomber d'accord sur la marche à suivre. Mondino insistait pour essayer de tout expliquer aux autorités, Gerardo rétorquait qu'ainsi ils n'obtiendraient que leur arrestation. « Ils ne croiront pas un mot de notre récit, avait-il dit. Qui peut confirmer que les choses se sont vraiment passées de la sorte ?

— Et comment diable auraient-elles dû se passer ?

— On pourrait très bien croire que c'est nous qui avons tendu un guet-apens au capitaine, avec la complicité de sicaires. Et que maintenant qu'ils sont tous morts nous parlons pour nous disculper.

— Mais ça n'a aucun sens! Pourquoi aurions-nous fait une chose pareille?»

Gerardo avait ouvert les bras. «Je dis juste que tant qu'ils ne seront pas assurés du véritable déroulement des faits, ils nous garderont sous clé. Et de derrière les barreaux nous ne pourrons rien faire pour empêcher l'incendie.»

Mondino ne partageait pas le pessimisme du jeune homme à l'égard des autorités. Le podestat avait ses défauts, mais le Conseil des Anciens n'était pas composé d'imbéciles, loin de là. Au bout d'un moment, la fatigue accumulée les derniers jours s'était abattue sur lui, peut-être aidée par la cruche de vin rouge qu'il avait bue, presque à jeun. Il se rappelait vaguement que Gerardo l'avait accompagné à sa chambre, une lampe à la main, et l'avait aidé à retirer ses chaussures et à se coucher. Puis il était tombé comme une masse.

En repoussant la couverture pour se lever, il s'aperçut qu'il était encore habillé, avec sa tenue de gala toute froissée et ses chausses de laine fine. Quand il ouvrit les volets, la lumière orageuse du matin envahit la pièce, révélant, sous le miroir d'argent accroché au mur, sa sacoche de médecin trouée de part en part.

En se débarbouillant dans la bassine d'étain où Lorenza veillait à ce qu'il y eût toujours de l'eau propre, il se souvint qu'avant de s'en aller Gerardo lui avait demandé de l'attendre jusqu'à none. Il allait d'abord voir si Abdul avait réussi à corriger son erreur de calcul et à localiser la maison avec la vigne. Ils ne préviendraient le podestat que dans un second temps.

Mondino s'essuya le visage avec un des carrés de lin pliés et empilés à côté de la bassine. Ils provenaient du trousseau de sa femme et il s'en servait depuis leur mariage, mais c'était comme s'il les voyait pour la première fois. La pensée de Giovanna lui fit l'effet d'un coup de stylet dans la poitrine. Elle avait enchanté sa vie, lui avait donné des enfants, puis elle était morte, le laissant seul.

Mondino lui avait fait la promesse de se remarier, plus par devoir que par conviction. Pourtant, il éprouvait un besoin violent d'avoir une femme à ses côtés, une compagne de vie qui le soutiendrait dans les moments difficiles et dispenserait à ses enfants cette chaleur dont, peut-être, seule une mère était capable.

Pour la première fois depuis des mois lorsqu'il pensait à une épouse avec qui partager le meilleur comme le pire, ce ne fut pas l'image d'Adia, la belle alchimiste arabe, qui lui traversa l'esprit, mais celle d'Eleonora Lamberti.

Quand elle lui avait rendu la clé de la boutique et que leurs mains s'étaient frôlées, il s'était passé quelque chose. Ce n'était pas qu'une impression, il en avait la certitude. Tous deux avaient dû s'efforcer de vaincre l'attraction qui risquait de les emporter.

Mais Eleonora était l'épouse d'Azzone. Et ce n'était de toute façon pas le moment de penser à l'amour. La matinée était avancée, l'incendie allait commencer dans quelques heures.

Il ne voulait même pas imaginer les dégâts que pourrait occasionner une catastrophe de ce genre. Bâtiments détruits, cadavres partout, ville en proie à la panique... Sa décision était prise, au fond. Il savait ce qu'il devait faire. Peut-être que ce n'était pas le parti le plus judicieux, mais c'était le seul qui pourrait apaiser sa conscience.

Avant tout, il devait mettre sa famille aux abris.

Il descendit à la cuisine, vit ses fils réunis autour de la table pour le petit-déjeuner, et il fut désolé de gâcher la journée à tout le monde. Il les salua, pria Lorenza d'aller chercher son mari dans le jardin puis leur dit ce qu'il attendait d'eux, expliquant que la ville risquait d'être ravagée par un grand incendie sans trop entrer dans les détails.

Bien entendu, Gabardino manifesta son opposition.

« Mais savez-vous où vivent les paysans ? objecta-t-il. Dans des cabanes pleines de courants d'air. Avec ce froid, Leone, qui a la santé fragile, risque d'attraper une pneumonie. Et ne parlons pas de la petite de Lorenza.

— Je le sais, répondit Mondino, essayant de garder son calme. Tu devrais comprendre que je ne vous demanderais pas de vous réfugier chez les paysans qui cultivent nos terres sur les rives du Savena si ce n'était pas absolument nécessaire. Le risque que Bologne soit détruite par une catastrophe sans précédent est très élevé.

— Alors, pourquoi ne venez-vous pas avec nous ?

— Parce que j'ai une infime possibilité d'empêcher ce désastre ! explosa Mondino en tapant du poing sur la table. Mais je ne pourrai rien faire si je vous sais en danger. »

Leone et Ludovico regardaient tour à tour leur père et leur grand frère, sans oser intervenir. Pietro et Lorenza se tenaient debout, les bras ballants, comme des soldats en attente des ordres. Même le bébé, dans sa corbeille accrochée au plafond, n'émettait pas un son.

« Avec votre permission, reprit Gabardino, brisant le silence, je reste. J'aiderai mes frères à préparer leur bagage, puis j'irai mettre les remèdes à l'abri dans la cave de la boutique. » À sa voix, il était clair que la demande de permission était purement formelle. « Au fait, continua-t-il, ce matin un maçon est venu vous chercher. Il a dit qu'il abattrait le mur de l'école demain. »

Mondino avait complètement oublié cette histoire. « Je ne crois pas que je pourrai être là. Je leur dirai de reprendre les travaux au printemps. J'ai d'autres choses à penser pour le moment.

— J'irai, moi, fit Gabardino. J'ai vu le plan de Liuzzo et je sais où l'arche doit se situer et quelle taille elle doit avoir. Je la dessinerai à la craie sur le mur, comme ça ils ne pourront pas se tromper. Il suffit que vous passiez en coup de vent vérifier que le tracé est correct et, si tout va bien, je serai présent demain quand ils viendront pour les travaux. Je n'ai pas l'intention de rouvrir la boutique tant que la menace dont vous parlez planera. »

Mondino réprima son irritation. Cette conversation aussi était une perte de temps. « Comme tu veux. Pietro partira avec les enfants et Lorenza restera ici avec toi. Une fois que tu en auras fini avec la boutique et l'école, vous les rejoindrez.

— Mais, père…

— Eux aussi ont besoin de toi, fit Mondino en désignant Ludovico et Leone. Tu es l'aîné. Tu as des responsabilités à l'égard du travail, mais aussi envers ta famille.

— En quel nom… », commença Gabardino, mais Mondino était déjà à la porte. Il entendit ces mots, qui le blessèrent.

Gabardino était un homme, désormais, et il devait prendre sa part de responsabilité dans cette situation difficile. Il ne voulait pas être tenu éloigné avec l'excuse de s'occuper de ses petits frères. Sa mère arrivait toujours à obtenir avec douceur ce qu'elle voulait, mais Mondino n'était pas capable d'appliquer ce système, même s'il le souhaitait sincèrement. Il faillit rebrousser chemin pour essayer de lui parler de nouveau, mais il savait d'expérience qu'il valait mieux laisser tomber.

Il se promit que, si tout se passait bien, il prendrait le temps d'avoir une longue discussion sincère avec son fils. Il reconnaîtrait devant lui qu'il s'était fermé sur lui-même et qu'il les avait négligés depuis la mort de sa femme, et lui demanderait pardon. Puis il se remarierait sans tarder.

Il chassa avec rage l'image d'Eleonora Lamberti. La ville allait être la proie des flammes, et il était tout à fait probable que d'ici peu lui-même se retrouverait enchaîné dans les geôles de la Commune.

Il n'était qu'un seul moyen pour convaincre le podestat d'agir : aller le voir et tout lui expliquer avec sincérité.

Si Taverna Tolomei ne le croyait pas, qu'adviendrait-il ? On avait vu Mondino sortir de la basilique San Francesco en compagnie de Visdomini, et à présent le capitaine était mort. Agir le premier en se présentant spontanément aux autorités pouvait être une tactique intelligente. Ou pas.

Conscient de jouer sa liberté et peut-être sa vie sur une manœuvre très hasardeuse, Mondino enfila son manteau et sortit dans la rue balayée par le vent.

La neige n'allait pas tarder à tomber. Les nuages blanchâtres, si bas qu'ils semblaient toucher les toits, annonçaient une tempête. En arrivant sur le chantier, Gerardo trouva une scène bien différente de la fois précédente. Le travail était suspendu, et les ouvriers se tenaient immobiles, indifférents au vent. Leurs regards étaient tous rivés au même endroit, invisible de là où il était.

Ce silence en un lieu d'habitude si bruyant ne manquait pas de surprendre. Le jeune homme passa l'angle de la tour et découvrit un triste spectacle. À mi-hauteur de la corde qui hissait le chariot avec les matériaux de construction jusqu'au premier étage, se balançait un homme aux cheveux roux, langue pendante, les yeux exorbités et la corde serrée autour du cou. De ses chausses déchirées s'égouttait un filet d'urine. L'accident venait d'avoir lieu. Le chariot avait échappé aux hommes qui devaient le décharger, était allé heurter la poulie et l'un d'eux était resté pris par la corde, qui s'était brusquement tendue. Vu la violence du mouvement, il avait dû mourir sur-le-champ.

Un ouvrier se tira de sa stupeur, s'empara d'une hachette de charpentier et s'approcha de la corde pour la trancher, mais il fut aussitôt arrêté par le géant à qui Gerardo avait demandé des informations la fois précédente.

« Il n'y a plus rien à faire pour lui et la corde coûte cher », dit l'homme d'une voix sombre. Il cria quelque chose à l'un des ouvriers qui se trouvaient au premier étage, et ce dernier défit le nœud faisant tenir la corde au chariot de bois, tandis qu'un autre retenait le chariot pour l'empêcher d'aller se fracasser au sol.

Dès que la corde fut libérée de la tension, le cadavre tomba avec un bruit sourd. Les ouvriers l'entourèrent en silence. L'un d'eux, un garçon plein de taches de rousseur aux cheveux de la même couleur que ceux du mort, sanglotait les yeux fermés. Ce devait être le fils.

« Vous cherchez quelqu'un, messire? », lui demanda le géant préposé au treuil.

Gerardo se tourna. « Je cherche Michele da Castenaso ou son assistant, Abdul.

— Vous trouverez maître Michele au siège de la corporation. Il ne vient pas tous les jours. Quant à messire Abdul, nous ne l'avons pas encore vu ce matin. »

À ce moment précis, Gerardo vit le jeune Sarrasin déboucher de derrière une maison et s'approcher d'eux à grandes enjambées. Deux maçons le remarquèrent aussi et allèrent à sa rencontre. Quand il arriva en bas de la tour, Abdul était déjà au courant de tout. Il prit la situation en main avec compétence, faisant vider le char de transport du sable qui le remplissait. On étendit sur son fond une couverture violette empruntée au voisinage et Abdul y fit installer le cadavre, puis donna l'ordre de suspendre le chantier, précisant qu'il demanderait au propriétaire une paie complète de la journée pour tous. Les ouvriers ramèneraient le mort chez lui et annonceraient la triste nouvelle à la veuve.

Tandis que les hommes rassemblaient les outils, Abdul s'approcha de Gerardo. «Je vous cherchais, fit-il, tout en continuant de regarder les ouvriers. Maître Michele a corrigé mon erreur de calcul et j'ai identifié la maison.

— Parfait. Quand pourrez-vous m'accompagner sur les lieux?

— Pas avant demain.

— Quoi? Mais c'est à côté, nous pouvons y aller et être de retour en moins de...

— Aujourd'hui, toute la journée sera consacrée aux obsèques de ce pauvre homme et à épauler sa famille, expliqua Abdul d'un ton légèrement affecté.

— Éviter que la ville soit la proie des flammes me semble pourtant une tâche d'une certaine importance», répliqua Gerardo.

Son sarcasme n'eut aucun effet. Abdul le regarda et conclut froidement: «À chacun sa tâche. Éviter l'incendie est la vôtre. Mon devoir m'appelle ailleurs.»

Les ouvriers avaient fini leurs préparatifs et attendaient les ordres en silence, regroupés autour du fils du mort. Gerardo comprit que, même si Abdul était seulement l'apprenti de Michele da Castenaso et moins compétent que le maître maçon qui dirigeait les travaux en son absence, il représentait la corporation et devait accomplir le devoir que lui dictait la coutume. Aussi brève fût-elle, une absence ne lui serait pas pardonnée.

«Je ne peux pas attendre demain, dit-il, sombre. Pouvez-vous au moins m'indiquer précisément où se trouve la maison et comment je peux la reconnaître?

— C'est facile, répondit le Sarrasin. Au niveau de la Croce dei Martiri, regardez vers l'ouest, en direction de la Porta Lame. Vous verrez une maison avec une arcade à doubles colonnes, qui fait l'angle avec une rue sur la droite. Prenez cette rue et passez quatre maisons.

La cinquième est celle avec la vigne. Vous la reconnaîtrez à sa porte ancienne en arc, qui a été partiellement murée pour en faire une porte plus petite, où un homme à cheval passerait difficilement.

— Êtes-vous sûr qu'il n'y a pas d'erreur cette fois-ci?

— Absolument. Je suis allé vérifier en personne après les corrections de mon maître. C'est pour cela que je suis arrivé en retard sur le chantier aujourd'hui.»

Il prononça ces derniers mots avec une certaine rancœur, comme s'il signifiait que l'accident était un peu la faute de Gerardo. Ce dernier comprit qu'il n'en tirerait rien d'autre. Il avait reçu toute l'aide qu'il pouvait recevoir de la corporation des maçons. À présent, leurs routes se séparaient.

«Merci, dit-il. Si tout va bien, je viendrai en personne au siège de la corporation pour remercier Michele da Castenaso.

— Bien. Comment saurons-nous si tout s'est bien passé?»

Gerardo haussa les épaules. «L'incendie a été avancé. Si, cette nuit, vous voyez des flammes s'élever partout dans la ville, cela signifiera que nous avons échoué.»

Il prit congé et se hâta vers la via San Vitale pour prévenir Mondino. Ils iraient voir la maison ensemble.

Au croisement des quatre rues sous la voûte de la tour de l'Arengo et sous les arcades environnantes, il y avait la foule habituelle de vendeurs, écrivains publics et postulants, mais toutes ces activités se déroulaient dans un silence inusité. La file de personnes qui attendaient de rencontrer les juges au premier étage du palais du podestat n'avait pas besoin de l'intervention des gardes pour rester calme. Les vendeurs ambulants vantaient leurs marchandises avec force sourires et gestes, y adjoignant à peine quelques phrases alléchantes à mi-voix. Les écrivains publics étaient penchés sur leur tâche et, en passant à côté d'eux, Mondino entendit le crissement des plumes d'oie sur le papier ou le parchemin.

Indifférents au vent qui s'engouffrait sous la voûte, sbires et hommes d'armes de la Commune, sur le pied de guerre, leurs dagues étincelantes à la ceinture, paraissaient prêts à bondir à la moindre provocation.

Un peu plus loin, l'entrée du palais du capitaine du peuple était éclairée par des flambeaux et des lampes à huile comme s'il faisait nuit. Mondino comprit que le corps de Visdomini avait été identifié et qu'une veillée d'armes était en cours, probablement depuis la nuit précédente.

L'enquête sur sa mort allait être ouverte et son implication serait inévitable. Mondino invoqua mentalement l'aide de saint Luc, patron des médecins, et demanda aux gardes la permission de monter voir le podestat. Il lui fut répondu sèchement que messire Tolomei ne recevait pas ce jour-là, et il n'eut d'autre choix que de révéler le motif de sa visite.

« Je détiens des informations importantes sur la mort de messire Visdomini », lâcha-t-il.

Tel un sésame, cette phrase lui ouvrit toutes les portes. Un jeune sergent l'accompagna dans l'escalier jusqu'aux appartements privés du podestat. Il le précéda à l'intérieur, Mondino l'entendit murmurer avec un serviteur et, après une courte attente, Taverna Tolomei apparut en personne sur le seuil de la grande porte en ogive.

« J'espère que ce n'est pas un prétexte pour me contraindre à vous recevoir, messire de Liuzzi, le prévint le podestat d'un ton sec. Je vous le ferais regretter.

— Non. Les informations que je détiens vous permettront de faire la lumière sur l'homicide de messire Visdomini.

— Parlez donc.

— D'abord, je dois visiter l'étude du capitaine.

— D'abord, vous allez me donner ces informations. »

Mondino serra les dents et le regarda droit dans les yeux. « Il y a dans son étude un document qui explique bien des choses. Mais je ne sais pas précisément lesquelles. Nous devons le trouver, je vous dirai ensuite tout ce que je sais. Je vous en prie, accompagnez-moi dans ses appartements, ne perdons pas de temps. »

Il avait élaboré cette stratégie considérant que, s'il parlait d'abord, le podestat enverrait d'autres personnes récupérer le document et pourrait décider de ne pas lui en révéler le contenu. De plus, il espérait que le mystérieux papyrus ajouterait de la crédibilité à sa version des faits.

« Bien, fit le podestat. Allons-y. »

Tandis qu'ils parcouraient le couloir qui reliait l'intérieur du palais du podestat à celui du capitaine du peuple, Mondino pria pour que le document existât vraiment et contînt des informations importantes sur l'incendie qui menaçait la ville, ou du moins expliquât la trahison de Visdomini.

Dès qu'ils furent dans l'étude du capitaine, il grimpa sur la table et palpa à tâtons le dessus de l'énorme poutre qui traversait le plafond. Quelques instants après, il sentit au bout de ses doigts un cylindre métallique, s'en saisit et l'ouvrit, debout sur la table.

« Montrez-le-moi ! », lui intima le podestat, s'approchant de lui.

Mondino sortit le papyrus, le déroula, et tous deux se mirent à lire en silence, sous le regard curieux du sergent qui les avait accompagnés.

« Mon Dieu, murmura le podestat. Pourquoi Visdomini ne m'avait-il rien dit de ce manuscrit ?

— Parce qu'il faisait partie de la secte des adorateurs de Mithra dont parle cette lettre. Ceux-là mêmes qui veulent incendier Bologne et qui ont sans doute assassiné Bertrando Lamberti et le prêtre de l'entrepôt de sel.

— Ce sont des accusations fort graves, dit le podestat. Avez-vous quelque preuve pour les étayer ? »

Mondino se tourna vers lui, essayant de ne pas laisser paraître l'anxiété qui le tourmentait. Le moment était venu de vider son sac. « Les circonstances de sa mort le démontrent, dit-il. J'étais présent quand il a été tué. »

Le silence était accablant. Le sergent le regardait comme s'il voulait lui sauter dessus, et le podestat avait les yeux rivés au sol, réfléchissant peut-être aux mesures à prendre.

« Bien, finit-il par dire. Je vous écoute.

— Pourrais-je vous parler en privé ? demanda Mondino en indiquant le sergent d'un mouvement du menton.

— Non. Estimez-vous heureux que je n'appelle pas un secrétaire pour verbaliser votre confession. Un témoin est nécessaire. Continuez. »

Prenant sur lui, Mondino raconta les événements de la veille, à partir du moment où Visdomini était venu le chercher à l'église pendant la cérémonie de remise des diplômes jusqu'à celui où les deux agresseurs, le capitaine et le jeune moine qui avait sauvé la vie à Gerardo étaient morts.

« Et dans ce carnage, ni vous ni votre ami n'avez reçu un seul coup, fit le podestat en secouant la tête. Vous auriez dû choisir un récit un peu plus crédible, ne serait-ce que par respect pour mon intelligence.

— Je me suis soucié de dire la vérité, pas d'être crédible, répliqua Mondino. Sinon, comment expliquez-vous que je sache où se trouvait ce papyrus ? Visdomini n'aurait sûrement pas révélé un secret de ce genre à son assassin.

— Allez savoir. Il mourait et voulait sauver la ville. Si la seule personne qu'il avait devant lui était son assassin, que pouvait-il faire d'autre ? D'ailleurs, ce fait le met à l'abri de l'accusation d'être membre de cette secte d'adorateurs de Mithra. S'il était d'accord avec eux, il ne vous aurait rien dit, ne croyez-vous pas?»

Mondino avait envie de lui retourner un soufflet pour effacer le sourire roublard qui illuminait son large visage. Gerardo avait raison, venir ici avait été une erreur. Maintenant, il lui fallait bien peser chacun de ses mots pour éviter le pire.

Avant qu'il pût formuler une réponse, un serviteur aux cheveux blancs apparut sur le seuil. Il s'inclina et demanda avec révérence au podestat s'il pouvait lui dire un mot. Taverna Tolomei le rejoignit et, quand il revint, son visage était sombre.

«Un porte-parole de l'inquisiteur vous attend dans mon étude. Il est venu nous informer que vous êtes sous accusation chez eux aussi. Vous commencez à avoir un peu trop de choses à expliquer, messire de Liuzzi.

— Sous accusation? Pourquoi?», s'enquit Mondino. Mais au fond, il le savait déjà.

«Pour avoir fait bouillir des os humains, violant délibérément une bulle papale, répondit en effet Taverna Tolomei. Il n'est pas de bon ton de faire attendre l'Inquisition. Allons voir ce qu'il a à nous dire, puis nous reprendrons notre conversation.

— Mais il n'y a pas de temps à perdre! protesta Mondino. Bologne est menacée par une catastrophe sans précédent, si nous n'arrêtons pas...

— Ça, c'est vous qui le dites, rétorqua Taverna en se dirigeant vers la porte, le papyrus à la main. Personne ne peut l'attester. Pas plus que tout ce que vous avez raconté jusqu'ici, d'ailleurs.»

Mondino le suivit dans le couloir, talonné par le sergent, comme s'il avait l'intention de s'enfuir dans les couloirs du palais. La situation devenait absurde.

«Puis-je au moins savoir sur quelles bases cette femme m'accuse d'avoir fait bouillir des os humains? demanda-t-il, la mâchoire crispée.

— Femme? Le plaignant est l'un de vos étudiants. Il semble que vos méthodes aient mis en crise sa conscience religieuse. Quant aux bases, il semble qu'il ait apporté les os en question avec lui.»

Gerardo arriva hors d'haleine sur la Piazza Maggiore. Midi venait de passer, mais le ciel était si sombre qu'on aurait dit qu'il faisait nuit. Dans la via San Vitale, il avait trouvé le serviteur Pietro et les deux derniers fils de Mondino sur une charrette attelée au cheval bai, prêts à partir vers les terres de la famille sur les rives du Savena. Pietro l'avait mis au courant de la situation, sans toutefois savoir lui dire où se trouvait Mondino. Gerardo avait aussitôt couru à l'école, mais elle était fermée. Il s'était alors rendu à l'évidence : le médecin n'en avait fait qu'à sa tête et était allé tout raconter au podestat.

Espérant l'arrêter à temps, il se précipita dans l'entrée du palais. La file de postulants s'écarta en silence pour le laisser passer et il se trouva nez à nez avec les gardes sur le pied de guerre. Il leur demanda s'ils avaient vu entrer Mondino de Liuzzi, mais personne ne semblait le connaître. Il demanda alors s'ils avaient vu passer un médecin, et ils lui répondirent par l'affirmative. Il demanda à monter chez le podestat, et ils lui répondirent par la négative.

Vu qu'il était désormais trop tard pour arrêter Mondino, mieux valait être clair. Il dit qu'il détenait des informations importantes sur la mort de messire Visdomini et le garde lui répliqua d'un ton moqueur : «Ce prétexte ne fonctionne qu'une fois. Votre ami l'a déjà utilisé. Si vous avez vraiment des informations, vous les donnerez à notre commandant.»

Gerardo fut conduit dans le palais du capitaine du peuple, où une chambre ardente avait été installée dans la grande pièce. Le corps du capitaine reposait sur un catafalque, les mains croisées sur la poitrine, cerné de cierges allumés et d'hommes aux traits tirés.

Il était habillé comme s'il était sur le départ pour une campagne militaire, avec son pourpoint de cuir, son casque et son épée à la ceinture. Tout cela ne lui serait guère utile là où il allait. Gerardo s'éloigna du garde pour aller dire une courte prière devant le catafalque.

«On m'a dit que vous détenez des informations sur sa mort», fit une voix dans son dos.

Gerardo se tourna et vit un homme imposant, en cotte de mailles et manteau, suivi par le garde qui l'accompagnait. Il décida de ne pas tergiverser. «J'étais présent», déclara-t-il. Le visage de son interlocuteur prit une expression de stupeur. Gerardo ajouta: «Commandant, la ville est en péril, et il n'y a pas de temps à perdre. Je ne dirai ce que j'ai à dire qu'en présence du podestat et du magister Mondino de Liuzzi. Accompagnez-moi auprès d'eux, je vous prie, et vous saurez tout.»

Peut-être le commandant comprit-il que sa préoccupation était sincère, ou bien était-il habitué à prendre des décisions rapides. «Suivez-moi», dit-il seulement, sans même lui demander son nom.

Peu après, Gerardo se trouvait dans la grande salle à la longue table sombre où, seulement six mois auparavant, le podestat précédent voulait le faire jeter en pâture à la foule depuis le balcon. Ce jour-là, Gerardo était bouleversé par les tortures endurées et par sa surprise d'avoir découvert l'identité du mystérieux assassin qui transformait le cœur de ses victimes en un cœur de fer.

Aujourd'hui, c'était Mondino qui était dans un piteux état. Son couvre-chef était cabossé et sa robe écarlate des grandes occasions froissée, mais ce fut surtout son expression d'étonnement douloureux qui inquiéta Gerardo.

Sept personnes étaient dans la salle : le podestat, Mondino, un dominicain décharné aux pommettes saillantes accompagné par deux novices, un sergent de la garde citadine et un jeune homme que Gerardo connaissait car il avait été l'un de ses camarades à l'école de Mondino.

Sa surprise devant la composition de cette assemblée le laissa muet quelques instants. Le commandant prit la parole le premier.

« Excellence, dit-il au podestat. Cet homme affirme détenir des informations importantes sur la mort de messire Visdomini. Comme je me souviens que son intervention a été décisive dans une autre affaire, j'ai pensé judicieux de l'introduire immédiatement auprès de vous. »

Voilà pourquoi il ne lui avait pas demandé son nom. Pour une fois, Gerardo ne fut pas fâché de sa célébrité non désirée.

« Je suis Gerardo da Castelbretone, Excellence. Le capitaine du peuple a été tué hier par un moine franciscain, qui est mort lui aussi. Mondino et moi étions présents, et il s'en est fallu de peu pour que nous ne soyons pas nous-mêmes les victimes de cet homicide. Mais j'imagine que le magister vous a déjà raconté cela. L'information importante que je suis venu vous apporter est autre.

— Je sais qui vous êtes, répondit le podestat. Moi aussi j'ai une information pour vous : vous êtes en état d'arrestation car vous êtes accusé de meurtre prémédité avec messire de Liuzzi, et ce jusqu'à ce que toute cette histoire ait été élucidée dans les moindres détails. »

Le commandant recula d'un pas pour passer derrière lui, et Gerardo comprit qu'il était prêt à le bloquer au moindre signe du podestat. Il essaya de croiser le regard de Mondino, mais ce dernier regardait son étudiant d'un air douloureux, comme si tout le reste lui était indifférent. La nouvelle de l'arrestation sembla glisser sur lui sans provoquer la moindre réaction.

« Excellence, reprit Gerardo. Je vous prie de ne pas prendre une décision qui pourrait coûter un nombre incalculable de vies humaines et la destruction de la ville.

— Tous les deux, vous ne faites que parler de cette catastrophe imminente, explosa Taverna Tolomei, mais sans preuves, sans une accusation précise étayée par des témoins fiables. Je ne vous crois pas !

— Il a vu le parchemin, intervint Mondino, sortant de son état de stupeur. Et il n'y croit pas non plus. Tu avais raison, Gerardo, il valait mieux ne rien dire. Je suis désolé.

— Comment s'appelle le moine qui, selon vous, aurait tué le capitaine Visdomini ? », demanda le sergent. Tous se tournèrent pour le dévisager. Son intervention constituait une grave violation de l'étiquette. Même le commandant ne s'était pas hasardé à se mêler de la conversation, attendant les ordres en silence. L'homme rougit et ajouta précipitamment : « Pardonnez-moi. Je me suis permis de demander, car il y a une dizaine de jours j'ai accompagné, avec le capitaine, un moine nommé Samuele reconnaître le corps d'un de ses confrères qui avait été assassiné. S'il s'agit de la même personne…

— C'est lui ! s'exclama Gerardo. Je vous reconnais, maintenant. Vous étiez l'un des deux sbires qui suivaient le capitaine, ce matin-là.

— Cela ne prouve rien, trancha le podestat en interdisant d'un geste au sergent de parler.

— Excellence, si je puis me permettre…, fit le commandant.

— Mais faites donc, commandant, répondit Taverna d'un ton sarcastique. De toute façon, cette réunion s'est transformée en assemblée. Je vous en prie, donnez votre avis.

— Bien, le jeune homme ici présent a parlé d'une information qu'il voulait transmettre. Je suggère que nous l'écoutions avant de prendre une décision. On ne peut pas exclure que le danger dont il parle soit réel. »

Toutes les têtes se tournèrent vers Gerardo. Les moines et l'étudiant suivaient aussi la conversation, bien qu'il fût évident que le motif de leur présence était différent.

« Vous êtes déjà au courant de l'existence de la secte païenne qui projette l'incendie. Je suis venu vous informer que j'ai appris ce matin même où se trouve son temple. Allons les arrêter. Ensuite, si vous voulez, arrêtez-nous jusqu'à ce que notre rôle soit clairement établi. »

Dans son dos, le commandant avait dû retenir son souffle, car il le laissa échapper avec un petit sifflement. Mondino essaya de lui communiquer son approbation du regard, mais toujours avec un certain détachement, comme un homme qui aurait reçu un coup de massue.

« Où se trouve ce temple ? demanda le podestat.

— Près de la Croce dei Martiri. À cheval, nous y serons très vite. Nous pourrions y aller, le commandant et moi, avec une escouade…

— Je viens moi aussi, fit le podestat. Je veux être sur place pour prendre les décisions qui s'imposeront. Et messire de Liuzzi se joindra à nous également. » Il se tourna vers le dominicain et lui dit d'un ton conciliant : « Si, bien entendu, le porte-parole de l'inquisiteur n'y voit pas d'objection. Sinon, je le fais arrêter sur-le-champ. »

Le dominicain, resté bras croisés dans son habit blanc et noir durant tout l'échange, acquiesça avec un sourire. « L'Inquisition sait attendre. Le bien de Bologne passe en premier. Allez-y donc. »

Cette réponse surprit le podestat, mais pas Gerardo, désormais au fait des subtilités des prêtres. La rivalité entre dominicains et franciscains, les deux ordres religieux en charge de la Sainte Inquisition, était connue. Si l'on prouvait qu'un frère mineur était l'auteur d'un homicide, les dominicains en recevraient un bénéfice indirect. Si, en revanche, Mondino était reconnu coupable d'avoir tué le moine, quelle que fût la faute dont les dominicains voulaient l'accuser devant le tribunal de l'Inquisition, ils auraient tout le soutien des franciscains.

«Je vous remercie, mon père, dit le podestat. Votre sens civique vous fait honneur.» Il ouvrit la porte et ordonna à l'homme d'armes de garde de raccompagner le prêtre et l'étudiant. Puis il envoya le sergent faire préparer les chevaux. Ils partiraient en tête, et un peloton de vingt-cinq hommes d'armes de la Commune les suivrait à pied pour intervenir en force si l'information se révélait exacte.

Le dominicain quitta la pièce d'une démarche solennelle. L'étudiant essaya de faire le tour pour ne pas passer devant Mondino, mais le médecin le rejoignit et l'attrapa par l'épaule. «Odofredo, pourquoi m'as-tu fait cela? Tu es le meilleur étudiant que j'aie eu depuis des années...»

Le jeune homme rougit et baissa les yeux, puis il releva fièrement sa tête blonde. «Je ne suis plus votre étudiant. Depuis hier, je suis médecin. Vous avez tort de ne pas prendre en compte la loi de Dieu, par amour de la science. J'y ai réfléchi, et j'ai pris ma décision.

— C'est bien toi qui prononces ces mots? J'aurais compris si ça venait d'Andolfo...

— Andolfo parle beaucoup mais, au fond, il vous craint et vous admire. Moi pas.»

Sur ces mots, il sortit lui aussi, hâtant le pas pour rejoindre le dominicain et le garde.

Maintenant, Gerardo comprenait l'expression douloureuse de Mondino. Rien n'aurait pu le blesser plus profondément que la trahison de son étudiant préféré.

« Allons-y, magister, lui murmura-t-il en lui touchant le bras. Il n'est pas encore dit que nous arriverons à sauver la ville. Et notre peau. »

XIV

Quand ils sortirent, les premiers flocons voletaient au vent. À en juger par la couleur du ciel, la tempête s'annonçait violente. Mondino, Gerardo, le podestat et le commandant montèrent à cheval et prirent vers l'ouest. Les sbires rassemblés par le sergent les suivirent à pied. Mondino se sentait mal à l'aise sur le destrier qui lui avait échu, une monture noire et nerveuse, qui réagissait par des mouvements impétueux à la moindre tension des brides.

« Dirigez-le autant que possible avec vos genoux », lui murmura Gerardo.

Mondino s'appliqua à suivre ce conseil, dont il apprécia l'efficacité. Ils prirent la rue du Mercato di Mezzo en direction de San Felice. Le vent et le froid mordant entravaient l'activité du marché. En raison de la tempête imminente, les vendeurs démontaient les toiles protégeant les étals pour éviter qu'elles cèdent sous le poids de la neige et commençaient à ranger leurs marchandises. De toute façon, puisque le client se faisait rare, rester là n'aurait pas eu de sens.

Le froid n'était pas le seul responsable de la baisse des achats. Le boisseau de blé, qui l'année précédente coûtait trois sous, avait atteint les deux lires, un prix inouï.

Et si un incendie responsable de centaines de morts, blessés et maisons détruites venait s'ajouter à cela, Bologne était perdue. L'empereur Henri VII de Luxembourg, actuellement à Gênes, en profiterait aussitôt pour s'emparer de la ville, et les Bolonais auraient bien du mal à se défendre.

La tête rentrée dans les épaules et les genoux serrés contre les flancs de sa monture, Mondino imaginait la ville en proie aux flammes, sinistrée par des luttes intestines et par la disette, se rendant à l'empereur qui, comme il l'avait fait à Brescia, ordonnait d'abattre remparts et tours.

Il s'arracha à cette vision quand il s'aperçut que Gerardo avait bifurqué sur la droite. Le temps passait inexorablement, et c'était déjà l'après-midi. Lorsqu'ils arrivèrent à la Croce dei Martiri, le jeune homme jeta un coup d'œil circulaire, comme pour se repérer, puis orienta son cheval en direction de la Porta Lame, s'engageant dans une rue que Mondino connaissait bien. Quand il le vit s'arrêter à l'angle sous la maison d'Azzone Lamberti, dotée d'une arcade à doubles colonnes, il pensa qu'il y avait erreur. Azzone ne pouvait être le chef de la secte. Il se tourna à demi sur sa selle et constata que le podestat faisait lui aussi triste mine.

Heureusement, Gerardo reprit son itinéraire, mais le soulagement de Mondino fut de courte durée. Le jeune homme s'arrêta devant une grande arche murée en partie, où une porte rectangulaire avait été découpée.

« C'est ici. » Il descendit de sa monture et l'attacha à un anneau de fer scellé dans le mur.

Au même moment, une rumeur annonça l'arrivée du détachement de sbires qui se rangea des deux côtés de la porte, attendant les ordres.

Mondino mit pied à terre et s'approcha du podestat, resté en selle. « Excellence, je n'ai pas de raisons de douter des indications données par Gerardo, mais je tiens à vous informer que j'ignorais absolument qu'il s'agissait de cette maison.

— Et vous espérez que je vais vous croire? répondit Taverna Tolomei d'un ton méprisant.

— Je le jure sur mon honneur. Je n'en savais rien. Mais je suis sûr que vous me donnerez raison à la fin de notre vérification.

— Nous ne vérifierons rien, magister. Vous êtes animé par une féroce inimitié à l'égard d'Azzone Lamberti, qui a porté plainte contre vous. Et, tiens donc, quelle surprise! Quand il faut découvrir le lieu où se réunissent les mystérieux païens qui, selon vous, s'apprêtent à incendier la ville, votre ami nous amène chez Fedrigo Guidi, le cousin d'Azzone, celui-là même qui l'assiste dans sa démarche à votre encontre, et qui est en passant l'un des juristes les plus puissants de Bologne. Si vous croyez que je suis disposé à débarquer avec un détachement de sbires dans cette maison sur la seule base d'une accusation verbale, vous commettez une grossière erreur.»

Mondino serra les dents. La coïncidence était effectivement peu crédible. Et, s'il s'agissait d'une erreur, le podestat mettait en péril non seulement sa carrière, mais aussi sa liberté. Fedrigo avait des amis parmi les nobles et les marchands qui siégeaient au Conseil des Anciens.

«Excellence, essaya-t-il d'insister, sans trop de conviction.

— Il suffit! cria le podestat. Vous n'avez que trop abusé de ma patience. Sergent, nous rentrons. Mais d'abord, enchaînez ces deux-là. Ils sont en état d'arrestation.»

Gerardo avait assisté à cet échange avec une inquiétude croissante. Quand le podestat donna l'ordre de les arrêter, il regarda autour de lui à la recherche d'une issue, mais n'en repéra aucune. Il était dos au mur, face au podestat et au commandant à cheval, et les deux groupes de sbires l'encadraient. Il se maudit de ne pas s'être renseigné sur le propriétaire de la maison mais, à sa décharge, il n'en avait pas eu le temps.

Deux hommes se détachèrent du groupe sur sa gauche pour se saisir de Mondino. Deux autres sortirent du groupe sur sa droite pour s'approcher de lui. Il n'avait pas d'autre possibilité que de se rendre.

À cet instant précis, la porte s'ouvrit et la grande silhouette vêtue de noir de Fedrigo Guidi se découpa sur le seuil. Tous suspendirent leur geste, attendant ce qui allait suivre. Le juriste évalua la situation d'un regard froid, sortit dans la rue et s'adressa au podestat. Les flocons qui se posaient sur lui disparaissaient aussitôt, comme engloutis par sa tunique noire.

«Que se passe-t-il, Excellence? Je suis descendu voir d'où venait le tapage que j'entendais, mais je ne m'attendais pas à trouver ma maison encerclée. Êtes-vous à la recherche de quelque criminel?

— Il s'agit d'un déplorable malentendu, messire Fedrigo, le rassura Taverna en toute hâte. Ne vous inquiétez pas. Nous arrêtions ceux qui vous ont injustement accusé et nous nous apprêtions à repartir.»

Il fit signe aux sbires de s'emparer de Gerardo et Mondino.

Gerardo pensa aux conséquences de l'acte qu'il s'apprêtait à commettre. Au fond, il ne pouvait rien lui arriver de pire que ce qu'il risquait en se laissant arrêter sans rien faire. Si Abdul avait dit vrai, il existait encore une possibilité de renverser la situation à l'avantage de la ville entière.

Sans y penser plus avant, il bondit à travers la porte ouverte et se précipita dans la cour, sans prêter attention aux cris du propriétaire. Il devait trouver la cave et le temple caché avant d'être rattrapé par les soldats. C'était le dernier espoir de conjurer l'incendie.

Il arriva au pied de l'escalier qui conduisait à l'étage et remarqua avec surprise que ce dernier descendait aussi.

L'itinéraire pour atteindre la cave n'était en rien caché, contrairement à ce qu'il avait imaginé. Il espérait seulement qu'Abdul ne s'était pas trompé de maison.

Il descendait l'escalier quatre à quatre quand les sbires entrèrent dans la cour. Par chance, ils se dirigèrent vers les cuisines et le jardin sur l'arrière, suivant la logique selon laquelle un fugitif ne va jamais se coincer tout seul dans les étages supérieurs d'un bâtiment ou, pis encore, dans sa cave.

Du bas de l'escalier partait un étroit tunnel au plafond voûté et au sol de pierre. Gerardo s'engagea entre ses murs couverts de salpêtre et arriva devant une porte massive dotée d'une grosse serrure. Elle s'ouvrit sans bruit sous sa poussée. Il entra dans une vaste pièce obscure et tâtonna jusqu'à trouver une torche accrochée au mur, accompagnée d'un briquet et d'une pierre à feu. La lueur fumeuse de la torche qu'il venait d'allumer lui révéla un spectacle qui suspendit le battement de son cœur.

Du plafond bas aux voûtes d'arêtes qui conféraient au lieu davantage l'allure d'une crypte que d'une cave pendaient jambons, saucissons et de gros fromages emballés dans des filets. Trois murs étaient couverts d'étagères en bois brut débordant de marmites, seaux et autres ustensiles variés. Le quatrième mur était occupé par un tonnelet, des jarres de terre cuite remplies d'huile et deux pioches appuyées à des baquets de teinturiers empilés les uns sur les autres. Si cette maison abritait un temple païen, ce n'était pas ici.

« Vous paierez cher cette irruption dans ma cave », déclara une voix dans son dos.

Il fit volte-face et se trouva nez à nez avec Fedrigo Guidi, dont la tête touchait presque le plafond. Le bruit de pas lourds descendant l'escalier le priva de son dernier lambeau d'espoir.

« Je sais que le temple des adorateurs de Mithra se situe dans cette maison, affirma-t-il. Nous l'avons repérée grâce aux plantes que vous cultivez sur votre terrasse. »

Il espérait une réaction à cette phrase, mais il fut déçu. Seul un vague sourire traversa le visage de Fedrigo, puis le juriste s'écarta pour laisser passer les hommes d'armes. « Il est ici, emparez-vous de lui », dit-il simplement.

Trois sbires se jetèrent sur lui. Gerardo fit tournoyer la torche pour les tenir à distance, mais l'un d'eux lui fit un croche-pied et il perdit l'équilibre. Alors qu'il tombait sous une grêle de coups de pied et de poing, il entendit une voix intimer : « Ça suffit ! »

C'était le commandant des gardes. Les hommes s'arrêtèrent sur-le-champ, l'un d'eux ramassa la torche et ils reculèrent, le gardant à l'œil. Gerardo se releva. « Pardonnez ma fuite, dit-il au commandant. J'espérais trouver le temple de la secte.

— Et vous n'avez trouvé que mes jambons, compléta Fedrigo d'un ton sarcastique. Commandant, emmenez-le. »

Tandis que le juriste prononçait ces mots, ses yeux s'arrêtèrent un instant sur l'étagère centrale du mur de droite. Cela ne dura qu'un quart de seconde, mais Gerardo remarqua sa hâte à détourner son regard. Il observa à son tour l'étagère et remarqua qu'elle était légèrement séparée des autres. Tout lui parut évident. Mais s'il parlait personne ne lui prêterait l'oreille. Il se baissa pour ramasser une pioche et frappa de toutes ses forces le mur où reposait l'étagère.

« Arrêtez-le ! », hurla Fedrigo.

Il était trop tard. De gros morceaux de la fine couche de plâtre tombèrent du mur, révélant une porte secrète. Gerardo lâcha la pioche, leva les mains en l'air et se laissa attraper par les sbires sans opposer de résistance.

« Commandant, dit-il d'une voix ferme. Si messire Guidi est véritablement innocent, il ne verra pas d'inconvénient à vous montrer ce qu'il y a derrière cette porte. »

Quand Azzone rentrait de ses voyages d'affaires, même les chiens et les poules se taisaient. Un silence tendu s'abattait sur la maison, et chacun vaquait à ses occupations, se demandant sur qui se déchaînerait la colère du patron.

Car personne ne doutait qu'Azzone se défoulerait sur quelqu'un. Il s'agissait parfois d'un serviteur distrait, parfois d'une servante pas assez prompte, mais la cible favorite de ses foudres était son épouse.

C'est pour cela que, lorsqu'il la fit appeler, Annina le rejoignit d'un pas tranquille et même joyeux. Certaines femmes qu'elle croisait à la fontaine publique devaient satisfaire des vieillards baveux au ventre adipeux, paralysées par le dégoût et la crainte que l'effort les fît crever sur elles, avec tout ce qui s'ensuivrait : coups, violences, condamnation pour adultère, comme si une servante pouvait se refuser à son patron en lui expliquant que l'adultère était un péché mortel.

Azzone était un peu brutal quand il la possédait, mais au moins était-il beau et fort. La dernière fois, il l'avait fait courir nue dans la chambre, riant aux éclats et fouettant au passage son derrière et ses mollets, et elle avait détesté cela. Mais aujourd'hui, elle possédait une information qui devrait lui attirer ses bonnes grâces, voire lui occasionner une petite récompense pécuniaire.

En montant l'escalier, elle arrangea sa robe, ajusta son corsage et tira en arrière son bonnet blanc afin de libérer deux boucles de cheveux sur les côtés de son visage. En entrant dans son étude, elle adressa un large sourire à son maître assis à la grande table, le salua, lui demanda comment s'était passé son voyage et s'il désirait quelque chose. Azzone lui ordonna de lui faire le compte rendu de tout ce qui s'était passé en son absence. Elle se lança aussitôt dans un récit fidèle, prêtant attention à ne rien omettre et à ne pas y adjoindre des observations personnelles, comme il le lui avait appris. Mais, lorsqu'elle en arriva au récit de la visite chez messire Mondino de Liuzzi de quelques jours auparavant, elle ne put résister à la tentation.

Elle raconta leur arrivée, le trouble du médecin en les voyant, la tentative de dame Eleonora de se débarrasser d'elle en l'envoyant aider la servante de Mondino étendre le linge, et de son astuce pour rebrousser chemin en prétextant avoir oublié quelque chose.

«Je me suis cachée dans l'embrasure de la porte et j'ai vu dame Eleonora tirer une grosse clé de son manteau et la tendre à messire de Liuzzi.

— Une clé? demanda Azzone d'une voix posée mais les sourcils froncés. Quelle clé?

— Je ne sais pas, maître. On aurait dit qu'elle appartenait à Mondino et qu'elle la lui rendait.

— Tu es en train de dire qu'ils s'étaient déjà vus sans que tu le saches?»

Annina se retint juste à temps de répéter «je ne sais pas», car le patron n'aimait pas cette réponse. Elle commençait à se dire qu'elle aurait mieux fait de taire cette histoire de clé, mais il était trop tard pour revenir en arrière.

«Ils ont parlé d'une boutique, balbutia-t-elle. De quelque chose que dame Eleonora n'avait pas pu s'empêcher d'écouter, cachée dans l'arrière-boutique... Puis j'ai entendu des pas et j'ai rejoint la servante de Mondino pour ne pas me faire pincer.» Azzone la regardait sans mot dire. «Je n'ai pas pu en entendre plus, ajouta Annina, au bord des larmes.

— Ne t'avais-je pas demandé de ne jamais perdre ma femme de vue, pas même un instant?», grommela Azzone.

Annina hocha la tête en silence. «Pourtant, elle a trouvé le temps de se rendre à la boutique de Mondino à ton insu. Dans *l'arrière-boutique.* À ton avis, qu'est-ce qu'ils ont bien pu faire, dans l'arrière-boutique?

— Je ne..., commença Annina avant de s'interrompre.

— Je n'arrive pas à croire que cette chienne frigide me trompe, marmonna Azzone, les dents serrées. Avec Mondino, en plus. Cet homme n'a rien qui puisse plaire à une femme.»

Annina n'était pas d'accord. Le médecin n'était plus tout jeune, mais ses yeux verts, sa bouche bien dessinée et ses grandes mains avaient de quoi séduire, y compris une femme chaste comme sa maîtresse. Elle se garda de faire part de son point de vue à Azzone.

«Où est Eleonora, maintenant? s'enquit ce dernier.

— À la cuisine. Elle donne les instructions pour le repas. Je vais l'appeler si vous voulez.

— Quelle précipitation. De quoi as-tu peur?

— Maître, répondit-elle d'une voix tremblante. Je sais que je vous ai déçu, et j'implore votre pardon. Ne me faites pas de mal, je vous en prie.»

Azzone se leva avec une souplesse féline et s'approcha d'elle. Il lui prit le menton d'une main et l'embrassa sur la bouche. Ce baiser passionné la troubla malgré elle et, quand les mains de son maître se faufilèrent dans son corsage, son cœur battit plus fort.

«À genoux, chuchota-t-il.

— Comment? Mais...»

Elle ne vit pas la gifle arriver. L'instant précédent, la main d'Azzone se promenait en des lieux interdits et, celui d'après, elle était par terre, la joue enflammée et l'oreille bourdonnante.

«Tu sais que je n'aime pas me répéter.»

Annina se mit à genoux et fit ce que son maître lui demandait de faire, un acte de lupanar qui lui semblait plus répréhensible que la fornication, même si elle n'aurait su dire pourquoi. Azzone la tenait par le bonnet et poussait sa tête en avant et en arrière en lui grognant des mots qu'elle n'entendait pas, assourdie par sa honte.

Par chance, cela ne dura pas. Son maître la remercia par une autre gifle et glissa trois pièces de cuivre dans sa main quand elle se releva.

« Maintenant, va appeler ma femme. Quand elle sera là, tu resteras dehors sans te faire voir et tu regarderas. »

Annina baissa la tête, sans même avoir la force de rougir à l'idée de cette perversion. « Comme vous voudrez, monsieur », dit-elle avant de partir en courant.

Elle trouva dame Eleonora dans la cuisine, l'informa que le patron voulait la voir et l'accompagna à l'étage. Puis elle fit mine de partir et se cacha derrière le rideau de l'entrée, épiant par la fente entre le tissu et le mur. Azzone croisa son regard et lui adressa un clin d'œil complice.

Annina s'attendait à voir Azzone posséder sa femme, imaginant que cela l'excitait d'avoir une spectatrice. La scène fut tout autre. À peine Eleonora l'eut-elle salué qu'Azzone lui décocha un coup de poing dans l'estomac. La douleur la fit se plier en deux et il la frappa alors en plein visage.

Le souffle coupé et le nez en sang, Eleonora demanda pourquoi. Azzone lui cracha les pires insultes qu'Annina eût jamais entendues, l'accusant de coucher avec l'homme qui avait tué son fils tout en continuant de la rouer de coups.

Eleonora déniait les accusations de la tête, incapable de parler à cause de sa bouche pleine de sang.

Annina ferma les yeux, s'appuya au mur et se mit à pleurer.

La première fois qu'Azzone l'avait possédée, elle s'était sentie flattée. La beauté de dame Eleonora, son élégance et son port de tête princier étaient loués par tous, et pourtant le maître l'avait préférée à elle.

À présent, le bruit sourd de chaque nouveau coup lui rappelait que tout était sa faute. Si elle n'avait pas raconté l'histoire de la clé, sa maîtresse n'aurait pas été brutalisée. Traversée par un sanglot qui lui brûlait la poitrine, elle pria Dieu pour qu'Azzone s'arrêtât.

Le silence retomba enfin dans la pièce. Annina se força à regarder à nouveau.

Eleonora était couchée par terre et essayait à grand-peine de se redresser sur un coude. Son visage était barbouillé de sang, mais son regard demeurait impavide.

« Tue-moi si tu veux, articula-t-elle entre ses lèvres fendues. Mais tu ne me feras pas avouer une faute que je n'ai pas commise.

— Tu insistes? Tu n'as pas compris qu'on t'a prise sur le fait?

— Des calomnies. Je ne peux pas avoir été découverte, car je n'ai rien fait de mal.

— Et alors, qu'est-ce que tu faisais dans l'arrière-boutique de Mondino? »

Elle ouvrit de grands yeux étonnés, mais ne nia pas. « J'étais allée le prévenir de ce que tu tramais avec ton cousin. Je ne le regrette pas. Mais je ne t'ai pas trompé.

— Je ne te crois pas. »

Eleonora s'efforça de s'asseoir sur le plancher. Elle perdit l'équilibre et retomba. « Lui, il n'a pas besoin de frapper une femme pour se sentir fort », murmura-t-elle en regardant Azzone dans les yeux.

Elle récolta un violent coup de pied dans les côtes et resta à terre, immobile.

Annina se couvrit la bouche de la main, priant pour qu'elle ne fût pas morte. Azzone s'approcha du vase en faïence où étaient autrefois rangées les cannes de son père, et qui contenait à présent des épées. Il s'empara de l'une d'elles, à la lame affilée et guère plus longue qu'une dague, et la glissa à sa ceinture. Il traversa la pièce à grandes enjambées et écarta le rideau.

Il jeta un regard absent à Annina. « Accompagne ma femme dans ses appartements. Je sors. Ne m'attendez pas pour le dîner. »

Elle baissa la tête. Du bout du couloir, Azzone se retourna. Un rictus déformait son beau visage. « Et dis-lui que Mondino de Liuzzi va mourir. »

Annina glissa une main dans son corsage, où elle avait caché les pièces qu'il lui avait données. Elle ouvrit la fenêtre qui donnait sur la rue enneigée et les jeta au loin. Puis elle courut s'agenouiller auprès de sa maîtresse.

Malgré les protestations et les menaces d'action en justice proférées par Fedrigo Guidi, le podestat n'avait pas pu faire autrement qu'ordonner au commandant d'aller voir ce que cachait la porte secrète. Accompagné par l'homme d'armes qui avait ramassé la torche, il avait fait quelques pas à l'intérieur, puis était revenu.

« Excellence, avait-il annoncé. Si nous cherchions un temple païen, nous l'avons trouvé. »

Ils avaient alors tous franchi la porte, entraînant avec eux le juriste récalcitrant, avaient allumé torches et bougies, et la lumière avait révélé un temple d'allure très ancienne, qui contenait une fresque représentant un dieu païen en train de tuer un taureau, des statues et des objets de culte en tout genre.

Mondino avait eu vent de tout cela lorsque Gerardo et deux sbires étaient remontés avec l'ordre de l'emmener chez le podestat, tandis que le gros du détachement avait pour mission de perquisitionner la maison sans rien toucher ni casser, afin de déceler tout élément sortant de l'ordinaire.

Gerardo était libre, mais ils n'avaient pas eu le temps d'échanger beaucoup d'informations. Le jeune homme devait accompagner un groupe de sbires sur la terrasse, avec la promesse qu'ils trouveraient quelque chose d'étrange là-haut. Ils s'étaient donc séparés, l'un allant vers le haut, l'autre vers le bas.

Mondino avait été appelé en bas car dans une petite pièce attenante au temple, on avait trouvé un tonneau de sel contenant des restes calcinés que personne ne voulait toucher. Un coup d'œil lui suffit pour confirmer qu'il s'agissait du cadavre de Bertrando Lamberti.

« Voilà au moins un mystère de résolu, dit-il au podestat. Les accusations d'Azzone à mon endroit perdent leur validité, n'est-ce pas ? »

Taverna Tolomei opina. « Cependant, nous devons encore éclairer votre implication dans la mort du capitaine du peuple.

— Bien sûr. Et puis il y a aussi les accusations de l'Inquisition. L'étudiant qui m'accuse est justement représenté par Fedrigo Guidi. Cette coïncidence ne vous paraît-elle pas étrange ?

— Sous-entendez-vous que ce pourrait être le chef de la secte ?

— N'est-ce pas évident, Excellence ? demanda Mondino à son tour, irrité par la prudence excessive du podestat. Il fait dérober le cadavre de Bertrando Lamberti dans mon école, puis représente Azzone dans son accusation contre moi pour la disparition du cadavre en question. Ensuite, il pousse mon étudiant Odofredo à me dénoncer, et le temple païen se trouve dans la cave de sa maison. De quelles autres preuves avez-vous donc besoin ? »

Avant que Taverna eût le temps de répondre, le commandant s'approcha. « Les hommes que j'ai envoyés sur la terrasse rapportent qu'ils ont découvert une plante étrange.

— Étrange?»

Gerardo les rejoignit dans le temple à ce moment-là. Avec la permission du commandant, il décrivit une grande terrasse où, sous une étendue de toiles grises ressemblant à des voiles de bateau, des plantes grimpantes poussaient dans de grands pots de terre cuite. Elles s'entortillaient autour des colonnes de la terrasse, formant des rangées qui évoquaient une vigne. Mais il ne faisait aucun doute que ces plantes, aux feuilles d'un vert intense en plein hiver, ne produisaient pas des grappes de raisin.

«Il doit s'agir d'une plante toxique dont ils tirent des potions», conclut-il.

Un homme appela le commandant, lui chuchota quelque chose et repartit.

«Excellence, un de mes hommes a regardé de près les baquets, dans la cave.

— Et?

— Ils sentent la poix, le soufre et le salpêtre. Je crains qu'il ne s'agisse de quelque mixture incendiaire.

— Vous voyez? intervint Mondino. Tout est cohérent. Il faut interroger Fedrigo et le faire avouer. Nous pouvons peut-être encore empêcher la catastrophe.»

Fedrigo Guidi avait été enfermé dans une petite pièce dépouillée attenante à la grande salle du temple pour éviter qu'il assistât à la perquisition de sa maison, effectuée sans le mandat des juges de la Commune, qu'il connaissait tous. C'est pourquoi il avait été expressément demandé aux sbires de ne toucher à rien. Le podestat ne voulait pas prendre de risques tant qu'il n'était pas absolument certain de la culpabilité de Fedrigo.

Mondino avait déjà suggéré deux fois qu'on l'interroge, mais Taverna Tolomei tergiversait. Seule la torture pouvait pousser Fedrigo à avouer rapidement et sans procès. Mais si, pour une raison quelconque, il se révélait innocent, ce serait dans le meilleur des cas la fin irrémédiable de la carrière du podestat.

« Je ne suis pas sûr que ce soit la meilleure chose à faire, dit-il. Nous devrions peut-être tous revenir au palais, convoquer le Conseil des Anciens, et…

— Et entre-temps, tandis que nous serons occupés à respecter les formalités, l'incendie éclatera et il sera trop tard », l'interrompit Gerardo.

Le podestat eut un geste d'agacement. « Cela ne coûte rien de décider quand on ne court aucun risque, fit-il en haussant la voix. Si vous voulez obtenir des informations avec cette méthode, sachez que je m'y oppose absolument. Pour l'heure, mon devoir est d'informer le Conseil. »

Il leur tourna le dos et se dirigea vers la porte qui donnait sur la cave.

« J'ai bien compris ce qu'il a dit ? demanda Mondino au commandant.

— Si vous voulez des explications, demandez-les à lui, pas à moi. À présent, veuillez m'excuser, j'ai encore beaucoup à faire. »

Sur ces mots, il quitta le temple à son tour. Mondino et Gerardo se regardèrent.

« Il nous confie le sale travail, confirma le jeune homme. C'est pour ça qu'il nous a laissés seuls. Si jamais ça tourne mal, il dira qu'il n'était pas au courant et que nous avons désobéi à son ordre.

— Mais je n'ai aucune intention de torturer cet homme !

— Moi non plus. Dans ce cas, nous n'avons plus qu'à attendre l'incendie et à espérer que peu de gens mourront. »

Mondino jeta un regard soucieux autour de lui. Il ne restait plus qu'eux deux dans le temple éclairé par quelques torches et bougies. Les ombres dansaient sur le mur du fond, et le taureau sur la fresque semblait s'animer.

« Allons lui parler, décida-t-il en s'emparant d'une torche et en glissant la pierre à feu et le briquet dans sa poche. Si on lui fait croire qu'on veut le tuer, il prendra peur et nous fera peut-être des aveux.

— Le podestat a au moins raison sur un point, dit Gerardo en le suivant vers la pièce vide. Quoi qu'il se passe, nous n'avons rien à perdre. »

Mondino tira le verrou et poussa la porte vermoulue. « Parce que nous avons déjà tout perdu. »

L'avocat était assis par terre, dans l'obscurité, pieds et poings liés. « Enfin, dit-il en les entendant entrer. Plus tôt vous me libérerez, plus vous aurez de chances de... » Il s'interrompit en découvrant l'identité de ses visiteurs. « Allez appeler le podestat, ordonna-t-il. Je ne parlerai qu'avec lui.

— Oh non, vous ne parlerez qu'avec nous, ne vous en déplaise, rétorqua Mondino.

— Ah bon ? Et de quoi devrais-je parler avec vous ?

— De ce temple. De la secte dont vous êtes le chef. De l'incendie qui menace Bologne. » Fedrigo écarquilla les yeux tandis que Mondino poursuivait : « Nous sommes au courant de l'incendie prévu pour la nuit de Noël. Et nous savons qu'il a été avancé à ce soir. Le capitaine du peuple nous l'a dit avant de mourir.

— Je suis désolé, mais j'ignorais tout, jusqu'à l'existence de ce temple sous ma maison.

— Il essaie de gagner du temps, magister, intervint Gerardo. Il ne nous dira rien. Autant nous débarrasser de lui tant que nous le pouvons. »

Un rire sec sortit de la bouche de Fedrigo. « Je suis un trop vieux renard pour que vous m'effrayiez avec ces sottises. Allez chercher le podestat, maintenant. »

Mondino planta la torche dans un support, puis ouvrit la porte, lui montrant le temple vide. « Nous sommes seuls, comme vous pouvez le constater. Le podestat vous a abandonné entre nos mains.

— Mensonges !

— Non. Taverna Tolomei espère que nous allons vous torturer, répondit Mondino avec calme. Si vous avouez, il endossera tout le mérite. Si vous êtes innocent, il rejettera la faute sur nous. »

Un éclat de peur traversa le regard de Fedrigo. Il connaissait assez le podestat pour savoir que ce raisonnement lui ressemblait bien. « Et vous êtes disposé à courir ce risque ? Je vous croyais plus malin, magister.

— Je n'ai pas l'intention de vous torturer, ne vous inquiétez pas, le rassura Mondino. Vous trébucherez lorsque nous vous accompagnerons à l'extérieur, vous tomberez et votre tête tapera sur un caillou. Ce sera la faute à pas de chance.

— Je ne vous crois pas ! Si vous me tuez, vous ne saurez rien ! Vous ne le ferez pas !

— Je suis accusé d'avoir assassiné le capitaine du peuple, reprit Mondino. D'avoir fait bouillir des os humains. D'avoir escamoté le cadavre de Bertrando Lamberti que, par chance, nous venons de retrouver. D'avoir laissé mourir un charpentier confié à mes soins. Et qui se cache derrière toutes ces calomnies ? Vous. Une fois mort, il vous sera plus difficile de tramer des complots à mes dépens, et il me sera plus facile de prouver mon innocence. »

Gerardo se pencha pour attraper Fedrigo par les épaules. « Ne perdons pas plus de temps, magister. Nous le détacherons une fois que nous l'aurons tué, ce sera plus simple. »

Mondino le regarda et ne décela pas la moindre trace d'ironie sur son visage. Seul le fait d'en avoir parlé auparavant avec lui l'assurait qu'il n'était pas sérieux. Décidément, Gerardo n'avait plus rien en commun avec le jeune homme ingénu qu'il avait connu quelques mois auparavant.

« Non ! Vous n'êtes pas des assassins ! Vous ne ferez pas ça ! », s'égosilla Fedrigo.

Mondino l'attrapa par les pieds, s'apprêtant à le soulever. « Vous êtes un hérétique et le chef d'une secte païenne qui œuvre à la destruction de Bologne. N'importe quel confesseur nous donnera l'absolution.

— Je ne suis pas le chef ! Ce n'est pas moi !

— Ah bon ? Le temple se trouve pourtant chez vous.

— Personne n'a jamais vu son visage, poursuivit Fedrigo d'une voix hachée. Son visage est couvert par un capuchon gris. On l'appelle Pater.

— Si c'est tout ce que vous savez, ça ne suffira pas à vous sauver la vie », constata Gerardo.

Fedrigo semblait en proie à un conflit intérieur. « Ce temple abrite une crypte secrète, dit-il enfin. Vous y trouverez les réponses que vous cherchez. Mais si vous voulez que je vous y accompagne, il faudra me détacher. »

Mondino lâcha ses pieds, qui retombèrent avec un bruit sourd sur le sol. « Si c'est un piège, vous ne sortirez pas vivant d'ici. »

En silence, Gerardo coupa les liens qui entravaient ses poignets et ses chevilles. Fedrigo se leva avec difficulté, massant ses jointures endolories. « L'endroit où nous nous trouvons est une pièce sacrée. Elle est vide parce qu'elle représente le moment où l'adepte renonce au monde pour s'engager sur la voie de l'initiation.

— Ça ne m'intéresse pas, rétorqua Gerardo. Je veux seulement savoir le nom de votre chef et comment l'arrêter avant qu'il incendie la ville.

— Alors suivez-moi. » Fedrigo prit la torche glissée dans le mur et, de l'autre main, fit basculer son support de fer. Un pan de mur pivota sur lui-même, laissant un écart suffisant pour qu'une personne à genoux pût s'y glisser.

« La porte des initiés est étroite et difficile à franchir, récita Fedrigo. L'adepte pourrait s'imaginer que le renoncement au monde suffit. Il ferait erreur, car ce n'est que le début du chemin.

— Épargnez-nous vos maximes, je vous prie », fit Gerardo. Puis, tourné vers Mondino : « Qui y va le premier ?

— Toi, répondit le médecin. Ensuite, lui, avec la torche, pour que nous le voyions bien. Je passerai le dernier. Au moindre mouvement bizarre, plante ton poignard dans sa jambe.

— Ne vous en faites pas, vous n'avez rien à craindre », dit Fedrigo. Il attendit que Gerardo eût franchi la porte, se pencha et se glissa. Sa torche éclaira un escalier qui s'enfonçait dans l'obscurité. Le léger gargouillis d'une source montait des profondeurs.

Puis ce fut le tour de Mondino, ils entamèrent alors leur descente. Le plafond était quelques centimètres au-dessus de leurs têtes et l'escalier étroit ne laissait passer qu'une personne à la fois.

« L'initié entreprend ce trajet les yeux bandés, dit Fedrigo. Il symbolise…

— Arrêtez, je vous ai dit ! », s'exclama Gerardo, nerveux.

Cette descente le mettait mal à l'aise, et Mondino le comprenait. La pénombre, le froid, l'impression de plonger dans les entrailles de la terre… il n'y avait rien de rassurant là-dedans.

« Je voulais seulement vous dire que nous apprenons à nous déplacer dans le noir pour mieux apprécier tout l'éclat de la lumière au bout du chemin. »

Sur le côté de l'escalier se trouvait la petite source qu'ils avaient entendue. En dessous était posé un petit bassin de pierre dont la forme rappelait celle d'un bénitier. Mais les symboles gravés dans le mur n'avaient rien à voir avec le Christ et le christianisme. Gerardo se tourna pour mieux les regarder, et Fedrigo en profita pour jeter la torche dans l'eau et bondir en avant.

« Il s'échappe ! », s'écria Gerardo en se lançant à sa poursuite.

La flamme s'éteignit en grésillant. L'odeur suffocante du suif prenait à la gorge dans cet espace confiné. Tandis qu'il essayait à tâtons de récupérer la torche, Mondino fut interpellé par quelque chose d'étrange. Pas par un bruit, mais par l'absence de bruit.

« Gerardo ! Arrête-toi ! hurla-t-il. C'est un piège ! »

Le souterrain ne fut soudain que silence. Mondino continua de descendre en se tenant au mur, palpant prudemment chaque marche du pied avant de s'y engager.

« Il y a un vide, ici, dit la voix de Gerardo, immobile à un tournant. Votre cri m'a arrêté juste à temps. »

Il détacha un morceau de pierre du mur et le jeta là où l'escalier aurait dû continuer. Quelques instants s'écoulèrent avant qu'ils entendent le caillou atteindre le sol, bien plus bas.

« Nous avons été imprudents, commenta Mondino.

— Comment avez-vous compris qu'il y avait un puits ?

— Je ne le savais pas. Mais quand je n'ai plus entendu le bruit de ses pas, j'ai pensé qu'il t'avait tendu un piège.

— Qu'est-ce qu'on fait, maintenant ?

— Il faut qu'on arrive à s'éclairer, il est trop dangereux de poursuivre sans lumière. »

Il avait tiré la torche du bassin, mais elle était encore mouillée. Il défit la corde et le chiffon imprégnés de suif, les essora et les entortilla à nouveau. Puis il battit le briquet sur la pierre. Au bout de plusieurs tentatives, la torche s'alluma. Devant eux, un puits profond interrompait l'escalier qui continuait de l'autre côté. Il n'était pas difficile de sauter par-dessus le puits, mais dans le noir il ne faisait aucun doute qu'ils y seraient tous deux tombés. Accroché au bord, tel un gros scarabée surpris par la lumière, ils aperçurent Fedrigo Guidi.

«À l'aide! Je ne tiens plus!» cria-t-il.

Il avait mal estimé la longueur de son bond, mais n'avait pas bougé, espérant les entendre tomber. Il ne demandait de l'aide qu'à présent que son stratagème avait échoué. Ils ne pouvaient pas le laisser là. Avant que Mondino pût ouvrir la bouche, Gerardo évalua la distance et sauta, atterrissant souplement de l'autre côté.

«Prenez ma main», dit-il, agenouillé au bord du puits, un bras tendu vers le juriste suspendu au-dessus du vide.

Fedrigo s'en empara et se hissa sur le bord.

«Merci», murmura-t-il, haletant. Et il le poussa brutalement.

Gerardo vacilla, mais réussit à ne pas perdre l'équilibre. À la lueur incertaine de la torche, Mondino assista à leur lutte. Quand Fedrigo essaya d'attraper une cheville de Gerardo, ce dernier leva le pied et lui donna un grand coup dans le visage.

Le juriste bascula dans un cri et l'on entendit un bruit sourd.

Se penchant par-dessus le bord, Mondino le vit au fond, sur le dos, immobile. Il l'appela, sans obtenir de réponse.

«Il est mort. Vas-tu arriver à sauter dans l'autre sens?

— Je n'en suis pas sûr. Il est plus difficile de sauter en montée. Je vais chercher une sortie en bas de l'escalier.

— C'est trop dangereux! protesta Mondino. Va savoir combien d'autres pièges il y a, et tu n'as même pas une torche. Il faut que tu sautes!»

Gerardo resta silencieux, comme s'il évaluait la situation, puis finit par acquiescer. «Tenez-vous prêt à me réceptionner.»

Il recula de deux pas pour prendre de l'élan, puis s'immobilisa. Une lumière venait d'en haut, accompagnée d'un bruit de pas.

« Qui va là ? cria Mondino.

— Hommes de garde de la Commune, répondit une voix nerveuse. Qui êtes-vous ?

— Mondino de Liuzzi. Venez. »

Ils étaient deux. Ils expliquèrent que le commandant les avait envoyés les chercher, qu'ils avaient vu la porte secrète et étaient venus voir ce qui se passait. Mondino leur exposa les faits en leur indiquant successivement le puits, le cadavre de Fedrigo Guidi et Gerardo coincé de l'autre côté.

« Maintenant, mon ami doit repasser de ce côté. Nous devons être prêts à le récupérer si son saut est trop court.

— D'accord, dit le plus robuste des deux. Mais ne traînons pas, le commandant a besoin de vous sur-le-champ. C'est pour cela que nous sommes descendus à votre recherche.

— Que s'est-il passé ?

— Trois d'entre nous ont été blessés en essayant de sauver une famille coincée dans sa maison par le feu. Ils ont besoin de soins urgents.

— Un incendie s'est déclenché près d'ici ?

— Oui. Et il y en a un autre au Pratello, un à Santo Stefano, et il paraît qu'il y en a un quatrième à San Donato. La ville brûle, messire. »

XV

Gerardo courait derrière un groupe de sbires sous la neige, dont la chute était lente et abondante. Il avait passé plus de temps chez Fedrigo qu'il ne le croyait, et la nuit était presque là. Ils coupèrent par les ruelles qui, de la Croce dei Martiri, traversaient le quartier San Felice où des chaînes de volontaires se formaient déjà autour des fontaines publiques et des maisons pourvues d'un puits privé. L'incendie n'était pas encore arrivé jusque-là, mais personne ne se faisait d'illusions. Par chance, le vent s'était calmé, ralentissant la propagation des flammes.

Quand ils arrivèrent au Pratello, les sbires furent accueillis par des sifflements et quelques jets de pierres, mais dès que les gens comprirent qu'ils n'étaient pas venus pour arrêter quelqu'un mais pour leur porter assistance, leur comportement changea. Dans les moments de danger, même les prostituées et les criminels se sentaient rassurés par la présence des représentants de l'autorité. Elle signifiait qu'ils n'étaient pas seuls, que la Commune ne les avait pas abandonnés.

Le sergent sépara ses hommes en groupes de trois, qu'il posta à portée de voix les uns des autres pour maintenir l'ordre dans les endroits les plus difficiles. Cette présence diffuse mais non intrusive fut bénéfique dans le quartier. Les rixes cessèrent, les cris tels que « Déjà qu'on avait faim, maintenant on n'a plus de maison » cessèrent, et la plupart des gens s'organisèrent pour essayer d'épargner leurs affaires ou pour mettre des chaînes de seaux en place.

Malgré la neige, il faisait chaud. Et, avec l'éclat des flammes, on se serait cru en plein jour.

Gerardo envisagea de retourner à l'hospice, mais il n'avait pas entendu parler d'incendies dans le sud de la ville, et sa présence était sans doute plus utile là où il se trouvait. Dans une rue adjacente, il vit une maison dont le toit venait de prendre feu à cause d'une poutre enflammée tombée d'un édifice plus haut. La situation rendait l'organisation d'une chaîne de seaux trop dangereuse. Une dizaine de prostituées et deux ou trois hommes étaient plantés dehors, sous la neige, regardant le petit bordel brûler avec l'air hébété de ceux qui voient leurs repères partir en fumée. Soudain, de la maison, deux femmes sortirent en traînant une troisième qui criait et se débattait pour retourner à l'intérieur.

Gerardo s'approcha en courant pour donner un coup de main, mais aussi parce que cette silhouette lui semblait familière. Quand il fut à cinq ou six pas d'elle, il s'arrêta, interdit. C'était Clara.

Outre le fait qu'elle était sortie d'un bordel, sa tenue ne laissait aucune place au doute. Sa robe grise et son bonnet de servante avaient disparu. Ses cheveux châtains lumineux tombaient librement sur ses épaules, et une robe jaune, décolletée et sans manches mettait en valeur sa poitrine généreuse. Elle portait aux pieds des sandales de cuir à talons, absolument inadaptées pour se déplacer parmi les décombres qui jonchaient la rue.

Elle avait cessé de lutter avec les deux autres femmes et essayait de les convaincre par les mots de la laisser retourner à l'intérieur. Quand elle vit Gerardo, un éclair de surprise traversa son visage. Elle s'écarta de ses amies pour courir vers lui.

«Masino est dedans! cria-t-elle, en larmes. Au premier étage!»

Elle n'avait pas fini sa phrase que Gerardo bondissait déjà vers la porte. Personne ne tenta de l'arrêter et, en un instant, il fut dans l'entrée du bordel. Il la traversa et se retrouva dans un salon meublé de sièges, de divans drapés de soie et de grands brasiers. Malgré la puanteur de la fumée, une odeur de résine parfumée flottait encore. Au fond de la pièce, il y avait un escalier de bois.

Trois seaux remplis d'eau étaient posés au pied d'un canapé. Au début, les occupants du salon avaient dû imaginer qu'il s'agissait d'un petit incendie à l'étage et s'étaient organisés pour l'éteindre. Puis, quand ils avaient compris que la maison entière brûlait, ils avaient couru se mettre aux abris.

Gerardo jeta un coup d'œil autour de lui, la main sur la bouche pour ne pas inhaler de fumée. Les flammes n'avaient pas encore gagné le salon, mais c'était une question de minutes. Étoffes et meubles s'enflammeraient en un instant, et il serait alors impossible de regagner la sortie.

Il hésita et recula instinctivement vers la porte avant de s'apercevoir de ce qu'il était en train de faire. Quand il avait prononcé ses vœux de Templier, il s'était déclaré prêt à mourir au combat pour défendre la foi, et maintenant il se laissait déstabiliser par un incendie. Il s'empara d'un drap de soie, le trempa dans un seau et l'enroula autour de sa tête. Respirer à travers ce voile humide était plus aisé.

D'un pas ferme, il revint vers l'escalier, le gravit jusqu'au milieu, gêné par la chaleur intense et l'épaisse fumée qui venaient d'en haut.

Il essaya d'appeler, sachant pourtant que Masino ne pouvait répondre. Ayant pris une grande inspiration, il força ses jambes à monter les dernières marches.

Désespéré, il appela Masino à nouveau et, d'une chambre située au milieu du couloir, une faible voix répondit.

« Je suis là ! »

Le cœur de Gerardo s'emplit de soulagement. Gardant le tissu contre sa bouche, il s'élança vers la chambre. Le rideau faisant office de porte était en flammes. Plutôt que de perdre du temps à essayer de l'éteindre, il l'écarta d'un geste sec, se brûlant la main, et entra. Assis sur le rebord de la fenêtre les pieds dans le vide, Masino s'apprêtait à sauter.

Le jeune homme le prit dans ses bras, heureux de sentir ses menottes se cramponner à son cou, couvrit sa tête avec le tissu et se jeta vers l'escalier gagné par les flammes. Il dévala les marches à une vitesse qu'il croyait impossible, traversa le salon et l'entrée d'un pas incertain car le souffle lui manquait, et regagna enfin la rue. Il entendit des cris confus, entrevit des corps en mouvement, sentit l'air frais sur son visage et dans ses poumons. Il tomba à genoux, l'enfant dans les bras, et perdit connaissance.

Son épée dissimulée sous son manteau noir, Azzone quitta le refuge des arcades au niveau de la Porta Ravegnana et prit la direction de la Piazza Maggiore, tête nue, indifférent aux flocons de neige qui se posaient sur ses longs cheveux blonds, se transformant aussitôt en gouttelettes.

Bien que la nuit fût tombée, les rues grouillaient de monde. Apparemment, des incendies avaient éclaté à différents endroits de la ville, dont un à proximité de chez lui. Mais l'idée de rebrousser chemin ne l'effleura même pas. Ses serviteurs savaient parfaitement quoi faire en cas de guerre comme d'incendie. Sa femme n'était pas à même de surveiller les opérations, vu l'état dans lequel il l'avait laissée, mais Azzone savait que personne ne se permettrait de lui désobéir ou de s'approprier des biens lui appartenant.

Sa vengeance ne pouvait plus attendre, et les incendies le secondaient dans son entreprise. Il avait quitté son domicile dans l'intention de tuer Mondino, quelles que fussent les conséquences, mais ne l'avait pas trouvé chez lui. Une servante l'avait informé que sa famille était partie sur leurs terres, sur les rives du Savena. Seuls Mondino et Gabardino, son fils aîné, étaient restés en ville, mais elle ne savait pas où ils étaient. Elle lui avait suggéré de se rendre à l'école de médecine, car elle avait entendu que Mondino devait y passer le jour même pour vérifier un dessin.

Azzone l'avait remerciée et, au moment où il la saluait, les cloches avaient retenti et on avait entendu les premiers : « Au feu ! Au feu ! »

Tous les citoyens essayaient de mettre leurs proches à l'abri, ainsi que leurs objets de valeur, et de s'organiser pour endiguer la progression des flammes. Ce désordre formait une circonstance idéale pour la mise en pratique de son projet. Personne ne s'étonnerait de trouver Mondino mort le lendemain, quand l'incendie aurait été maîtrisé. Il ne serait que l'une des nombreuses victimes.

Dans les moments où la ville était en effervescence, quel que fût le motif, nombre de personnes en profitaient pour accomplir vengeances et larcins. Ceux qui se faisaient attraper la main dans le sac étaient d'habitude massacrés sur-le-champ par la foule déchaînée, mais si on ne se faisait pas pincer, la possibilité d'être découvert par la suite était presque inexistante. Au lendemain d'actions guerrières ou de désastres, les magistrats de la Commune avaient trop à faire pour s'occuper de cela. Et Mondino avait tellement d'ennemis qu'il serait difficile d'identifier le coupable.

La Piazza Maggiore se détachait comme un îlot noir et désert dans la frénésie générale. L'activité se concentrait dans les palais du podestat et de la Commune, où le

Conseil des Anciens devait s'être réuni pour une séance extraordinaire. Sous les palais, les arcades pullulaient de sbires attendant les ordres, et Azzone resta prudemment de l'autre côté de la place.

La neige tombait doucement. Par chance, le vent avait cessé, ce qui aiderait à maîtriser les incendies. Les consuls des différents quartiers savaient que faire en de pareilles situations. Azzone ralentit le pas. Il devait être calme lorsqu'il affronterait Mondino. Il voulait jouir de sa vengeance, la faire durer. Il le transpercerait plusieurs fois avant de lui administrer le coup fatal. Il l'obligerait à implorer sa pitié, puis lui rirait au nez.

Il lui dirait que personne ne devrait répondre de sa mort. Ça, c'était magnifique. Il ne raconterait son méfait qu'à Eleonora, avant de la tuer à son tour.

Depuis un bon moment, cette dernière le lassait. Quoique belle, elle était dépourvue des qualités d'une bonne épouse. Surtout, elle ne pouvait pas mettre d'enfants au monde. Et Azzone n'avait plus d'héritier depuis qu'il avait perdu son premier-né par la faute de Mondino. Il lui fallait se débarrasser de son épouse actuelle pour prendre une femme en mesure de procréer.

Il arriva sans se faire remarquer dans la rue qui séparait l'église Sant'Antonino de l'école de Mondino. Ici, les gens n'étaient pas encore sortis dans la rue, mais ne tarderaient pas à le faire. Azzone devait se hâter. Il vit avec soulagement que la porte de l'école de médecine était entrouverte. Mondino était là.

Il s'en approcha avec calme. Il était trempé et ses cheveux ressemblaient à des chiffons collés à son visage, mais il n'avait pas froid. Au contraire, un grand bien-être l'habitait. Il s'accorda encore quelques instants pour imaginer la mort d'Eleonora. On penserait à un suicide. Ravagée par sa culpabilité d'être stérile, elle se serait jetée par la fenêtre.

Avec l'aide de Fedrigo, l'enquête des magistrats serait de courte durée et se terminerait comme il fallait.

Oui, une nouvelle vie l'attendait. La nouvelle année toute proche se présentait sous les meilleurs auspices.

Sans regarder autour de lui afin de ne pas paraître suspect et de ne pas attirer l'attention, il poussa la porte et entra.

Quand Gerardo revint à lui, il était étendu sur une couverture sous l'auvent d'une maison un peu en retrait de la rue. La neige tombait dru devant son abri, recouvrant toits et corniches. Au milieu de tout ce blanc, l'incendie paraissait irréel.

Il était seul. Les personnes qui l'avaient secouru devaient être retournées à la tâche. Armés de haches et de pics, les hommes abattaient le mur de la maison mitoyenne au bordel avec l'espoir de circonscrire les flammes. Les femmes formaient une chaîne pour se faire passer les seaux, juste devant lui. Elles étaient presque toutes tête nue et trempées. La rue était réduite à l'état de marécage boueux où les pieds s'enfonçaient jusqu'aux chevilles. Une veuve en deuil racontait qu'on avait mis le feu à trois endroits du Pratello, trois bordels. Peut-être s'agissait-il d'une punition divine, avança-t-elle. Quand le premier incendie s'était déclaré, dans la cave d'une maison non loin de là, la neige et les seaux d'eau avaient semblé alimenter les flammes plutôt que les éteindre.

Les histoires habituelles passaient de bouche en bouche, de plus en plus invraisemblables. Gerardo avait les mains aussi noires que celles d'un charbonnier et ses vêtements ressemblaient à ceux d'un gueux, mais au moins il respirait bien et avait retrouvé des forces, bien qu'il fût un peu meurtri. Il repéra Clara agenouillée par terre sous une porte cochère. Malgré la température accrue par les flammes, sa robe légère ne devait pas suffire à la protéger du froid.

Gerardo se leva pour la rejoindre. « Il va bien, n'est-ce pas ? demanda-t-il, anxieux. Sais-tu que, quand je l'ai appelé, il m'a répondu ? Avec la voix, je veux dire. »

Clara acquiesça. « Il m'a parlé aussi, avant de s'endormir, chuchota-t-elle. Il est vivant et il parle. Merci. »

Quoique intense, le soulagement de Gerardo fut de courte durée. « Tu m'as menti, fit-il à voix basse lui aussi, sans cacher sa déception et son mépris. Tu parles d'une servante. »

Clara le regarda droit dans les yeux. « J'ai essayé de le cacher. À toi, bien sûr, mais surtout à mon frère. C'est pour ça que je ne voulais pas le prendre avec moi, pas parce que je ne l'aime pas.

— Pourtant, je l'ai retrouvé dans la chambre d'un bordel, répliqua Gerardo d'une voix tranchante. Si jamais je viens à apprendre que... »

Une gifle l'empêcha de terminer sa phrase. Et, avant qu'il se fût remis de la douleur et de la surprise, il en reçut une autre.

« Comment peux-tu imaginer que je vendrais mon frère ? cria-t-elle.

— Ce n'est pas ce que je dis, bredouilla Gerardo. Mais le patron ou la patronne pourraient...

— J'avais confié à Masino le travail que je fais, exprès pour lui faire comprendre qu'il devait rester avec toi et se faire prêtre, dit Clara. Quand il s'est présenté ici après s'être enfui de l'hospice, je n'ai pas eu le cœur de le renvoyer. J'ai passé un accord très clair avec la tenancière. » Elle fit une pause pour reprendre son souffle, et Gerardo ne put s'empêcher d'admirer sa beauté provocante, avec ses cheveux mouillés et sa robe collée à son corps. « J'ai promis d'accepter plus de clients si elle laissait mon frère tranquille.

— Et tu es venue me voir pour me dire d'arrêter de le chercher.

— Je suis venue te voir parce qu'il me l'a demandé. Je ne m'attendais pas à ce qui s'est passé ensuite. » Elle baissa les yeux. « Ça a été merveilleux. »

Gerardo sentit des mots cruels lui monter à la bouche. Il croyait que c'était une femme honnête et c'était une putain. Et, surtout, elle lui avait menti depuis le premier jour. Cela retirait toute valeur à ce qui avait pu se passer entre eux. Il ne dit rien, mais elle comprit.

« Je te croyais différent.

— Moi aussi. »

Autour d'eux, l'incendie gagnait du terrain, la rue grouillait de gens, de cris, de mouvements. Mais Gerardo ne voyait qu'elle et l'enfant endormi sur le pavé de la porte cochère.

Elle soupira. « Tu sais ce que signifie grandir dans une famille où ton père fait ce qu'il veut et ta mère est contente qu'il le fasse parce que, comme ça, il lui fiche la paix ? reprit-elle d'un ton agressif. Tu sais ce que signifie se lever un matin et découvrir que ton petit frère a disparu parce qu'on l'a vendu ? » Elle fit une pause. « Non, tu ne le sais pas. Tu ne peux même pas t'imaginer une vie de ce genre. »

L'incursion de Gerardo parmi les mendiants, au printemps précédent, lui avait beaucoup appris sur le monde des pauvres. Mais la différence était grande entre s'intéresser, fût-ce avec sincérité, à cette réalité, et y naître et y vivre sans possibilité d'en sortir. Pourtant, il y avait quelque chose qu'il n'arrivait pas à pardonner à Clara. Il ne savait pas exactement quoi, mais cela lui brûlait la poitrine.

Il se tourna vers la rue et vit un homme trapu, de taille moyenne, qu'il lui sembla connaître. Il se tenait droit au milieu de la rue, à contempler les flammes. Quand un morceau de toit s'écroula et qu'un morceau d'une grosse poutre tomba sur la maison voisine, lui communiquant le feu malgré tous les efforts des hommes avec leurs haches et leurs pics, il éclata de rire.

«Tu n'es pas tenu de comprendre», murmura Clara.

Gerardo s'aperçut que la jeune fille avait attendu une manifestation de sympathie, du geste ou de la voix. L'homme pivota sur ses talons et s'éloigna d'un pas rapide. Peut-être ne s'agissait-il que d'un dérangé parmi d'autres, attiré par un événement sortant de l'ordinaire. Mais son identité revint soudain à l'esprit de Gerardo et son rythme cardiaque s'accéléra.

«Il faut que j'y aille, dit-il.

— Vas-y.»

Il la regarda dans les yeux et n'y décela plus aucune trace de pleurs, seulement de la détermination. «Je reviendrai. Où est-ce que je peux te trouver?

— Laisse tomber. Mon frère et moi n'avons pas besoin de ta pitié.»

Elle lui tourna le dos pour se pencher sur Masino, toujours endormi. Gerardo aurait voulu ajouter quelque chose, s'expliquer. Mais l'homme allait disparaître au coin de la rue.

Il se baissa pour poser une main sur l'épaule de Clara. Elle ne réagit pas. Gerardo s'arracha à ce contact et, le cœur battant à tout rompre, il partit en courant sous la neige.

En entrant dans l'école de médecine plongée dans l'obscurité, Azzone ne vit personne. La pièce était déserte, la paille recouvrant le sol n'avait pas été changée depuis des jours et, quand il s'appuya à la table de marbre qui trônait au milieu, la poussière colla à sa main. Trois lampes à huile montées sur des piédestaux étaient posées aux coins de la table, éteintes. En revanche, une lueur tremblante provenait d'un trou dans le mur du fond, guère plus grand qu'une porte. Azzone tendit l'oreille et entendit un crissement, comme celui d'une craie.

Mondino était là. Il dégaina son épée et s'approcha sur la pointe des pieds.

Épiant la pièce en construction de l'autre côté du trou, Azzone éprouva une grande déception. La quatrième lampe, celle qui manquait sur la table de dissection, éclairait de petits tas de briques, un amas de sable et des outils variés de maçon abandonnés sur le sol en terre battue. Debout au fond de la pièce se tenait non pas Mondino, mais son fils, celui qui les avait accueillis lorsqu'ils avaient amené le charpentier chez eux. Azzone essaya de se souvenir de son prénom.

Gabardino, voilà. Un jeune homme maigre à l'air fier qui ressemblait beaucoup à son père. Il lui tournait le dos, absorbé dans la contemplation d'une niche dans le mur. Azzone pensa que son fils à lui aussi serait devenu un jeune homme grand et fort, si Mondino ne l'avait pas laissé mourir. La colère qui l'avait poussé hors de chez lui armé de son épée se raviva aussitôt. Avec une joie maligne, il décida de sa vengeance. Il allait appliquer la loi du talion: fils pour fils.

Il entra dans la pièce, essayant d'être discret, mais Gabardino l'entendit. Il se tourna, vit l'épée et fit un bond en arrière. «Vous? Que voulez-vous? Pourquoi êtes-vous entré comme un voleur?»

Azzone ne prit pas la peine de lui répondre. Il se jeta sur lui. Le jeune homme réussit à se mettre à l'abri derrière un baquet rempli d'eau et s'empara d'une pelle pour se défendre.

«Êtes-vous devenu fou? cria-t-il. Que croyez-vous faire?»

Azzone fut heureux de lire la peur dans ses yeux. Il devait avoir l'air d'un fou incontrôlable, tout trempé, les cheveux collés à son visage et l'épée en main. Pourtant, il se sentait parfaitement lucide.

« Tu vas mourir, affirma-t-il d'une voix qui parut étrangère à ses propres oreilles. À cause de ton père. »

Il repartit à l'assaut. Gabardino para avec la pelle, tournant autour du baquet. Il était fort et agile, mais peu rompu au combat. Azzone aurait facilement pu le transpercer. Cependant, il préféra le harceler de coups visant à l'éreinter. Le jeune homme restait muet, concentrant toutes ses forces sur sa résistance. À un moment, il tenta même une attaque. Azzone recula, puis reprit sa manœuvre. Il s'amusait comme un petit fou, regrettant de ne pas pouvoir prendre le risque de trop faire durer ce moment.

Il esquiva deux fois, riant de la maladresse de Gabardino. Puis il le toucha de biais à la hanche, et éprouva un plaisir délicieux à voir la terreur du jeune homme lorsque le sang tacha son habit. Azzone hésita à laisser tomber son idée initiale et à l'achever sur-le-champ. Mais il se domina, feinta une troisième fois et, quand le jeune bondit pour parer une fente qui n'existait pas, il le frappa à la tête du plat de son épée.

Gabardino s'écroula à terre. Azzone lui attacha chevilles et poignets avec une corde trouvée parmi les outils laissés par les maçons, le bâillonna à l'aide d'un chiffon et l'installa dans la niche, pendu par le col à une poutre pour qu'il ne tombe pas. Puis il versa de l'eau du baquet sur le tas de sable, ajouta de la chaux froide tirée d'un autre récipient et, avec la pelle que Gabardino avait lâchée, il mélangea le mortier.

Quand le jeune homme reprit connaissance, Azzone avait déjà cimenté les quatre premières rangées de briques devant la niche. Gabardino comprit ce qu'il faisait et s'agita, mais, accroché et entravé, il était impuissant. Azzone s'interrompit pour jouir du spectacle de sa terreur.

«C'est bien ça, je t'emmure vif», fit-il.

Gabardino roula des yeux et essaya désespérément de parler, ne réussissant qu'à émettre une plainte pénible.

«Veux-tu savoir pourquoi? demanda Azzone. Mondino a tué mon fils, qui n'avait que neuf ans. Puis il a volé le corps de mon père pour m'empêcher de l'enterrer. Tu conviens qu'une mort rapide ne suffirait pas à le faire payer, n'est-ce pas?»

Le jeune homme s'agita encore, essayant de taper dans les briques de ses pieds attachés. Il ne réussit qu'à déchirer un peu le col de son habit accroché à la poutre. Azzone coupa un autre bout de corde et le passa à son cou et au crochet.

Satisfait, il reprit la truelle, étala une autre couche de mortier et y posa les briques. Il ne s'était jamais senti aussi bien de sa vie.

XVI

Cette journée semblait ne jamais devoir finir. En sortant du temple secret, Mondino s'était retrouvé devant un terrible spectacle. La rue débordait de gens essayant de sauver tout ce qu'ils pouvaient et de s'organiser pour circonscrire les incendies. Les sbires aux ordres du commandant tentaient de maintenir l'ordre et d'empêcher que les blessés, mis à l'abri de la neige sous les arcades, fussent dépouillés ou, pis encore, piétinés.

Tandis que Gerardo avait suivi un détachement de sbires pour les aider à éteindre le feu au Pratello, Mondino s'était aussitôt dévoué au soin des blessés.

Sous sa direction, les sbires avaient installé un hôpital de fortune dans la maison de Fedrigo Guidi, puis étaient allés demander aux barbiers, apothicaires et chirurgiens des alentours qu'ils s'étaient fait indiquer par les gens du quartier de venir collaborer.

Ainsi, Mondino s'était vite retrouvé entouré d'une petite troupe de personnes venues le seconder. Il y avait un chirurgien qu'il valait mieux garder à l'œil car il avait la fâcheuse tendance à vouloir faire une saignée à tous les blessés, mais l'ensemble s'en sortait plutôt bien, notamment un barbier particulièrement doué pour réduire les fractures. La plupart étaient des blessés légers et la chaleur de la grande cheminée allumée dans le salon suffisait à certains pour se remettre sur pied.

Mondino se disait qu'à cette heure ses fils cadets étaient en sécurité à la campagne avec Pietro, mais il s'inquiétait pour Gabardino et Lorenza. Il doutait fort que, dans une pareille situation, son aîné se tînt cloîtré à la maison à attendre que le danger fût passé. Il espérait au moins qu'il ne prenait pas trop de risques.

Il craignait que Gabardino eût été surpris par les incendies à l'école de médecine lorsqu'il était allé dessiner sur les murs à abattre et qu'il n'eût pas réussi à rentrer à la maison.

Tandis qu'il désinfectait des blessures et indiquait à des chirurgiens et des bouchers épatés comment recoudre les plaies avec une aiguille et un fil de soie plutôt que de les cautériser avec un fer chauffé à blanc, ses pensées étaient toutes à sa famille. Dès que la situation fut un peu moins dramatique grâce à l'arrivée de deux médecins de l'université et de plusieurs étudiants en médecine, il laissa la gestion de cet hôpital improvisé à ses confrères et s'enfuit.

D'abord, il irait à l'école, qui était plus proche, puis chez lui. Il se mit en route d'un pas rapide, mais en passant devant l'ancienne église San Siro, où les moines secouraient des blessés, quelques hommes du peuple, remarquant sa robe rouge, le prirent par la main et l'entraînèrent dans l'église en le suppliant d'ausculter leurs proches. Mondino accepta, en proie à une anxiété croissante. Il était prêt à consacrer sa nuit aux soins des nécessiteux, mais il voulait d'abord s'assurer que son fils allait bien.

Il expliqua son problème à un moine, qui trouva aussitôt une solution. Il le conduisit dans la partie de l'église réservée au clergé, ouvrit une grande armoire et en tira un habit ayant appartenu à un confrère mort récemment.

« Laissez ici votre robe de médecin et enfilez ça. »

Mondino le remercia et passa l'habit noir et la coule blanche. Il laissa également son manteau, car on n'avait jamais vu un bénédictin se promener avec un manteau doublé de vair, et il sortit en toute hâte de l'église, promettant de revenir au plus vite et de rendre l'habit.

La neige avait désormais recouvert les toits et les rues d'une patine blanche montant jusqu'aux chevilles, et malgré la puanteur de la fumée et les souffles de vent chaud qui arrivaient de temps à autre des zones en feu, Mondino frissonnait. Heureusement, l'école de médecine n'était pas loin.

Quand il vit la porte ouverte, il se mit à courir.

Le Pater savait qu'il était suivi. Cette inversion des rôles, le chasseur devenu proie, ne le préoccupait guère. Il savait comment se débarrasser de Gerardo da Castelbretone, même s'il ne fallait pas le sous-estimer. Ce jeune homme s'était soustrait au guet-apens orchestré par le capitaine du peuple, avait découvert le temple secret chez Fedrigo et, si quelqu'un était en mesure de faire échouer ses plans, c'était bien lui, avec Mondino de Liuzzi.

Quelques mois auparavant, le Pater avait même envisagé d'entrer en contact avec lui pour lui proposer d'intégrer la secte. Gerardo possédait toutes les qualités requises : courage, force de caractère, esprit d'initiative, comme le démontrait la façon dont il avait réussi à échapper à l'Inquisition en s'enfuyant par les toits après avoir mis le feu à une maison.

Cependant, en y regardant de plus près, le jeune homme s'était montré trop idéaliste et peu enclin à obéir sans discuter, deux tendances dangereuses. C'est pourquoi le Pater avait finalement renoncé.

Et à présent, il l'avait sur les talons, dans le rôle de l'ennemi.

L'exécution du projet avait parfaitement commencé. Les premiers incendies avaient éclaté comme prévu, et il s'était révélé impossible de les éteindre à cause du feu grégeois qui avait servi à les allumer. Malheureusement, en raison de la neige, les flammes ne s'étaient pas propagées à l'allure escomptée mais ce n'était qu'une question de temps. Munis d'outres remplies de feu grégeois, d'autres groupes de fidèles se tenaient prêts à allumer de nouveaux incendies. Ils avaient l'ordre d'attendre que, dans un quartier donné, tout le monde parte aider à éteindre le feu dans un quartier voisin avant de passer à l'action. Ainsi, ils accroîtraient la peur et le désordre et accéléreraient la propagation des flammes à toute la ville.

Le Pater s'était rendu chez Fedrigo pour attendre ses lieutenants. À cette heure, les adeptes qui avaient allumé les premiers incendies devaient déjà être morts. Il avait à peine le temps de déposer dans le mithréum le livre des rituels secrets, les graines d'*haoma* et la lettre pour son successeur, et de bloquer la porte du temple avant de commencer avec Fedrigo les préparatifs pour le dernier rituel. Il était épuisé mais satisfait, et il lui tardait de goûter à la libération de la vie terrestre, qui n'était que souffrances et incompréhensions.

Après sa mort, Bologne renaîtrait de ses décombres, et un jour un autre élu découvrirait le temple à son tour et donnerait une nouvelle impulsion à la religion du soleil, du feu et de la lumière. Ce n'était pas un hasard si les Romains avaient appelé Mithra *Sol Invictus*, soleil invaincu et invincible.

Mais son projet était tombé à l'eau lorsqu'il avait trouvé la maison pleine de sbires de la Commune. Il avait aussitôt supposé que Gerardo et Mondino de Liuzzi n'y étaient pas pour rien. Le podestat n'était pas assez intelligent pour être remonté à eux si rapidement.

Il était resté dans les parages, mêlé à la foule qui envahissait la rue, essayant de comprendre ce qui s'était passé. Il espérait que Fedrigo ne le trahirait pas. À présent que Giovanni da San Gimignano était mort, le juriste était le seul qui connaissait son identité. Quand il avait vu Gerardo et Mondino sortir, il avait eu confirmation de ce qu'il craignait. Peu après, il avait appris que le temple avait été découvert et que Fedrigo était mort, ce qui l'avait sincèrement affligé.

L'avocat l'avait accompagné depuis le tout début. Il avait découvert le temple dans sa cave à l'occasion de travaux d'extension, n'avait pas osé y entrer par crainte des forces malignes et s'était adressé à lui pour savoir ce qu'il devait faire. Le Pater, qui ne portait pas encore ce titre à l'époque, s'était rendu sur place, avait exploré le temple tout seul à la lumière d'une torche, et avait été conquis par son caractère sacré. Puis il avait découvert le livre des secrets, la coupe avec les graines d'*haoma* et la lettre de Titus.

Comme sous l'effet d'une fièvre, il était sorti du temple avec les deux documents, avait ordonné à Fedrigo d'attendre d'avoir de ses nouvelles avant d'entreprendre quoi que ce soit et était rentré au couvent pour les lire calmement. La fièvre de l'esprit était devenue fièvre du corps, l'obligeant à rester alité pendant des jours. Quand il avait guéri, il savait quelle était sa mission.

Il en avait parlé avec Fedrigo, car le fait qu'il avait retrouvé le temple le mettait lui aussi au nombre des prédestinés. Fedrigo s'était chargé des graines d'*haoma*. Il les avait plantées dans de grands pots sur sa terrasse, les avait fait germer et, au bout de nombreux mois, les plants étaient prêts.

La première fois qu'ils avaient bu le jus de la plante sacrée, préparé selon la formule décrite dans le livre, la lucidité provoquée par l'*haoma* leur avait permis de discerner la voie indiquée par le Dieu.

Ainsi, ils avaient fondé le groupe. En tant que successeur de Titus, le Pater avait commencé au degré le plus haut d'initiation. Fort de son expérience d'avocat, Fedrigo lui avait conseillé de révéler aux autres adeptes une vérité qu'ils fussent en mesure de comprendre. Aussi avaient-ils décidé de raconter que le Pater était le dernier d'une longue chaîne d'initiés, envoyé à Bologne pour rouvrir un ancien mithréum dont on avait perdu la trace depuis des siècles. Cela impliquait qu'il cachât son identité car, si les adeptes avaient su qui il était et ce qu'il faisait avant de fonder la secte, ils ne l'auraient pas cru. De là venait l'idée du capuchon avec les trous pour les yeux, et tout avait fonctionné à merveille pendant quelques années.

Puis l'enthousiasme initial des adeptes avait commencé à baisser, et le Pater s'était aperçu que leur mission ne consistait pas à rester cachés pour toujours, mais à combattre activement le mal qui devenait maître du monde.

À la période même où il réfléchissait à un moyen efficace de s'opposer au mal, il y avait eu l'incendie provoqué par Gerardo da Castelbretone. Cela avait été un signe. Le Pater avait compris que le terrain de la lutte, pour lui comme pour la secte qu'il dirigeait, n'était pas celui du monde quotidien. Le monde était de plus en plus soumis au pouvoir de Satan, et les justes devaient quitter le navire, sauvant avec eux autant d'âmes que possible.

Ainsi était né le projet de la grande purification qui risquait d'échouer à présent, à cause de la personne même qui l'avait inspiré.

Le Pater ne le permettrait pas.

Il avait suivi Gerardo dans la tempête jusqu'au Pratello, craignant qu'il ne connût l'identité des adeptes chargés de déclencher les incendies dans ce quartier et qu'il accompagnât les sbires pour les arrêter. Puis il l'avait vu entrer dans un bordel en flammes pour sauver un enfant et avait espéré que Mithra le prendrait avec lui. Cependant, le jeune homme était ressorti indemne de cette épreuve aussi, et il l'avait repéré alors qu'il contemplait l'incendie. Il ne pouvait pas savoir qu'il était le Pater, mais il avait dû lui paraître étrange de le voir là, et il l'avait suivi lorsqu'il s'était éloigné.

Il était l'heure de se débarrasser de lui. Le Pater se rendait à l'endroit où devait être allumé l'incendie le plus important, celui destiné à s'étendre jusqu'à la Piazza Maggiore, au palais du podestat et à celui du capitaine du peuple, et il ne pouvait prendre le risque d'échouer à cause de ce jeune obstiné.

Il lui fallait également trouver une cachette sûre pour la lettre, le livre et la coupe qu'il avait emportés avec lui, cachés sous son habit, et ajouter à la lettre les indications pour trouver le mithréum. Il enrageait de ne pas avoir pu les laisser dans le temple.

Sous l'arche de la Porta Nova, six ou sept hommes s'abritaient de la neige, serrés les uns contre les autres pour se tenir chaud, les yeux rivés sur l'éclat des flammes venant du Pratello. Ce devaient être les gardiens du quartier, prêts à donner l'alarme si le feu menaçait de se propager dans le secteur. Le Pater les rejoignit et fit signe au chef du groupe, un homme bedonnant aux cheveux bouclés et au large front, qui portait un brassard noir et blanc, les couleurs du quartier de la Porta Stiera.

Arrivé devant l'homme, le Pater lui chuchota : « Regardez derrière moi sans vous faire remarquer. À une trentaine de pas, vous verrez un jeune homme qui vient dans notre direction en essayant de ne pas se faire voir. »

L'homme leva les yeux d'un air naturel, scruta longuement l'obscurité, puis secoua la tête. « Je ne vois rien.

— Il a dû se cacher», répondit le Pater, déçu. Malgré la lueur des incendies, les rues étaient plongées dans l'obscurité et il n'était pas évident de repérer une ombre se glissant entre murs et colonnes, sous la neige qui continuait de tomber avec la même intensité.

«S'agit-il d'un voleur? demanda l'homme aux cheveux bouclés. Si c'est l'un de ces individus méprisables qui profitent des malheurs pour pénétrer dans les maisons, je...

— C'est pire, bien pire, l'interrompit le Pater. C'est l'un des incendiaires qui ont mis le feu à la ville. Il sait que je l'ai découvert et il me suit pour m'assassiner.» L'homme se raidit, et le Pater sentit presque son effort pour scruter la pénombre. «Il bougera dès que je m'éloignerai de vous, dit-il. Et vous le verrez.

— C'est dangereux, protesta l'homme. Pour vous, je veux dire. S'il nous échappe...»

Le Pater fit un geste décidé. «C'est le seul moyen de le faire sortir à découvert. Mais il ne doit pas vous échapper. Pensez à ce qu'il a fait et à ce qu'il pourrait encore faire.»

L'homme le regarda, un éclat féroce dans les yeux. «Nous l'attraperons, mon père. Il va le payer.»

Le Pater lui serra un bras et hocha la tête sans ajouter un mot. Puis il tourna le dos au petit groupe et quitta la protection de l'arche, reprenant sa marche sous la neige. Peut-être que ces hommes allaient assassiner Gerardo da Castelbretone, peut-être pas. Mais, d'une façon ou d'une autre, cela lui laissait le temps de déclencher l'incendie. Ce qu'il se passerait ensuite était entre les mains de Mithra.

En entendant crier le nom de Gabardino, Azzone Lamberti laissa tomber la truelle sur le petit tas de mortier frais pour s'emparer de son épée. Il avait fini son travail juste à temps.

Des pas rapides approchèrent, et un moine bénédictin fit irruption dans la pièce. À la lueur de la lampe sur le piédestal de bois, Azzone reconnut Mondino. Il ignorait pourquoi diable il s'était déguisé, mais son habit ne le sauverait pas.

« Je n'espérais plus vous voir, déclara-t-il en lui bloquant la sortie. C'est parfait, je peux ainsi achever ma vengeance.

— Où est mon fils? demanda le médecin. Si vous lui avez fait du mal, je…

— Que me ferez-vous? ironisa Azzone. Vous n'avez pas d'arme, et il n'y a que nous deux ici. Enfin, nous trois, ajouta-t-il en le regardant fixement. Votre fils aussi se trouve dans cette pièce. Devinez où? »

Mondino balaya les lieux du regard et ses yeux s'arrêtèrent sur la niche fraîchement murée. Plutôt que de s'étonner, se désespérer ou demander des explications, il se baissa, ramassa la pelle dont Gabardino s'était servi pour se défendre et s'élança contre le mur avant qu'Azzone, pris de court par sa rapidité, pût réagir.

Il se jeta sur lui, son épée en main, mais une autre surprise l'attendait. Sans perdre de temps à s'écarter ou à changer de position, le médecin le frappa avec le manche de sa pelle sous le plexus solaire, lui coupant le souffle et l'obligeant à reculer. Après quoi, il l'attaqua avec une violence insoupçonnable, et Azzone dut recourir à toute son agilité de spadassin pour ne pas succomber. Par deux fois, la pelle frôla sa tête.

Azzone se félicitait de cette résistance, qui rendait le jeu plus intéressant sans remettre sa victoire en question.

« Quel dilemme, sourit-il. Votre fils doit avoir épuisé l'air qui lui restait, derrière ce mur. Chaque seconde que vous perdez en vous battant avec moi peut lui coûter la vie. Mais si vous vous retournez pour le libérer, je vous tuerai avant même que vous puissiez retirer une seule brique.

— Vous êtes fou à lier ! s'exclama le médecin. Cela vous vaudra une condamnation à mort, le savez-vous ?

— Je m'en fiche, répondit Azzone avec sérieux. Et ce n'est pas dit, de toute façon. La ville est en proie à la panique. Quand on retrouvera vos cadavres, il sera difficile de remonter au coupable. »

Mondino lança une nouvelle attaque, mais cette fois Azzone se tenait en garde. Il para le coup, feinta et lui assena un coup de taille. Le médecin tomba dans le piège, mais réagit encore avec une grande vivacité et, au lieu de lui transpercer le ventre, la lame ne fit que trancher le cordon de son habit. Azzone contre-attaqua, l'obligeant à reculer. Il lui porta un coup destiné à lui briser le crâne. Une fois encore, Mondino réussit à parer, mais l'épée, en glissant le long du manche de la pelle, le blessa à la main.

Excité par la vue du sang, Azzone redoubla le rythme de ses coups. Mondino se retrouva devant le passage dans le mur. S'il en profitait pour s'enfuir et appeler à l'aide, Azzone se trouverait mal en point, mais le médecin n'envisagea même pas cette possibilité. Il croyait peut-être vraiment qu'il pouvait le battre. Azzone le toucha au bras, y dessinant une entaille profonde qui se mit à saigner abondamment. Mondino recula d'un pas, trébucha et tomba sur le tas de sable.

Azzone brandit son épée au-dessus de sa tête pour lui porter le coup fatal. Il remarqua que Mondino s'apprêtait à lui jeter une poignée de sable dans les yeux et il dévia la trajectoire de son épée pour lui trancher la main. Il comprit qu'il s'agissait d'une feinte lorsqu'il sentit une douleur atroce à l'entrejambe. Il tomba à genoux quand le médecin lui donna un second coup de poing à l'endroit où il était le plus sensible. Mondino le frappait à présent au menton, au visage, à la gorge de ses grandes mains osseuses. Il arrêta vite de se défendre et ne put retenir un cri humiliant.

« Pitié. »

Les coups cessèrent. Azzone ouvrit les yeux, mais ce qu'il vit lui fit perdre toute espérance. Le médecin s'était levé et avait attrapé son épée. Ses yeux verts n'étaient que colère froide.

Épuisé, Gerardo cessa de courir. Il n'en pouvait plus. En revanche, ses poursuivants semblaient emplis d'une énergie débordante. Ils avaient même assez de souffle pour crier : « Incendiaire ! Arrêtez-le ! » et d'autres phrases incitant les gens du voisinage à sortir de chez eux pour l'attraper.

Gerardo aurait préféré s'arrêter et essayer de discuter. Il aurait suffi que quelqu'un allât appeler le sergent ou le commandant des sbires chez Fedrigo Guidi pour que tout rentrât dans l'ordre.

Mais il craignait que ses poursuivants ne lui en laissent pas le temps. Il devait avoir piètre allure avec ses mains noircies, son visage couvert de suie et son habit et sa houppelande partiellement brûlés. S'ils l'attrapaient, ils le roueraient de coups avant qu'il pût ouvrir la bouche.

Entre-temps, l'homme qui les avait envoyés sur ses talons aurait le temps de déclencher d'autres incendies.

Gerardo était désormais convaincu que c'était le chef de la secte, le mystérieux Pater, ou du moins un membre important, comme Fedrigo Guidi. Sans quoi, il n'aurait pas convaincu ces gens de se lancer à ses trousses.

Le plus rapide d'entre eux réussit à l'approcher suffisamment pour l'attraper par l'épaule. Gerardo se retourna, lui tordit le bras et lui décocha un coup de poing à la gorge. L'homme s'écroula à terre avec un gémissement étranglé et, du groupe de ses camarades, une vingtaine de pas derrière, un hurlement collectif s'éleva. Gerardo reprit sa course, hors d'haleine et la vue brouillée. Les flocons qui se posaient sur son visage et ses cheveux faisaient couler la suie et formaient des rigoles noires sur son visage en fondant. Les gouttes lui brûlaient les yeux, qu'il frottait d'un poing rageur.

Il n'entendait plus rien, si ce n'est son sang battre dans ses tempes. Tout le reste n'était que fracas indistinct, semblable au bruit de la mer dans un coquillage.

Il déboucha sur une placette d'où partaient trois rues. Les empreintes fraîches de pieds bottés allant vers la ruelle à sa droite lui donnèrent une idée. Il se faufila dans la ruelle de gauche, sautant d'un caillou à l'autre pour ne pas laisser de traces. Cela lui fit perdre un temps précieux et il venait à peine de passer le coin lorsque ses poursuivants apparurent sur la place. S'il se mettait à courir, ils l'entendraient, et de toute façon il n'en avait plus la force. Il devait s'arrêter pour reprendre son souffle. Il se tapit sous un auvent à bois adossé au mur d'une maison et attendit. Ses poursuivants s'arrêtèrent, indécis, et Gerardo entendit les pas de l'un d'entre eux venir dans sa direction. S'il continuait d'avancer, il le verrait.

Il s'apprêta à bondir dès que l'homme approcherait. S'il le prenait par surprise et le mettait à terre, peut-être pourrait-il encore essayer de s'enfuir, si toutefois cette ruelle n'était pas une impasse.

« Il est parti sur la droite ! Allons-y ! »

À ce cri provenant de la place, les pas de l'homme s'arrêtèrent. « Vous êtes sûrs ? cria-t-il.

— Dépêche-toi ! S'il était passé par là, il aurait laissé des empreintes », lui répondit-on.

On entendit les pas s'éloigner en courant, et l'homme, jurant à mi-voix, fit demi-tour. Gerardo soupira de soulagement. Il se leva et continua vers le fond de la ruelle, débouchant sur une rue qui lui était familière. Il avait fait un tour en arc de cercle et se trouvait non loin de la Piazza Maggiore. La rue était animée malgré l'heure tardive et la tempête de neige. Des gens se déplaçaient en groupes, certains avec des seaux d'eau, d'autres restaient serrés autour de leurs biens les plus précieux.

Gerardo ramassa une poignée de neige sur un muret et s'en frictionna vigoureusement le visage et les mains. C'était ce qu'il pouvait faire de mieux pour éviter d'éveiller les soupçons.

Il avait l'impression que ses jambes étaient en plomb. Si ses poursuivants réapparaissaient, ils n'auraient aucun problème pour l'attraper. Il inspira profondément et continua de marcher. Presque personne ne lui prêta attention. Tout le monde était trop occupé à penser à soi et à ses proches.

L'homme qu'il suivait avait eu tout le temps de le semer. Mais, vu la direction qu'il avait prise, Gerardo soupçonnait qu'il fût tout simplement rentré chez lui, pour se reposer ou bien déclencher un nouvel incendie.

D'une manière ou d'une autre, il devait lui parler. Mais il était trop fatigué ne serait-ce que pour élaborer une stratégie.

XVII

Mondino suspendit son geste. Il se rendait compte avec étonnement qu'il éprouvait véritablement de la pitié pour l'homme recroquevillé à ses pieds, même si c'était un monstre. Mais il n'avait pas le temps de le ligoter et il ne pouvait pas non plus le laisser là, car il risquait de l'attaquer de nouveau.

« Lève-toi, fit-il. Si Gabardino est encore vivant, tu vivras. S'il est mort, tu mourras. »

Azzone se releva lentement, et Mondino le saisit par les épaules : « Dépêche-toi ! »

Le marchand de soieries se dirigea vers la niche. L'épée à la main, Mondino ne le lâchait pas d'un millimètre. Azzone retira la dernière rangée de briques. Dès qu'un espace suffisant fut libéré, Mondino se mit à côté de lui, glissa sa main libre dans le trou et tira. Le mortier n'était pas encore sec et le mur céda en quelques instants. Quand il vit son fils ligoté et bâillonné, accroché à une poutre, il regretta d'avoir épargné Azzone. Gabardino avait la tête inclinée sur la poitrine. Était-il évanoui, ou… ?

La tête vide, Mondino coupa son bâillon de la pointe de son épée et posa deux doigts au niveau de sa carotide. Il sentit une pulsation régulière.

« Il est vivant ! Détache-le de là et étends-le par terre. Tu as intérêt à être délicat. »

Azzone se pencha, mais il ramassa une brique pour lui assener un coup à la tête. Mondino se tenait sur ses gardes : il évita la brique et frappa Azzone au visage avec le pommeau de l'épée, ce qui lui coûta un cri et quelques dents. Puis il recula d'un pas et, d'une fente, il lui entailla le muscle de la cuisse. Azzone tomba à genoux, la bouche pleine de sang, et, cette fois, Mondino ne lui laissa pas le loisir d'implorer sa pitié. Il empoigna l'épée à deux mains et lui trancha la gorge d'un coup si violent qu'il le décapita presque.

Il le laissa agonisant sur le sol sans même lui adresser un regard. À la lueur tremblotante de la lampe à huile, Mondino se tourna vers son fils. Faisant fi de son bras blessé, il le détacha de la poutre et le libéra de ses liens. Alors qu'il s'apprêtait à le déposer au sol, Gabardino ouvrit les yeux.

« Père, murmura-t-il d'une voix ténue.

— Grâce au Ciel ! Comment te sens-tu ?

— Ça va. Ou presque. J'ai surtout eu très peur. Pourquoi êtes-vous habillé comme un moine ? »

Mondino avait les larmes aux yeux. Il avait cru ne plus jamais entendre la voix de son fils. « Je t'expliquerai tout à l'heure, répondit-il en essayant de réprimer son émotion. D'abord, je veux voir comment tu vas.

— Je vais bien, vous dis-je. Vous, par contre, vous êtes blessé.

— Ce n'est rien. » Mondino fit une pause. « J'ai failli causer ta mort. Pourras-tu me pardonner un jour ?

— Vous pardonner ? Vous m'avez sauvé la vie !

— C'est ma faute si tu étais ici. Je t'ai laissé venir. Azzone me cherchait et c'est toi qu'il a trouvé. »

Gabardino le regarda droit dans les yeux. Son regard parlait d'années de querelles et d'incompréhensions mais aussi, peut-être, de souvenirs d'enfance, quand sa mère était encore là et que la maison débordait de vie et de joie. Sans mot dire, il passa ses bras autour du cou de son père et le serra contre lui. Mondino mit tout son cœur dans cette étreinte, un peu gêné et infiniment heureux. L'incendie qui dévastait la ville et Azzone qui râlait encore dans une flaque de sang s'élargissant n'existaient plus. Seul comptait ce contact entre le père et le fils, et Mondino en éprouvait presque de la gratitude envers Azzone.

«Ne parlons plus de fautes, je vous en prie, finit par dire Gabardino. Chacun a les siennes. Partons d'ici, maintenant.»

Mondino opina de la tête, trop ému pour parler. Son fils se raidit, posant un doigt sur sa bouche. Mondino tendit l'oreille et entendit du bruit lui aussi. Quelqu'un était entré dans l'école et approchait sans se soucier de faire du bruit. Il ramassa l'épée.

«Magister, c'est moi! cria la voix de Gerardo. Où êtes-vous?»

Mondino se détendit. «Viens, on est là.»

Le jeune homme franchit l'ouverture du mur et son regard s'arrêta aussitôt sur le cadavre à la gorge tranchée étendu sur le sol. «Qu'est-il arrivé? Qui est-ce? Pourquoi ce déguisement?

— Azzone Lamberti a eu ce qu'il méritait, coupa Mondino. Quant à mon habit, ce n'est pas important. Que fais-tu ici? Je te croyais au Pratello, en train d'aider à lutter contre les incendies.

— J'y étais. Mais il s'est passé quelque chose qui m'a poussé à rejoindre votre école. Quand j'ai vu que la porte était ouverte, je suis entré.

— Que s'est-il passé?»

Gerardo le regarda d'un air grave. «Magister, je pense savoir qui est le Pater. Nous devons y aller tout de suite, si j'ai vu juste il est peut-être encore temps de l'arrêter.»

Le moine entra dans l'étude de l'inquisiteur avec un bref mouvement de tête, salua et attendit que Marcello da Verona levât les yeux du document qu'il lisait. La fenêtre était fermée, mais le vent s'infiltrait entre les volets, menaçant constamment d'éteindre la bougie qui éclairait les documents épars sur la grande table en noyer. La flamme de la lampe à huile posée à l'autre bout de la table, quant à elle, ne tremblait même pas, et le moine se demanda pourquoi le père Marcello n'avait jamais pensé à déplacer la table à l'abri des courants d'air.

« Quelles nouvelles m'apportez-vous, père Luigi? dit soudain l'inquisiteur, sans lever les yeux. Avez-vous accompagné ce jeune homme dénoncer Mondino de Liuzzi en notre nom?

— Bien sûr. Je suis venu ici avant pour vous avertir, mais je ne vous ai pas trouvé.

— Je priais dans ma cellule. Comment les choses se sont-elles passées? Racontez-moi. »

Le moine rapporta la discussion advenue dans le palais du podestat, sans trop s'étendre, mais sans négliger aucun détail, comme il avait appris à le faire avec le prédécesseur du père Marcello. L'inquisiteur l'écouta attentivement, ses yeux châtains fixés sur le visage du père Luigi.

« Messire de Liuzzi doit comprendre que la science n'est pas au-dessus de tout, finit-il par trancher. Les bulles papales doivent être respectées. »

Debout devant lui, le moine se surprit à penser que la charge d'inquisiteur changeait les personnes qui l'endossaient. Le père Marcello avait été un grand chantre joyeux jusqu'à six mois auparavant. À présent, même s'il n'avait pas perdu sa bonne humeur, on sentait chez lui une dureté autrefois absente.

Quand il raconta que le podestat s'était offert d'arrêter Mondino sur-le-champ, sa voix trembla involontairement et il se dépêcha de se justifier. «J'ai estimé qu'il nous serait utile de lui laisser le temps de prouver que le franciscain dont il parlait avait vraiment tué le capitaine du peuple.»

L'inquisiteur le laissa longtemps sur les charbons ardents avant de commenter avec un soupir: «Vous avez bien fait. Que s'est-il passé ensuite? J'imagine que vous les avez accompagnés...»

Le moine sentit ses jambes mollir. «J'ai préféré venir aussitôt vous aviser, mon père. Et cela, parce que j'ai aussi une autre information importante à vous communiquer. Quand je suis arrivé, je ne vous ai pas trouvé, et je m'apprêtais à ressortir quand les incendies dont parlait le jeune ami de Mondino ont véritablement commencé. Alors, j'ai préféré rester au couvent.»

Un courant d'air plus insidieux que les autres éteignit la bougie et le visage de l'inquisiteur fut plongé dans la pénombre. Le père Luigi s'empressa de la rallumer en l'approchant de la flamme de la lampe à huile et de la reposer à côté de Marcello da Verona, qui le remercia d'un signe de tête.

«La raison pour laquelle j'étais pressé de vous parler, ajouta le moine, rendu mal à l'aise par le silence de l'inquisiteur, est liée à ce que vous m'aviez demandé de chercher.

— Les chantres venus de Rome?

— Exact. Vu que ces derniers temps personne de remarquable n'est arrivé, j'ai envoyé mes assistants dans les églises des différents ordres religieux présents en ville pour s'entretenir avec les moines les plus âgés. Et l'un d'eux m'a rapporté une histoire que je crois digne de votre intérêt.»

Marcello da Verona fit un geste l'invitant à poursuivre. «C'est quelque chose qui remonte à plusieurs années. Mais je ne voudrais pas abuser de votre temps avec un long récit. Si vous préférez, je vais faire le tour des équipes de moines que nous avons placées à côté de toutes les portes de l'église et du couvent, au cas où les incendies parviendraient jusqu'ici.

— Je suppose que tout est sous contrôle. Le père prieur sait ce qu'il a à faire et, de toute façon, je ne crois pas que cette partie de la ville soit menacée. D'après ce que j'ai entendu, le feu ravage surtout le quartier de la Porta Stiera. Racontez-moi donc cette histoire, mais tenez-vous-en aux faits essentiels. Qu'avez-vous découvert ? »

Le moine avait presque espéré que le père Marcello le renverrait. Il déglutit, se campa sur ses jambes, et se lança. « À l'époque, un jeune chantre au talent exceptionnel s'est fait remarquer dans l'abbaye de Pomposa, où le célèbre Guido d'Arezzo avait étudié. C'était un bénédictin, nommé Nicola da Volterra. Sa voix était si pure, sa capacité à interpréter les notes du tétragramme si fine, que sa réputation est arrivée jusqu'à Rome. Et, un jour, un envoyé du pape s'est présenté à l'abbaye pour l'accompagner dans la Ville éternelle chanter pour Boniface VIII en personne. »

Le père Luigi se tut, repensant à cette époque si proche et pourtant si différente où personne n'aurait imaginé qu'un jour le siège de la papauté serait déplacé à Avignon, et que le roi de France pourrait forcer le vicaire du Christ en place à se mettre plus ou moins à son service. Quels que soient ses défauts et ses qualités, Boniface VIII avait su accroître le pouvoir de l'Église. Clément V, quant à lui, semblait plutôt tout faire pour l'affaiblir.

« Poursuivez, mon père. Que s'est-il passé à Rome ? »

Le moine secoua la tête. « Ce qui s'est passé est bien la preuve qu'une trop grande célébrité n'est jamais une bonne chose pour un homme d'Église. Rome a détruit Nicola da Volterra de façon irrémédiable. »

Il passa une main sur son visage et continua, rapportant l'histoire telle qu'elle lui avait été racontée. Le père Nicola avait chanté devant le pape les hymnes connues, ainsi que d'autres de sa composition. Sa voix merveilleuse et son talent de compositeur lui avaient assuré une place au Vatican, mais avaient aussi éveillé la jalousie de quelques puissants, qui se sentaient menacés par l'ascension rapide du bénédictin.

« Il fut accusé d'avoir scellé un pacte avec le diable et jugé par le tribunal de l'Inquisition.

— Mon Dieu, commenta Marcello da Verona.

— Il fut d'abord interrogé à l'aide de la *territio verbalis* : on lui montra les instruments de torture et on lui expliqua ce qu'il endurerait s'il ne confessait pas son crime, mais le père Nicola, même s'il pleura beaucoup à la vue des crochets, marteaux, pinces et clous, n'avoua rien. Il dit que sa voix était un don de Dieu et non du diable, et affirma qu'il avait confiance, car une enquête approfondie sur sa vie, avant et après sa venue à Rome, prouverait son innocence.

— Et ce ne fut pas le cas ? » À ses yeux plissés, sa bouche entrouverte et son menton appuyé sur ses poings, il était clair que Marcello da Verona était très intéressé.

« Si, répondit le moine. Il semblerait que le père Nicola avait un protecteur haut placé, qui prit cette affaire à cœur. Non seulement son innocence fut prouvée, mais aussi la culpabilité de celui qui l'avait accusé. C'était le grand chantre de la basilique Saint-Pierre, qui craignait que son poste fût menacé par le talent du bénédictin.

— Donc, finalement, tout s'est bien terminé. Qu'est-ce que Bologne a à voir là-dedans ?

— J'y viens. Il se trouve que, entre-temps, le père Nicola avait été supplicié par un moine particulièrement zélé, qui avait eu l'idée de s'attaquer à l'origine du problème. Celui-ci avait dit au père Nicola : “Si c'est vraiment un don de Dieu, votre voix survivra à cette épreuve” et lui avait glissé un fer rouge dans la gorge. »

Marcello da Verona sursauta mais ne dit rien. Le père Luigi précisa que la voix avait survécu, mais qu'elle avait été détruite à jamais. Le père Nicola da Volterra pouvait encore chanter, mais son chant avait perdu toute sa pureté. Quand son innocence avait été prouvée, on avait rempli la bouche de son accusateur de plomb fondu pour qu'il ne pût plus raconter de mensonges. Et le souverain pontife en personne avait demandé au malheureux chantre comment l'Église, à défaut de la réparer, pouvait compenser l'injustice subie. Le père Nicola avait répondu qu'il désirait abandonner le chant pour toujours et mener une vie ordinaire de prêtre au service de Dieu, dans un endroit qui ne fût lié en rien à son passé.

« Je suppose que cet endroit est Bologne, intervint l'inquisiteur.

— Oui. Le père Nicola changea de nom, choisissant d'adopter celui du saint fondateur de son ordre, et fut envoyé ici pour remplacer un prieur qui venait de mourir. Comme vous le savez, ce n'est pas la procédure habituelle, mais s'agissant d'un ordre émanant directement du Saint-Siège...

— Oui, oui, je connais les procédures. Qui est ce moine ? Où se trouve-t-il ?

— Il s'agit du père Benedetto, le prieur de l'église Sant'Antonino. Quand il est arrivé, il y a huit ou neuf ans de cela, il a dit aux moines qu'il souffrait d'une bronchite chronique. C'est peut-être vrai, mais s'il est enroué, c'est à cause du fer rouge, pas d'un déséquilibre des humeurs. »

« Le père Benedetto est le Pater ? fit Mondino, les yeux écarquillés. Impossible. Il ne sort presque jamais parce qu'il craint de tomber malade. En plus, il n'a qu'un filet de voix. Ce ne peut pas être le chantre que nous cherchons. »

Quand il était entré dans l'école, Gerardo n'était pas encore absolument sûr de la culpabilité du prieur, mais maintenant qu'il avait raconté à haute voix ce qui s'était passé entre le moment où il l'avait reconnu au Pratello et celui où le moine avait lancé des gardes à ses trousses, ses doutes s'étaient transformés en certitudes.

«C'est lui, répliqua-t-il d'une voix ferme. De toute façon, le seul moyen pour s'en assurer est d'aller lui parler. Maintenant.

— Mais le couvent doit déjà avoir fermé ses portes pour la nuit, intervint Gabardino, levant la tête de la blessure de son père, qu'il était en train de recoudre.

— Avec l'agitation qu'il y a en ville, les moines sont sûrement réveillés, dit Gerardo. L'habit que porte le magister nous permettra de nous faire ouvrir les portes du couvent.» Il se tourna vers Mondino. «Vous vous ferez passer pour un bénédictin de l'église San Siro, envoyé pour vous entretenir avec le père Benedetto au sujet d'une question urgente.

— Et ensuite?» Gabardino observa la suture du bras de son père d'un œil critique, puis noua le fil et le coupa.

Gerardo haussa les épaules. «Une fois seuls avec lui, nous lui demanderons des comptes sur ses actes de cette nuit. S'il peut prouver son innocence, tant mieux, sinon nous enverrons chercher les gardes.

— Je ne suis pas très convaincu par ce plan, fit Mondino en déroulant la manche de son habit. Mais vu que c'est le seul que nous ayons, faisons vite. Gabardino, tu…

— N'imaginez même pas me laisser seul ici, père, le coupa le jeune homme en se dirigeant vers l'armoire pour y ranger l'aiguille, le fil de soie et le vinaigre qu'il avait employés pour nettoyer la plaie. Je viens moi aussi.

— Mais tu n'es pas en état, protesta Mondino. Tu sors à peine d'une expérience qui…

— Gerardo et vous en avez connu de pires. Si vous y allez, je viens avec vous.»

Dépourvue d'animosité, sa voix n'exprimait qu'une détermination sans faille. Mondino ouvrit la bouche, la referma, le regarda et finit par dire : « D'accord.

— Qu'est-ce qu'on fait du corps d'Azzone ? interrogea Gerardo.

— On le laisse là. Demain, si ce cauchemar est terminé, nous irons chez les juges expliquer les faits.

— Ils nous mettront en procès ! s'exclama Gabardino. Nous sommes deux, il était seul. Et nous ne pourrons rien prouver.

— Ce n'est pas grave, fit Mondino. Je n'ai plus l'intention de cacher la vérité par peur d'une condamnation injuste. Cette fois, nous respecterons la loi.

— Magister, intervint Gerardo. Excusez-moi d'insister, mais nous devons nous hâter. »

L'habit fut utile pour faire ouvrir sur-le-champ la grosse porte d'accès au couvent, mais un prêtre reconnut Mondino et lui demanda pourquoi il était accoutré de la sorte.

« Mon père, répondit ce dernier, c'est une longue histoire, et le temps presse. Je vous prie de me faire confiance. S'il vous plaît, accompagnez-nous chez le père Benedetto. Le prieur détient peut-être une information d'une importance capitale au sujet des incendies de cette nuit. »

Surprise et incrédulité apparurent aussitôt sur le visage du prêtre. « Le père Benedetto ? Il ne sort presque jamais. Le soir, il se retire dans sa cellule dès que le repas est terminé et donne l'ordre de ne le déranger sous aucun prétexte.

— Est-il ici, à présent ? s'enquit Gerardo.

— Bien sûr. Ce doit être le seul qui dort tranquillement.

— Allez le réveiller, je vous prie, déclara Mondino. Si notre venue devait se révéler inutile, j'en assumerais toutes les responsabilités. »

Le prêtre hésita avant d'accepter. « Suivez-moi. » Son expression pouvait laisser imaginer que l'idée de forcer le prieur à se lever ne lui déplaisait pas.

Il les guida vers un long couloir situé au rez-de-chaussée, expliquant que le père Benedetto dormait non loin des cuisines, un logement insolite pour le prieur d'un couvent.

« C'est parce que la pièce est plus chaude, précisa-t-il. Le père prieur supporte très mal le froid. »

Mondino échangea un regard avec Gerardo. Une chambre au rez-de-chaussée permettait de quitter le couvent sans être vu, en passant par la fenêtre donnant sur le potager. Mondino avait encore beaucoup de mal à imaginer cet homme potelé et souffreteux dans le rôle de chef d'une secte de déments incendiaires. Toutefois, quand le prieur ne répondit pas à la série de coups discrets frappés à sa porte ni aux appels à voix haute, ses doutes s'évanouirent.

« Il a dû prendre une potion pour l'aider à dormir, avança le prêtre. Je n'ose pas crier plus fort. Revenez demain. »

Derrière lui, Gerardo ouvrit la bouche pour protester, mais Gabardino ne lui en laissa pas le temps. Étant le dernier dans la file, il prit de l'élan sans mot dire et frappa la porte d'un coup d'épaule, faisant sauter la petite serrure qui n'avait pas vocation à résister à des assauts de ce genre. Le prêtre cria de surprise et de peur, et se jeta sur Gabardino pour l'arrêter. Mais ils restèrent tous deux pétrifiés sur le seuil.

« La pièce est vide ! s'exclama Gabardino.

— Il est peut-être sorti par la fenêtre pour se rendre aux latrines. Il a les intestins un peu faibles… » Le prêtre était secoué, et il s'efforçait de trouver une explication compatible avec l'image qu'il se faisait de son prieur.

«La fenêtre est fermée, comme vous pouvez le voir, dit Mondino. Le prieur est sorti par la porte, mais il a pris soin de la refermer à clé. Ce n'est pas le comportement de quelqu'un qui a un besoin urgent de se rendre aux latrines.

— Où peut-il être allé? demanda Gabardino.

— Je ne sais pas. Je... » Le pauvre prêtre se tordait les mains, désemparé.

«Y a-t-il un endroit dans ce couvent d'où il serait particulièrement aisé de faire partir un incendie? demanda Mondino.

— Un incendie? Il y a la bibliothèque, à l'étage, mais je ne comprends pas...

— Emmenez-nous à la bibliothèque. Sans perdre un instant.»

Le ton impératif fit se mouvoir les pieds du prêtre sans que ce dernier eût vraiment décidé d'obéir. Ils revinrent vers le réfectoire, rempli de moines qui chuchotaient d'une voix excitée. Certains se demandaient pourquoi, alors que toute la ville était en émoi, il ne leur avait pas été permis d'aller donner un coup de main.

«Préparez des seaux d'eau! leur cria Gerardo en passant. Et montez à la bibliothèque!»

Les moines se mirent aussitôt en mouvement, trop heureux d'avoir quelque chose à faire. Le prêtre se tourna vers Mondino sans ralentir le pas. «Pourriez-vous me dire une fois pour toutes ce qui se passe? Pourquoi pensez-vous qu'il y aura un incendie?

— Je vous expliquerai tout dès que nous aurons trouvé le père prieur. Je vous le promets.»

Tandis qu'ils montaient l'escalier quatre à quatre, il se demandait quelle explication il donnerait s'ils trouvaient le prieur en train de lire tranquillement un livre pour faire passer une insomnie. Le moine qui les précédait s'apprêtait à frapper, mais Gerardo le poussa, ouvrit grand la porte et entra d'un pas ferme.

Une grosse pile de livres trônait au milieu du scriptorium, couronnée par deux tabourets renversés. Les tables inclinées où les moines s'asseyaient pour copier les livres avaient été assemblées autour de la pile. Le père Benedetto se trouvait à côté du bûcher, tenant sous le bras une grosse outre en peau d'où sortait un tuyau de cuivre, et une torche dans l'autre main.

«Trop tard», fit-il. Il approcha la torche de l'extrémité du tuyau, pressa sur l'outre avec son coude comme s'il s'agissait d'une musette, et un jet de liquide noirâtre s'échappa dans leur direction, prenant feu au contact de la flamme. Gerardo s'écarta vivement, et le jet enflammé frappa le prêtre en pleine poitrine. Son habit prit feu. L'homme recula en hurlant et bouscula en sortant deux novices qui arrivaient avec de grands seaux d'eau. Le premier vida aussitôt le sien sur le prêtre mais, au lieu de s'éteindre, les flammes redoublèrent. L'homme s'écroula en poussant des cris abominables. Mondino s'apprêtait à se jeter sur lui pour lui arracher son habit quand le second novice versa à son tour son seau sur l'homme, faisant naître une flamme si grande qu'elle faillit brûler Mondino et Gerardo. Le prêtre poussa un dernier cri, puis cessa de bouger.

D'autres moines arrivèrent. Quelqu'un cria que le diable était entré dans le couvent et, en quelques instants, le couloir fut empli d'un tapage infernal. Mais les flammes et l'odeur de parchemin brûlé firent bien vite oublier le pauvre prêtre agonisant.

Mondino se tourna vers la bibliothèque. Le père Benedetto, l'homme entre deux âges frileux qu'il croyait connaître, avait effectivement l'air d'un diable. Le regard fou, le visage déformé par un sourire grimaçant, il avait arrosé de sa mixture incendiaire le tas de livres et de papier, transformé en brasier.

« Ne vous approchez pas ! », cria-t-il, brandissant son outre et sa torche.

Il pressa, et un jet partit vers la porte. Le chambranle s'enflamma.

« C'est du feu grégeois ! s'exclama un moine à la longue barbe noire, les yeux écarquillés. J'ai toujours cru que ça n'existait pas ! »

Ces mots firent revenir à l'esprit de Mondino les livres lus lorsqu'il était étudiant. Le feu grégeois. Un mélange incendiaire inventé par un Grec du nom de Kallinikos à Héliopolis, et employé par les Byzantins pour incendier les navires ennemis, car sa composition à base de naphte, de chaux vive et d'autres ingrédients mystérieux lui permettait de brûler sans s'éteindre même au milieu de la mer. Était-ce donc l'explication de la mort de Bertrando Lamberti et du prêtre de l'entrepôt de sel ?

« Pas d'eau ! ordonna-t-il aux moines. L'eau ne fait que redoubler le feu grégeois ! »

Un jeune bénédictin aux yeux hagards le poussa et entra dans la bibliothèque. « Père prieur ! Je vous en prie, revenez à vous ! exhorta-t-il.

— Je n'ai jamais été autant moi que maintenant, Lanfranco, répliqua le père Benedetto d'un ton calme et presque affectueux. C'était l'image du prieur paresseux et souffreteux qui n'était pas moi. Et ce que tu vois maintenant n'est pas ce que tu penses. »

L'incendie de la pile de livres et de meubles n'était pas encore irrémédiable. Mondino espérait que le jeune prêtre allait faire parler le prieur le plus longtemps possible, leur laissant le temps de réfléchir à une solution. Mais il n'en voyait aucune. Les premiers qui essaieraient de se jeter sur le père Benedetto seraient arrosés de feu, et il concevait aisément que personne n'eût envie de finir comme le prêtre étendu dans le couloir.

« Mon père, je vois brûler le fruit d'années de travail de nombreux copistes, reprit le moine dénommé Lanfranco. Que devrais-je penser ? Dites-le-moi.

— Tu ne dois pas regarder les livres, mais les flammes, répondit le prieur. Le feu purifie les imperfections humaines et les péchés du corps et de l'esprit, il transforme la matière en esprit pur et la fait ainsi revenir à Dieu. Chanceux sont ceux qui mourront cette nuit !

— Mais le Christ n'a jamais dit…

— Je ne parle pas du Christ ! cria le prieur, une lueur folle dans le regard. Je parle du grand Mithra, Dieu du feu et du soleil. »

Gabardino essaya d'exploiter ce moment de distraction pour se glisser dans la bibliothèque, sur la droite de la porte, dans l'intention évidente de contourner le Pater pour lui sauter dessus par-derrière. Mondino se retint de le rappeler par crainte de le mettre en péril, mais le prieur remarqua la manœuvre. Il se tourna vers lui et écrasa de son coude l'outre qu'il tenait toujours sous le bras. Le jet de liquide passa au-dessus de la torche, prit feu en un éclair et, un instant après, la manche de l'habit de Gabardino brûlait comme de la paille.

« Gabardino ! »

Lorsque Mondino s'élança vers son fils, un autre jet passa à deux doigts de son visage, roussissant ses cheveux. Gabardino et Mondino se précipitèrent d'un même élan vers la porte, tandis que d'autres flammes brûlaient le dos de l'habit de Mondino. Sans perdre un instant, le médecin se jeta sur son fils, l'écrasant contre le sol. Le feu de la manche s'éteignit. Puis il se tourna sur le dos et attira son fils à lui. Il sentit une grande chaleur sur sa peau, mais son habit arrêta de brûler avant que le feu n'atteignît sa chemise.

« Pour éteindre le feu, il faut le priver d'air, fit-il aux moines en se relevant, un peu titubant. Allez chercher des couvertures. »

Avant que les moines pussent faire un geste, un cri aigu s'éleva de la bibliothèque. Mondino s'approcha du seuil, veillant à ne pas trop s'exposer, et vit ce qu'il craignait. Transformé en torche humaine, le jeune Lanfranco se tordait sur le sol.

« Tu es un fils méritant, lui dit le Pater. Nous nous retrouverons au paradis. »

D'un bond, il revint derrière le tas de livres et de meubles, qui n'était plus qu'un grand brasier. L'air de la pièce était irrespirable, mais il ne semblait pas en souffrir.

« À présent, vous allez être les témoins d'un grand prodige. Qu'il vous permette de vous repentir ! »

Il était tourné vers Mondino, mais le médecin n'avait pas l'impression qu'il le regardait vraiment. Ses yeux étaient ceux d'un fou complètement possédé. Il ouvrit la bouche et émit un son à mi-chemin entre le chant et la plainte. Quoique un peu rauque, sa voix enrouée était puissante. Fasciné, Mondino n'osait pas bouger. De toute façon, protégé par ce rideau de feu, le Pater était désormais inatteignable.

À travers la fumée et les flammes, Mondino vit le père Benedetto approcher la torche de son visage et émettre du feu avec sa bouche, puis brûler sans un cri, flamme parmi les flammes.

Le voyant s'effondrer au sol, il arracha une couverture des mains d'un moine et s'élança dans la pièce. Il se fit violence et se jeta sur ce corps consumé par un feu intérieur, essayant d'étouffer les flammes avec la couverture humide. Lorsqu'il y réussit enfin, le père Benedetto était mort. Sous sa soutane, il découvrit les restes d'un livre carbonisé. Quand il voulut l'ouvrir, ce dernier s'effrita entre ses mains.

Épilogue

Mondino parcourait la via San Vitale d'un pas vif, un bouquet de perce-neige à la main. Il l'avait acheté à une vendeuse au coin de la rue, et s'était mis en route sans se laisser le loisir de changer d'avis.

Malgré le ciel clair, ou peut-être pour cela, Bologne avait l'air plus triste cet après-midi-là. Après tant de pluie et de neige, la pâle lumière du soleil hivernal semblait violente et mettait en relief tous les dégâts provoqués par les incendies. La via San Vitale comptait parmi les plus épargnées, mais même ici des murs écroulés et des poutres noircies témoignaient de la terrible nuit que la ville avait passé. Les morts et les blessés avaient été nombreux, mais les pertes auraient été bien plus effroyables si le projet des disciples de Mithra s'était déroulé sans embûches.

Un vague sourire éclairait le visage de Mondino, tout aussi abasourdi que content de ce qu'il s'apprêtait à faire. Le vin rapporté par Liuzzo à son retour de voyage était plus fort que ce qu'il semblait, mais au lieu de provoquer la somnolence bénigne qu'il recherchait, il avait accru son inquiétude, au point de le pousser à s'excuser auprès de sa famille et de quitter la maison pour aller se promener.

La nouvelle année avait mal commencé. Une fois les incendies maîtrisés, les Bolonais s'étaient attelés à la reconstruction avec énergie, mais le mécontentement provoqué par l'augmentation des tarifs du blé et du vin continuait de grandir, notamment chez les nombreuses personnes privées de toit dans les quartiers les plus pauvres.

Mondino avait fait tout ce qu'il avait pu et, des jours durant, assisté par Gabardino, il avait soigné gracieusement malades et blessés. Une fois l'urgence passée, il avait consacré une semaine entière à sa famille.

Ça n'avait pas été une bonne idée.

Le repos n'avait fait qu'aggraver son agitation. De plus, une demeure où vivaient quatre hommes avait davantage l'allure d'une auberge ou d'une caserne que d'une résidence de famille. Lorenza s'occupait d'eux au mieux, jouant un peu un rôle maternel auprès des plus jeunes, mais cela ne suffisait pas.

L'absence d'une femme, d'une maîtresse de maison à même de tempérer les relations se faisait sentir. Ce n'était pas la première fois que Mondino se le disait, mais il avait décidé de passer à l'action pour de bon. Aussi avait-il acheté ce bouquet de fleurs.

Sans vraiment y réfléchir, il s'arrêta devant l'enseigne d'une taverne et entra pour commander une demi-cruche de vin. Ces derniers temps, il calmait de la sorte son esprit envahi d'images accablantes : Gabardino muré vif, l'épée s'enfonçant dans la gorge d'Azzone, le Pater brûlant comme une torche après avoir attiré le feu du ciel avec son chant…

Marcello da Verona l'avait longuement interrogé sur ce dernier point. Il avait voulu connaître dans les moindres détails ce qu'il avait vu et en avait conclu que sa théorie était juste : la voix du père Benedetto, quoique détruite par un fer rouge dans sa jeunesse, était suffisamment puissante pour moduler les notes produites par le mouvement de la sphère du feu dans le ciel, appelant ainsi les flammes sur Terre.

« Comme tout objet de la nature, le corps humain est composé par les quatre éléments, avait-il dit. Le chant qui évoque le feu céleste attire aussi le feu à l'intérieur du corps, qui presse pour sortir et rejoindre sa source. Cela explique pourquoi Bertrando Lamberti, Giovanni da San Gimignano et le père Benedetto ont brûlé de l'intérieur. »

Puis il avait cité de nombreuses sources historiques mentionnant le pouvoir d'évoquer le feu, attribué non seulement aux anciens mages perses, mais aussi à des personnes du monde romain. Selon Tite-Live et Denys d'Halicarnasse, Numa Pompilius avait la capacité de déchaîner le feu de Jupiter. Tullius Hostilius, quant à lui, ayant mal reproduit le rite, en avait été consumé. Pline l'Ancien racontait que le roi étrusque Porsenna avait évoqué un éclair du ciel pour détruire un monstre nommé Olta.

Mondino avait écouté cette dissertation érudite, se gardant bien d'objecter, cette fois. Tout ce qui lui importait, c'était que l'Inquisition eût laissé tomber l'accusation à propos des os humains ébouillantés, eu égard à son rôle dans la découverte et l'anéantissement d'une dangereuse secte païenne.

Le reste lui était égal.

Il but une grande gorgée de vin pour chasser ces pensées, sans résultat aucun. C'était inutile, rien ne pouvait l'apaiser. Il avait besoin de parler. De raconter à quelqu'un ses émotions, ses angoisses, ses doutes, passés et présents. Mais il ne partageait avec personne une intimité telle qu'il pût lui révéler toutes ses faiblesses.

Gabardino était encore plus réservé que lui. Il ne lui avait pas reparlé de Viviana, la fille du charpentier, et Mondino avait préféré ne pas poser de questions. Gerardo était rentré chez sa famille, dans son château sur les collines autour de Ravenne, peut-être provisoirement, peut-être pour toujours. Il avait voulu prendre Clara et Masino avec lui, mais Clara avait refusé. Gerardo lui avait raconté qu'il avait eu du mal à lui faire accepter une bourse pleine qui leur permettrait, à son petit frère et elle, de commencer une nouvelle vie. À sa voix, Mondino avait compris qu'il s'était passé quelque chose entre Clara et lui, mais là encore il avait préféré ne rien demander.

Il n'aurait même pas reparlé à Eleonora Lamberti si elle n'était pas venue elle-même lui rendre visite, quelques jours auparavant.

Ils s'étaient déjà revus lors du procès pour la mort d'Azzone, qui, par chance, avait été très court. Mondino était désormais considéré comme un citoyen méritant, et personne n'avait plus intérêt à l'accuser de quoi que ce soit.

Au procès, il avait eu l'honneur d'être défendu par Taverna Tolomei en personne, qui avait profité de l'occasion pour faire étalage de lui-même, racontant la confiance absolue qu'il lui avait faite dès le début en lui fournissant toute l'aide dont il avait besoin et en tempérant Azzone, qui ne recherchait que sa vengeance. Les témoignages d'Eleonora Lamberti et de sa servante Annina avaient été déterminants et, en une journée, les juges avaient prononcé leur verdict d'absolution pour légitime défense.

Eleonora s'était parfaitement remise, physiquement du moins. Azzone l'avait presque tuée à force de coups et lui avait cassé le nez et deux côtes. Son nez était resté légèrement tordu, mais selon Mondino cela ne faisait qu'ajouter à son charme : ce détail asymétrique rendait son visage parfait plus humain et plus désirable.

Il but une autre gorgée de vin, à la santé de cet amour impossible.

Eleonora avait réussi à convaincre le responsable de la corporation de la soie de lui confier l'usine d'Azzone, en s'engageant à rembourser en l'espace de deux ans toutes les dettes contractées par son mari. Une femme à la tête d'une entreprise était un fait pour le moins insolite, et l'assemblée de la corporation en avait longuement débattu, comme elle le lui avait raconté quand elle était passée le voir. Mais finalement, Eleonora avait emporté la mise.

Mondino l'en avait félicitée, puis avait pensé s'en sortir avec quelques phrases de circonstance, mais il s'était retrouvé, sans savoir comment, à quelques centimètres de son visage. Les yeux verts d'Eleonora le fixaient avec une intensité presque douloureuse. Il ne se souvenait pas qui avait été le premier à se jeter dans les bras de l'autre. En revanche, il ne risquait pas d'oublier leur baiser passionné, échangé debout dans la grande salle, à côté de la table où le charpentier avait expiré.

Quand ils s'étaient écartés, leurs regards étaient sans joie. On y lisait de la nostalgie, peut-être, et un peu de tristesse à la pensée de ce qui aurait pu être.

« Je suppose que je ne vous reverrai pas, avait dit Mondino.

— En effet. J'espère que vous comprenez. »

Mondino comprenait parfaitement. Même si son mari était un monstre, elle ne pouvait pas devenir la maîtresse de l'homme qui l'avait assassiné. Le cadavre d'Azzone les séparait à jamais.

C'était alors que le poids qui ne quittait plus sa poitrine depuis des jours était devenu intolérable. Il avait essayé de l'ignorer, puis d'y résister, mais son cœur avait fini par prendre le pas sur son esprit.

Il jeta une pièce de monnaie à côté de la cruche qu'il n'avait pas achevée, saisit le bouquet et sortit.

Un peu plus loin, il tourna derrière l'église San Vitale e Agricola in Arena et entra dans le petit cimetière fermé par une barrière de bois. Six ou sept personnes priaient devant une chapelle. Mondino reconnut Gandone de' Gandoni, avec ses enfants et sa famille. Ils devaient être venus se recueillir sur la tombe de leur aîné, qui avait péri dans l'incendie.

Il n'était pas d'humeur à s'arrêter pour les saluer et poursuivit la tête basse vers la tombe familiale. Son père, Rainiero, mort au printemps dernier, y reposait, et son oncle Liuzzo et lui y seraient également enterrés quand l'heure viendrait.

Il s'arrêta devant le sarcophage de pierre qui contenait la dépouille de sa femme, Giovanna. Il posa les fleurs sur le couvercle, et les larmes qu'il retenait depuis si longtemps, depuis sa mort et depuis celle de son père, coulèrent librement. Le poids qui accablait sa poitrine disparut enfin.

À voix basse, il raconta à Giovanna tout ce qui s'était passé depuis sa mort. Les risques qu'il avait pris, les dangers auxquels il s'était exposé et avait exposé leurs fils, combien il se sentait seul et inadapté dans le rôle de père et de chef de famille.

Giovanna le savait. C'est pourquoi elle lui avait fait promettre avant de mourir de se remarier sans tarder. Elle le connaissait mieux qu'il ne se connaissait lui-même.

« Je ne voulais pas trahir ta mémoire en prenant une nouvelle épouse, fit Mondino, de nouvelles larmes au bord des cils. Mais, seul, je ne m'en sors pas. J'ai besoin d'une femme à mes côtés, et nos enfants ont besoin de quelqu'un qu'ils puissent appeler "mère", même si personne ne te remplacera jamais dans nos cœurs. » Il soupira, posa les mains sur la tombe et ajouta : « Si tu es vraiment d'accord, je t'en prie, envoie-moi un signe. »

Une bouffée de honte l'envahit. Il s'abaissait au niveau des bonnes femmes du peuple. Les morts n'envoyaient pas de message, ce n'étaient que des superstitions dépourvues de tout fondement. Maintenant, il allait voir un oiseau prendre son envol ou un rat noyé dans un canal, et il l'interpréterait comme un signe, positif ou négatif. Mais les oiseaux passaient leur temps à s'envoler, et les rats morts ne manquaient pas.

C'était l'esprit humain qui transformait ces scènes en acceptation ou refus de quelque chose.

Ce raisonnement logique lui fit recouvrer ses esprits. Il était heureux de s'être épanché et se sentait beaucoup mieux. Le moment de s'abandonner à ses émotions était terminé. Il s'essuya les yeux du revers de sa manche et se prépara à saluer sa femme morte.

« Messire de Liuzzi », l'interpella une voix féminine.

Il se tourna et se retrouva face à une jolie jeune femme vêtue de noir âgée d'une vingtaine d'années, blonde, les yeux clairs.

« Excusez-moi de vous avoir effrayé, dit-elle. Vous souvenez-vous de moi? Je suis Mina, la fille de Gandone. »

La dernière fois que Mondino l'avait vue, c'était six ou sept ans auparavant, quand il l'avait soignée d'un exanthème. Elle n'était alors qu'une grande fillette, qui disait souvent des choses trop sérieuses pour son âge, mettant les adultes mal à l'aise. Durant la période où il l'avait soignée, elle s'était attachée à lui et, une fois, elle avait même dit que quand elle serait grande elle l'épouserait, provoquant un éclat de rire général.

« Je ne vous avais pas reconnue, madame, bredouilla-t-il, n'osant pas lui parler sur le ton familier qu'il employait lorsqu'elle était petite. Vous avez beaucoup changé.

— En mieux, j'espère, sourit-elle. Je suis venue vous proposer de venir manger chez nous, ce soir.

— Mais je n'ai pas revu votre père depuis des années, répondit Mondino, sur la défensive. Pourquoi… ?

— C'est moi qui le lui ai demandé, reconnut-elle, en le regardant dans les yeux. Je vous ai vu passer, tout à l'heure, et je me suis dit que j'aimerais parler à nouveau avec vous.

— Je ne voudrais pas vous offenser avec un refus, madame, mais je ne suis pas d'humeur joyeuse, ces jours-ci. Je ne me sens pas de sourire et de parler de tout et de rien, comme on le fait aux repas de fête. Je gâcherais votre soirée.

— Fête? Nous sommes ici pour nous recueillir sur la tombe encore fraîche de mon frère. Chez moi, personne n'a envie de faire la fête.»

Mondino observa sa silhouette élancée, l'ovale de son visage, ses cheveux blonds sous le voile noir. Ses yeux clairs au regard intense et sérieux.

«Mais alors, pourquoi cette invitation?

— Vous pourriez nous raconter les projets de ces fous qui ont voulu brûler la ville. Tout le monde en parle, mais personne ne sait rien de précis. Alors, acceptez-vous?

— Je ne suis pas un grand conteur, madame.

— Je vous en prie, insista Mina. Mon frère est mort dans un incendie à cause d'eux, et connaître leurs motivations nous ferait du bien. En tout cas, ça me ferait du bien, à moi.

— Eh bien d'accord. À ce soir.»

Elle le remercia, s'inclina légèrement et rejoignit les siens. Mondino la suivit du regard. Mina avait l'air d'être le genre de femme capable de s'occuper d'une maison, mais aussi de comprendre les inquiétudes d'un mari au caractère difficile. Et, pour ce qu'il se souvenait, elle avait de l'esprit et ne se contentait jamais d'explications sommaires.

Il échangea un geste de salut avec Gandone, puis se tourna vers la tombe de sa femme. Il récita plusieurs *Requiescat*, même s'il était certain que Giovanna siégeait déjà à droite du Père. Personne ne méritait le paradis plus qu'elle. Ces prières visaient surtout à évoquer sa bénédiction.

Quand il se décida à partir après une dernière caresse au sarcophage, un merle prit son envol de la branche la plus basse d'un chêne. Mondino eut un petit rire et quitta le cimetière, le cœur plein d'allégresse.

Remerciements

Je tiens à remercier tous ceux qui ont aidé à la réalisation de ce roman : Matteo Bortolotti pour son aide dans le synopsis. Silvia Torrealta pour ses relectures et ses conseils. Le docteur Franco Foschi pour son point de vue médical sur les opérations de Mondino. Le professeur Rolando Dondarini, médiéviste au département d'histoire, anthropologie et géographie de l'université de Bologne, pour sa vérification de la reconstitution historique et urbaine. Le professeur Pietro P. Giorgi, de l'University of Queensland, pour la biographie de Mondino. Mon agent Roberta Oliva. L'équipe de Piemme au complet, et en particulier Mariagiulia Castagnone, Francesca Lang et le service de presse composé d'Elena Casarotto, Arianna Malacrida et Elisa Martini pour son inlassable travail de promotion.

Un remerciement particulier à ma femme, Ana Luz, encouragement constant et source de joie même dans les moments les plus ardus de l'écriture.

DU MÊME AUTEUR
CHEZ LE MÊME ÉDITEUR

L'ELIXIR DES TEMPLIERS

1310. Alors que les Templiers sont pourchassés dans toute l'Europe par Philippe le Bel, un des leurs se rend à Bologne. Là se trouverait la formule de l'élixir de longue vie.

On le retrouve mort, la cage thoracique ouverte, le cœur transmuté en fer.

Suspecté de ce meurtre étrange par l'Inquisition, Mondino de Liuzzi, un professeur de médecine, va devoir trouver le coupable pour se disculper. Il pourra entre autres compter sur Adia, une « magicienne » aux pouvoirs ensorcelants.

Amour et alchimie sont au rendez-vous de ce roman sans temps mort, mêlant histoire et suspense.

« Une Bologne médiévale reconstituée
avec réalisme et érudition.
Un roman qu'on ne lâche pas. »
La Repubblica

ISBN 978-2-35287-536-9 / H 51-2539-8 / 432 pages / 7,65 €

Cet ouvrage a été composé
par Atlant'Communication
au Bernard (Vendée)

Impression réalisée à Barcelone par

CPI

en août 2017
pour le compte des Éditions Archipoche

Imprimé en Espagne
N° d'édition : 474
Dépôt légal : septembre 2017